Rebecca Fleet

Rebecca Fleet a fait ses études à Oxford et travaille dans le marketing à Londres. *L'Échange*, son premier roman, a paru en mai 2018 chez Robert Laffont, dans la collection « La Bête noire ». En 2020 paraît *La Seconde Épouse*, chez le même éditeur.

LA SECONDE ÉPOUSE

ÉGALEMENT CHEZ POCKET

L'ÉCHANGE
LA SECONDE ÉPOUSE

REBECCA FLEET

LA SECONDE ÉPOUSE

Traduit de l'anglais
par Cécile Ardilly

LA BÊTE NOIRE
Robert Laffont

Titre original :
THE SECOND WIFE

MIXTE
Papier issu de sources responsables
FSC® C003309
FSC www.fsc.org

L'éditeur de cet ouvrage s'engage dans une démarche de certification FSC® qui contribue à la préservation des forêts pour les générations futures.

Pour en savoir plus :
www.editis.com/engagement-rse/

ISBN 978-2-266-28683-1
Dépôt légal : avril 2021

Pour Saskia

PREMIÈRE PARTIE

ALEX

Septembre 2017

Minuit passé. Les lumières jalonnent la jetée, se reflétant sur la surface de la mer. Je marche d'un bon pas, front au vent. Les embruns me cinglent le visage et se glissent entre les boutons de ma chemise. Mes talons martèlent le bitume de la promenade, et leur bruit scande le silence. Hors saison, à cette heure-ci, l'endroit est désert.

Une douleur sourde se diffuse dans mes muscles et la bière que j'ai bue me file le tournis ; néanmoins, je suis parcouru d'une onde de satisfaction. C'est ce que j'appelle une bonne soirée – le savant mélange de travail et de plaisir. Des clients heureux, descendus de Londres pour l'occasion. Et ce soir, tout s'est parfaitement déroulé : le barman m'a repéré direct dans la foule, une table s'est libérée comme par magie, la conversation était naturelle et enlevée, vu que nous étions tous sur la même longueur d'onde. Cette sensation grisante de calme et de fluidité me berce encore ; sa chaleur m'enveloppe telle une aura, aussi brillante qu'une étoile.

Je tourne à l'angle de la rue, m'éloignant du front de mer, et je commence à gravir la colline qui mène chez moi. À l'heure qu'il est, Natalie s'est probablement endormie sur le canapé devant la télé. Je m'imagine en train de m'agenouiller devant elle, chassant les mèches de sa nuque et observant ses yeux mi-clos, ses lèvres qui remuent en silence tandis qu'elle rêve. Ce léger mouvement de résistance affectée lorsqu'elle tourne la joue d'une manière que je trouve toujours terriblement excitante.

La dernière musique que j'ai entendue dans le bar résonne encore dans ma tête, comme un vinyle qui n'arrêterait jamais de tourner. De part et d'autre, des ombres s'étirent depuis les rues adjacentes. À l'horizon, des nuages sombres défilent, tels des inconnus qui me guettent. Je commence à fredonner la chanson et bats la cadence au rythme de mes pas, tâchant de réprimer une vague sensation de malaise. Dans cinq minutes, je serai chez moi.

À gauche, à droite, puis de nouveau à gauche. Je connais le trajet comme ma poche, et j'ai l'habitude de le parcourir, même sans rien y voir : passé cet endroit, les lampadaires s'espacent et disparaissent, m'obligeant à effectuer les quelques centaines de mètres qui me séparent de ma maison dans l'obscurité la plus totale. Mais cette fois, c'est différent.

Une lumière étrangement orangée se diffuse dans le quartier, qui baigne dans une lueur irréelle. Et l'odeur n'est pas la même non plus ; l'air marin s'efface au profit d'un air plus terreux, plus âcre. Ce n'est qu'une fois parvenu au sommet de la colline et que j'aperçois les rues sur l'autre versant, en contrebas, que je comprends de quoi il s'agit. Il y a un incendie.

Je reste planté là à observer la scène. Des volutes de fumée noire s'élevant d'un brasier rouge et or d'un éclat aveuglant. Des camions de pompiers encerclant les lieux, des silhouettes gravitant vers la source du feu et se rassemblant en petits groupes pour contempler le spectacle. Je m'élance à toute vitesse.

Le goût de la fumée me tapisse la bouche. Mes yeux piquent, exposés au vent irritant ; et lorsque je me passe la main sur le visage, la cendre s'étale sur ma peau comme des flocons de neige noirs. Le feu m'aveugle ; c'est à peine si j'arrive à fixer mon regard. Il consume les murs, dévore les fenêtres, engloutit tout. Et elles sont à l'intérieur. Ma fille, ma femme.

D'instinct, je me précipite vers le trou béant de l'entrée, mais une main me saisit le bras avant que je l'atteigne. On prononce mon nom dans un sanglot, encore et encore. C'est Natalie – sa chevelure noire hirsute et pleine de suie, ses joues striées du mascara qui a coulé de ses yeux.

— Alex, gémit-elle. Alex, tu es rentré à la maison.

La bâtisse se dresse derrière nous, menaçante, tel un monstre de lumière enragé. Elle dit n'importe quoi. La maison ? Notre maison n'existe plus.

Je serre contre moi son corps secoué de tremblements, mais mon soulagement n'est que partiel. Je continue de chercher, fouillant les visages des curieux dans l'espoir d'y voir celui de Jade.

— Où est-elle ?

Natalie prend une faible inspiration.

— Je ne sais pas, murmure-t-elle. Je… je ne l'ai pas trouvée.

Ses paroles me semblent tout d'abord absurdes. J'attends la suite, une explication, n'importe laquelle, qui donne un sens à ce qu'elle vient d'énoncer. Je plonge mes yeux dans son regard ahuri. Les larmes se mettent à dégouliner le long de son visage.

— Tu ne l'as pas trouvée ? je répète bêtement.

— J'ai cherché partout, réplique-t-elle d'une voix brisée. Partout !

Je pivote sur moi-même et observe de nouveau la maison. Les flammes vives se dressent vers le ciel obscur, elles paraissent presque irréelles. Je réalise soudain ce que cela signifie.

— Quoi ? Tu veux dire qu'elle est toujours à l'intérieur ! Ma fille est en train de brûler dans cette putain de maison ?!

Natalie s'apprête à me répondre mais je ne veux rien entendre ; je m'écarte d'elle et la repousse violemment tandis qu'elle tente de me calmer. Je me rue vers le trou noir où se trouvait notre porte il y a si peu de temps encore, mais mon effort est vain. Quelques mètres avant l'entrée, la fumée me suffoque et me fait tousser ; je me plie en deux ; j'ai l'impression que mes yeux s'embrasent. C'est trop tard. Avancer davantage, ce serait du suicide, ni plus ni moins. Un cri me déchire la gorge, un son ridicule et désemparé. La panique m'envahit comme du poison. C'est impossible ! Il doit bien y avoir un moyen pour que j'entre dans cette fichue baraque !

Les yeux plissés, je scrute l'intérieur, et finis par distinguer la silhouette d'un homme en veste épaisse et casque qui se débat parmi les flammes. Mon souffle se suspend tandis que je fixe cette ombre floue. Quelques secondes s'écoulent qui me semblent des heures, puis je m'aperçois qu'il porte quelque chose dans ses bras. Je devine un petit bras pâle et mou, une chevelure claire. C'est elle. Ma poitrine se fend, une douleur physique jusque-là inconcevable.

L'homme jaillit des flammes, tête baissée, et il porte ma fille – j'aperçois son visage de profil alors qu'il surgit en titubant dans la nuit ; une balafre rouge lui barre la naissance des cheveux. Comme par miracle, sa joue est parfaitement indemne, en revanche ses yeux sont clos, ses lèvres sont blanches, et elle ne bouge pas.

— Reculez, monsieur !

Je me suis précipité vers eux pour la rejoindre, mais la voix ferme et autoritaire du pompier me stoppe dans mon élan. Je me retourne : un secouriste adresse un geste à ses collègues, qui déferlent sur Jade et s'interposent entre elle et moi, la bloquant à ma vue.

— Laissez-les faire leur boulot.

— C'est ma fille…

C'est à peine si j'arrive à articuler. Mes yeux brûlent et, en dépit de l'étrange chaleur de l'air, mon corps est secoué de violents tremblements.

L'homme place une main sur mon épaule et la serre fort.

— Ils l'ont sortie de là.

Je hoche la tête et plonge mon regard dans les yeux de l'inconnu ; un bref lien s'établit entre nous. Sans me lâcher, il m'entraîne à l'écart, me fait contourner le groupe. Puis il s'écarte un peu pour échanger quelques mots à voix basse avec un collègue. Quelques instants plus tard, il me fait signe d'approcher.

— Elle est inconsciente, mais elle respire.

Ses paroles provoquent en moi une bouffée de soulagement étourdissante. J'ignore si c'est vraiment justifié ou non, et à en juger par son expression, lui aussi. Est-elle vraiment tirée d'affaire ? Bonne nouvelle, mauvaise nouvelle, aucun de nous deux n'est capable de faire la différence.

— Qu'est-ce qu'ils font ?

Un homme est penché au-dessus de Jade pour lui masser la poitrine. Un autre lui tâte le pouls. Je ne sais pas à quoi riment ces actions. Si elles sont futiles, ou si elles vont lui sauver la vie.

Le secouriste me presse le bras dans un bref instant de solidarité silencieuse.

— Ils vont faire leur possible. Vous pouvez monter avec nous dans l'ambulance qui va l'amener à l'hôpital, vous et votre épouse. Elle est restée à l'intérieur pendant un moment ; ils vont vouloir l'ausculter elle aussi.

Je jette un coup d'œil en direction de Natalie, qu'on escorte vers l'ambulance, les joues ravagées par les larmes. Un mélange de culpabilité et de colère m'envahit brutalement, deux sentiments inextricables et indissociables pour l'heure. Je hoche la tête, et je suis les secouristes tandis qu'ils hissent Jade sur un brancard avec mille précautions et qu'ils la conduisent jusqu'au véhicule. Je me glisse sur la banquette à l'arrière, les mains nouées, les yeux rivés à son visage immobile. Je ne devrais pas la toucher, je le sais, pourtant, je n'ai jamais autant désiré la serrer dans mes bras de toute ma vie.

L'ambulance démarre et s'élance à travers les rues à toute vitesse. À l'arrière, on étouffe et il n'y a pas une seule fenêtre. Je ferme les yeux, pris de nausée. Le parfum de Natalie me parvient, cette odeur fraîche et enivrante qu'elle porte depuis toujours. Il me pousse à rouvrir les paupières. Natalie me dévisage en silence, implorant mon pardon. Je ne suis pas encore en mesure de le lui accorder, mais je tends la main vers elle et effleure le dos de la sienne.

— Que s'est-il passé ? je demande à mi-voix.

Elle se contente de secouer la tête et esquisse un geste démuni, saisissant l'air comme si la réponse se trouvait dans le vide qui nous enveloppe.

— Que s'est-il passé ? je répète d'une voix plus dure.

— Je ne sais pas, finit-elle par répondre. Je ne sais pas comment c'est arrivé.

L'ambulance se faufile à travers la ville. Les avertisseurs lumineux clignotent, comme des flashs à répétition imprimés sur la rétine. Près de moi, Natalie remue, se penche en avant et croise les mains, clignant des yeux en marmonnant des mots incompréhensibles. Je contemple son profil, sa mâchoire crispée. Cette femme aux mains tremblantes et au visage strié de larmes séchées… ma femme, mais pas la mère de mon enfant. Pas celle qui l'aurait cherchée sans relâche au milieu des flammes et qui n'aurait jamais baissé les bras avant de l'avoir retrouvée.

Dans la salle d'attente, le temps passe à une vitesse distendue, aléatoire. Je me surprends à fixer l'horloge ronde au mur ; chaque seconde, fluide et précise, s'étire à l'infini. À d'autres moments, j'en détourne le regard le temps d'un battement de cils, pour m'apercevoir, lorsque je reporte les yeux sur les aiguilles, qu'une heure entière s'est écoulée.

Je revois Jade étendue là, dans l'unité de soins intensifs, entourée d'une nuée de médecins et d'un arsenal de machines qui clignotent et bourdonnent. L'image est figée, d'une douloureuse netteté. Lorsque je n'en peux plus de la ressasser, je me déconnecte. Je reste assis à fixer le décor : les sièges molletonnés verts, les fissures crasseuses dans le carrelage, les passants à l'extérieur.

Au bout d'un moment, je me dirige vers le distributeur automatique, j'observe les rangées bien nettes de canettes et de bouteilles, et je farfouille dans ma poche pour en retirer la monnaie de ma dernière tournée au bar. Je compte les pièces, les glisse une à une dans la fente de la machine et écoute le cliquetis de leur atterrissage. J'entre un numéro au hasard et regarde la canette tomber. Son logo rouge et noir me semble ridiculement familier, mais, bon sang, impossible de me rappeler le nom de la boisson jusqu'à ce que je la porte à mes lèvres et la goûte. Ce n'est pas grand-chose, mais ça me chamboule. En l'espace de quelques heures, tout a changé.

Cette sensation d'anéantissement, je l'ai déjà ressentie une fois dans ma vie : dans un autre hôpital, au chevet de Heather, quand le cancer lui avait ravagé le corps, vers la fin. La certitude que ça allait arriver, que c'était en train d'arriver, et que je n'avais pas le pouvoir de l'empêcher d'arriver, avait suffi à m'anéantir. Je me revois observant Jade, alors âgée d'à peine cinq ans, qui jouait sur le rebord du lit d'hôpital. Sa chevelure blonde se balançant d'avant en arrière alors qu'elle faisait danser ses jouets avec insouciance le long des draps, et son petit sourire hésitant quand elle posait les yeux sur sa mère, espérant une réaction de sa part – et pourtant pas si surprise de ne pas en avoir. J'y ai souvent songé durant les années qui se sont écoulées, cet instant où j'ai vu l'innocence et la prise de conscience lutter dans son regard. Et le froid stérile du couloir où, par la suite, je l'ai prise dans mes bras, son corps secoué de sanglots silencieux, car, d'une manière ou d'une autre, elle avait compris que c'était la fin. À cet instant, je me suis juré de la protéger. Pour toujours. Et durant les neuf années qui ont suivi, je ne m'en suis pas si mal tiré. Jusqu'à maintenant.

— Monsieur Carmichael ?

Un médecin patiente sur le seuil ; un petit homme d'origine indienne à la barbichette grise méticuleusement taillée, le regard bienveillant.

— Je suis le docteur Rai. Je peux vous parler un instant ?

— Oui. Oui, bien sûr, dis-je. (La canette me semble soudain froide et lourde, et je la pose. Je fouille son expression à la recherche d'un indice, quel qu'il soit.) Il est arrivé quelque chose ? Comment va-t-elle ?

Le médecin m'invite à prendre un siège avant de s'asseoir près de moi.

— Je crains de ne pas avoir encore grand-chose de nouveau à vous rapporter, mais je voulais quand même vous tenir informé. Jade est toujours inconsciente. Elle est dans ce que je qualifierais d'état comateux.

— Dans le coma ? je répète sèchement. (Je songe au mot, à ce qu'il implique. Des années d'immobilité, un déclin lent et végétatif.) Pourquoi ? Qu'est-ce qui en est la cause ?

— Il est fort probable que l'état actuel de votre fille soit dû à l'inhalation de fumée, répond le médecin d'une voix étrangement apaisante, en contraste avec ses paroles. Nous en saurons plus lorsque nous aurons reçu ses résultats d'examens. Nous procédons actuellement à un scanner cérébral, et nous lui avons prélevé des échantillons de sang pour vérifier un panel de choses, mais surtout l'intoxication au monoxyde de carbone. Lors d'un incendie, c'est toujours le risque, le plus élevé à vrai dire.

— De quel degré de risque parlons-nous ? je demande.

Je tâche de garder un ton ferme et résolu, semblable au sien.

Le médecin incline la tête de côté d'un air hésitant, comme pour m'indiquer que le risque est difficile à évaluer.

— L'état de Jade est stable, dit-il. Autant que faire se peut. Dans le pire des cas, il se peut que son cerveau ait subi un dommage irréversible. Mais pour l'heure, nous n'avons aucune raison de le penser. Il est également probable que le coma soit en grande partie causé par le choc et qu'il ne dure que quelques heures. Pour le moment, il existe un large éventail de possibilités, ce qui, je le sais, ne vous avance guère. Je peux seulement vous assurer que nous faisons notre possible pour la soigner et pour répondre aux problèmes à mesure qu'ils se présentent.

J'aimerais le questionner davantage, mais je ne possède pas les connaissances nécessaires.

— Quand pourrai-je la voir ?

Il place une main sur mon bras.

— Vous avez vécu une nuit traumatisante, monsieur Carmichael. Vous serez mieux à même de soutenir votre famille après vous être reposé. Quoi qu'il en soit, mes confrères devront rester auprès de Jade durant les prochaines heures pour procéder à des examens plus approfondis et pour surveiller l'évolution de son état. Je vous conseille de revenir dans l'après-midi, durant les heures de visite autorisées, qui se situent entre 14 et 16 heures. Il va sans dire que s'il se produit le moindre changement d'ici là, nous vous contacterons immédiatement.

Je hoche lentement la tête. L'horloge résonne. Je m'aperçois que je cligne des yeux en cadence avec le tic-tac de ses aiguilles, tandis que mes doigts scandent les secondes dans mes paumes. Cette synchronisation me paraît surnaturelle, et l'espace d'un instant je me demande si je ne nage pas en plein délire. Il a raison, il faut que je me repose, mais le sommeil me semble inconcevable, et je me rends brutalement compte que je n'ai nulle part où aller.

— Il y a quelqu'un qui désire vous parler avant que vous ne partiez, dit le médecin comme s'il avait lu dans mes pensées. Une représentante municipale chargée du logement. Elle sera en mesure de vous éclairer sur votre statut à la suite des événements de cette nuit. Je peux vous indiquer où la trouver, mais je suppose que vous désirez d'abord voir votre épouse.

— Évidemment, dis-je – peut-être un peu trop rapidement.

Le médecin acquiesce.

— Je crois qu'elle est sortie prendre l'air. Ma consœur a fini de l'ausculter et votre femme ne présentait pas de lésions graves.

— Je vais la rejoindre dehors dans ce cas, je réponds en m'éloignant de lui pour masquer ma confusion.

Je longe les couloirs bruyants à l'éclairage cru en suivant les panneaux qui m'indiquent la sortie la plus proche. En vérité, je ne suis pas certain de vouloir voir Natalie. Bien sûr, je ne souhaite que son bien-être et je suis soulagé qu'elle aille bien, mais une image me hante, une image que je n'arrive pas à chasser de mon esprit : celle de ma femme au beau milieu de la fournaise, consciente que Jade est coincée quelque part à l'intérieur, que sa vie ne tient qu'à un fil, et qui pourtant tourne les talons et l'abandonne dans la maison… À sa place, je ne pense pas que j'aurais pu.

J'essaie de me raisonner. Je suis probablement injuste. Je n'étais pas présent, et je ne saurai jamais comment j'aurais réagi. Peut-être que notre premier instinct est la survie, et non la protection. Mais ce n'est pas une chose à laquelle on est normalement confronté, et le constat de cet égoïsme primitif ainsi mis à nu a quelque chose de répugnant.

À cette pensée, je culpabilise. Natalie a été tout sauf égoïste durant ces deux dernières années ; elle est entrée dans une famille de deux déjà constituée, a dû apprivoiser une enfant bouleversée par le chagrin et le deuil. Jade n'a pas toujours été facile à vivre, surtout depuis la puberté. Difficile de savoir si ses sautes d'humeur et sa rébellion étaient à mettre sur le compte de l'adolescence ou d'un malaise plus profond, l'absence mal vécue de sa mère. Natalie a su gérer ça et s'intégrer à sa vie de manière subtile. Mais sous la surface, ces fêlures sont bel et bien présentes. Par moments, il m'est arrivé de songer que j'étais le seul à faire tenir la structure en place. Mais dans l'ensemble, notre schéma fonctionne, et c'est en grande partie grâce à Natalie.

Je pousse la lourde porte à doubles battants et sors dans la nuit froide, et c'est à cet instant, alors que mes sentiments se radoucissent, que je la vois. Elle se tient à l'extrémité du parking, sa silhouette appuyée en avant contre la rambarde en métal, à contempler la route en contrebas. Des volutes de fumée s'élèvent de sa cigarette, minuscule luciole qui brille contre le ciel obscur. J'observe ce point éclatant, et des images violentes ressurgissent dans mon esprit : les flammes qui se dressent, engouffrant les murs de la maison, la fumée noire se déversant par les fenêtres vides, l'énormité de la scène.

Au bruit de mes pas, elle se retourne, le visage livide et tourmenté, le regard porté dans ma direction. Elle écrase sa cigarette contre la rambarde et la jette par terre ; elle croise les bras sur sa poitrine d'un geste hésitant et me regarde approcher. Ses yeux, écarquillés et brillants, attendent un signe de ma part. Et tandis que je franchis les derniers mètres qui nous séparent, la glace qui s'est rassemblée autour de mon cœur se dissipe et je tremble d'amour pour elle. Je prends soudain conscience que j'ai besoin de son soutien et de son réconfort, maintenant plus que jamais.

Elle lit mon expression et m'enlace, me serre fort contre elle, et nous nous étreignons ainsi pendant plusieurs minutes. Le vent agite son manteau, qui flotte autour de nous et nous enveloppe.

— Je suis tellement désolée, murmure-t-elle. C'était horrible. Je ne sais pas comment t'expliquer…

La chaleur et le choc. Je suis restée à l'intérieur aussi longtemps que possible mais je savais qu'il fallait que je sorte, autrement j'allais mourir. J'en avais la certitude.

Je hoche la tête, le visage enfoui dans la douceur de sa chevelure, au niveau de son cou. Je songe à la question que je lui ai posée dans l'ambulance, à son air démuni.

— Ce que je ne comprends pas, c'est comment c'est arrivé, dis-je. Je ne suis pas en colère, mais si tu sais quelque chose, tu dois me le dire. Si tu as la moindre idée… tu as peut-être laissé une bougie brûler, ou une cigarette. N'importe quoi. Ça arrive tout le temps.

Je me rends vaguement compte du ridicule de mes propos. Ce genre d'incident n'arrive qu'une seule fois dans une vie, ou alors jamais.

Natalie secoue vigoureusement la tête et s'écarte de moi.

— Il n'y a rien eu de spécial, siffle-t-elle d'une voix rauque où perce la sincérité. C'était une soirée comme une autre, reprend-elle après un silence. J'ai regardé un peu la télé, j'ai bouquiné. Je me rappelle avoir jeté un coup d'œil à l'horloge vers 23 h 30, puis je me suis assoupie sur le canapé. J'ai dû dormir pendant une demi-heure, peut-être même moins. Je ne sais pas ce qui m'a réveillée. Mais j'ai compris tout de suite. C'est à peine si je pouvais ouvrir les yeux. Je ne sais pas vraiment pourquoi… La fumée, ou la chaleur, ou autre chose. (Je sens un frémissement parcourir son corps, que je serre encore plus contre moi.) C'était une soirée comme une autre, répète-t-elle. S'il y avait un truc particulier, je t'en parlerais. Tu le sais bien, non ?

Elle tremble encore légèrement, mordillant sa lèvre inférieure avec nervosité, les yeux humides.

Lentement, j'acquiesce. Je sais qu'elle ne me mentirait pas.

— Je n'aurais pas dû sortir, dis-je. (Cette pensée me transperce le cœur.) Si j'étais resté à la maison, ça ne serait jamais arrivé. À minuit, j'aurais sans doute été encore debout. J'aurais été là, j'aurais réagi à temps, j'aurais pu empêcher l'incendie.

Natalie hausse les épaules, confuse.

— Ne dis pas n'importe quoi, murmure-t-elle.

Le vent se lève, portant avec lui des traînées de feuilles mortes amassées sur la route bordée d'arbres ; elles balaient à présent le parking. Je pivote face à l'hôpital. Les fenêtres du bâtiment forment des rangées de carrés éclairés qui se détachent contre la nuit noire. Je jette un coup d'œil à ma montre et m'écarte de Natalie.

— On ferait mieux d'y retourner. Le médecin m'a dit qu'une personne souhaitait s'entretenir avec nous.

Sans attendre sa réponse, je commence à me diriger vers le bâtiment gris.

La chargée du logement social est une femme ronde, la cinquantaine ; ses cheveux grisonnants s'échappent de son chignon indiscipliné et ses ongles sont rongés. J'essaie de me concentrer sur les papiers qu'elle nous présente, et sur les questions et les explications à n'en plus finir qu'elle déblatère, mais je n'ai pas dormi depuis vingt-quatre heures et les informations glissent sur moi comme sur de l'eau. Je sais que, demain, j'aurai quasiment tout oublié de cette entrevue.

— Et juste pour confirmation, dit-elle, vous n'étiez que tous les trois à vivre dans votre maison ? Vous deux et votre fille ?

Son regard navigue avec maladresse de Natalie à moi. Nous ne sommes mariés que depuis six mois, et elle n'a pas encore changé son nom de famille. Même à notre époque, il y a de quoi se poser des questions. Ça m'énerve que la supposition étriquée de cette femme soit correcte.

— Ma fille, oui, dis-je.

— Ah, reprend la femme en hochant la tête dans un tic nerveux, visiblement soulagée d'avoir bien compris. Et c'est un emprunt immobilier commun ? Cinquante-cinquante ?

Je me lance dans le détail de notre contrat de prêt, faisant mon possible pour être clair et concis malgré ma fatigue. Je suis sûr de moi. L'assurance habitation premium est l'une des premières choses que nous avons réglées quand nous avons emménagé ensemble : se prémunir contre le moindre risque, protéger nos arrières. Je revois même Natalie en parler. On ne peut empêcher une catastrophe de se produire, avait-elle dit, mais on peut faire en sorte d'être paré au pire. Il aura fallu du temps pour lui donner raison, mais nous y voilà.

— Je dois pouvoir me procurer les papiers nécessaires, j'en suis sûr, conclus-je. S'ils ont été détruits dans l'incendie, il en existe sûrement une version électronique. Je vais vous mettre en contact avec mon assurance.

— Parfait, répond la femme qui griffonne sur son calepin avant de lever les yeux. Mais pour l'heure, notre priorité est de vous trouver un logement. Vous avez de la famille ou des amis dans la région qui pourraient vous accueillir de manière temporaire ?

Je la dévisage d'un air ahuri. Ma famille, tout du moins ce qu'il en reste, vit à des centaines de kilomètres dans les confins de la Northumbrie, au nord de l'Angleterre, et ça fait des années que nos échanges se limitent à la carte de Noël convenue. Quant à celle de Natalie, ce n'est pas mieux – son père est décédé depuis des lustres, et elle s'est brouillée avec sa mère. Les amis que j'ai dans cette ville habitent soit dans un petit cottage, plein à craquer d'effets personnels, soit dans une colocation bordélique.

— Non, je réponds un peu sèchement.

Ce n'est pas très agréable de s'apercevoir qu'on n'a aucun plan de secours.

Mon interlocutrice se contente de hocher la tête, à croire qu'elle s'attendait à cette réponse.

— Pour les jours à venir, la meilleure solution, me semble-t-il, est de vous loger dans un hôtel du coin ou dans une chambre d'hôtes. Nous pouvons vous fournir une liste d'endroits avec lesquels nous sommes en contact. J'ai déjà passé quelques coups de fil, donc je peux vous proposer quelques options et, si vous avez la moindre préférence, nous pouvons arranger un transfert sans attendre. Évidemment, nous ignorons encore l'étendue des dégâts de votre propriété, et combien de temps il faudra pour la reconstruire. Il se peut qu'on doive envisager une autre option à plus long terme. Mais pour l'heure, ça vous convient ?

— Oui, ça me semble logique.

Je saisis le papier qu'elle me tend à travers la table, passe rapidement en revue la liste d'hôtels et de B&B. Puis je m'adresse à Natalie :

— Tu as une préférence ?

Elle hausse les épaules et secoue la tête. Je tâche de me représenter ces lieux, sans succès. Cette ville est truffée d'attrape-touristes, et lorsqu'on y réside, ils font partie du paysage et on n'y prête guère attention. Je sélectionne un nom au hasard : l'hôtel Sea Breeze. Le nom de la rue m'est vaguement familier ; je crois qu'il se situe non loin de l'hôpital, et je tiens à rester le plus proche possible de Jade.

— Celui-ci, si possible, j'indique à la femme.

Elle acquiesce de nouveau ; à ce geste, son double menton tremblote.

— Ça ne devrait pas poser de problème, monsieur Carmichael. Je vais les rappeler sur-le-champ pour avoir confirmation. Ensuite, je vous commanderai un taxi. C'est un charmant hôtel. On s'y sent comme chez soi.

À peine a-t-elle prononcé ces paroles qu'elle pince les lèvres ; un bref instant d'autoflagellation, un rappel mental que notre foyer ne peut être si facilement remplacé.

— Ne vous en faites pas, je la rassure.

Moins d'une heure plus tard, le jour point à l'horizon et nous sommes à l'arrière d'un taxi qui longe la route côtière déserte. Je plisse les yeux, gêné par les rayons du soleil de septembre qui filtrent à travers la vitre. Des rangées de maisons défilent dans mon champ de vision, succession de couleurs pastel qui se fondent en une seule.

— Nous y sommes, chantonne le chauffeur en se garant le long de la chaussée.

Je lève la tête et porte les yeux sur l'hôtel. Je l'ai déjà vu. Je me rappelle la collection de coquillages et de galets alignés de manière inégale sur les rebords de fenêtre. Ça a l'air convenable. Familial, un peu comme chez soi, ainsi que l'a fait remarquer la femme. En d'autres circonstances, j'aurais critiqué la façade vieillotte de manière cinglante. J'aurais peut-être préféré me rendre dans un endroit plus classe et plus raffiné. Mais à l'heure actuelle, ça n'a aucune importance.

Je descends du taxi et suis Natalie jusqu'à l'entrée où on patiente un instant. La porte s'ouvre quelques secondes plus tard et un homme apparaît sur le seuil. La quarantaine, des cheveux blond vénitien mi-longs, le visage couvert d'une barbe de plusieurs jours, une chemise bleu ciel à carreaux et un jean délavé.

— Je vous attendais. Entrez, dit-il en nous invitant à franchir le pas de la porte. Bon sang ! Quelle poisse ! Je suis de tout cœur avec vous.

Natalie marmonne quelques mots ; je hoche la tête par automatisme. Je n'ai pas franchement le temps d'échanger des platitudes, même si, d'une certaine façon, c'est réconfortant de savoir que ce qui nous arrive est si facilement catalogué – un drame incontestable.

L'homme nous conduit à l'étage ; il pousse la porte d'une chambre et agite vaguement un bras dans cette direction.

— Pas beaucoup de monde en ce moment. La fin de saison, vous voyez. Je me suis dit que ça ferait l'affaire. C'est calme et vous avez vue sur la mer. Mais s'il y a le moindre problème, faites-moi signe. Et si vous avez besoin de quoi que ce soit, je suis là. N'hésitez pas.

Il est à deux doigts de nous dire de faire comme chez nous, je le sens, cependant il se mord la langue juste avant de commettre la bourde. Jusqu'alors, je n'avais jamais pris conscience de la récurrence et la nonchalance avec lesquelles on fait référence au foyer dans nos discours de tous les jours. Histoire d'agrémenter la conversation.

Je pénètre dans la chambre. Des murs jaune passé, une moquette moelleuse couleur crème. Une petite lampe en forme de coquillage flanquée d'un vase où est planté un bouquet, des pétales bleus éparpillés sur la table de chevet comme des confettis. Dans cette pièce, l'air est léger et sans odeur. Je suis pris d'un bref tournis, étrange mélange de nausée et de soulagement.

— Je vous laisse vous installer, ajoute notre hôte.

Après son départ, je vais dans la salle de bains et trouve Natalie penchée à la fenêtre ouverte où elle fume une nouvelle cigarette, les mains tremblantes de froid. Elle se tourne à moitié et tend son autre main dans ma direction pour m'inviter à la rejoindre, mais je secoue la tête.

— Je vais essayer de dormir un peu avant de retourner à l'hôpital.

— Je comprends. Je vais prendre une douche et faire pareil. (Elle écrase la cigarette à moitié fumée et pousse le mégot sur le côté.) Je n'en ai même pas envie.

Elle se redresse et s'avance vers moi, glissant son bras sous le mien et collant rapidement sa joue à mon épaule ; un bref instant de réconfort qui me met du baume au cœur.

Pendant qu'elle se douche, je tire les rideaux de la chambre, ce qui ne suffit pas à bloquer la lumière. Assis sur le lit, j'ôte ma veste et je vide le contenu des poches en piles nettes sur la couette. Un portefeuille avec mes cartes de crédit et environ sept livres de monnaie. Mon téléphone portable. Mon agenda accompagné d'un crayon, un paquet de mouchoirs, une petite photo de Jade sur la plage riant aux éclats et plissant les yeux, éblouie par le soleil. Un trousseau de clés que je pourrais jeter à la mer vu qu'elles ne me servent désormais plus à rien. Voilà, c'est tout ce qui me reste. Mes seules possessions. Elles pourraient tenir dans la paume de mes mains. Cette pensée est tristement captivante.

Je remets le tout dans mes poches et je m'allonge, les mains nouées sous ma nuque. Je ferme les yeux. Malgré le courant nerveux qui me parcourt, je me sens sombrer presque immédiatement, aspiré par un trou noir de fatigue, et je m'abandonne totalement à la chute.

Lorsque je rouvre les yeux, je saisis mon téléphone et constate qu'il est midi passé. J'ai dormi pendant près de six heures. Ni nuage de doute ni brouillard d'incertitude. Je sais précisément ce qui s'est passé. Le store s'est levé d'un coup de mes paupières, me ramenant brutalement à l'effrayante réalité.

— Merde ! je m'écrie.

Je compose le numéro de l'hôpital. On ne m'a laissé aucun message, mais ça ne veut rien dire. Les hôpitaux sont des lieux où règne la désorganisation. Tandis que ça sonne, je songe à Jade, seule dans cet endroit inconnu ; Dieu seul sait ce qui s'est passé en mon absence. Comment ai-je pu dormir aussi longtemps ?

On finit par me passer un médecin dans l'unité de soins intensifs. Sans préambule, il m'apprend que Jade est toujours inconsciente, qu'il y a eu très peu de changements notables, et qu'ils seront heureux de passer en revue avec moi ses résultats d'examens à mon retour à l'hôpital à 14 heures. C'est un soulagement, en quelque sorte.

Les heures de visite approchent et le laps de temps qui m'en sépare et que je vais devoir remplir s'étend devant moi, vain et sans but. Près de moi, Natalie est allongée, les yeux clos, un bras tendu par-dessus la tête. Son sein rond est exposé à l'air libre, sa peau pâle et lisse comme de la porcelaine. Je me rappelle le pic de désir qui m'a saisi la nuit dernière, sur le chemin de la maison, ce besoin urgent de la retrouver. Ce désir palpite encore un peu en moi, étouffé, sourd écho de la veille. Je songe un instant à écarter le fin tissu de sa tunique et me perdre en elle pendant quelques minutes. Mais je suis déjà perdu et je ne vois pas l'intérêt.

Je me glisse hors du lit et ouvre la petite fenêtre de la chambre, me penche à l'extérieur et observe le front de mer. La surface de l'eau est calme, ondulée par la brise. Des mouettes planent à l'horizon ; elles plongent et s'élèvent, comme tirées par des ficelles invisibles. Un couple de touristes se balade le long de la promenade, bras ballants. La femme est vêtue d'une robe rouge à bretelles qui me rappelle une tenue de Natalie, et je me demande un instant si je la verrai de nouveau la porter. Un malaise m'envahit à l'idée de remettre les habits que nous pourrions récupérer dans la maison.

J'imagine l'odeur de la fumée incrustée dans le tissu… Il ne suffira pas de les laver pour nous en débarrasser.

J'enfile mes chaussures et ma veste. Sans un bruit, je sors de la chambre, un nouvel objectif en tête. Je vais aller faire les boutiques pour acheter de nouveaux vêtements pour ma famille, assez pour nous dépanner quelques jours, le temps qu'on se retourne. C'est peu, mais il n'y a pas grand-chose que je puisse faire pour Jade ou Natalie pour l'heure, et au moins, c'est un début.

Je m'éloigne de la mer et remonte la Western Road en direction du centre-ville où se situent les commerces, prenant conscience que je n'y ai pas mis les pieds depuis une bonne année. D'habitude, c'est Natalie qui gère ce genre de chose, et je me rappelle vite pourquoi. Pour moi, je choisis des basiques – quelques chemises, des caleçons, deux-trois pulls et un pantalon, une veste plus chaude. Mais quand vient le tour de ma femme et de ma fille, je me retrouve bloqué devant des portants de fringues à n'en plus finir ; je les contemple d'un air hébété sans savoir quoi sélectionner. Couleurs, motifs, tissus et styles se mélangent et je ne comprends pas la logique du rangement.

Je pense à Jade, à ce qu'elle porte en dehors de l'école. Petit flash-back : je me promène avec elle en ville et elle pose le regard sur une fille vêtue d'une jupe fluide, une lueur envieuse dans les yeux ; elle me serre le bras. « Hé papa, c'est sympa, non ? Tu peux m'acheter la même pour mon anniversaire. Ou quand tu veux. » On avait ri, je lui avais fait remarquer que ce genre de truc, ça ne se demande pas. Mais ce n'est pas une tenue qu'on porte quotidiennement, ou qu'on apporte à l'hôpital. Plus je reste planté là, dans la lumière vive et la musique abrutissante du magasin, et plus je panique. Quel genre de père suis-je ? Je ne suis même pas foutu de me rappeler ce que met ma fille !

— Je peux vous aider ? intervient une vendeuse.

Elle n'a pas l'air beaucoup plus vieille que Jade, et un bref instant j'éprouve un pincement de jalousie à l'idée qu'elle se tienne là, le regard vif, pleine d'entrain dans son uniforme, alors que ma Jade est inconsciente sur un lit d'hôpital de l'autre côté de la ville.

Je réprime ce sentiment et me compose un sourire forcé.

— Je cherche des vêtements pour ma fille. Elle a quatorze ans, elle fait du 38, je crois. Je suis un peu paumé.

La vendeuse me prend en pitié et, en un éclair, sans me laisser le temps de dire ouf, elle m'entraîne à travers la boutique et me présente une variété d'articles. Son assurance déteint sur moi. Je ressors muni de deux sacs pleins à craquer – de jeans et de hauts à manches longues surtout, auxquels s'ajoutent quelques habits pour Natalie. En ce qui la concerne, je suis plus à l'aise ; je connais ses goûts et je sais ce qui lui plaira. Un sentiment de fierté irrépressible m'emplit quand je jette un coup d'œil aux sacs, tandis que je me dirige d'un pas rapide vers la plage. Il faut dire que je ne mets pas la barre très haut en ce moment pour ce qui est de mes prouesses.

Il me reste encore une heure à tuer et je prends le parti de me balader le long de la plage avant de rentrer à l'hôtel, afin de faire le plein d'air frais. Sur cette partie de la côte, il y a peu de sable, voire pas du tout, et les semelles de mes chaussures glissent sur les galets, ralentissant ma marche.

Je passe devant le petit kiosque ouvert toute l'année sur la plage. Le propriétaire, un vieillard grisonnant avec une bedaine et un tablier à rayures rouges, fixe la mer d'un regard vitreux, détaché. J'observe les sachets de bonbons roses suspendus au plafond de l'abri et oscillant au vent et me demande si je devrais en acheter. J'ai la tête qui tourne et je sais que je devrais tâcher de garder des forces, mais manger me semble étrangement inconcevable. L'homme me coule un regard méfiant, mais je m'éloigne vers la mer. Je me promène le long du littoral, les yeux rivés à l'écume. J'ai l'esprit vide et, pendant quelques instants, je demeure figé, visage au vent, bercé par le roulement implacable des vagues.

Un étrange frisson s'empare de moi. Le sentiment bizarre, instinctif, d'être observé. Lorsque je me retourne, je découvre sans surprise que je ne suis pas seul. Un homme se tient immobile à l'extrémité de la plage, dans la direction d'où je viens. Sa silhouette se détache à contre-jour, éclairée par le soleil. Je ne vois pas son visage, mais sa posture et l'angle de son corps m'indiquent qu'il me regarde.

Je le regarde à mon tour en levant légèrement la main, dans un mouvement d'interrogation ou d'avertissement. Il hésite, pivote sur ses talons, et s'éloigne lentement vers la jetée sans se retourner. Je traverse l'étendue de la plage en diagonale pour rejoindre la route à hauteur des feux de circulation. Mais le temps que j'y parvienne, il a disparu.

Sur le trajet de retour à l'hôtel, je songe qu'il est normal que je sois parano. Ma situation est troublante et il est naturel que mes nerfs soient à vif et mes réactions exacerbées. Comme pour démontrer ce dernier point, lorsque mon portable se met à sonner, je sursaute.

Je réponds aussitôt.

— Allô ?

— Monsieur Carmichael ? Docteur Rai à l'appareil.

— Oui ? (Je consulte ma montre, mais il n'est que 13 h 20. J'ai contacté l'hôpital il y a une heure et demie à peine.) Il y a un problème ?

— Jade a repris connaissance, m'apprend le médecin. (Je lâche un soupir.) Elle est toujours très faible évidemment, et nous avons encore toute une batterie d'examens à lui faire passer. Nous allons devoir la garder sous surveillance pendant quelques jours au moins. Mais c'est très positif qu'elle se soit réveillée relativement vite.

— C'est une excellente nouvelle, dis-je, à peine capable de retenir les éléments négatifs qu'il a soulevés. (Je m'aperçois alors que je m'étais en partie préparé à ce qu'elle ne sorte jamais du coma.) J'arrive tout de suite, j'ajoute d'une voix qui se brise.

Mais pour une fois, je n'ai pas honte. S'il y a bien des circonstances dans lesquelles la retenue n'est pas de vigueur, ce sont celles-là.

Je dévale la rue principale à la recherche d'un taxi, et ce n'est qu'une fois installé à l'arrière du véhicule que Natalie me revient à l'esprit. Je lui envoie un bref message pour lui faire part de la bonne nouvelle et lui donner rendez-vous à l'hôpital. Quelques secondes plus tard, elle me répond qu'elle me rejoint au plus vite. Je relève les points d'exclamation et les baisers dont elle a agrémenté son texto, et je sens les dernières gouttes du poison qui a saisi mon cœur se dissiper. Ce n'est peut-être pas sa mère, mais elle aime sincèrement Jade. Nous allons nous en sortir, tous ensemble.

Je me repasse cette pensée en boucle tandis que le taxi me conduit à l'autre bout de la ville et, lorsqu'on atteint l'hôpital, j'ai presque réussi à me débarrasser du constat désagréable qui me taraude depuis l'incendie : à savoir qu'au moment crucial, alors que je me tenais avec ma femme devant notre maison en proie aux flammes, nous n'avons pas fait front. Je lui en ai voulu, je lui ai fait des reproches. Mon premier réflexe n'a pas été la solidarité, mais la division.

Jade est allongée sur le dos, le visage tourné vers la porte, et lorsqu'elle me voit apparaître sur le seuil, sourire aux lèvres, ses yeux remuent faiblement en réponse. Elle cligne lentement des paupières puis elle étend sa main bandée sur le drap blanc.

— Salut, papa.

— Ma chérie, dis-je en m'asseyant à son chevet et en lui caressant doucement le bras. Dieu merci tu t'es réveillée ! Je suis tellement heureux de te voir.

Les mots sont insignifiants dans une telle situation. Une montagne d'émotions monte en moi, me coupe la respiration, me pique les yeux. Si jamais je laisse libre cours à mes sentiments, ça risque de la submerger, voire de l'effrayer. Du coup, je les ravale et affiche un sourire aussi rassurant que possible.

— Comment tu te sens ?

Je repense à la brève conversation que je viens d'avoir avec le docteur Rai ; les noms et les résultats d'examens que j'ai tout le mal du monde à retenir. Le tableau qu'il m'a brossé est peu concluant ; au mieux, vaguement rassurant. Je m'aperçois, non sans honte, que j'ai besoin que ma fille me regarde dans les yeux et me dise qu'elle va s'en sortir et que tout va bien se passer.

Elle balance la tête d'un côté puis de l'autre, réfléchissant à ma question.

— Je sais pas trop.

Je réprime ma déception.

— Je t'ai apporté quelques vêtements.

J'ouvre le sac, déploie quelques articles sur le lit pour les lui présenter, tel un négociant faisant étalage de ses marchandises.

— Bon, ce n'est sans doute pas à la pointe de la mode. Peut-être que tu ne voudras les porter pour rien au monde…

Elle n'a pas l'air de prêter attention à mes paroles.

— Merci, répond-elle d'une voix faible et détachée.

Je me rends compte qu'elle n'est pas vraiment présente. J'ai conscience qu'il faut la ménager et prendre des pincettes, mais peut-être qu'elle n'a pas envie de parler de tout et de rien, et ça me semble hypocrite de faire l'autruche et d'éviter d'aborder le sujet.

— Tu… tu te souviens de ce qui s'est passé ? je demande avec hésitation.

Jade hoche aussitôt la tête.

— Les flammes. (Elle détourne le regard un instant pour fixer le rai de soleil qui filtre par les rideaux. De minuscules particules de poussière tourbillonnent dans les airs.) J'étais terrifiée. Je ne savais pas quoi faire. Il faisait tellement chaud.

— Je sais, mon cœur, je murmure, tout en me sentant impuissant. Natalie m'a dit qu'elle t'avait cherchée, mais qu'elle ne t'a pas trouvée. Où étais-tu ?

— Je me cachais, répond-elle d'une voix quasi imperceptible qui me force à me pencher en avant. J'étais dans ma chambre. Dans le placard.

Les sourcils froncés, je scrute son expression, le sérieux dans son regard bleu nuit. C'est comme si elle essayait de me faire passer un message, qu'elle me demandait de lire entre les lignes.

— À cause de l'incendie ? finis-je par demander. Tu t'es cachée parce que tu avais peur des flammes ?

Elle secoue imperceptiblement la tête.

— À cause de l'homme, murmure-t-elle.

— Le pompier ?

Non… ce n'est pas ça. C'est impossible. Les pompiers sont arrivés après, après que Natalie a commencé à fouiller la maison, et puis de toute façon, ça n'a aucun sens ; on ne se cache pas de quelqu'un qui est là pour vous secourir.

De nouveau, Jade fait non de la tête, et un éclair d'impatience passe sur son visage.

— Non, dit-elle en fermant les yeux.

Je l'observe. Elle est épuisée et je n'ai pas envie de la brusquer, pourtant une petite voix me souffle d'insister et de lui poser à nouveau une question. Mais avant que j'en aie l'occasion, elle rouvre les paupières et vrille son regard au mien.

— L'homme dans la maison, articule-t-elle clairement.

— Qui ça ? je m'écrie d'une voix qui me semble agressive. (Je joins les mains et les serre de toutes mes forces, tâchant de retrouver mon sang-froid.) Qu'est-ce que tu veux dire ?

Elle agite la tête sur l'oreiller ; elle hausse légèrement les épaules.

Je m'efforce de parler calmement.

— Tu veux dire qu'il y avait un homme à la maison hier soir ?

Jade porte son poignet à son front et se le frotte doucement.

— Je ne sais pas, murmure-t-elle.

Le contour de ses yeux rougit, comme chaque fois qu'elle est sur le point de pleurer.

— Désolé, je m'empresse de dire. Je ne veux pas te contrarier. Mais c'est un détail qui peut s'avérer important.

Jusqu'à présent, j'ai mentalement classé l'incendie dans la case accident domestique, dû à un instant de négligence ou à un problème électrique. La possibilité qu'un intrus se soit glissé chez moi ne m'avait même pas traversé l'esprit.

— Si ça peut nous aider à comprendre ce qui s'est passé, tenté-je encore, alors…

— Vous voilà ! s'exclame Natalie depuis le seuil.

Elle se précipite au chevet de Jade pour la serrer dans ses bras avec précaution. Elle tient un gros bouquet de fleurs multicolores à la main qu'elle pose sur la table de nuit.

— J'irai te chercher un vase plus tard, dit-elle d'un ton faussement enjoué.

En réalité, je sens bien qu'elle est nerveuse. Je m'en veux pour ma conduite de la nuit dernière. Ces deux dernières années, Natalie a dû faire face à la crise de puberté de Jade, et elle a affronté avec calme et tendresse ses changements d'humeur incessants. C'est assez difficile pour elle sans que j'en rajoute une couche en lui reprochant d'avoir laissé tomber ma fille de la pire des manières.

Je jette un coup d'œil inquiet à Jade, mais elle sourit, visiblement heureuse de voir Natalie.

— Coucou, dit-elle. Merci. On ne m'offre jamais de fleurs.

Elle fixe l'arc-en-ciel de couleurs, charmée par ce geste inhabituel, et j'éprouve un pincement de jalousie à l'idée de ne pas y avoir songé moi-même.

— À moi non plus, réplique Natalie en me décochant un regard espiègle avant de lever les yeux au ciel à l'intention de Jade.

Parfois, elles s'amusent à se liguer contre moi. Au début, c'était une manière facile pour elles de forger une alliance et, de temps en temps, j'ai l'impression que ces liens ont besoin d'être renforcés et réaffirmés. Mais aujourd'hui, je ne suis pas vraiment d'humeur à entrer dans leur jeu. Ce que Jade vient de me confier me hante. Je me sens obligé d'en parler à Natalie.

— Il y a une chose que tu dois savoir, dis-je. Jade pense avoir vu un homme dans la maison hier soir.

Je porte les yeux vers ma fille dans l'espoir qu'elle intervienne et qu'elle explicite, mais elle se contente de se mordiller la lèvre inférieure d'un air angoissé, comme si elle s'attendait à ce que je résolve le mystère tout seul.

— Un homme ? répète Natalie. Je ne comprends pas. Quel homme ?

Je jette un nouveau coup d'œil à Jade, qui se mure dans le silence.

— Elle n'est pas certaine, je reprends, mais il faut qu'on en parle à quelqu'un.

— À qui ? demande sèchement Natalie.

— À la police, par exemple. Si un homme est entré par effraction chez nous, il faut le leur signaler. La nuit même où notre maison prend feu… C'est trop gros pour être une simple coïncidence. Si ça se trouve, cet homme…

Je laisse ma phrase en suspens, soucieux de Jade, que je ne souhaite pas bouleverser davantage. Mais elle y a sûrement déjà pensé par elle-même.

— Il a peut-être volontairement mis le feu à notre maison, je conclus, presque à voix basse.

Elle ne répond pas tout de suite. Ses yeux remuent d'un côté puis de l'autre, comme si elle considérait mon hypothèse. Puis elle finit par hausser très légèrement les épaules.

— Ce n'est pas possible.

— Comment ça ?

Elle s'éclaircit la voix et reprend la parole d'un ton plus ferme et plus catégorique.

— Ce n'est pas possible qu'il y ait eu quelqu'un dans la maison. Je l'aurais vu, je l'aurais entendu. D'accord, je me suis assoupie sur le canapé, mais j'ai le sommeil léger, et tu le sais. Il n'y a pas moyen que quelqu'un se soit introduit chez nous sans me réveiller, d'autant plus que j'étais dans la pièce juste à côté de la porte d'entrée.

Elle s'interrompt, détourne la tête. J'ai le sentiment qu'une pensée lui est soudain venue, mais elle ne semble pas encline à la partager avec moi. Elle me regarde en silence, arque les sourcils avec un nouveau haussement d'épaules. C'est un air qui m'est familier, cette certitude à la fois muette et rebelle. Quand elle est comme ça, c'est difficile de lui tenir tête, et, la plupart du temps, le sujet ne me tient pas assez à cœur pour que je m'en donne la peine. Mais là, c'est différent. Il ne s'agit ni d'un débat politique frivole ni d'une discussion de fin de dîner sur des dilemmes de morale. C'est littéralement une question de vie ou de mort.

— Comment expliques-tu alors ce que Jade a vu ? dis-je, aussi calmement que possible.

Je décoche un regard d'excuse à ma fille. En temps normal, nous n'aurions pas ce genre de conversation en sa présence. Mais la situation est exceptionnelle, et Jade est déjà bien trop impliquée pour en être exclue.

Natalie inspire à fond par les narines et croise les bras devant sa poitrine, sur la défensive.

— Ça t'étonne vraiment, qu'elle n'ait pas eu les idées claires à ce moment-là ? demande-t-elle.

— Tu es injuste, je réponds d'une voix tendue, m'efforçant de ne pas m'emporter. D'accord, elle est fatiguée sur le plan physique et mental. Mais de là à halluciner, à s'imaginer des choses qui ne se sont pas produites ! Je ne pense pas qu'on puisse simplement ignorer…

— S'il vous plaît, intervient Jade d'une voix soudain très faible et très juvénile. Je ne veux plus en parler. On oublie, OK ? Faites comme si je n'avais rien dit.

Elle a le visage livide et les traits tirés, et je songe qu'elle vient de subir une épreuve traumatisante. Elle n'a vraiment pas besoin de nous voir nous disputer. Il lui faut de la stabilité, là, tout de suite ; une famille aimante. Et j'imagine qu'elle m'a déjà dit tout ce qu'elle pouvait, pour le moment en tout cas.

— OK, je m'efforce de répondre. On en rediscutera plus tard. De quoi voudrais-tu parler alors ?

Pendant la demi-heure suivante, on aborde des sujets plus faciles – lesquels de ses camarades de classe elle aimerait voir à l'hôpital, qui des candidats arrivera en finale de son émission de télé-réalité favorite –, jusqu'à ce qu'il devienne évident qu'elle fatigue. Le médecin s'attarde sur le pas de la porte pour nous faire comprendre qu'il est temps de prendre congé. Je me penche au-dessus du lit et la prends dans mes bras pour lui dire au revoir, inhalant le parfum de ses cheveux – shampoing d'hôpital, avec une forte note de menthe poivrée. Pour une raison que j'ignore, cette odeur étrangère me noue la gorge et je prends sur moi pour avoir l'air enjoué lorsque je lui dis que je serai de retour très bientôt à son chevet.

Dans le couloir, je prends Natalie par le bras et l'entraîne sur le côté.

— Qu'est-ce que tu m'as fait, là ? dis-je à mi-voix.

Pour sa défense, elle ne fait pas mine de ne pas comprendre à quoi je fais référence.

— Désolée, Alex, mais je n'ai pas l'intention de corroborer une version des événements avec laquelle je ne suis pas d'accord.

Son regard est imperturbable, son menton légèrement levé.

— Je ne dis pas le contraire, mais je n'apprécie pas que tu insinues que ma fille ment.

Elle tressaille, son expression se voile un instant. Je l'ai blessée, et je regrette déjà mes paroles, surtout d'avoir dit « ma » fille. Mais il est trop tard pour faire machine arrière.

— Je n'ai jamais dit ça, réplique-t-elle prudemment.

— Eh bien, l'une de vous deux ment, en tout cas, je rétorque du tac au tac.

Natalie lâche un petit ricanement et secoue la tête.

— Vraiment ? Ce n'est pas possible qu'on dise toutes les deux la vérité ? Qu'elle croie avoir vu un homme et que je ne croie pas qu'il y ait eu qui que ce soit ?

Le silence tombe entre nous. Je suis perplexe. Évidemment, vu sous cet angle, c'est elle qui a raison. Tout n'est pas forcément blanc ou noir. Et pourtant, ça a été mon premier réflexe : opposer ma femme et ma fille et me positionner en juge et partie.

— Désolé…, je commence lentement, tâchant de faire le tri dans mes pensées.

C'est à son tour de me prendre de haut. À ma grande surprise, elle n'accepte pas mes excuses. À la place, elle fait un pas en arrière, serre ses bras autour de son buste et fronce les sourcils, des éclairs dans les yeux.

— C'est toi tout craché, Alex, siffle-t-elle. Tu ne cherches pas l'explication la plus probable, mais celle qui va causer le plus de dégâts. Ce n'est pas ma faute si tu es aussi suspicieux…

— Attends un peu, je l'interromps.

Ce type d'agressivité ne ressemble pas à Natalie et elle me prend de court. Mais le plus étonnant, c'est ce que sa colère sous-entend. Suspicieux, je répète intérieurement. En réalité, avant qu'elle ne prononce ce mot, je ne suspectais rien du tout, mais à présent je ne peux m'empêcher de spéculer. Si Jade dit vrai, alors un intrus n'est pas la seule hypothèse envisageable. Et si cet homme était là parce que ma femme l'avait invité ?

Du coup, je ne peux pas m'empêcher de penser que, si Natalie y a songé avant moi, c'est qu'elle avait cette conclusion en tête depuis le début.

NATALIE

Septembre 2017

S'énerver demande de l'énergie. Or, c'est à peine si j'ai fermé l'œil en vingt-quatre heures ; une douleur sourde se diffuse le long de ma colonne vertébrale et j'ai la tête dans le coton. Ce serait plus facile de céder. Je pourrais lui dire que je suis désolée et que je sais qu'il n'a pas les idées claires en ce moment ; je pourrais même faire semblant de comprendre sa méfiance, même si je ne lui ai donné aucune raison de douter de moi. Mais au lieu de ça, le sang me monte à la tête et un flot de paroles jaillit de ma bouche.

En réalité, ça fait du bien de lâcher prise. Les événements qui se sont produits ces dernières heures ressurgissent ; la colère monte en moi et éclate d'un seul coup. C'est toujours la même rengaine. Malgré l'incendie et le traumatisme que sa femme et sa fille ont subi, au final, ce qu'il redoute le plus, c'est que je puisse me taper un autre homme ! C'est tellement stupide que c'en est risible.

— Une petite minute, m'arrête-t-il.

Il se fige, bouche entrouverte, et m'adresse le regard de chien battu qui d'habitude me désarme. Mais cette fois, ça ne prend pas. Il a l'air pathétique. Et ça ne fait qu'accroître la rage qui bouillonne en moi ; je n'ai pas envie de le voir en victime. C'est Alex, mon époux. L'homme que je vénère, que j'ai toujours fait passer en premier. Pour qui je serais prête à tout. Sauf que là, on dirait un mec vulnérable, un incapable.

— Oui ? dis-je avec une pointe de sarcasme.

Il fait un pas vers moi, puis il recule, comme tiré par des fils invisibles. Il lève les mains pour me montrer qu'il capitule.

— Je ne sais pas quoi te dire.

Je l'observe longuement. Il a l'air épuisé. Sous ses yeux rougis par les pleurs, de gros cernes se creusent, et il a le teint grisâtre sous les néons. Ses épaules sont voûtées, ce qui le ratatine un peu, lui qui mesure pourtant 1,82 mètre. J'essaie de garder à l'esprit qu'il vient de vivre une épreuve difficile. En même temps, des images défilent dans ma tête. Je me revois dans la maison en feu. Les flammes qui se déchaînent autour de moi, la chaleur insupportable qui me brûle la peau, et la fumée qui s'engouffre dans mes poumons, m'empêchant de respirer. À un certain moment, j'ai bien cru que j'allais y rester. Le décor s'est adouci et je me suis sentie glisser dans une sorte de rêve ; mes pieds avançaient mais mes pas ne me menaient nulle part, tout du moins pas assez vite. Et là, je me suis dit : *Je vais mourir*. Quand on est passé à deux doigts de la mort, on a bien mérité un peu de répit, non ? Un peu de compréhension. Un peu plus qu'un simple « Je ne sais pas quoi te dire ».

Un étrange courant d'air s'infiltre sous mes vêtements et se faufile jusqu'à ma peau.

— Très bien. Je vais te laisser le temps d'y réfléchir dans ce cas.

Et sur ces paroles, je pivote sur mes talons et remonte le couloir. Je crois l'entendre m'appeler, mais je n'en suis pas sûre, pas assez pour me retourner. Je pousse la porte et me retrouve dehors sous le soleil éclatant de l'automne. Le froid m'enveloppe d'un seul coup. Alors seulement, je comprends qu'il n'a pas l'intention de me courir après.

Sans réfléchir, je hèle un taxi et demande au chauffeur de me ramener à l'hôtel. Ça va me coûter mon dernier billet de cinq livres. Il faut que j'appelle la banque pour demander qu'on m'envoie une nouvelle carte. Cette pensée m'épuise ; je bascule en arrière contre l'appuie-tête et ferme les yeux, bercée par les mouvements du véhicule. La route qui serpente le long de la côte me donne une étrange impression de déjà-vu. Et puis ce sentiment se dissipe aussi vite qu'il est né.

Une fois dans la chambre d'hôtel, je m'affale sur le lit et allume la télé, sachant d'emblée que c'est peine perdue. Les images qui défilent à l'écran me semblent lointaines, presque irréelles. Je suis incapable de penser à autre chose qu'à ce qui s'est passé. L'écart entre ce que j'avais prévu, et ce qui est arrivé. J'aurais dû être éveillée au retour d'Alex. J'aurais allumé de petites bougies, je lui aurais servi un verre. Je l'aurais accueilli, il m'aurait raconté sa soirée, m'aurait parlé de ses clients pendant quelques minutes. Puis je me serais déshabillée pour lui montrer le nouvel ensemble de lingerie en soie noire que j'ai acheté il y a quelques jours. Je me revois dans la boutique, à essayer le soutien-gorge. Je me rappelle le contact doux et serré du tissu sur ma peau ; j'imaginais sa réaction. J'ai caressé la soie, songeant au regard dont il me couverait avant d'effleurer mon décolleté. Je ne sais même pas où se trouve cet ensemble à l'heure qu'il est. La nuit dernière, on a troqué mes habits imprégnés de fumée contre une blouse d'hôpital rêche, avant de me donner, ce matin, un haut basique à fermeture Éclair et un bas de jogging. La tenue la moins glamour au monde.

Bon, les choses ne se passent pas toujours comme prévu. On ne sait jamais ce que la vie nous réserve et, depuis le temps, je suis bien placée pour le savoir. Je m'autorise quand même à verser quelques larmes… Je ne pleure quasiment plus jamais. Il faut dire que je suis arrivée à un stade où ça paraît un peu inutile – ça ne m'apporte plus trop de réconfort. Mais c'est naturel. Jade m'apparaît à l'esprit, et les larmes jaillissent aussitôt. J'aurais dû me douter qu'Alex me tiendrait pour responsable de ce qui est arrivé. Je comprends son point de vue. Il se dit que j'aurais pu chercher davantage – mais il n'était pas présent. Je me demande ce qu'il aurait fait à ma place… Se serait-il sacrifié pour elle ? Serait-il resté dans le brasier jusqu'à ce que ça le tue ? À mon avis, oui. Mais on ne le saura jamais. Ni lui ni moi.

J'hésite à lui envoyer un message pour lui dire que j'aime aussi Jade et que je suis soulagée qu'elle aille mieux. Non… Je vais attendre un peu. Il fera peut-être le premier pas quand il se rendra compte qu'il s'est comporté comme un goujat en insinuant que j'ai pu faire entrer mon amant sous notre toit pour le baiser en son absence. J'essaie d'être en colère, mais je n'y arrive pas. La fureur qui m'a animée à l'hôpital s'est envolée. À présent, je me sens surtout triste. Jamais je ne tromperais Alex. Ni personne d'autre. Il aurait dû le savoir. Depuis le jour de notre rencontre.

Mes yeux se ferment et je me repasse la scène. Je fais la queue au bar parmi la foule. Soudain, je sens un corps différent des autres ; une manche qui me caresse imperceptiblement le bras, mes sens qui s'éveillent. Je suis comme galvanisée. Dit comme ça, ça paraît un peu théâtral, mais j'ai su d'emblée que cet homme-là, j'avais envie de le connaître. J'ai levé la tête. Je l'ai vu qui se tenait là, grand et baraqué, qui me dévisageait, les yeux pétillants. Ses lèvres se sont incurvées en un sourire.

— Je vous offre un verre ?

Déjà sous le charme, j'ai accepté. Et puis, quelques secondes plus tard, j'ai vu son alliance. *Jamais de la vie !* ai-je songé. Alors, mon visage s'est fermé et j'ai eu un mouvement de recul.

— Les hommes mariés, ça ne m'intéresse pas.

Un voile de confusion est passé sur son visage et il a contemplé sa main. Il a crispé le poing et la bague en or est ressortie contre sa peau.

— Non, non, c'est un malentendu. Je ne suis pas marié. Enfin si, je l'étais, mais je suis veuf. Ma femme est décédée il y a des années.

J'ai marqué un temps de réflexion. Les mots me chatouillaient le bout de la langue, des mots que je savais inappropriés… Toutefois, j'avais le sentiment qu'il ne le prendrait pas mal.

— Ah, tant mieux.

Et nous avons ri à l'unisson, un rire complice, car nous savions tous les deux que ma remarque était insensible et irrespectueuse et nous étions à la fois horrifiés et ravis d'être sur la même longueur d'onde.

Une heure plus tard, j'étais dans sa chambre, agenouillée sur les draps blancs en coton. Les fenêtres étaient grandes ouvertes, et l'air marin s'engouffrait à l'intérieur. Lorsqu'il a retiré sa chemise, une fine pellicule de sueur lui couvrait la peau, à la fois douce et salée. Il m'a pincé les tétons si fort qu'ils ont rougi, et je l'ai plaqué contre le matelas. Ma longue chevelure a dégringolé sur son torse, et je l'ai forcé à me regarder tout en m'asseyant à califourchon sur lui dans un soupir d'aise. Une douce brise m'effleurait la peau, et un gémissement m'a échappé sous ses caresses langoureuses, d'abord lentes puis de plus en plus avides. Il m'a attirée vers lui, et à ma grande surprise, je me suis mise à vouloir lui faire plaisir. Il n'a pas eu peur de plonger son regard dans le mien. Et après, pendant que j'allumais une cigarette, il s'est rallongé sur l'oreiller sans me quitter des yeux et a tendu le bras vers mon visage pour dégager une mèche de cheveux qui s'y attardait. Dehors, il faisait nuit. Une petite lampe éclairait un coin de la pièce, et son visage était à moitié mangé par l'obscurité.

J'ai saisi sa main et j'ai fait courir mes doigts sur son alliance.

— Je peux te demander… pourquoi tu la portes encore ?

Il a hésité un instant, puis, sans un mot, il a ôté l'anneau et l'a posé sur la table de chevet. Un acte ni désinvolte ni détaché. Décisif tout de même.

Il m'a embrassée, a glissé ses bras sous mon corps et j'ai cambré les reins contre son bassin. Je n'ai pas pu m'empêcher de me dire que tout était un peu trop fluide. Une routine un peu trop bien huilée, peut-être. Et s'il avait sorti le même numéro à d'autres femmes ? L'alliance qui se volatilise en un tournemain. Pouf !

Disparue comme par magie. Je me suis tout de même enroulée autour de lui et me suis accrochée de toutes mes forces. S'il n'était pas tout à fait sincère pour l'instant, il ne tarderait pas à l'être.

J'ai l'impression de patienter dans la chambre d'hôtel pendant des heures, mais lorsque je consulte l'horloge, je m'aperçois que quarante-cinq minutes à peine se sont écoulées. Je descends du lit et m'approche de la fenêtre, l'ouvre et tends le cou vers la rue. Dans une minute, je verrai Alex remonter le trottoir, les mains dans les poches, le pas résolu. Il va venir me rejoindre. L'image est tellement nette dans ma tête que le vide persistant de la rue me surprend. Enfin, elle n'est pas tout à fait déserte. Des passants défilent devant l'hôtel, des voitures vont et viennent, mais Alex demeure absent et tout m'est indifférent.

Je n'ai pas l'habitude qu'il me plante sans donner de nouvelles ; en général, lorsqu'on se dispute, il est le premier à se manifester. Ce n'est pas le genre de mec à avoir besoin d'un jardin secret. Il m'a fait entrer dans sa vie du jour au lendemain sans retenue et, peu après notre rencontre, on s'est vite rapprochés. Mes soupçons de la première nuit se sont révélés injustifiés. En fait, sans m'en rendre compte, c'était plutôt moi qui freinais des quatre fers. Je voulais être avec lui, mais j'avais peur de l'intimité et j'étais sur la défensive, ayant vu les dégâts qu'elle pouvait causer. J'ai attendu de savoir qu'il n'allait pas partir en courant pour baisser la garde. Ensuite, j'ai lâché prise et me suis abandonnée à notre relation comme jamais auparavant.

Je me penche à la fenêtre, croise les bras et appuie mon menton dessus. Le vent me rafraîchit le visage. Je me rappelle le lendemain matin de notre première fois. Je me douchais dans sa salle de bains, me prélassant dans les souvenirs de la nuit passée, lorsque j'ai remarqué, sur le rebord de la baignoire, un tube de gel douche rose parfumé à la framboise. Mon ventre s'est noué d'un seul coup. On se connaissait à peine, et pourtant, j'avais l'impression de m'être pris un coup de couteau en plein cœur. J'ai emporté le flacon dans le salon, encore nue et dégoulinante, et je l'ai brandi devant lui d'un air inquisiteur.

— Tu ne m'as pas l'air du genre à utiliser du savon rose, ai-je dit d'une voix faussement détachée.

J'avais beau être blessée, je n'allais pas lui faire une scène, pas après une seule nuit.

Il a pris un air coupable, et je me suis préparée au pire.

— J'aurais dû t'en parler plus tôt.

J'ai lâché un rire désincarné.

— C'est la vie… ça va, ça vient. C'est toujours d'actualité avec elle, alors ?

— Si c'est toujours d'actualité ? a-t-il répété, l'air un peu perdu. (Puis il a compris. Son visage s'est empreint d'une expression étrange, mi-soulagée mi-offusquée.) Non, le gel douche appartient à ma fille, Jade. Elle a passé la nuit chez une copine, mais elle habite ici avec moi. Elle a douze ans. Ma défunte épouse était sa mère.

Il a marqué une pause comme s'il attendait une réaction de ma part, mais je suis restée de marbre. Je peinais à retomber sur mes pieds et je ne savais pas trop quoi penser.

— Je suis vraiment désolé, j'aurais dû t'en parler plus tôt… Je comprendrais que tu préfères en rester là. Mais ce serait dommage.

Silence. On se tenait très près l'un de l'autre. Il irradiait une douce chaleur qui m'effleurait la peau ; son regard était plongé dans le mien et on se dévisageait avec ardeur. Il a haussé les épaules.

— Je trouvais qu'il y avait un truc entre nous qui valait la peine d'être approfondi.

Son assurance m'a bluffée. Et ça a marché. Il donnait l'impression de s'en ficher, alors que ses yeux me disaient l'inverse. Je l'ai poussé sur le canapé et suis montée à califourchon sur lui pour lui faire part de ce que j'en pensais, essuyant ma peau trempée sur sa chemise.

Je n'ai fait la connaissance de Jade que trois mois plus tard, et à ce moment-là, j'étais presque sûre que rien ne pouvait me décontenancer. Quand on s'est enfin rencontrées, ce fut de manière non formelle, à l'occasion d'un dîner ordinaire. Jade se balançait sur un tabouret, dans la cuisine, et frappait ses jambes l'une contre l'autre tout en racontant sa journée à l'école. Une gamine avec des nattes blondes et une tendance à cligner des yeux très vite quand elle était nerveuse. Elle m'a paru jeune, mais à quelques reprises, je l'ai surprise à me dévisager quand j'avais la tête tournée, les yeux plissés d'un air songeur comme une adulte tâchant de se faire sa propre idée sur quelqu'un. Impossible de deviner ses pensées.

— Ton père parle beaucoup de toi, ai-je dit – Alex s'étant absenté de la pièce. Il me répète sans cesse qu'il est très fier de toi.

Il ne l'avait pas dit en ces termes, mais ça crevait les yeux. J'avais pas mal observé le père et la fille ce soir-là, et j'avais bien vu le regard dont il la couvait. Et le fait qu'il était suspendu à ses lèvres. Sans savoir pourquoi, je ne l'imaginais pas comme ça.

Jade a souri et baissé la tête sans rien dire. J'ai cru qu'elle était gênée, mais peut-être qu'elle n'avait rien à répondre en fait. J'avais juste émis une vérité, comme si j'avais dit que le ciel était bleu.

On a discuté un peu jusqu'à ce qu'il soit l'heure pour elle d'aller au lit et lorsqu'elle s'est levée pour monter à l'étage, elle s'est avancée vers moi et m'a serré la main, comme si nous venions de conclure une affaire.

— Merci d'être venue.

— Merci pour ton accueil.

Alors je lui ai lâché la main et l'ai prise dans mes bras. J'ai pressé ses petites omoplates contre mes paumes, humé le parfum frais de son shampoing. Je ne savais pas trop ce que j'étais censée ressentir. Dans un sens, j'avais espéré tomber sous son charme au premier regard. C'était la fille d'Alex et si elle était importante pour lui, elle l'était aussi pour moi. Mais je n'éprouvais pas le moindre sentiment auquel me raccrocher, pas encore du moins. Il ne fallait pas que je sois trop déçue. Comment ressentir d'emblée un instinct maternel pour une môme de douze ans que je n'avais jamais vue de ma vie ? C'était forcément un peu ambitieux de ma part. Elle était sympa, plutôt mignonne, en réalité. Quant à ses regards scrutateurs… c'était normal. Elle se demandait sûrement qui était cette nana surgie de nulle part. Normal qu'elle cherche à marquer son territoire.

Quand elle a disparu à l'étage, je me suis tournée vers Alex, sourcils arqués.

— Alors ?

— Bien, a-t-il dit. Très bien.

Il bouillonnait d'excitation. Ces présentations étaient très importantes pour lui. Plus encore que je ne l'avais imaginé. J'ai plongé mon regard dans le sien et j'ai eu le sentiment qu'on avait franchi une étape. On avait eu le feu vert, la permission de prendre notre envol. Il m'a ramenée contre lui et m'a embrassée sans un mot. Et plus tard, il m'a arraché mes vêtements et m'a prise sur le canapé, la main plaquée sur ma bouche pour ne pas réveiller la gamine qui dormait à l'étage. Son regard exprimait un éventail de possibilités ; il savait désormais que notre histoire avait un avenir. À partir de ce moment-là, j'ai su que même si je peinais à assumer le rôle de belle-mère, ça n'aurait pas d'importance. J'étais prête à tout pour ne pas perdre ce que nous avions.

Nous sommes restés étendus en silence pendant un petit moment ; il m'a caressé le flanc de bas en haut, un mouvement répétitif apaisant qui a bien failli m'endormir. Puis il a pris la parole et j'ai sursauté.

— Parle-moi de toi. Avant notre rencontre.

C'était la première fois qu'il me demandait ça. Alex était un homme qui se concentrait sur le moment présent et qui ne voyait pas l'intérêt de ressasser le passé. C'était d'ailleurs l'un des traits de caractère qui m'avaient séduite chez lui. Mais sa question était légitime. Maintenant qu'il savait que notre relation n'était pas une aventure sans lendemain, il voulait creuser davantage, histoire de savoir avec qui il allait partager sa vie. Ça faisait un peu psychologie de comptoir, mais c'était normal.

Appuyée sur un coude, j'ai tourné la tête vers lui pour vriller mon regard au sien.

— Je ne sais pas trop par où commencer.

Il a haussé les épaules, chassant les mèches de mon visage.

— Peu importe. Je ne sais pas grand-chose de ton enfance. Où tu as grandi, ta famille. Ce qui t'est arrivé à l'adolescence, quand tu as déménagé pour venir ici, et pourquoi. Tout ce qui t'a menée jusqu'ici.

J'ai ri.

— Tout ?

Il a esquissé un sourire, conscient de l'ampleur de sa requête.

— Oui, si tu veux bien. Sérieusement, j'aimerais savoir.

J'ai réfléchi un long moment, comme pour faire le tri dans mon esprit. Puis je lui ai raconté tout ce qui m'a traversé la tête. Mon enfance solitaire dans un village isolé, sans frère ni sœur pour me distraire ; les longues soirées à table avec mes parents et leurs amis, les conversations que je ne comprenais pas vraiment. Les étés interminables passés devant la télé, le dessin, les jeux imaginaires. La vocation qui s'est épanouie en moi à mesure que j'étudiais le design pour lequel j'ai développé une passion. Mon adolescence, les soirées à boire entre amis dans les champs à la belle étoile, le déménagement à Londres à la vingtaine, les années de colocation avec mes camarades de la fac de design, les recherches de travail, les chagrins d'amour, et les aléas de la vie qui m'ont menée à mon boulot actuel de serveuse dans un bar, pour tuer le temps, dans l'attente de mieux. Ce n'était pas un récit particulièrement remarquable, mais Alex m'a accordé toute son attention. Il m'a écoutée en silence, m'interrompant par moments pour me poser une question. Et lorsque je me suis tue, il faisait nuit et notre reflet apparaissait sur les vitres du salon éclairé. Il m'a prise dans ses bras et a posé son menton sur le sommet de mon crâne. J'entendais son cœur battre à une cadence régulière contre ma joue. Il n'a rien eu besoin de dire. J'ai su qu'il se sentait plus proche de moi, et pas juste physiquement. Nous en étions enfin au stade où le désir n'était plus notre seul moteur, où il avait le sentiment de vraiment me connaître.

Cette nuit-là, pendant qu'il dormait à mes côtés, je me suis demandé s'il y avait seulement une part de vrai dans ce que je lui avais raconté. J'en avais conclu que non. J'étais allée un peu loin. J'aurais pu intégrer quelques éléments de vérité dans mon récit… mais d'une certaine manière, ç'avait été plus simple de tout inventer de bout en bout. Oui, je culpabilisais. Mon but n'était pas de le duper. Mais parfois, on n'a pas le choix. Je l'aimais, mais je ne lui faisais pas encore confiance. Et j'ignorais si ce serait un jour le cas.

ALEX

Septembre 2017

Très bien. Je vais te laisser le temps d'y réfléchir dans ce cas. Cette phrase que Natalie m'a lancée avant de quitter l'hôpital me hante un bon moment. Ce sarcasme, je ne le lui connaissais pas… Ces mots trahissent une fragilité que je n'ai que rarement observée chez ma femme. J'ai toujours pensé que quand on adoptait ce genre de comportement – quand on se mettait sur la défensive et qu'on retournait la situation –, c'est qu'on avait quelque chose à cacher. J'ai beau essayer, je n'arrive pas à m'ôter ces images de la tête… Mon épouse se faufilant jusqu'à la porte arrière de notre maison et ouvrant à un inconnu à qui elle fait signe de se taire, l'index sur la bouche. Les mains avides de cet homme sur son corps. Et les paroles qu'elle m'a décochées avant son départ continuent de résonner dans mon esprit. *Tu ne cherches pas l'explication la plus probable, mais celle qui va causer le plus de dégâts.* Mais que se passe-t-il lorsque les deux coïncident ?

Non… Je n'ai jamais eu aucune raison de douter de Natalie. Jusqu'à maintenant, elle n'a jamais ne serait-ce que posé les yeux sur un autre homme que moi.

Sans pouvoir l'expliquer, j'en ai l'intime conviction. Évidemment, ce qu'on dit est probablement vrai : ce sont les coupables qui sont souvent les plus enclins à se méfier. Non. Je chasse cette pensée. Le passé, c'est le passé.

Peut-être qu'elle n'a rien à dissimuler. Toujours est-il que je ne pourrai pas fermer l'œil tant que je n'en aurai pas eu le cœur net. Et la seule manière de le savoir, c'est de retourner à la maison et de fouiller dans ses affaires, du moins ce qu'il en reste, pour voir si mes doutes ont lieu d'être. Ce n'est pas une perspective très agréable, mais c'est toujours mieux que de rester assis à l'hôpital à se tourner les pouces – je ne peux pas voir ma fille à qui les médecins font passer tout un tas d'examens. Et pas question de rentrer à l'hôtel pour y avoir une nouvelle discussion houleuse avec ma femme. J'enfile mon manteau et je me dirige vers la sortie.

Vingt minutes plus tard, j'atteins le sommet de la colline. Je contemple notre rue en contrebas. Les bandes jaunes qui délimitent la scène de l'incendie papillonnent au vent autour de la silhouette meurtrie, déjà presque familière, de ce qui fut naguère notre maison. Je me dirige à pas lents dans cette direction. J'aperçois bientôt deux hommes en bleu de travail – des experts qui procèdent à l'état des lieux du bâtiment. Le premier se penche sur un pan de mur effondré muni d'une masse et d'un burin. Hier soir, la conseillère chargée du logement social m'a prévenu. On va devoir évaluer l'ampleur des dégâts pour déterminer si les fondations sont solides, s'il faut reconstruire ou tout raser.

— Alex Carmichael, dis-je en m'avançant vers les techniciens. (Le plus âgé se tourne vers moi.) C'est ma maison. Vous faites l'expertise ?

L'homme hoche la tête ; il essuie sa main pleine de suie sur son vêtement avant de me la tendre.

— On a quasiment fini. Reste encore quelques examens à faire au labo, mais on a déjà vu pas mal de choses sur place. Le bâtiment n'est pas si détérioré que ça. Les dégâts sont surtout d'ordre esthétique. Vous avez évité le pire.

— Tant mieux, dis-je par automatisme.

C'est vrai qu'on a évité le pire à bien des niveaux. Mais à l'instant précis, face aux ruines de mon ancienne existence, j'ai du mal à sauter de joie.

J'examine la maison de plus près et j'aperçois la cage d'escalier à travers les fenêtres calcinées.

— Je peux entrer ? J'aimerais jeter un coup d'œil à l'intérieur. Récupérer quelques affaires si possible.

Ce n'est que partiellement vrai. En réalité, je cherche davantage que des bricoles. Je n'ai jamais fouillé dans les affaires de Natalie – elle ne m'a jamais donné aucune raison de le faire –, mais à présent j'ai le sentiment qu'elle me cache quelque chose. L'heure est venue de découvrir si j'ai vu juste.

Le technicien hausse les épaules.

— C'est pas moi qui vais vous en empêcher. À vous de voir. C'est à vos risques et périls.

Il ne veut pas en prendre la responsabilité. J'acquiesce sèchement et pivote sur moi-même pour me diriger vers le perron. Par réflexe, je fourre la main dans ma poche et me ravise ensuite. Plus besoin de la clé.

Je pénètre dans le vestibule. L'odeur âcre de la fumée est encore présente et bien tenace ; elle me tapisse instantanément la gorge et me bloque la respiration. Du coin de l'œil, je devine la cuisine, vision cauchemardesque, meubles brunis et papier peint déchiré. Les flammes ont épargné certaines zones. Le technicien a dit vrai, la plupart des dégâts sont d'ordre esthétique. Malgré tout, j'ai du mal à faire le rapprochement entre cette pièce et celle où on se réunissait en fin de journée pour bavarder : Jade sur le tabouret qui balance ses jambes en nous narrant les dernières mésaventures de son amie Susie ; nous qui rions, Natalie remuant un petit plat qui mijote sur la cuisinière, les cheveux noués sur la nuque, les joues rosies par la vapeur qui s'échappe de la casserole… Je me revois, quelques jours plus tôt, alors que Jade venait de s'éclipser pour passer un coup de fil à une copine, m'approchant subrepticement de ma femme pour poser mes lèvres à la naissance de ses cheveux, sur son cou, et glisser les mains autour de sa taille, saisi d'une étincelle de désir quand elle s'est cambrée contre moi. C'est comme regarder un film qui se déroule dans un lointain pays.

Parvenu au bas de l'escalier, je gravis les marches. C'est dans notre chambre que j'aimerais fureter, mais une fois à l'étage, c'est celle de Jade qui attire mon attention en premier. La moquette est noire et le mur du fond est percé d'un trou béant. Néanmoins, après avoir balayé la pièce du regard, je réalise qu'on va pouvoir récupérer une grande partie de ses effets. Sa collection de trophées de natation placée sur le rebord de la fenêtre est indemne, de même que le méli-mélo de bijoux et de maquillage empilé sur sa coiffeuse. J'ouvre lentement un tiroir où je découvre une liasse de feuilles blanches intactes. À cette vue, les larmes me montent aux yeux. Je reviendrai demain avec des cartons pour réunir quelques-unes de ses affaires et les lui apporter à l'hôpital.

Je fais un dernier tour de ronde et je remarque son téléphone portable qui dépasse de son oreiller ; j'ignore s'il marche encore, mais je le glisse dans ma poche avec son chargeur, encore branché à une prise. Après une brève hésitation, j'embarque aussi Sidney, le lapin en peluche que Heather lui a acheté quand elle n'avait que quelques mois, et qui est niché au bout de son lit – couvert d'une fine couche de cendre, mais récupérable.

Le nounours dans la main, je sors sur le palier et me dirige vers ma propre chambre. Un frisson me parcourt. Les dégâts sont plus importants ici. Le papier peint est en lambeaux, le parquet est calciné et déchiqueté, et toutes les surfaces sont noircies d'une suie huileuse. J'ai presque envie de déguerpir. C'est alors que mon regard se pose sur le placard. Il est entrebâillé. Au fond sont amassés les écharpes et les sacs de Natalie. À première vue, ils n'ont pas l'air abîmés.

J'avance d'un pas prudent, comme si la pièce était un serpent enroulé prêt à se déployer à tout instant pour se jeter sur moi. Je m'accroupis et rassemble plusieurs sacs, que je rapporte sur le palier. Je m'assieds par terre et en vide le contenu sur mes genoux. Je passe les objets en revue : quelques miroirs de poche, un rouge à lèvres quasi vide, un cahier à spirale plein de listes de courses et de mémos à moitié gribouillés, un tas de billets de train et de reçus de magasins. Et puis, bingo !

La photo est estompée ; une épaisse ligne blanche barre le papier pelliculé en son centre comme si on l'avait plié en deux, puis aplati de nouveau. Elle a été prise dans une sorte de bar ou de boîte de nuit : des surfaces lisses en inox, des rangées de bouteilles étincelantes alignées le long d'un mur et éclairées par des néons. L'endroit ne me dit rien, pas plus que l'homme aux traits exotiques qui se prélasse sur un tabouret, accoudé au comptoir. Il n'est pas vieux, pas tout à fait la trentaine mais presque. Il porte un haut à manches courtes qui révèle des bras musculeux, une peau tannée. Il est assis à côté d'une femme et je suis pris d'un doute. Je n'arrive pas à déterminer s'il s'agit de mon épouse ou non. Au premier coup d'œil, on dirait que c'est elle, en plus jeune. Mais ensuite, je remarque des détails qui ne correspondent pas à la femme qui partage ma vie. L'ourlet de sa bouche, la couleur de son iris, la hauteur de ses pommettes… tous ces détails diffèrent légèrement. Elle a les yeux rivés à l'objectif mais le visage blasé, comme si ça la contrariait qu'on prenne cette photo.

Je me concentre sur l'homme qui figure à côté d'elle. Contrairement à elle, c'est à peine s'il prête attention à l'appareil, mais son sourire est suffisant, son regard hautain démontre une assurance certaine. Ses bras sont sculptés, ses muscles bien dessinés. Je l'imagine soulever des haltères à la salle de gym et cogner ses adversaires. Je l'imagine plaquer ma femme à terre. Même en photo, une étrange énergie émane de cet homme. J'ignore qui il est, mais il ne m'inspire pas confiance. Et je ne veux pas de sa photo dans le sac à main de mon épouse.

Je la plie en deux, la presse de toutes mes forces dans ma main, et la range dans la poche de mon manteau. Mon cœur bat à tout rompre, et je me rends compte que j'ai les mains moites. Évidemment, ce cliché ne prouve rien. Ce n'est rien de plus que la photo d'un homme et d'une femme, prise il y a des années. Et pourtant, cet aperçu d'un morceau de vie dont je n'ai jamais rien su me trouble. Je retourne dans la chambre et approfondis mes recherches. Je farfouille dans le placard jusqu'à ce que j'atteigne une pile de dossiers. La plupart d'entre eux sont classés : finances, maison, cartes d'anniversaire.

Je les passe vite fait en revue mais leur contenu est aussi ordinaire que l'annonce l'étiquetage. À l'exception d'un classeur, qui n'a rien d'exceptionnel à première vue. Rien qu'une liasse de vieux documents : le diplôme d'un examen de musique, quelques manuels scolaires, un article déchiré dans un journal. Le seul détail frappant étant qu'ils se réfèrent tous à une personne inconnue. Le nom qui apparaît sur ces papiers est celui d'une certaine Rachel Castelle. Rachel Castelle a obtenu son diplôme de piano niveau avancé au lycée avec les félicitations du jury. Rachel Castelle a mené avec brio un projet d'études portant sur l'histoire des Tudor, annotant des livres sur le sujet. Ces éléments n'ont aucune raison de me contrarier – ce n'est pas la pièce à conviction qui me prouverait de manière irréfutable l'infidélité de ma femme. Toutefois, ils m'intriguent. C'est sans doute une amie d'enfance ou une cousine. Voire une personne aujourd'hui décédée.

Je referme le dossier et le range, un peu honteux. Prendre la photo, c'est une chose. Mais de là à fourrer mon nez dans les affaires de Natalie… Et puis, je ne pense pas trouver ici les réponses à mes questions.

Lentement, je redescends et ressors dans la rue ; la lumière vive du jour m'éblouit un instant. Je porte la main en visière et remarque que les techniciens sont en compagnie d'un homme. La trentaine, svelte, la tête rasée, vêtu d'un uniforme de police, il me lorgne d'un air suspicieux.

Je m'avance vers lui et lui tends la main.

— Alex Carmichael. C'est ma maison.

— Ah oui. (Le policier me serre la main et marmonne quelques paroles de sympathie pour la forme.) Ça tombe bien, j'allais vous contacter, maintenant qu'on a conclu l'enquête préliminaire portant sur l'ampleur des dégâts. Vous avez pu vous rendre compte par vous-même de l'état de la maison. Elle est récupérable. Si vous désirez la retaper, ça paraît faisable. Vous avez vu les clauses avec votre assurance ?

Je hoche la tête, ajoutant à ma liste mentale la nécessité de contacter ma compagnie d'assurance. Mais comme nous avons établi un contrat en béton à l'achat de la maison, c'est le cadet de mes soucis.

— Tout est en ordre.

Il acquiesce.

— Vous vous en doutez, l'autre axe majeur de notre enquête consiste à déterminer les causes de l'incendie, poursuit-il. Nous avons éliminé tous les suspects habituels – installation électrique obsolète, câbles défaillants, etc. Mais il y a un élément plutôt inhabituel qui a retenu notre attention.

— Lequel ?

Il plisse les yeux.

— Le tracé du feu est atypique.

En l'absence de réaction de ma part, il se tourne vers la maison en esquissant de grands gestes.

— D'ordinaire, on relève un schéma en forme de V qui indique en gros que le feu s'est propagé depuis un seul foyer central, un peu comme une flèche pointant vers sa source. Comme vous avez pu le constater, ce n'est pas le cas ici.

Je suis son regard. Il dit vrai. Les murs extérieurs sont grêlés de taches noires, telles des éclaboussures de peinture aléatoires sur une toile. Je les contemple comme si, à force de les fixer, j'allais voir apparaître une illusion optique. L'ordre surgissant du chaos.

— Il y a une raison tout à fait plausible à cela quand on y regarde de plus près, reprend le policier. Nous avons pu établir que l'incendie a de multiples points d'origine. Il n'a pas été causé par une explosion accidentelle localisée.

De multiples points d'origine. Je me répète cette phrase.

— Et qu'est-ce que ça signifie ? je demande, même si je suis quasiment sûr de connaître la réponse.

— En général, c'est l'indicateur que nous avons affaire à un incendie criminel. Nous n'en sommes pas certains. Pas à ce stade. Mais c'est assez pour entamer une enquête plus approfondie. Je préfère vous avertir.

— OK… Vous n'insinuez quand même pas que nous avons mis le feu à notre propre maison, dis-je d'une voix blanche.

J'ai pris soin de ne pas formuler ma phrase sous forme de question.

Le policier esquisse un bref sourire, bombe le torse et fait un pas en arrière.

— Si vous saviez ce dont sont capables certaines personnes, vous seriez surpris. Le plus souvent, c'est pour récolter l'argent de l'assurance, vous voyez. Rénover leur maison sans avoir à sortir un billet.

Il s'exprime avec désinvolture, mais ce qu'il sous-entend ne me plaît pas.

— C'est surprenant, en effet, dis-je avec un sourire froid.

— Bon, conclut-il en allant rejoindre les techniciens, on vous tiendra informé.

Je remonte la colline la tête pleine, tâchant de prendre la mesure des informations qu'il vient de me donner. S'il s'avère que quelqu'un a volontairement mis le feu à notre maison, ça veut dire que l'homme que Jade a aperçu chez nous la nuit de l'incendie était bel et bien un intrus, et un criminel par-dessus le marché. Ma famille est en danger… Les soupçons que j'ai portés sur Natalie me semblent soudain très déplacés. Mais alors, je songe à l'inconnu de la photo, il y a tout un pan de la vie de ma femme que j'ignore. Et les doutes m'assaillent de plus belle. Mes pensées se déchaînent, m'entraînant sur des chemins que je n'ai aucune envie d'emprunter.

Je regagne l'hôtel au crépuscule. Notre chambre est vide. Je me dirige vers le minibar et j'en retire une mignonnette de gin ainsi qu'une canette de soda. Je me verse un verre et je l'avale en trois gorgées. Un bourdonnement résonne dans ma tête pendant quelques secondes avant de se dissiper dans le néant. Je pourrais vider le minibar tout entier, ça ne changerait rien au problème. Il faut que je voie Natalie et qu'on ait une petite discussion.

Je sais déjà où la trouver ; chaque fois qu'on se dispute, elle se réfugie en bord de mer pour réfléchir en paix. Contempler l'eau l'apaise et lui permet d'oublier tout le reste. Je longe la promenade à grands pas. Le soleil sombre à l'horizon, une explosion de rose et d'or qui éclabousse le ciel noir. J'arrive à peine à distinguer le rivage au-delà de la plage. Je traverse l'étendue en direction de l'eau ; les galets trempés crissent sous mes pieds, et mon souffle s'échappe de mes lèvres sous forme de vapeur.

Quelques minutes plus tard, je l'aperçois, assise recroquevillée sur les rochers, les genoux ramenés contre sa poitrine. Sa longue chevelure brune volette au vent et, en m'approchant, je finis par distinguer son profil rivé à la mer. Elle a l'air ailleurs, perdue dans ses pensées.

— Natalie.

Elle m'a senti venir. Sa tête se tourne déjà dans ma direction et je sais qu'elle m'a vu. Plus encore, elle m'attendait.

NATALIE

Septembre 2017

Je l'aperçois au loin, mais je fais comme si je ne l'avais pas vu. C'est ridicule parce que ça fait des heures que je l'attends. Soudain, c'est comme si j'avais besoin de plus de temps pour mettre de l'ordre dans mes idées. J'étais tellement perdue dans mon passé que j'ai toutes les peines du monde à revenir au moment présent.

— Salut, dit-il à mi-voix en se perchant avec maladresse sur un rocher.

Il veut poser sa main sur la mienne, mais au même instant, je la retire pour chasser les cheveux de mon visage. C'est un mauvais timing, rien de plus, mais un éclair de douleur passe sur son visage et il crispe le poing.

— Écoute. Je ne suis pas stupide, Natalie. Je me doute que l'incendie t'a mise à rude épreuve, mais je sens qu'il n'y a pas que ça. Et quand j'y pense, ça a commencé bien avant le feu. Tu n'es plus la même… depuis quelque temps.

Il a l'air très sérieux. J'ai soudain l'impression d'être éjectée de mon corps et de m'observer d'un point de vue extérieur tandis que ma voix résonne dans ma tête : *Ce type t'aime, mais il ne sait pas qui il a en face de lui. Il ne te connaît pas du tout.* Cependant, il n'est pas naïf. Il sent qu'il y a un truc qui cloche.

Le temps que je formule une réponse, Alex s'impatiente. Il s'agite et fouille nerveusement dans sa poche.

— J'ai trouvé ça à la maison tout à l'heure.

Je sonde la pénombre et lorsque je distingue le papier qu'il me tend, mon cœur s'arrête net. C'est étrange, parce que cette photo, évidemment, je l'ai regardée des centaines de fois. Sans doute la semaine dernière encore. Mais il me prend au dépourvu, et elle semble hors contexte – là, sur les rochers, dans le froid, avec mon mari dont la main tremble de manière presque imperceptible.

— Tu as une liaison avec cet homme ? demande-t-il à brûle-pourpoint.

Le ton est dur, mais le regard terrifié. Il redoute ma réponse.

Une drôle d'émotion me balaie. Un sentiment d'horreur mêlé d'une pointe d'amertume. C'est grotesque. Il ne sait pas à quel point ce serait improbable – impossible. Un rire désabusé m'échappe.

— Non !

— Alors pourquoi tu gardes cette photo ? Et qui est cette femme ? Tu ne m'as jamais parlé de ces gens.

Je secoue lentement la tête.

— Non, jamais.

Mon esprit bouillonne. Je me suis imaginé ce moment des tas de fois et pourtant, au pied du mur, je ne sais pas du tout quoi répondre. Quand on garde un secret pendant si longtemps, ça modèle notre vie. Je redoute le changement qui risque de se produire encore si je me confie à lui, et je ne suis pas certaine, pas du tout certaine, de le vouloir, ni même de le pouvoir.

— Et ce n'est pas tout, enchérit Alex. (Il n'a pas l'air fâché, pas vraiment. Plutôt perdu et sur la défensive.) J'ai fait d'autres découvertes. Des tas de papiers concernant une certaine Rachel. Tu n'as jamais évoqué cette personne non plus. J'ai l'impression qu'il y a toutes ces… (il lève les mains et forme un cercle dans les airs…) toutes ces choses qui remontent à la surface et qui n'ont aucun sens à mes yeux. Je ne…

Il poursuit sa tirade, mais je ne l'écoute que d'une oreille distraite. Mon esprit s'est déconnecté quand il a prononcé le prénom *Rachel*. Jamais je n'aurais pensé l'entendre de nouveau dans la bouche d'une personne qui me regarde droit dans les yeux. C'est troublant. Presque électrisant. Je ne peux pas faire comme si de rien n'était ; pas plus que je ne peux lui mentir.

— Je vais te dire une chose, je lâche de but en blanc. Une chose que je n'avais pas l'intention de te révéler. Ni maintenant, ni jamais d'ailleurs.

Alex me fixe, immobile.

— Tu peux tout me dire Natalie. Ça ne changera pas mes sentiments pour toi. Je t'aime… je te connais.

Son visage s'est rapproché du mien ; ses lèvres effleurent les miennes.

— Tu ne me connais pas aussi bien que tu le crois, finis-je par répondre.

Il patiente un peu, puis se renfrogne.

— Comment ça ?

Je prends une inspiration et l'air s'engouffre dans mes poumons. Suis-je vraiment sur le point de le lui dire ? Ça me file le vertige.

— Quand j'étais plus jeune, j'étais quelqu'un d'autre.

— Eh bien, répond-il, tâchant de rationaliser mes propos, nous changeons tous. Nous faisons tous des choses qui…

— Non. Je ne veux pas dire que je me comportais différemment ou que je faisais des choses dont je ne suis pas fière aujourd'hui. Je veux dire que j'étais une tout autre personne. Je menais une existence différente, sous un autre nom. Tout ce que je t'ai raconté de mon passé, mon enfance – c'était de la pure invention.

Je me suis exprimée froidement. C'est la manière la plus facile de franchir le cap. La seule manière. Je m'interromps et je l'observe en silence, dans l'attente de sa réaction.

Il se rembrunit, l'air à la fois perplexe et perdu. Je devine qu'il n'a pas encore saisi l'ampleur de mon aveu.

— Ces papiers que tu as trouvés, dis-je. Ils sont à moi. Enfin, c'est moi. Ça me concerne, moi. Rachel… (Je secoue la tête, consciente de ne pas être tout à fait claire.) C'est moi, dis-je. Je suis elle.

Il me dévisage.

— Rachel ? répète-t-il doucement comme pour faire un essai qui s'avère infructueux. Mais… je ne comprends pas. Pourquoi ?

— Je veux t'expliquer. Mais j'ai besoin de plus de temps. Comme je te l'ai dit, je n'avais pas prévu de t'en parler. Ça me fait tout bizarre.

— Bienvenue au club, réplique-t-il, tentant en vain d'alléger l'atmosphère. (Il se compose un sourire forcé, visiblement paumé.) Écoute, ça fait beaucoup à encaisser d'un coup. C'est… Tu me fais peur. Tu as… Il s'est passé un truc grave ?

Il esquisse une grimace, conscient de la maladresse de sa question. J'acquiesce à moitié. Non, je ne suis pas prête à me livrer, pas encore.

— Oui. C'est en rapport avec ma sœur. Sadie.

J'examine la photo, qu'il a placée sous mon nez. Son sourire contraint, ses yeux en amande, ses pommettes saillantes, semblables aux miennes. Il suit mon regard et il comprend.

— Je ne savais même pas que tu avais une sœur, dit-il d'une voix blanche.

— Je n'en ai pas, je rétorque avec une conviction brutale. Plus vraiment. Plus maintenant.

DEUXIÈME PARTIE

RACHEL

1999

Il est presque 23 heures et elle est seule à l'appartement. Dans ces moments-là, une fois qu'elle a rangé, baissé les lumières et qu'elle erre d'une pièce à l'autre, elle aime faire semblant. S'imaginer que l'appartement lui appartient. Par quelque miracle, elle a réuni assez d'argent pour s'offrir ce bien situé dans ce quartier très sélect de Londres, à deux pas du marché de Covent Garden. Tout ce qu'elle voit, tout ce qu'elle touche est à elle, et personne ne peut le lui prendre. En réalité, l'appart est la propriété de Martine, une amie de fac partie faire le tour du monde après l'obtention de leur diplôme, un voyage financé par un père au porte-monnaie inépuisable. Néanmoins, Rachel sait qu'elle peut s'estimer chanceuse qu'on l'ait choisie, elle, pour veiller sur l'appart, pour lequel elle ne paie qu'un loyer symbolique ; et en vérité, l'appart ne constitue pas le cœur de son fantasme. Non, ce qui la pousse à répéter ce petit scénario devenu un rituel, c'est l'idée qu'elle y vit seule.

Aujourd'hui plus que jamais, l'illusion est difficile à nourrir : où qu'elle regarde, les preuves d'une autre présence lui sautent aux yeux. La tache noire sur le mur derrière la cuisinière où Sadie a projeté une poêle à frire sale dans un élan de colère, un soir où elle avait un coup dans le nez. Les trous de cigarette qui criblent la moquette de sa chambre, comme un jet d'encre. Les rayures incrustées dans le magnifique parquet du salon et dont Rachel ignore la cause. Elles n'étaient pas là, et puis un jour, elles sont apparues. Elle sait qu'elle devrait réagir. Essayer au moins de limiter les dégâts, frotter, laver et repeindre pour redonner un coup de neuf à l'ensemble. Mais elle est comme paralysée ; elle s'imagine l'expression horrifiée de Martine à son retour et cette image la hante. Ce moment lui semble tellement inévitable qu'elle n'a même pas la force de chercher à l'empêcher.

Elle finit son petit tour de l'appart et consulte à nouveau l'horloge. 23 h 05. Elle ne sait pas à quelle heure Sadie a prévu de rentrer. Elle ignore où elle se trouve. Sûrement dans un club, à frayer avec des gens qu'elle connaît à peine mais qu'elle traite comme de vieux amis. Rachel imagine comment Sadie risque de terminer la soirée : elle provoquera un esclandre dans la rue sous l'effet de la drogue, ou elle finira dans l'appart d'un pervers et elle l'appellera pour qu'elle vienne la chercher, ou encore elle se fera embarquer par la police. C'est écrit d'avance. Elle envisage ensuite des scénarios plus sombres, des scénarios qui ne se sont pas encore produits : Sadie gisant inconsciente dans un cul-de-sac, après avoir été violée, volée ou tabassée à mort. Alors, elle considère la possibilité que sa sœur ne revienne pas, et elle éprouve à cette idée un écœurant mélange de chagrin et de soulagement.

Il est impossible que Rachel se rappelle Sadie bébé puisqu'elle n'a que trois ans de plus qu'elle. Pourtant elle conserve tout un tas d'images (réelles ou imaginaires) de cette période. Elle se souvient de sa sœur la suivant partout – à moins qu'on lui ait tellement répété ce détail qu'il fait désormais partie de ses souvenirs. Sa petite sœur allant jusqu'à patienter sagement devant la porte de la salle de bains quand Rachel allait aux toilettes, tel un labrador fidèle qui ne demande qu'à ce qu'on le remarque et le félicite.

Quand elles étaient petites, Sadie était son « ombre ». Un surnom qui lui était resté longtemps collé à la peau. Puis, peu à peu, on avait cessé de l'employer. Non seulement parce que sa sœur avait arrêté de la suivre, mais surtout parce que c'était de moins en moins approprié. Sadie avait grandi et s'était épanouie – elle rayonnait. Il devint vite évident qu'elle n'était l'ombre de personne. En fait, c'est plutôt elle qui avait tendance à faire de l'ombre à tout ce qui l'entourait, sans forcément le vouloir. Rachel a un souvenir très net d'une anecdote – et celle-ci s'est vraiment produite. Elle la revisite encore et encore de manière compulsive – même si à son âge, elle devrait avoir tourné la page. Elle se revoit gravir les marches de l'estrade dans la salle des fêtes de l'école. C'est le jour de la remise des prix et elle est sur le point de récupérer un trophée, sans doute pour ses performances en natation ou en musique. Au premier rang, Sadie applaudit avec ardeur ; elle irradie la victoire et la fierté. Et le regard des parents et des professeurs dérive peu à peu dans sa direction, empli d'approbation. Le temps que Rachel parvienne au centre de la scène pour accepter sa médaille, plus personne ne lui prête attention. Ce n'est pas la faute de Sadie, pas vraiment. C'est comme ça, c'est tout.

Enfant, Rachel éprouve une rancœur croissante, même si à ce moment-là elle ne sait pas encore mettre de nom sur ce sentiment. Un nœud dans sa poitrine chaque fois que sa sœur apparaît, une sorte de bouffée de chaleur qui la saisit quand elle la voit parader. Elle se sait, elle, Rachel, supérieure de bien des manières. Elle est plus intelligente, plus talentueuse, plus pragmatique. Elle n'arrive pas à comprendre précisément pourquoi cet ensemble de qualités a si peu de poids face à ce que sa sœur offre – une mystérieuse aura. En plus, elles se ressemblent, assez pour qu'on sache au premier coup d'œil qu'elles sont sœurs. Parfois, elle examine l'ovale de son visage dans le miroir, le comparant involontairement à celui de sa sœur, légèrement plus en forme de cœur. La couleur des yeux, la structure des os. Similaires, mais pas identiques.

Lorsqu'elle songe à l'unique incident où son hostilité s'est manifestée, le souvenir a la consistance d'un rêve. Un matin d'été où il faisait une chaleur accablante, l'aube perçant à travers les rideaux, l'air chargé d'humidité. Elle s'étire dans son lit ; les draps moites lui collent à la peau. Sans un bruit, elle se lève. La moquette moelleuse camoufle ses pas. À cette époque, Sadie et elle partagent la même chambre. Sa sœur dort encore, un bras étendu au-dessus d'elle, le souffle lent et régulier, les paupières agitées par un rêve. Rachel s'assied en tailleur par terre et la contemple un moment, les yeux plissés, éblouie par le soleil. La chevelure de sa sœur se répand en auréole sur l'oreiller. Un fouillis de mèches châtain, or et auburn.

La pensée lui vient calmement. Ça lui semble inoffensif. Rien de grave. Elle s'agenouille vers la boîte à dessin et farfouille dedans jusqu'à ce qu'elle trouve la paire de ciseaux. Puis elle s'accroupit au chevet de Sadie et saisit doucement une mèche entre ses doigts ; elle la coupe. Les cheveux tombent en silence sur la moquette, tel un murmure de couleur. Ni éclair ni coup de tonnerre. Rien. Alors elle sélectionne une autre mèche, un peu plus épaisse cette fois, et elle coupe encore. Bientôt, le geste devient automatique et une pile soyeuse se forme à ses pieds. Sa sœur dort d'un sommeil étonnamment profond. Rachel a l'impression qu'elles pourraient rester là pour toujours, perdues dans ce petit rituel. À tel point que lorsque Sadie remue et ouvre enfin les yeux, Rachel met quelques instants à retomber sur terre.

Elle regarde les ciseaux dans sa main, puis le tas de cheveux sur la moquette. Il y en a plus qu'elle ne le pensait, et lorsqu'elle reporte les yeux sur sa sœur, elle se rend compte qu'elle a dépassé les bornes et elle sait qu'elle va se faire disputer. Sadie a les cheveux hirsutes, coupés de manière très inégale, le cuir chevelu visible par endroits. Rachel s'apprête à se justifier, même si elle ignore comment, mais Sadie se met à hurler, les yeux ronds et terrifiés, et déjà elle entend les pas de leur mère dans le couloir, la porte de la chambre qui s'ouvre, et la seconde de silence qui précède la tempête.

Une fois le calme retombé, on s'empresse d'étouffer l'incident. Rachel est pardonnée ; on met ça sur le compte de son jeune âge. En vérité, à six ans, elle commence à comprendre le concept de responsabilité et dans son cœur elle sait qu'elle a agi volontairement

– même si, sur le moment, ça ne lui a pas paru vraiment mal. Sadie va chez le coiffeur ; il lui fait une coupe de garçon manqué qui met davantage ses traits en valeur. Leurs parents, avec leur manque de discernement habituel, finissent par tourner l'histoire en dérision. De temps à autre, on fait allusion à Rachel comme l'« apprentie coiffeuse ». Une manière légèrement condescendante de nier l'impulsion qui a poussé leur fille à modifier l'apparence de sa sœur pendant son sommeil. Le rappel douloureux d'une dure vérité dont elle commence à peine à apercevoir les contours. À savoir que quoi qu'elle fasse, ça n'aura que peu d'impact sur le pouvoir dont bénéficie Sadie. Leurs rôles respectifs sont désormais déterminés, et il n'y a rien qu'elle puisse faire pour changer la situation.

Malgré ces malaises sous-jacents, elles sont proches durant l'enfance. Elles explorent les bois autour de chez elles, creusent des trous dans la boue et les remplissent d'eau, font des sculptures à partir de morceaux de bois et de feuilles, se dessinent l'une l'autre sur des feuilles de papier qu'elles signent et datent consciencieusement. Elles organisent des festins de minuit dans leur chambre commune, gloussant devant les réserves de chips et de biscuits qu'elles ont chipées pendant des mois dans la cuisine et emmagasinées. Mais toutes les bonnes choses ont une fin, et à l'adolescence, leur proximité commence à s'effilocher et devient difficile à supporter, comme un disque rayé.

À treize ans, Sadie fait plus âgée ; son corps exhibe des courbes provocantes, son visage suggère une maturité libertine étudiée. Elle se met à ramener des petits copains à la maison, des inconnus choisis au petit bonheur, des mauvais garçons en admiration devant sa beauté. Elle sympathise avec les filles que Rachel n'ose pas croiser dans les couloirs du collège, le genre de nanas qui tiennent des messes basses, lèvent les yeux au ciel et fument des cigarettes au fond du terrain de foot de l'école. Elle prend conscience avec une sorte d'horreur que sa sœur fait partie de cette bande. Pire que ça, elle en est la reine. Pour sa part, Rachel n'a rien d'une geek non plus. Elle est intelligente mais également jolie ; elle devrait être capable de marcher la tête haute. Elle ne devrait pas se forcer à regarder droit devant elle pour ignorer les regards assassins de sa sœur et de ses amies, avachies contre les casiers, le chemisier noué sur le devant pour laisser apparaître leur nombril – des caricatures de pestes. Même si ces filles ne s'approchent pas d'elle, Rachel a l'impression d'être encerclée par des requins prêts à se jeter sur elle à la moindre odeur de sang.

À la maison, Sadie se comporte de plus en plus comme la maîtresse des lieux ; elle s'élance à travers le salon pour éteindre la télévision sur un coup de tête, elle déclare régulièrement qu'elle se fait « chier à mourir dans ce putain de trou paumé », elle vaporise dans toutes les pièces son parfum bon marché et sa laque qui empeste. À table, les parents observent d'un air médusé cette enfant qu'ils ne reconnaissent plus, avec ses cheveux striés de mèches multicolores et ses longs ongles couverts de vernis pailleté. Ils se demandent comment elle en est arrivée là. Et surtout comment la ramener sur le droit chemin. Rachel joue l'intermédiaire. Elle interprète les humeurs de sa sœur, ses marmonnements et ses regards hautains et les traduit pour ses parents dans une langue qu'ils comprennent. C'est un rôle épuisant, et la plupart du temps ingrat.

Et pourtant, il y a des moments précieux et inexplicables, même à cette époque… où la distance qui les sépare s'évanouit comme par magie et où elles redeviennent complices. Un après-midi cinéma, peu après Noël, où il fait un froid de canard qui dissuade Sadie de sortir. Elles se blottissent sous une couverture ensemble, allument un feu et regardent des films qui ne sont plus de leur âge, reliées par une sorte de nostalgie mystérieuse qui fait renaître une étincelle d'intimité entre elles. Un soir de concert, où elles vont voir un des rares groupes qu'elles aiment toutes les deux, et où elles dansent comme des possédées au milieu de la foule en riant à en perdre haleine.

Et puis il y a bien sûr ces moments où le masque de Sadie tombe et où elle laisse transparaître une sorte de vulnérabilité face à laquelle Rachel ne peut s'empêcher de réagir, même si elle craint que ce ne soit que manipulation de sa part. Les occasions – de plus en plus rares – où un petit ami la plaque et non l'inverse, et où elle appelle Rachel à la rescousse dans sa chambre, le visage ravagé par les larmes. Dans ces moments-là, Rachel est balayée par des émotions contradictoires : le désir d'envoyer promener sa sœur en lui disant que c'est bien fait pour elle, que ça ne lui fait pas de mal de se retrouver à la place de celui qui se fait larguer, pour une fois… combiné à l'envie irrépressible de la prendre dans ses bras et de la réconforter. Sans qu'elle sache pourquoi, c'est toujours cette réaction aimante qui prend le dessus, même si elle sait que ce rapprochement ne durera pas entre elles. Sadie ne l'aime peut-être pas ni ne l'apprécie beaucoup, mais elle a besoin d'elle. De ça, elle est sûre.

Lorsque Rachel part à l'université, elle se dit que la donne peut changer. Trois années où elle se concentre sur ses propres désirs et objectifs sans aucune contrainte extérieure. Le lien toxique qui la lie à Sadie commence à se détendre. Elle n'éprouve plus ce même sens du devoir ni cette responsabilité pesante. Elle est enfin libre d'être elle-même. Elle a des petits copains, se fait de nouveaux amis, va à des fêtes. Et lorsqu'elle voit sa sœur, moins souvent désormais, elles semblent mieux s'entendre. Du coup, une fois son diplôme en poche et installée chez Martine qui lui confie temporairement son appartement de Covent Garden, lorsque Sadie lui demande si elle peut squatter pendant quelque temps, elle accepte volontiers, incapable de lui tourner le dos.

Sadie lui promet de ne rester qu'une quinzaine de jours, trois semaines max. Et Rachel met un peu de temps à comprendre qu'elle ne tiendra pas sa parole. Sa sœur de dix-neuf ans n'a nulle part où aller ; pas de travail à proprement parler, pas d'argent, sans compter qu'elle est sur la mauvaise pente. Leurs parents sont à des centaines de kilomètres, et de toute façon, ils sont aussi distants émotionnellement que physiquement. Rachel finit par se rendre compte qu'elle est la seule à pouvoir prendre soin de Sadie. Qu'elle est dorénavant responsable de sa sœur et de son bien-être, chargée de la maintenir sur le droit chemin. Or, elle n'est pas du tout préparée à cette tâche.

Rachel s'installe dans le fauteuil près de la fenêtre ; elle consulte une énième fois l'horloge. Il est presque minuit. Elle s'est perdue dans ses pensées pendant un long moment. Elle contemple la rue en contrebas et son vague reflet dans le carreau. Elle songe à ce qui s'est passé la veille au soir. Seule dans l'appart, poussée par un sentiment incompréhensible – un mélange d'ennui, de rébellion et de curiosité –, elle était allée fouiller dans l'armoire de Sadie. Elle avait jeté son dévolu sur une petite robe rouge, le genre de tenue qu'elle n'aurait jamais osé choisir dans une boutique, et elle l'avait enfilée ; le tissu avait épousé ses formes à la perfection. Elle avait observé le reflet de cette étrangère dans le miroir. Ce n'était ni elle ni Sadie. Une étrange combinaison des deux. Elle était attirante. Sexy. Elle s'était examinée de plus près et une bouffée d'assurance l'avait soudain saisie. Elle s'était dit : *Voilà ce que ça fait d'être dans sa peau.*

Elle se racle la gorge et remue dans son fauteuil, mal à l'aise à ce souvenir, et se repassant rapidement la suite des événements. Derrière elle, un bruit soudain. Elle s'était aperçue qu'elle n'était plus seule. *Qu'est-ce que tu fous, Rachel ?* Sa sœur la regardait d'un air ahuri, oscillant entre l'horreur et le rire. Elle avait lâché un petit ricanement ivre. Puis elle s'était avachie sur le lit, les bras étirés derrière la tête. *Tu la rangeras dans le placard quand tu auras fini.* Rouge de honte, Rachel s'était empressée de retirer la robe. Elle préférait encore se retrouver nue comme un ver devant sa sœur que de subir cette humiliation.

Rachel se lève, traverse rapidement la pièce et éteint la lampe. Elle va se coucher.

SADIE

1999

C'est un vendredi soir ou un samedi matin, l'un ou l'autre, une heure indiscernable entre les deux. Sadie a pris le mauvais bus de nuit et elle a dû marcher pendant des heures avec ses talons de dix centimètres, sa minijupe argentée et sa lourde veste noire qui pue la cigarette et la transpiration et qui doit appartenir au mec avec qui elle a dansé. Elle a mis tellement de temps à rentrer qu'elle regrette presque de ne pas avoir squatté chez le type. En même temps, il aurait voulu coucher avec elle et elle n'est pas d'humeur. Pas toujours évident de savoir quel effet aura sur elle le mélange aléatoire de drogue et d'alcool qu'elle gobe ces derniers temps ; parfois, ça l'excite et ça la rend insatiable ; ça lui donne envie de baiser tous ceux qui l'approchent. À d'autres moments, tout lui paraît sordide et son corps est comme un vieux manteau laissé sous la pluie trop longtemps.

Elle effectue en titubant les derniers mètres qui la séparent de l'immeuble où se situe l'appart, et elle lève les yeux vers le premier étage. Ce n'est qu'en voyant la lumière éteinte à l'intérieur qu'elle s'aperçoit qu'elle a encore oublié ses clés. Elle sort son portable de son sac mais il est déchargé.

— Rachel, fredonne-t-elle, doucement pour commencer. Rachel !

Elle recueille une poignée de cailloux dans le parterre de fausses fleurs, au pied des citronniers qui flanquent la rue, et elle les jette sur la fenêtre. Elle vise mal et les cailloux se dispersent, ce qui l'amuse.

— Rachel ! hurle-t-elle.

Sa voix lui semble étonnamment forte – elle résonne dans la rue. Quelques lumières s'allument dans les bâtiments voisins, et des silhouettes remuent les rideaux avec colère ; une fenêtre se claque avec un juron étouffé. Mais elle a obtenu ce qu'elle voulait : la porte d'entrée de l'immeuble s'ouvre en grand et Rachel apparaît sur le seuil en pyjama. Elle se frotte les yeux et lui fait signe de rentrer.

— Chut ! siffle-t-elle en tirant Sadie par le bras et en refermant la porte derrière elle. Monte. Bon sang ! Tu sais quelle heure il est ?!

L'heure que tu retires cet énorme balai que tu as dans le cul, pense Sadie, mais elle se contente de marmonner une vague excuse en gravissant tant bien que mal les marches dans le noir. Elle franchit la porte de l'appart en chancelant et se dirige directement vers sa chambre. Elle se laisse tomber sur le lit et se débat avec les lanières de ses chaussures. Il y a quelque chose qui cloche ; elles s'enroulent autour de ses doigts comme du fil barbelé et refusent qu'on les démêle. Elle finit par laisser tomber. Elle se débarrasse simplement de sa veste et s'allonge, roule sur le flanc et constate que Rachel est toujours en train de la dévisager, debout sur le seuil de la pièce, bras croisés.

— Il faut que ça cesse, dit Rachel. Si tu dois absolument sortir, rappelle-toi au moins de prendre tes clés ! Ou bien dors ailleurs !

Sadie cherche une réplique malicieuse, mais elle pouffe de rire à la place. C'est le « si tu dois absolument sortir » qu'elle trouve poilant. Comme si, pour faire la fête, il fallait qu'on vous pointe un pistolet sur le crâne sans vous laisser le choix.

— C'est le week-end, baragouine-t-elle. Les gens sortent le week-end, Rach. Un jour, tu devrais essayer.

— Merci, mais je me passerai de tes conseils.

Et sur ces mots, elle disparaît en claquant la porte derrière elle pour regagner sa propre chambre.

— Bonne nuit ! lance Sadie d'une voix de *falsetto* mielleuse, désireuse d'avoir le dernier mot même si sa réplique est un peu naze.

Soudain, elle a faim. Elle se rend dans la cuisine, ouverte sur le salon. Elle allume la bouilloire et jette une poignée de pâtes dans une casserole avant de vider dans une autre le contenu d'un pot de sauce tomate trouvé dans un placard. Mais elle s'endort probablement en cours de route ; une odeur de cramé la réveille. Elle constate que toute l'eau s'est évaporée de la casserole et que la cuisinière est aspergée de sauce rouge, comme un volcan en éruption. Elle se rue dessus et l'éteint avant de retourner dans sa chambre pour s'affaler sur le lit.

Elle aperçoit son reflet dans le miroir de la coiffeuse et elle se fige. Elle a toujours aimé se contempler dans la glace. Ce n'est pas qu'elle soit vaine. Elle ne prend aucun plaisir à regarder son image : le visage en forme de cœur avec sa bouche légèrement asymétrique qui fait la moue, les yeux bleu-vert frangés de longs cils recourbés, les pommettes saillantes qui font d'elle un sujet hyper photogénique. Observer son reflet, ça lui permet simplement de s'ancrer dans la réalité. Depuis son plus jeune âge, elle est prise fréquemment d'une sensation d'apesanteur qui la saisit sans crier gare – un vertige brutal qui l'arrache au monde et lui ôte soudain toute notion de qui elle est et où elle se trouve. Se regarder dans un miroir lui permet de redescendre. Elle est là. Son visage lui est tristement familier. Rien n'a changé.

Mais cette fois-ci, la vision de sa personne ne l'apaise pas. Elle examine ses vêtements chiffonnés, sa cuisse élancée que dévoile sa jupe froissée, ses longs cheveux caramel gras de sueur et trempés par la bruine, et elle a le sentiment que tout ça ne lui appartient pas. Elle est à deux doigts de céder à un sombre sentiment d'épouvante, celui qui parfois la guette et se jette sur elle toutes griffes dehors. Elle roule sur le ventre, enfonce le visage dans l'oreiller et se met à compter jusqu'à cent ; mais avant même d'atteindre cinquante, elle se sent lâcher prise et sombrer dans le néant.

Quand elle rouvre les yeux, la lumière du jour filtre à travers les rideaux. Elle est entièrement vêtue, un escarpin à moitié accroché à son pied. Elle a un goût âpre comme de la pomme acide dans la bouche. L'odeur du bacon lui parvient aux narines et elle entend la poêle frire. Elle se traîne hors du lit et glisse ses doigts dans sa crinière emmêlée pour la ramener en arrière. Elle s'approche de la porte et jette un coup d'œil par l'entrebâillement. La cuisinière qui ressemblait à une scène de crime quelques heures plus tôt brille comme un sou neuf. Un parfum de citron flotte en arrière-plan, camouflé par l'odeur de la friture. Rachel est aux fourneaux, les cheveux relevés en une queue-de-cheval stricte, vêtue d'une espèce de survêtement en lycra.

— Y a du rab ? s'enquiert Sadie d'une voix guillerette.

Elle préfère faire comme si l'incident de la nuit dernière ne s'était jamais produit. Dans un sens, elle espère que sa sœur en garde un souvenir aussi confus qu'elle.

— Si tu veux. (Rachel ne se retourne pas, et elle a du mal à jauger son humeur.) Merci d'avoir rangé, au fait. Une nouvelle fois.

D'accord. Rachel est en colère.

— Désolée, réplique Sadie.

C'est une réponse facile, même si à force d'être répété ce mot n'a plus vraiment de sens.

Rachel pivote sur elle-même, s'essuie les mains sur son pantalon et passe rapidement sa sœur au crible.

— Tu sais, Sadie, je n'ai que trois ans de plus que toi.

Elle marque une pause comme pour laisser le temps à sa sœur de saisir le sous-entendu, mais Sadie a la tête en vrac, et la moindre tentative de réflexion lui file un mal de crâne de tous les diables. Elle se contente donc de hocher la tête et, au bout de quelques secondes, Rachel lâche un soupir et lui tourne de nouveau le dos. Elle ôte le bacon du feu et le pose sur des toasts beurrés, dans une assiette.

— Après ça, on devrait sortir.

— Toi et moi ? s'étonne Sadie.

Rachel et elle passent beaucoup de temps ensemble, d'autant plus qu'elles vivent sous le même toit, mais il est rare qu'elles fassent des trucs toutes les deux. Un souvenir lui revient en mémoire : les heures passées quand elles étaient jeunes ados dans les boutiques à essayer des fringues excentriques et à se fendre de rire à en perdre le souffle dans les cabines d'essayage. Elle a du mal à se dire que ces deux gamines, c'étaient Rachel et elle.

— Oui, confirme Rachel. Toi et moi. On va sortir toutes les deux, comme des sœurs normales. Je n'ai rien de prévu aujourd'hui, et je suppose que toi non plus. Alors faisons un truc.

— OK…

Sadie s'avance avec prudence pour prendre le sandwich que lui tend Rachel, redoutant un piège.

— Camden ? suggère-t-elle, sachant que sa sœur n'aime pas cet endroit qu'elle juge trop individualiste, trop agressif.

Un silence de quelques secondes, puis Rachel accepte.

— Si tu veux.

— D'accord.

Se rétracter maintenant passerait pour un aveu de faiblesse, même si elle n'a pas du tout envie de sortir. Elle a l'impression qu'on lui enfonce un millier de couteaux dans la tête et ses pieds endoloris par la longue marche de la nuit se récrient à l'idée d'une nouvelle sortie. Jusqu'au soleil automnal à la fenêtre qui brille avec trop d'éclat. Elle mange son sandwich en silence ; le bacon craquelle dans sa bouche et lui colle aux dents. Lorsqu'elle avale sa bouchée, sa gorge est à vif.

— Allez ! lance brutalement Rachel. Va prendre une douche. On s'habille et on y va. Vingt minutes.

— À tes ordres, marmonne Sadie.

Rachel ne relève pas la pointe de sarcasme ; elle a déjà rejoint sa chambre. Sadie regrette d'avoir accepté la proposition de sa sœur. Elle se traîne jusqu'à la salle de bains et s'attarde sous la douche chaude, basculant la tête en arrière pour chasser le gras de ses cheveux. Elle n'a qu'une envie, retourner au lit.

Quatre heures plus tard, elle avance tel un zombie à travers les rues de Camden accompagnée de Rachel ; une sorte de brume de fatigue enveloppe tout ce qui l'entoure. Elle a l'impression de se déplacer dans un décor de jeu vidéo sans substance. Elles font quelques boutiques, ce qui ne fait que confirmer leurs divergences en matière de goûts. Elles échangent de brèves phrases à propos de leurs vies diamétralement opposées. Rachel essaie même de suggérer qu'elles aillent rendre visite à leurs parents à Durham. Complètement perchés, ça fait des années qu'ils n'ont pas mis le nez hors de leur patelin. Sadie s'empresse de chasser cette idée. L'après-midi est un calvaire, à tel point que Sadie a convaincu Rachel d'entrer dans un pub. Elle a descendu trois grands verres de vin en moins d'une heure pendant que Rachel a prudemment siroté un gin tonic. Elle avait espéré que l'alcool détendrait l'atmosphère mais ça n'a fait qu'accentuer la morosité de la journée.

Elles marchent en silence dans la rue lorsque Rachel interrompt le fil de ses pensées.

— Sadie, je sais que la situation est compliquée. Je trouverais ça dur à ta place – pas de vrai boulot, pas de routine. Mais il faut que tu te reprennes en main. Tu ne peux pas rester dans cet appart pour toujours. Je commence à redouter la réaction de Martine à son retour.

Sadie hoche vaguement la tête. De toute façon, sa sœur et elle ne voient pas la vie de la même manière et n'envisagent pas leur existence selon les mêmes critères. Étrange comme certaines choses ont tant d'importance aux yeux d'une personne et si peu aux yeux d'une autre.

— Pour être tout à fait franche, poursuit Rachel, je ne sais pas trop combien de temps encore je vais pouvoir supporter ça. Je n'en peux plus. Je ne dors quasiment pas. Tu rentres à n'importe quelle heure de la nuit et tu t'en fiches de me réveiller. Tu me cries dessus et tu cherches le conflit. La police est déjà venue cinq fois frapper à la porte en se plaignant de ta musique, ou de tes prises de bec dans la rue. Je suis sans cesse en train de t'inventer des excuses. Les voisins nous détestent. Je ne… Je refuse de continuer à vivre de cette manière.

Sa sœur s'exprime avec tristesse. Elle a visiblement répété son discours. Sadie lui coule un regard et se rend compte qu'elle a l'air épuisée, les yeux cernés de violet et le teint livide. Pour la première fois, elle prend vaguement conscience d'une chose… elle songe à ce que ça doit être de se faire du mouron pour quelqu'un comme Rachel s'en fait pour elle. Le sentiment d'impuissance, et de désarmement total. Et cette pensée lui déplaît.

— Tu as raison, finit-elle par dire. Je sais, il faut que je change certaines choses.

En revanche, elle ne sait pas du tout quoi ni comment.

— Oui, dit Rachel, et tu dois commencer maintenant. Ça me fait peur, ton comportement, ces derniers temps. C'est comme si tu n'avais pas de limites.

Je tiens à toi, mais ce n'est pas facile de te gérer alors que tu n'as pas l'air de…

Sadie n'entend pas la fin de la phrase parce que, d'un seul coup, elles ont tourné à l'angle de la rue et elle le voit qui sort d'un grand bâtiment noir. Il ferme brutalement la porte derrière lui. Un inconnu en veste en cuir cloutée et jean noir, la trentaine environ, très grand et le teint mat, les cheveux bruns rasés sur les côtés et lissés au gel sur le dessus du crâne en une sorte de crête. Il marche dans leur direction, de plus en plus vite, et en quelques secondes, il est assez proche pour qu'elle l'examine de plus près. L'étincelle froide dans ses yeux, gris comme de l'acier ; l'ourlet arrogant de ses lèvres, qui s'adoucit lorsqu'il arrive à sa hauteur, et se mue en une sorte d'invitation. En un éclair, le monde s'est teinté d'une explosion de couleurs et tous ses nerfs sont à vif. Son corps se remplit d'une énergie nouvelle et la ramène brutalement à la vie.

Il lui tend un flyer qu'elle saisit. *Kaspar's*. Des lettres rouge sang qui se détachent sur un fond noir, le bâton du K tranchant comme la lame d'un couteau. Elle observe le bâtiment sombre derrière eux et remarque que l'enseigne porte le même nom, inscrit en rouge cramoisi sur la façade.

— Ma boîte, précise-t-il d'une voix rauque à l'accent exotique. Vous devriez passer un soir.

Il l'examine de haut en bas d'un regard impénétrable. Elle hoche la tête en silence. Il est si proche d'elle qu'elle sent son parfum, une odeur de cannelle épicée qui s'enroule en volutes autour d'elle comme de la fumée.

— On s'y verra alors.

Et sur ces mots il disparaît, remontant la rue d'un pas rapide. La brièveté de la rencontre l'a troublée à tel point qu'elle cligne des yeux pour se ressaisir. La tête lui tourne. Elle est plus saoule qu'elle ne le pensait.

Sa sœur l'observe attentivement.

— Ça ne va pas ?

— Si. Si.

Les mots franchissent ses lèvres avec difficulté.

Rachel jette un coup d'œil à la boîte de nuit.

— Ça n'a pas l'air top. (Un silence tendu s'étire entre elles tandis qu'elles reprennent leur marche.) Quant à lui, ajoute-t-elle d'un ton cinglant, c'est un mec à problèmes, ça se voit.

— OK et alors ? rétorque brutalement Sadie. Je m'en fiche de ce type. Je le connais même pas.

Elle serre les dents et crispe les poings dans ses poches. Elle couche avec environ deux mecs par semaine depuis l'âge de quatorze ans. Ils défilent les uns après les autres. C'est une machine bien huilée depuis le temps. Ça fait un bail qu'elle n'a pas éprouvé une telle attirance pour un homme. Un frisson de désir lui parcourt le corps comme une décharge électrique. Elle en a presque le tournis. *Sois prudente*, se dit-elle. Mais elle sait déjà qu'elle ne le sera pas.

Le soir même, elle est de retour à Camden. Elle progresse lentement dans la file d'attente de la boîte. Elle passe devant le videur et franchit les portes blindées noires, ôte sa veste et tend le flyer qui lui garantit une entrée gratuite à l'hôtesse d'accueil qui a l'air de s'ennuyer à cent sous de l'heure.

La fille jette un coup d'œil au papier avant de jauger Sadie.

— C'est Kas qui te l'a donné ?

Sadie hésite, puis elle se rappelle le nom du club et fait vite le rapprochement.

— Oui, répond-elle avec assurance.

Elle remarque alors sur le bureau d'accueil une lettre adressée à KASPAR KASHANI. Ce nom s'imprime dans son esprit, et elle ressent quelque chose d'étrangement excitant à l'idée de connaître cette information, comme si elle s'était déjà un peu rapprochée de lui.

— Vas-y, dit la fille d'un ton las.

Sadie acquiesce et pénètre dans le club.

Les projecteurs rouges à ultraviolets font ressortir sa petite robe blanche en dentelle de manière éclatante et mettent en valeur les courbes de sa silhouette. Elle se voit dans les miroirs tandis qu'elle se fraie un chemin à travers la foule, et son cœur tambourine contre ses côtes. Les lumières, la musique et les odeurs de sueur et de marijuana l'enivrent. Les basses résonnent en elle, ses hanches se mettent à bouger toutes seules, et les corps l'effleurent. Elle fait rouler une petite pilule blanche entre ses doigts et la gobe. Elle s'est couvert la bouche d'une épaisse couche de rouge. Lorsqu'elle s'humecte les lèvres, le goût chimique du maquillage s'attarde sur sa langue.

Elle le repère bientôt, près de la cabine du DJ, et elle ne le quitte pas des yeux. Les rayons laser passent sur son visage. De nouveau, elle est frappée par la puissance de ses traits, son côté photogénique. Il est digne de figurer sur des posters et des unes de magazines. Une sorte d'Elvis, plus hâlé, avec des yeux persans. Il observe la foule d'un air froid. Elle se rapproche encore de lui et trace du regard les muscles de son corps qui ressortent sous son T-shirt blanc. Elle ne se trouve plus qu'à quelques pas de lui.

Elle danse, portée par le rythme entêtant de la musique, les yeux mi-clos. Elle sent son regard se poser sur elle et la reconnaître, et des frissons lui parcourent la nuque à cette pensée. Des gouttes de sueur dégoulinent le long de sa colonne. Son souffle s'accélère ; elle continue à se trémousser en cadence avec la musique. Lorsqu'elle ose enfin relever la tête, il a encore les yeux sur elle. Son regard est sombre et dur et elle frémit.

Il s'adresse à elle d'une voix puissante.

— Comment tu t'appelles ?

— Sadie, répond-elle en s'approchant de lui pour qu'il l'entende. Sadie, répète-t-elle.

Elle sent la chaleur de son corps qui forme autour de lui une sorte de champ magnétique. Elle sait d'avance ce qui va arriver. C'est toujours pareil. Il va lui prendre la main et l'attirer contre lui pour l'embrasser. Ils se rendront ensuite dans une petite pièce sombre à l'arrière du club, feront leur affaire, et après, elle se le sortira de la tête et passera à autre chose.

Sous son regard, elle se met à frétiller, le souffle à moitié suspendu. Il hoche alors la tête et s'éloigne, se retournant une dernière fois pour lui jeter un coup d'œil approbateur avant de disparaître dans la foule.

Le lendemain matin, elle se réveille la tête pleine de lui : la proximité de son corps, son odeur qui l'enveloppe, le long regard qu'il lui a adressé à la fin. *Kaspar Kashani*… Les cinq syllabes fluides de son nom coulent en boucle dans son esprit à un rythme incessant. Elle se les répète en s'imaginant sa voix rauque et exotique, comme s'il lui murmurait à l'oreille. Cet homme l'obsède, son image la hante, s'accroche à elle et ne la lâche pas. Elle se rejoue encore et encore la dernière scène, cet instant où il a tourné les talons et s'est éloigné d'elle. Ce revirement inattendu qui a aussitôt transformé son désir en besoin irrépressible. C'est la première fois que ça lui arrive.

Elle aimerait en parler à quelqu'un, et Rachel est la seule à être là, du coup elle se lève tôt et se joint à elle pour le petit déjeuner. Sa sœur est étonnée, mais Sadie fait comme si de rien n'était.

— Bonjour, dit Rachel d'un ton circonspect en versant une portion de céréales dans un bol. (Elle a déjà enfilé le legging et le haut court qu'elle porte pour son jogging matinal ; ses cheveux sont noués en une queue-de-cheval bien propre.) Je ne pensais pas te voir avant de sortir. Qu'est-ce que tu as fait hier soir ?

— Oh... (Sadie hésite un instant ; puis elle s'entend dire d'une voix faussement désinvolte :) Je suis juste allée voir Kas.

C'est la première fois qu'elle prononce son nom à voix haute et c'est un son nouveau et exquis dans sa bouche. Il déclenche une série de pensées érotiques qui se répercutent dans son corps.

— Qui ça ?

— Tu sais. Le mec d'hier, la boîte de nuit.

Rachel lâche brutalement sa cuiller ; elle écarquille les yeux.

— Non... Tu n'as pas fait ça.

— Fait quoi ? réplique Sadie d'un ton innocent.

Elle sait qu'elle donne l'impression qu'il s'est passé

un truc avec Kas, et ça l'excite que sa sœur puisse s'imaginer ça. Elle hausse les épaules et secoue la tête.

— Ce n'est pas ce que tu penses. La boîte est plutôt cool en tout cas. Tu devrais venir avec moi un de ces soirs pour te faire une idée.

— OK, rétorque Rachel d'une voix hésitante avant de se remettre à manger ses céréales.

— Non, mais sérieusement.

Sadie le pense vraiment. Elle ne peut pas y retourner toute seule ; ça ferait un peu pathétique. Et elle ne fait pas assez confiance aux nanas avec qui elle traîne. Ce ne sont pas des vraies amies – c'est le genre de filles qui n'hésiteraient pas à chauffer Kas ou à raconter devant lui des histoires qui mettraient Sadie mal à l'aise et la montreraient à son désavantage. Ce ne sont pas les anecdotes qui manquent. Rachel est peut-être un peu coincée, mais c'est sa sœur. Elle ne chercherait jamais à lui nuire.

Elle éprouve une soudaine bouffée d'affection pour elle, voire d'amour, et même si c'est en partie chimique – la drogue de la nuit dernière se diffuse encore dans ses veines –, ça suffit à la stimuler.

— Tu sortais un peu avant, insiste-t-elle. Jusqu'à ce que tu décroches ce boulot. On n'est pas forcées d'y aller en semaine… on peut faire ça le week-end. Ça pourrait devenir notre rituel à toutes les deux.

Les sourcils froncés, Rachel se demande sûrement ce que cache sa proposition. Accompagner sa sœur en boîte de nuit et la regarder avaler des cachetons et se frotter à des inconnus ? Elle doit se dire que ce n'est pas le genre de soirée qu'on passe en famille. Elle finit pourtant par céder.

— OK. Je viendrai avec toi le week-end prochain.

Mais si je viens, c'est seulement parce que je m'inquiète pour toi. Je pense ce que j'ai dit hier. Il faut que tu changes de comportement. En attendant, si je ne peux pas t'en empêcher, au moins je serai là.

— Super ! s'exclame Sadie avant de comprendre que les propos de sa sœur n'ont rien de réjouissant.

C'est déprimant et pessimiste et ça fout le cafard. Mais au moins, elle va venir. Et les actes ne sont-ils pas plus importants que les mots ? Aussi, elle décoche un sourire radieux à Rachel et s'empare du paquet de céréales. Elle n'a rien mangé depuis près de vingt-quatre heures. C'est sûrement pour ça que ses mains tremblent et que son cœur bat à tout rompre.

Le samedi soir suivant, elles se rendent donc au club. Rachel déteste d'emblée l'endroit, et elle ne s'en cache pas. Néanmoins, elle reste. Elles dansent un peu, et Sadie boit moins et prend moins de drogue qu'à son habitude. Elle se convainc que c'est pour prouver à Rachel qu'elle sait se tenir. En vérité, elle veut rester lucide pour faire bonne impression, si jamais Kas l'observe. Et sa stratégie semble bientôt fonctionner. À peine une demi-heure s'écoule avant qu'il la remarque. À ce moment-là, il s'approche d'elles, leur offre un verre et leur demande si elles habitent le quartier. Rachel répond par monosyllabes, le visage fermé, et Kas l'ignore rapidement.

— C'est la deuxième fois que tu viens. Il y a un truc qui te plaît ici ? demande-t-il à Sadie d'un ton ambigu.

C'est à peine s'il la regarde.

— Oui, répond-elle.

Si seulement il posait les yeux sur elle pour de vrai,

elle lui ferait comprendre précisément ce qui l'attire dans ce club. Elle lui coulerait ce regard coquin qui en a séduit tant d'autres. Mais il garde ses distances, et de manière délibérée. Elle connaît ce petit jeu pour l'avoir joué, sans jamais s'être retrouvée à cette place.

Sourire aux lèvres, il tend la main vers elle et l'engouffre dans sa chevelure. Elle se fige, s'efforçant de calmer son souffle. Ses doigts ressortent de sa crinière avec un élastique coloré.

— C'est à toi ?

Elle pouffe de rire, et joue l'indifférence même si elle sent encore le contact de sa peau contre son cuir chevelu, comme s'il l'avait marquée au fer rouge.

— Non, je ne pense pas.

Il fourre l'objet dans sa poche et il finit par la regarder. Elle se sent au centre de son attention. Une sensation étourdissante.

— J'espère que je te reverrai, dit-il.

— Peut-être. Si tu es chanceux.

Il l'observe sans ciller. L'écho de ses mots flotte entre eux, et elle prend conscience qu'aucune de ses tactiques habituelles n'aura d'effet sur cet homme. Elle a toujours été celle qui mène la danse, sans même le vouloir ; ça a toujours été si facile. Elle n'arrive même pas à s'imaginer avec une personne comme Kas. Un homme qui ne lui obéira pas au doigt et à l'œil, un homme qui ne salivera pas sur elle comme un toutou en rut. Elle songe à ses mains qui l'ont effleurée quelques instants plus tôt, elle les imagine se faufiler sous ses vêtements et prendre possession de son corps, et une vague de désir éblouissante l'envahit encore.

— À la prochaine alors, dit-il.

Il lui décoche un sourire éclatant et adresse un bref signe de tête à Rachel avant de s'éloigner.

À peine est-il parti que Rachel lui tire le bras, et lui susurre à l'oreille.

— Quel sale type ! Allons, Sadie, j'espère que tu t'en rends compte !

— Tu ne le connais pas.

— Non, admet Rachel. Et toi non plus d'ailleurs.

Sur ce point, Sadie avoue qu'elle a raison. Aussi, elle l'observe de près pendant tout le reste de la soirée, tâchant de glaner un max d'infos sur lui. Il circule d'un espace à l'autre, de la piste de danse au bar, en passant par l'accueil, sans jamais rester au même endroit trop longtemps. Il parle à différents hommes, en tête à tête, de brefs échanges de nature professionnelle, devine-t-elle. Tous lui témoignent un respect indéniable. Leur expression, leur langage corporel tout entier. Elle comprend que c'est lui le boss. Il règne non seulement sur la boîte mais sur tous ceux qui s'y trouvent.

À environ 2 heures du matin, les clients se dispersent et la musique redescend. Kas porte son attention sur le bar. L'un des barmen siffle allègrement une bouteille avec un couple de clients. Ça ne semble pas bien méchant, un petit interlude de détente avant de reprendre le boulot, mais Sadie voit tout de suite que Kas n'est pas content. Il se précipite vers l'employé, place la main sur son épaule et se penche vers lui. Les deux hommes se tiennent ainsi pendant quelques minutes, tel un tableau figé, et elle se rend compte à quel point Kas est grand, 1,95 mètre au bas mot, et combien il domine son entourage. Elle n'entend pas ce qu'il dit au barman. Ce dernier devient livide et s'écarte en hochant vigoureusement la tête.

Il marmonne quelque chose en réponse, mais Kas l'interrompt et l'agrippe plus fermement cette fois. L'homme affiche une grimace de douleur et hoche de nouveau la tête en baissant les yeux. Kas finit par le lâcher pour regagner la piste sans se retourner.

Sadie l'observe s'éloigner. Elle a cessé de danser. Elle est couverte d'une fine pellicule de sueur mais son corps est moite et froid. C'est important de savoir maintenir les gens au garde-à-vous quand on est patron, se dit-elle. Elle repense à son ancienne école, où les enseignants les plus respectés étaient également ceux qui inspiraient de la crainte à leurs élèves. Quand on a ce pouvoir, on en use. C'est naturel.

RACHEL

1999

Elle ne rentre pas forcément dans le club. En fait, la plupart du temps, elle se contente de conduire jusqu'à Camden, tard dans la nuit, et d'attendre sur le parking d'en face jusqu'à ce que Sadie sorte. Elle patiente là, à compter les minutes qui s'écoulent, tâchant en vain de se réchauffer les mains devant le radiateur soufflant. Au début, elle allumait la petite lampe au plafond, animée par une peur puérile du noir ; mais une nuit, elle a songé au tableau que ça représentait de l'extérieur : un signal lumineux indiquant sa présence à n'importe quel taré passant par là. Depuis, cette pensée ne la quitte plus. Du coup, elle attend dans le noir.

Parfois, la perspective de cette veillée silencieuse l'insupporte et elle préfère rejoindre Sadie à l'intérieur. Elle ne sait pas vraiment si c'est pire. Au moins, dans la boîte, elle peut surveiller sa sœur, avoir un œil sur la situation. Mais elle n'aime pas se trouver dans la même salle que Kaspar. Depuis le début, ce type ne lui inspire rien de bon. Avec le temps, son intuition s'est confirmée. Non qu'il ait fait quoi que ce soit dans ce sens, du moins pas à sa connaissance. C'est plus subtil que ça, plus enraciné ; ce mec lui fait froid dans le dos. Elle ne comprend décidément pas comment Sadie peut être aveuglée à ce point. De toute façon, elle a baissé les bras et ne cherche plus à lui ouvrir les yeux. À la place, elle s'est donné pour mission de veiller sur elle.

Peu à peu, elle a compris que Kas se trouvait au centre d'un réseau très louche. Certains sont autorisés à l'intérieur de son champ magnétique, d'autres sont maintenus en dehors. Chaque semaine, de nombreux hommes vont et viennent dans la boîte de manière apparemment aléatoire. Néanmoins, elle arrive bientôt à deviner lesquels font partie du cercle de Kas. Ils ont un truc en commun, une particularité sur laquelle elle n'arrive pas à mettre le doigt malgré ses efforts.

Au cœur de ce cercle, un dénommé Dominic Westwood. Petit et trapu, les cheveux d'un blond presque blanc coupés en brosse, des yeux durs et vitreux et des traits qui paraissent bizarrement malléables, comme s'il était en pâte à modeler. Rachel ne le remarque qu'au bout de sa troisième visite au club, mais une fois qu'elle l'a repéré, elle a l'impression de l'y voir tout le temps ; il observe à distance et échange des regards avec Kas à travers la salle. Elle les surprend régulièrement en tête à tête dans les coins et recoins de la boîte. Elle ne connaît pas la nature précise de leur relation, mais elle se rend vite compte que ce sont des liens bien établis. De la même manière, il semble que Dominic l'ait remarquée et ait compris son lien de parenté avec Sadie qui, il l'a bien vu, s'est beaucoup rapprochée de Kas. Lorsque Kas et Sadie se livrent à l'une de leurs conversations cryptiques ou échangent des regards langoureux au bar, Dominic se tourne souvent vers Rachel, malgré les efforts qu'elle met en œuvre pour le repousser. Ils se retrouvent ensemble, par dépit. Il n'a jamais exprimé la moindre attirance sexuelle pour elle, et c'est seulement pour cette raison qu'elle accepte de lui parler. Au moins, quand il est là, il dissuade les autres hommes de l'approcher. Des hommes qui rôdent autour d'elle en silence dans l'attente d'une ouverture.

— Comment tu as connu Kas ? demande-t-elle un soir à Dominic, six semaines après sa première visite au club, alors qu'ils sont tous deux assis au bar.

Dominic hausse les épaules et plisse les yeux, perdu dans ses pensées.

— Il a toujours été là. Mais ça fait que deux ans que j'ai appris à mieux le connaître.

Cette réponse ne lui apprend rien. Rachel chasse les mèches de son front en sueur.

— Tu as commencé à bosser ici avec lui ?

Ce disant, elle s'aperçoit qu'elle ne sait même pas si Dominic travaille ou non au club. Il y est tout le temps fourré, parfois il lui arrive de passer derrière le bar, mais il garde une certaine distance ; il observe plutôt qu'il ne participe. Lorsqu'il secoue la tête, ça ne la surprend pas.

— Il m'a rendu un service. Il m'a tiré du pétrin. Après ça, voilà…

Il hausse de nouveau les épaules et vide son verre d'un trait. Rachel aimerait poursuivre son interrogatoire, néanmoins elle a noté un changement de ton – une méfiance qui l'avertit de ne pas fouiner davantage. Elle se répète ses paroles. Ça lui rappelle un conte de fées : l'histoire de la princesse qui, une fois sauvée du péril par le bel inconnu, est liée à lui pour l'éternité par un charme. Cette comparaison est grotesque et, sans réfléchir, elle sourit.

Dominic lui coule un regard.

— Je connais Melanie depuis un bout de temps.

Rachel fronce les sourcils. Ce nom ne lui dit rien. Pour autant qu'elle sache, tous les collègues de Kas sont des hommes.

— OK…, dit-elle.

— Melanie, reprend Dominic. Sa femme.

Il observe ensuite sa réaction.

Elle demeure impassible, même si à l'intérieur, son ventre se noue. Sadie ignore que Kas est marié, elle en mettrait sa main au feu. Elles ne parlent jamais de lui entre elles, conscientes de leur divergence d'opinions. Mais il faudrait être aveugle pour ne pas voir que Sadie est totalement obsédée par lui.

— Je ne savais pas qu'il était marié, réplique-t-elle finalement d'un air détaché.

— Elle est là ce soir, ajoute Dominic, désinvolte. Pour la première fois depuis un bail. Regarde. (D'un geste du menton, il indique la cabine du DJ.) Là-bas. En robe rouge.

Rachel aperçoit une femme immense, 1,80 mètre, la peau hâlée, une longue chevelure noire, un visage angulaire et une silhouette maigre qui laisse transparaître une certaine assurance. Elle est adossée à la cabine, les bras croisés. Elle contemple la salle d'un air désabusé. Son attention s'attarde un instant sur Rachel, à qui elle décoche ensuite un regard dédaigneux.

— Pourquoi tu me dis ça ?

Dominic esquisse un sourire en coin en faisant signe au barman de lui servir un autre verre.

— Je fais la conversation, rien de plus, bébé. (Ce petit nom écœure Rachel.) Tu en veux un autre ? s'enquiert-il en indiquant le verre à moitié vide de Rachel.

Elle secoue la tête.

— Je ne reste pas.

Elle descend de son tabouret et fouille la salle à la recherche de Sadie. Elle la repère bientôt qui danse sans but parmi la foule, l'expression vide. Elle n'a pas l'air de s'amuser. Si elle vient ici, c'est seulement pour lui, songe Rachel.

Elle joue des coudes pour se frayer un chemin jusqu'à sa sœur et lui tapote l'épaule.

— Sadie, dit-elle à son oreille. Je peux te parler ?

Sadie semble étonnée, mais elle hausse les épaules et hoche la tête, se laissant entraîner sur le côté de la piste. Maintenant qu'elles sont loin des projecteurs, Rachel s'aperçoit que son maquillage a coulé ; son fard à paupières s'est étalé sous ses yeux, son rouge à lèvres s'est répandu sous sa bouche. Elle a l'air abîmée, mais elle demeure d'une beauté inexplicable.

— Qu'est-ce qu'il y a ?

— Dominic vient de m'apprendre quelque chose. (Il n'y a pas de bonne manière d'annoncer la nouvelle, du coup elle va droit au but.) Tu savais que Kas est marié ?

Une grimace de douleur déforme le visage de Sadie, comme si on venait de la gifler.

— Non. Comment ça ? C'est faux.

— Ce n'est pas ce que dit Dominic. (L'idée la traverse de lui désigner la femme en robe rouge, mais elle se ravise.) Bref, je préférais te le dire. Je sais qu'il ne se passe rien entre vous, mais…

Elle laisse sa phrase en suspens, ne sachant pas comment l'achever. Elle devine que pour Sadie c'est encore plus humiliant d'admettre qu'elle n'a pas de liaison avec l'homme qu'elle convoite.

Elle s'attend à ce que Sadie s'emporte contre elle ; en général, les échanges sont explosifs avec elle. Elle préfère tirer en premier et réfléchir ensuite. Mais elle reste silencieuse. Son front se plisse légèrement, son regard se perd… et puis, soudain, elle se retourne et traverse la piste. Elle se dirige vers l'entrée, où elle s'attend à trouver Kas. Rachel hésite un instant avant de suivre sa sœur. Le vestibule se situe à l'angle d'un couloir peu éclairé ; elle s'y s'attarde, dissimulée dans l'ombre. Elle voit Kas, adossé contre un mur, qui feuillette une liasse de papiers, tellement absorbé par sa lecture qu'il ne se rend pas compte que Sadie s'est approchée de lui.

— Kas.

— Quoi ? aboie-t-il. (Une fraction de seconde plus tard, il se radoucit.) Désolé, Sadie. Je t'ai prise pour quelqu'un d'autre.

Sadie se ressaisit vite.

— Je suis juste venue te dire que c'est la dernière fois que je viens, annonce-t-elle d'une voix brisée que seule Rachel peut déceler mais que tout autre qu'elle ne remarquerait pas.

Kas hausse un sourcil. Impossible de savoir s'il s'en fiche ou pas.

— Tu ne m'as jamais dit que tu étais marié, lance Sadie de but en blanc. (Mais à peine a-t-elle lâché la bombe qu'elle semble regretter ses paroles et perdre pied. Elle croise les bras et joue ensuite nerveusement avec une mèche de ses cheveux.) Ça ne me regarde pas, poursuit-elle plus calmement, mais…

Kas se rapproche d'elle, glisse la main sous son menton et la force à lever son visage vers le sien. Il l'examine avec ardeur, tel un scientifique face à un rare spécimen.

— J'ai cru que tu savais, dit-il à mi-voix de telle sorte que Rachel doit tendre l'oreille. La vie n'est pas toujours simple, Sadie. Tu le sais.

Sadie se noie dans son regard, complètement envoûtée.

— C'est juste que…

Rachel n'entend pas la suite. Kas hoche la tête et, pendant une fraction de seconde, leurs visages sont si proches que Rachel les croit sur le point de s'embrasser. Un frisson lui parcourt le dos. Elle les épie, elle ne veut pas assister à ce spectacle, mais elle est comme figée.

Kas se contente finalement de sourire et il se redresse légèrement. Il ramène les cheveux de Sadie derrière ses oreilles et pose les mains de part et d'autre de sa tête pour la maintenir immobile.

— Tout ce que je peux te dire pour l'instant, c'est que si tu ne viens plus, j'en serai navré. Et que tes sentiments ne t'appartiennent pas seulement.

Comme si ça voulait dire quelque chose, songe Rachel. Mais apparemment, Sadie est satisfaite de ses paroles ; elle baisse le regard et hoche la tête, un vague sourire aux lèvres. Comme si elle avait obtenu de cet échange la réponse qu'elle attendait. Elle n'est ni désillusionnée ni fâchée. Elle a entendu que Kas avait une femme, pesé le pour et le contre et décidé de l'ignorer, le tout en l'espace de cinq minutes. Cette réaction ne lui ressemble pas du tout. Elle n'a jamais vu sa sœur si… – elle cherche le mot – soumise. Pas une seule once de résistance dans tout son corps ; elle ne se bat pas, elle est malléable, satisfaite de sentir les mains de cet homme sur elle, et heureuse de boire ses paroles.

Ce n'est qu'en assistant à cette scène que Rachel se rend compte qu'elle perd son temps. Inutile de veiller sur sa sœur. Sadie fera comme elle l'entend, avec qui elle veut, quoi que Rachel dise ou fasse. Ce soir-là, Rachel a un déclic. Un poids se lève, remplacé par un vide aussi.

Sans un bruit, elle rase le mur jusqu'à la sortie, même s'ils sont trop absorbés l'un par l'autre pour remarquer sa présence. Elle récupère son manteau au vestiaire et trottine jusqu'à sa voiture sous la bruine. Elle patientera sur le parking jusqu'à ce que Sadie sorte, puis elle la ramènera à la maison. Mais c'est la dernière fois qu'elle met les pieds dans cette boîte. À compter de ce jour, sa sœur devra se débrouiller toute seule.

SADIE

1999

Dans la pénombre du couloir, leurs visages s'effleurent presque. Elle le comprend parfaitement. Il lui dit qu'il partage ses sentiments. Qu'il la désire, même si c'est impossible. Pour le moment.

Elle acquiesce en silence et s'éloigne brusquement de lui pour ne pas briser la perfection de l'instant. Elle n'obtiendra rien de plus ce soir. Elle regagne lentement la piste de danse. Ses membres sont courbatus, sa tête bercée d'un doux vertige ; tout autour d'elle, la salle tourne.

Au milieu de la foule, son corps s'agite en cadence avec la musique, et la sueur perle sur son visage. Soudain, elle aperçoit Dominic à l'autre bout de la salle. Il n'est pas seul. Une femme se penche à son oreille, une femme avec une longue chevelure ondulée. Elle les observe longuement sans jamais les quitter des yeux. Jusqu'à ce que la femme se détourne de Dominic pour se diriger vers la porte qui mène au sous-sol.

Sadie se fraie un chemin jusqu'à Dominic. Une fois à sa hauteur, elle hausse la voix pour couvrir la musique.

— Alors, c'est elle ?

Elle peut se permettre d'être comme ça avec Dominic. Désinvolte, arrogante. Elle sait pertinemment qu'en se confiant à Rachel il cherchait à lui faire passer le message à elle, juste pour tester sa réaction.

Dominic affiche un sourire sournois.

— C'est drôle, elle me posait justement des questions sur toi. Comment je te connais, quel âge tu as… Si tu as un petit ami.

Sadie imite l'expression détachée de Dominic ; elle crispe la mâchoire et se donne un air dur, mais son ventre bouillonne d'excitation. La femme de Kas l'a remarquée, a pris la peine de se renseigner sur elle. Ça veut dire quelque chose. Elle la considère comme une menace.

— Qu'est-ce que tu as répondu ?

— Pas grand-chose. Je ne sais rien de ta… vie sentimentale, rétorque-t-il avec sarcasme. Qu'est-ce que j'en sais, moi, si tu as un petit copain ou pas ?

— Je n'en ai pas.

C'est alors que Sadie réalise qu'elle n'a couché avec personne depuis près de deux mois. C'est sa plus longue période d'abstinence depuis sa première fois, un soir au premier étage d'un pub de village, cinq ans plus tôt, quand elle avait seulement quatorze ans. Des occasions se sont présentées à elle, évidemment. Elle pourrait jeter son dévolu sur le premier venu. N'importe quel homme serait plus qu'heureux de la soulager de cette trop longue retenue. Mais elle ne désire personne d'autre que Kas. C'est la première fois qu'elle ressent ça. Un sentiment qui la dévore et la terrifie. Elle le connaît à peine, mais elle le veut plus que tout au monde. C'est comme si on lui avait arraché les entrailles, et remplacé ce vide par du désir à l'état brut.

Dominic l'observe toujours, les lèvres incurvées en un petit sourire.

— Tu aimes bien Kas, hein ?

Sa question lui paraît étrangement évasive. Elle hausse les épaules et hoche la tête.

— Il peut te faire confiance ? demande-t-il ensuite d'une voix plus incisive.

C'est comme si c'était Kas qui s'exprimait à travers la bouche de Dominic dont la présence est purement physique. Elle a l'impression qu'on l'auditionne pour un rôle dont elle ignore tout. L'atmosphère devient électrique. Le sens du devoir s'empare d'elle… et elle a le sentiment qu'est en train de s'établir entre eux un contrat tacite.

Elle retourne la question dans sa tête. Dominic la contemple sans ciller, un verre à la main. Elle ne sait pas à quoi elle s'engage, mais elle se surprend à dire oui. *Oui, bien sûr, il peut me faire confiance.* Et une fois que c'est dit, impossible de revenir en arrière.

Plus tard, lorsqu'elle y repense, elle se rend compte qu'à la suite de cet échange avec Dominic au bar tout progresse à une vitesse effrayante. Au début, c'est anodin. On lui demande de garder à l'œil le vestiaire de temps à autre, ou de prendre quelques commandes au bar. Et elle est flattée qu'on sollicite sa contribution. Ce n'est que quelques semaines plus tard que Dominic la convoque dans un coin du club et lui remet un petit paquet emballé dans du papier d'aluminium. Il lui indique la somme qu'elle doit percevoir, et désigne un homme qui se trouve de l'autre côté de la piste. Quand elle revient vers lui avec le pactole, il la remercie avec légèreté. Les soirs suivants, on lui confie la même mission. Elle sait qu'elle sert d'intermédiaire pour rendre la transaction plus difficile à pister, mais ça ne la dérange pas. Elle a elle-même acheté de la drogue à maintes occasions, quoiqu'elle n'en ait jamais vendu. Mais elle ne voit pas vraiment quelle différence ça fait.

12 décembre. Elle se rend à pied au club, remontant les rues ornées de décorations de Noël – elles clignotent contre le ciel noir et étincellent tels des joyaux bleus dans les branches des arbres. Un courant d'excitation la parcourt comme une onde fiévreuse. Le sol est verglacé et ses talons aiguilles glissent sur les pavés traîtres. Elle porte une petite robe noire en satin qui offre une vue pigeonnante sur ses seins, et l'air glacé lui cingle la peau. Mais à l'intérieur, elle bouillonne. Tout en se frayant un chemin parmi les rues illuminées, elle farfouille dans son sac et avale un nouveau comprimé. Ces derniers temps, elle a l'impression qu'ils ne lui font plus aucun effet, mais elle continue à en prendre, par habitude.

Elle saute la file d'attente et adresse un signe de tête au videur. Elle n'a pas besoin de parler ; ils la connaissent tous à présent. On leur a donné pour instruction de la laisser entrer à toute heure. Elle franchit la cordelette et un sourire lui échappe car elle voit la jalousie se peindre sur les visages des filles dans la queue ; à peine vêtues, maquillées comme des voitures volées, elles mastiquent leur chewing-gum ou bien rongent leurs ongles mal vernis. Kas ne se retournerait jamais sur aucune de ces poufs, elle en est convaincue. Elle s'approche du vestiaire et ôte sa veste. Dans cette antichambre, l'air est froid et stérile.

Elle consulte sa montre. Il est à peine 22 heures, heure à laquelle les clients commencent à affluer et où la température monte dans la salle.

Une bouffée d'adrénaline la saisit et elle pousse la lourde porte noire. La musique jaillit d'un coup et l'enveloppe tandis qu'elle avance dans la salle sous la lumière des projecteurs et des stroboscopes.

Bien sûr, elle le repère immédiatement. Elle a pris l'habitude de le distinguer dans la foule ; c'est comme s'il avait son propre projecteur constamment braqué sur lui. Il est adossé au bar, la tête légèrement en arrière. Même de loin, elle note une certaine tension dans son attitude, comme s'il se préparait à la bagarre. En se rapprochant, elle décèle une menace dans son regard, derrière l'étincelle habituelle. Il semble à peine la remarquer. Sa bouche s'emplit d'une salive nerveuse au goût âpre. Elle déglutit et va l'aborder. Elle le fait rarement sans qu'il l'y invite, mais ce soir elle se sent pousser des ailes.

— Sadie, l'accueille-t-il avec un sourire éclatant qui laisse apparaître ses dents parfaites de carnassier. (Il lui porte toute son attention, ce qui l'inonde de bonheur.) J'espérais te voir ce soir.

— Ah bon ? répond-elle d'une voix neutre.

En réalité, son cœur martèle ses côtes. À son contact, elle devient une autre personne, quelqu'un de presque méconnaissable. Elle croit qu'il aime son côté dur, l'idée que, tel un diamant étincelant, sa beauté, employée comme il faut, peut transpercer tout ce qu'elle touche. Il admire les femmes fortes, pense-t-elle, donc quand elle vient au club, c'est ce qu'elle est. Ce qu'elle essaie d'être.

— Oui.

Il approche un tabouret du sien et l'invite à s'asseoir à côté de lui. Ravie, Sadie s'installe. Au même instant, elle aperçoit Dominic. Debout de l'autre côté du comptoir, il vide une flasque en argent d'un trait. Elle le salue d'un geste du menton, mais pour une fois il ne lui répond pas. Il a les yeux rivés à Kas et il semble évaluer leur degré de rapprochement. Pour une raison qu'elle ignore, le comportement de Dominic lui file la chair de poule. Comme si on venait de piétiner sa tombe.

Elle reporte son regard sur Kas. Il se penche à son oreille, et son souffle étrangement froid la fait frissonner.

— Ce soir j'aurais une petite faveur à te demander, si tu es d'accord. C'est un peu différent de d'habitude. Tu veux bien me rendre un service ?

Elle acquiesce d'un air hésitant. Kas ne lui a jamais rien demandé directement jusque-là, et sa question lui paraît bizarre ; elle ne voit pas en quoi elle pourrait lui être utile. Il est très proche d'elle à présent et, à sa grande surprise, il glisse une main autour de sa taille et une autre sous son menton pour tourner son visage face au sien. Elle sursaute, prise d'une décharge électrique. Le parfum de cannelle auquel elle l'associe désormais l'enveloppe. Une odeur qui la figerait en pleine rue.

— Je peux te faire confiance, Sadie.

Ce n'est pas une question. Il s'exprime avec une telle certitude qu'elle songe immédiatement à Dominic et à l'étrange échange qu'ils ont eu ce fameux soir, au bar. Elle a le sentiment inquiétant que ses paroles ont été dûment répétées, son nom coché sur une liste. Elle aimerait répondre, mais sa bouche est sèche. Il ne lui a pas lâché le menton, et son pouce s'imprime dans sa mâchoire.

Il attend un bon moment avant de reprendre la parole d'une voix basse qui oblige Sadie à tendre l'oreille.

— Il y a un homme qui doit venir ce soir. Il n'est pas encore là mais il devrait arriver dans environ une demi-heure. Il s'appelle George Hart. Tu ne le connais pas. Il ne te connaît pas. Regarde.

Il sort une photo de sa poche. On y voit un homme blanc et costaud, la quarantaine, des cheveux blonds tirant sur le roux, rasés au niveau des tempes. La photo a été prise de loin, dans un parking. Sadie devine que cet homme s'est fait photographier à son insu.

— Tu te souviendras de lui ? Tu seras capable de le repérer ?

Elle examine la carrure trapue de l'homme, son visage affable. Il a été pris en train de charger des courses dans le coffre d'une voiture.

— Oui, répond-elle.

— Bien. George et moi travaillons ensemble. C'est un bon gars, mais il faut qu'on parle affaires. Il a accepté de me retrouver ici ce soir, mais je préférerais m'entretenir avec lui en privé. Tu comprends ? (Il n'attend pas sa réponse et poursuit.) J'ai besoin que tu l'accostes et que tu l'amènes dans la réserve au sous-sol – tu vois de quoi je veux parler. Comme ça, lui et moi nous pourrons parler au calme. Tu comprends ? répète-t-il dans l'attente d'une réponse cette fois.

Sadie se repasse les instructions intérieurement. Elle a l'impression de flotter dans du coton. La tête lui tourne un peu.

— Tu ne peux pas lui demander toi-même ? Pourquoi moi ?

Kas hausse les épaules sans la quitter des yeux.

— Il vaut mieux que ça ne vienne pas de moi. Pour une raison que j'ignore, les gens redoutent de se retrouver seuls avec moi. (Il affiche un sourire, mais ses propos lui glacent le sang.) Et si c'est à toi que je le demande… Eh bien, c'est pour une raison qui me semble évidente.

Ses yeux se posent sur le corps de Sadie et il la déshabille du regard. Et malgré la panique qui commence à l'envahir, elle éprouve une pointe de désir.

— Tu peux le faire descendre dans la réserve, dit-il avec conviction. Je le sais.

Sadie jette un coup d'œil derrière le bar. Dominic les observe toujours. Elle reporte son attention sur Kas.

— Cette affaire…, bredouille-t-elle en s'humectant les lèvres. C'est… c'est…

Elle s'aperçoit qu'elle ne sait pas vraiment quelle question poser.

— Tu n'as aucun souci à te faire, la rassure Kas. Nous allons parler, c'est tout, et ensuite il s'en ira. Et après ça…

Il laisse sa phrase en suspens et lui décoche un sourire suggestif. Son corps irradie une chaleur envoûtante ; elle inhale son parfum et éprouve une sensation de vertige. Un bref instant, elle ferme les yeux et elle sent qu'il l'enveloppe, que sa présence est partout à la fois. Elle n'est pas stupide. Kas est sur le point de la faire tremper dans une histoire qui la dépasse. Mais l'envie de lui plaire surpasse ses craintes. En fin de compte, il ne lui demande pas grand-chose. C'est simple et c'est à sa portée.

— OK, accepte-t-elle.

Le mot résonne entre eux, dans le mince espace qui les sépare. Kas étire les lèvres en un sourire et s'écarte. Ses épaules se détendent.

— Merci. Surveille son arrivée et amène-le en bas dans une demi-heure. J'attendrai.

Il se lève et, pivotant soudain vers elle, il lui prend la main et la porte à ses lèvres avant de s'éloigner. Le contact dure à peine une seconde, la chaleur de son baiser s'est imprimée sur sa peau.

Elle le repère immédiatement. Vêtu d'une chemise bleue au col déboutonné et d'un jean, il fait tache dans le décor. Il sirote sa bière en passant la foule au crible de temps à autre. Sous la lumière du stroboscope, ses cheveux sont carrément blond vénitien et ses joues sont constellées de taches de son. Il fait son possible pour avoir l'air à l'aise, mais elle devine une pointe d'anxiété dans sa manière de balayer la salle du regard. Elle se faufile jusqu'à lui. Nerveux, il se mord la lèvre inférieure avant d'avaler une nouvelle gorgée de bière.

Il la remarque aussitôt, comme tous les hommes à son contact.

— On t'a posé un lapin ? lance-t-elle.

George Hart n'est pas un homme grand, mais pour le flatter, elle bascule la tête en arrière et le regarde par en dessous.

Il pivote face à elle et la dévisage. Il a l'esprit ailleurs, mais elle lui plaît, c'est évident.

— Je ne sais pas encore, réplique-t-il, évasif.

— Eh bien, dit-elle en s'asseyant sur un tabouret. Je vais te tenir compagnie en attendant.

Il fronce les sourcils et l'observe d'un air dubitatif. Il a le double de son âge. Son visage est avenant mais n'a rien d'extraordinaire. Sadie ne désarme pas. D'après son expérience, les hommes se laissent très facilement convaincre qu'ils sont attirants. Apparemment, George Hart ne fait pas exception à la règle. Son visage se détend peu à peu, et elle lui offre un verre. Il commande un whisky Coca et à mesure qu'il le boit, sa langue se délie. Il mentionne Kas – le « boss » –, en esquissant un geste vague pour englober le club, et il lui demande si elle le connaît.

Elle secoue la tête, mais elle ne peut s'empêcher de le questionner.

— Vous êtes amis ?

George Hart hausse les épaules. Une étincelle de fierté passe dans ses yeux.

— Si on veut. Je le connais depuis un bout de temps. Il me demande de passer ici de temps en temps, comme ce soir. Je rentre gratuitement, tu sais ? Vu qu'il me connaît. En fait, j'ai bossé un peu pour lui. Achats et ventes. Mais j'ai décidé d'arrêter. (Il se penche en avant et la reluque d'un œil vitreux.) J'ai un bébé maintenant, hein ? Il est temps que je tourne la page. Que je me débarrasse de tout ça.

— Il le sait ?

George se rembrunit. Puis son expression se radoucit. Il agite la main d'un air détaché.

— Nan. Mais il va bien le prendre.

— C'est sûr, réplique-t-elle.

Mais une pensée lui vient. *Il sait. Et c'est de ça qu'il veut te parler.* Les mots menacent de franchir ses lèvres. Elle le regarde. Il lui fait penser à un voisin bienveillant ou à un oncle qu'on voit peu ; le genre de personne qu'elle traiterait avec une indifférence polie, sans plus. Un bébé, songe-t-elle. Il a un bébé. Et même si elle sait que ça ne veut rien dire, et qu'il y a sans doute eu des dizaines de pères ou plus qui ont salivé sur elle ou qui sont entrés en elle, ça la déboussole un peu. Elle ne veut pas le toucher, et elle ne veut pas prendre part à ça. Une petite voix lui crie de tourner les talons.

Et elle est à deux doigts de le faire. Mais alors, elle pense à Kas qui l'attend au sous-sol. Comment réagira-t-il si elle revient sur sa parole ? Non seulement elle le décevra, mais il lui tournera le dos et lui claquera la porte au nez.

George commence à s'agiter, balayant de nouveau la salle du regard, à la recherche de Kas. Elle prend la parole.

— Écoute, je ne crois pas qu'il soit dans le coin. Et puis, même s'il est là, vous pourrez vous retrouver plus tard. Ça te dirait qu'on aille dans un endroit plus tranquille ?

Voilà. Elle tend la main et la pose sur sa cuisse. Son pantalon est rêche et un peu humide. À son contact, le muscle se tend. Elle lui décoche un regard aguicheur, ses lèvres s'entrouvrent de manière suggestive. L'air se charge d'électricité. Elle a oublié qui cet homme est ; elle est dans son rôle de séductrice. George Hart hésite un instant. Il jette un dernier regard autour de lui, puis il pose sa main sur la sienne. Ce geste est presque romantique, se dit-elle, étant donné toutes les autres parties de son corps où il aurait pu placer sa paluche. Elle enroule ses doigts autour des siens et l'entraîne à sa suite.

— Viens. Je connais un endroit.

Elle le guide à travers la piste sans quitter des yeux le panneau lumineux rouge qui indique le sous-sol. Elle ne s'y est jamais aventurée, en revanche elle a vu Kas en ressortir. Il a toujours verrouillé la porte derrière lui. Elle sait que cette fois elle sera ouverte. Elle jette un coup d'œil par-dessus son épaule et serre la main du type. Il a l'air content, presque reconnaissant, et elle se met à douter. Elle n'est plus sûre de rien. Mais ils sont parvenus devant l'escalier ; elle pousse la porte et s'engouffre à l'intérieur en l'entraînant derrière elle à l'abri des regards. Ensemble, ils descendent les marches. Elle aperçoit une porte entrebâillée sur sa droite ; une faible lumière s'en échappe.

— Là, dit-elle.

Les mains de George se placent sur sa taille – il se colle contre elle tandis qu'elle pousse la porte et l'attire dans la réserve. Il a perdu toute sa subtilité et la tripote sans retenue ; ses gestes sont sales et brutaux. La petite cave est quasiment vide à l'exception de quelques cartons empilés dans un coin, d'une table d'angle, et d'une lampe. La porte claque derrière eux, et Kas apparaît. Il se tient en silence dans un coin, adossé au mur. Bien qu'elle se soit attendue à le voir, elle lâche un petit cri de surprise. George la lâche aussitôt. Il fait volte-face et se fige, bouche bée.

Sadie interroge Kas du regard mais il fixe George. Un instant plus tard, des mains se posent sur ses épaules et l'entraînent vers la porte. Elle pivote sur elle-même et se retrouve face à Dominic. Il l'escorte hors de la pièce et elle n'oppose aucune résistance. Dans la pénombre du sous-sol, le temps passe au ralenti ; autour d'elle, tout est figé, et les basses étouffées lui parviennent de la salle. Elle est au bord du malaise. Et soudain, la terreur l'assaille. Sous l'effet de la peur, elle repousse Dominic, et son propre souffle, saccadé, résonne à ses oreilles. Dominic est beaucoup plus fort qu'elle, et elle ne sait même pas pourquoi elle se débat.

Tout se passe très vite. Elle se retrouve dans le couloir avec Dominic, qui referme la porte derrière eux. Il la tient fermement par le poignet. Il lui dit de se taire, et elle trouve ça un peu bizarre parce qu'elle n'a pas ouvert la bouche. Ses jambes flageolent, ses genoux menacent de se dérober sous elle. Ils attendent pendant deux, peut-être trois minutes. Dominic regarde fixement la porte en haut de l'escalier. Sadie flippe. Son instinct lui dit de fuir, et elle se rapproche lentement des marches. « Lâche-moi », murmure-t-elle. Il ne répond pas, en revanche son étreinte se resserre. Il a le visage calme, les yeux vides. C'est comme s'il n'avait pas conscience de sa présence alors qu'elle se tient juste à côté de lui et qu'elle est morte de trouille. Comme si elle n'était pas là du tout.

Dans la réserve, on frappe. Dominic s'empresse d'ouvrir. Kas apparaît, le regard alerte. Il marmonne quelque chose puis ils retournent tous les trois dans la petite pièce qui fait office de réserve. Avant que les deux hommes n'aillent se placer devant elle et lui bloquent la vue, elle le voit, le corps inerte sous la bâche. Elle ne saisit pas tout de suite. Elle balaie la réserve du regard à la recherche de George ; elle photographie la scène et chaque image s'imprime dans sa tête. Il n'y a pas de prise de conscience précise, rien qu'une peur croissante et un choc qui l'engourdit de la tête aux pieds.

Elle tremble comme une feuille, mais elle ne s'en rend compte que lorsque Kas pose la main sur son bras.

— Remonte. Reste devant la porte pendant quelques minutes, et ensuite rentre chez toi.

Chaque mot la transperce comme la lame d'un couteau. Kas pose un doigt sous son menton et la force à lever la tête pour plonger son regard dans le sien.

— Tu as fait du bon boulot, Sadie. Tu ne diras rien à personne.

Elle croit entendre un point d'interrogation à la fin de sa phrase, une modulation qui semble exiger une réponse, mais elle ne peut se résoudre à hocher la tête.

— Comprends-moi bien, Sadie, insiste Kas. (Il se rapproche, lui agrippe les épaules et s'exprime d'une voix grave.) C'est une question de loyauté. Certaines personnes ne sont pas loyales. Ces gens-là ne valent rien. Ils servent d'exemple, sans plus. (Il jette un bref coup d'œil à la bâche par terre.) D'autres… (Cette fois, il adresse un regard éloquent à Dominic, qui monte la garde devant la porte.) D'autres sont loyaux. Dans quel camp es-tu, Sadie ?

La pièce se met à tourner, les couleurs se brouillent. Une légère pellicule de sueur lui couvre le front. Elle est sur le point de défaillir.

— Je suis avec toi, murmure-t-elle.

C'est la bonne réponse, elle le sait. Malgré tout ce qui s'est passé, elle ne peut s'empêcher de le penser. Et après un bref silence, il hoche la tête.

Il faut qu'elle sorte. Lentement, elle recule vers la porte et tâtonne pour trouver la poignée. Ce faisant, elle entend Dominic questionner Kas : « Tu es sûr ? » Et la réponse confiante de Kas. Elle saisit la poignée et se précipite dans le couloir ; ses jambes la portent, elle gravit les escaliers comme une automate dans le noir. Elle pousse la lourde porte noire et se retrouve au milieu de la chaleur et du tapage de la boîte parmi des centaines de clients qui grouillent, se trémoussent sur la piste, ivres et bruyants. Elle reste plantée là à compter les secondes dans sa tête. Lorsqu'elle atteint quatre cents, elle s'éloigne.

Comme elle se faufile dans la foule, elle sent la chaleur électrique des étrangers sur sa peau et se rend compte qu'elle est glacée. Les larmes lui piquent les yeux sans jamais jaillir.

Soudain, elle se retrouve seule dans la rue. Elle se met à marcher, tout d'abord lentement, puis de plus en plus vite ; l'air frais lui permet de se ressaisir. Elle se demande un instant si elle n'a pas tout imaginé. Mais à chacun de ses pas, la scène se précise. Telle une amnésique à qui la mémoire reviendrait peu à peu et qui prendrait conscience après coup de ce qu'elle a vu. Elle sait qu'elle n'a pas halluciné. Que c'est réel. Une bouffée d'euphorie écœurante monte en elle. Elle ne comprend pas. Alors elle se met à courir et les illuminations de Noël scintillent et s'agitent dans les airs, comme chargées d'un secret menaçant.

La semaine qui suit passe à une lenteur insupportable. Elle regarde la télé, s'enivre sans enthousiasme, annule les projets qu'elle avait faits avec des amis, des gens avec qui elle n'a plus aucune affinité. Tous les matins, très tôt, elle se réveille tenaillée par le même malaise, comme à la suite d'un rêve désagréable.

Au début, quand elle ressasse la scène du sous-sol, sa mémoire est embrumée. Elle ne saisit pas tout à fait l'ampleur de ce qui s'est produit, mais elle sait que ça devrait l'horrifier. Pourtant, au fil des jours, le choc diminue, telle une marée descendante. Elle s'aperçoit que rien n'a changé. George Hart n'était personne à ses yeux. Son existence n'avait aucune influence sur la sienne. Elle a côtoyé la mort, elle a même contribué à la donner, pourtant la terre tourne toujours et la vie continue. Ce constat l'endurcit et la rend plus cynique encore.

Chaque nuit, Kas lui envoie un message contenant les deux mêmes mots. *Parle-moi.* Ses réponses lui importent peu. Il n'envoie jamais de second texto. Il a seulement besoin de s'assurer qu'elle est là. Pourtant, elle lui répond à chaque fois. Et toutes les nuits, il hante ses rêves.

Le quatrième jour, Rachel vient frapper à sa porte et s'assied sur son lit, vêtue d'un tailleur, des cernes noirs sous les yeux. Elle lui parle d'une opportunité qui se présente dans la boîte qui l'emploie. Un stage avec un salaire peu conséquent qui pourrait cependant mener à une embauche. Elle pense que Sadie devrait venir rencontrer le manager. Elle pense que ça lui ferait du bien. Elle lui fait comprendre, sans vraiment le dire, qu'elle a tiré quelques ficelles pour arranger l'entretien. Et Sadie ne trouve aucun prétexte valable pour refuser.

Aussi, le sixième jour, elle se présente à l'accueil de l'entreprise. Elle patiente dans le hall en marbre où résonnent les talons aiguilles. Elle observe les employés qui vont et viennent devant elle en parlant une langue qui lui semble étrangère. Elle est engoncée dans l'un des costumes de Rachel. Elles ont beau faire la même taille, sa silhouette en forme de sablier, avec sa poitrine et ses hanches plantureuses, tendent le tissu et la tenue que Rachel porte de manière seyante avec son corps élancé la boudine. Elle a tiré ses cheveux en arrière, ce qui lui file un mal de crâne.

Rachel rôde près de la réception et lui jette des coups d'œil inquiets de temps à autre.

— Le voilà, susurre-t-elle en indiquant un homme qui s'approche d'un pas lourd.

Dodu, la quarantaine, il porte des vêtements qui conviendraient mieux à une personne de quinze ans de moins que lui.

— Bonne chance, ajoute Rachel. Je croise les doigts.

Elle jette un dernier coup d'œil à Sadie et s'éclipse. Rachel doit se douter que sa sœur va tout foutre en l'air. Sadie songe à se barrer, mais l'homme lui tend la main, se présente et la conduit jusque dans une petite salle de réunion sans fenêtre qui la ramène dans le sous-sol où elle s'est retrouvée le samedi précédent. Elle se revoit descendre les marches sombres ; elle sent presque le contact de la pierre froide contre son dos.

— Peut-être que vous pourriez commencer par me parler un peu de vous, et des raisons pour lesquelles vous aimeriez travailler chez Kempton Price, entonne l'homme.

Sadie ne l'écoute que d'une oreille. Elle pense à Kas adossé au mur, les yeux braqués sur George Hart, le cœur empli d'une froide résolution. Elle imagine ses biceps qui se tendent sous son T-shirt blanc.

L'homme attend, ses petits doigts boudinés pressés les uns contre les autres avec impatience. Comme elle ne répond pas, il tente une autre approche.

— Vous avez de l'expérience dans ce type d'entreprise ?

Derrière ses lunettes à monture noire, il la déshabille du regard. Elle est habituée à ce qu'on la désire, néanmoins il a la décence de rougir quand il voit qu'elle s'en est aperçue.

Sadie s'éclaircit la voix, tâchant de se souvenir des réponses que Rachel lui a fait répéter.

— Nan, dit-elle finalement. Je bosse dans un bar, ce qui n'a pas grand-chose à voir avec cet endroit, à mon avis…

L'homme cligne des yeux, visiblement déstabilisé.

— Eh bien, certes, c'est… assez différent.

Il hésite et fronce les sourcils comme s'il se demandait à qui il avait affaire et dans quelle mesure cette créature pouvait être apparentée à la jeune fille souriante et responsable qui gère les comptes de la société avec méticulosité et professionnalisme.

— Est-ce que vous…

— Enfin, je suppose qu'il y a quelques points communs, l'interrompt Sadie.

Elle se détend peu à peu et prend du plaisir à s'exprimer, savourant l'occasion de pouvoir s'extraire un instant de ses ruminations.

— Au bar, mon boulot consiste à faire cracher les clients, ce qui ressemble un peu à ce que vous faites ici, non ? En plus, je suis obligée d'être sympa avec tout un tas de branleurs – je suis sûre qu'on se comprend, vous et moi. Et puis, évidemment, tout le monde est bourré tout le temps, ce qui n'est pas non plus inhabituel dans votre branche à ce qu'on raconte. Donc, l'un dans l'autre…

L'homme se dresse d'un bond et réunit brutalement ses papiers.

— Inutile de nous rappeler, c'est nous qui vous contacterons, ironise-t-il.

Elle songe alors que cet homme n'est peut-être pas un mauvais bougre, qu'il a sans doute un certain sens de l'humour et que ce n'est probablement pas un mauvais patron. Et peut-être même qu'elle serait chanceuse de pouvoir travailler dans cette boîte, après tout. Mais l'opportunité lui a glissé entre les doigts à cause de ses propos déplacés, et elle n'aura pas de seconde chance.

— Attendez !

Mais il quitte la pièce, levant la main en guise d'adieu, et la chassant par la même occasion de sa vie.

Elle sort à son tour et rejoint l'accueil à pas lents. Elle consulte l'horloge. L'entretien a duré précisément une minute trente. Un record, même pour elle. Elle aperçoit Rachel, dans un bureau en verre, à l'autre bout du couloir, qui regarde dans sa direction, inquiète et étonnée. Sadie marque un arrêt, et écarte les mains pour dire : *Hé ! j'ai fait de mon mieux.* Rachel pousse la porte et lui fond dessus, l'air furax.

— Qu'est-ce que c'est que ce cirque ? Tu es restée même pas cinq secondes dans cette pièce. Qu'est-ce qui s'est passé ?

Sadie hausse les épaules.

— Ça n'était pas fait pour moi.

Son ton est trop détaché, elle le sait. Elle devrait faire semblant de s'en vouloir, d'être déçue d'avoir raté cette opportunité. Mais il est trop tard maintenant et elle change d'attitude. Elle lève le menton et affiche un ennui profond.

Rachel la dévisage longuement, sourcils froncés, comme pour prendre la mesure de la situation.

— Rien n'est jamais fait pour toi, finit-elle par lancer. Je ne sais pas ce que tu veux.

— Bordel ! Tu crois que je le sais, moi ?! rétorque Sadie.

Rachel jette des coups d'œil furtifs tout autour, craignant qu'elle ne fasse une scène. Sadie songe à faire un esclandre pour lui donner raison, mais elle n'en a pas l'énergie.

— En tout cas, pas ça. Je ne suis pas comme toi, Rachel.

Rachel la toise de haut.

— Non, réplique-t-elle d'une voix blanche. Ça, c'est sûr.

Elles se regardent en chiens de faïence. Sadie redoute à tout instant que l'une d'elles ne lâche une parole malheureuse, une remarque impardonnable, irrattrapable. Ce ne sera pas elle, pas cette fois. Elle n'a ni le courage ni l'énergie de le faire. La déception qu'elle lit dans le regard de sa sœur l'anesthésie et ne fait qu'engourdir davantage son cœur. Elle hausse les épaules, pivote sur elle-même et s'en va.

Dans la rue, les scrupules qu'elle a éprouvés juste après l'entretien commencent déjà à se dissoudre. Elle n'en aurait pas été capable. Elle n'aurait pas pu se lever tous les matins pour être à son bureau à 9 heures et y rester assise pendant huit heures d'affilée à taper sur un clavier, et faire des remarques pertinentes et drôles durant les réunions, même si elle en a largement les capacités. Peu importe. Elle n'a pas encore vingt ans et elle est déjà pourrie de l'intérieur. Quelle que soit la qualité qui fait des autres des êtres humains, elle en est dépourvue. Elle contemple ses mains ; elles sont si pâles… sa peau est si fragile, une si belle enveloppe renfermant tant de noirceur.

Elle se sent sur le point de vriller. Heureusement, pile à cet instant, son téléphone vibre et elle s'en empare avec soulagement. Lorsqu'elle consulte l'écran et y voit s'afficher le nom de Kas, son souffle se suspend dans sa gorge.

Il ne lui écrit jamais de si bonne heure. Elle prend connaissance du message et se rend compte qu'il est différent des autres, et que l'histoire se répète. *Demain soir au club. Sois là. Efface ça.*

Lorsqu'elle repense à la nuit du samedi, ses souvenirs sont étrangement semblables à un film après le montage ; elle ne garde en mémoire que les temps forts de la soirée. Elle s'habille dans sa chambre, enfile une petite robe rouge et orne son cou d'un collier avec un strass. Plus que six jours avant le 25 décembre, et les chants de Noël passent en boucle à la radio, des voix harmonieuses d'enfants de chœur.

Elle se revoit ensuite au bar du club. Kas est là, il sort une photo de sa poche. « Felix Santos », dit-il, en lui montrant le cliché d'un petit homme basané aux cheveux noirs gominés ; il rit à gorge déployée en montrant du doigt un écran où des footballeurs sont figés en pleine action, dans un pub bondé. « C'est bon ? » Elle lui dit que oui. Elle n'est pas surprise. Dès qu'elle a reçu son message, elle a deviné ce qui allait se passer. Ensuite, elle erre dans la salle, repère le type en question. Quand elle l'aperçoit, elle ne ressent rien ; elle va l'aborder comme si elle était programmée pour ça.

C'est encore plus facile que la fois précédente. Il ne lui faut que quelques minutes pour le convaincre de la suivre au sous-sol. En apercevant Kas, l'homme pousse un juron et tente de prendre la fuite. Dominic surgit alors et lui bloque le passage. Ils sont à deux contre un et le type est ivre et maladroit. Tout se passe si vite qu'elle n'a pas le temps de quitter la pièce cette fois. Elle détourne le regard, mais elle entend le craquement sec d'un os qui se brise suivi d'un râle. Elle fixe le mur du fond où se projettent les ombres.

Ils la laissent là et lui demandent d'attendre pendant qu'ils se débarrassent du cadavre. Kas revient seul. Il la rejoint en deux enjambées, scrute son expression et lui demande si elle va bien. Elle plonge son regard dans le sien et elle ne trouve pas les mots. Pour la première fois, elle prend conscience qu'elle a peur de lui. Cet aveu est douloureux ; c'est comme si la chair de sa chair s'avérait démoniaque. Pourtant, il exerce sur elle une emprise absolue, il lui inspire un désir incontrôlable. En sa présence, elle n'a plus aucun discernement.

Elle ferme les paupières.

— Hé, dit-il. Hé. (Il pose les doigts sur le coin de ses yeux et la force à les rouvrir. Elle le regarde.) Merci, dit-il d'une voix douce comme une caresse.

Son regard luit comme de l'acier. Il ne lui renvoie rien, pas même son propre reflet.

Soudain, il plaque son corps contre elle et la domine de toute sa hauteur. Elle est assise sur la petite table en bois contre le mur. Surprise, elle lâche un cri. Elle en a rêvé pendant si longtemps. Et malgré la scène d'horreur qui vient de se dérouler dans cette même pièce, c'est euphorisant, et ça chasse tout le reste de son esprit avec la force d'un ouragan.

Il pose sa bouche sur la sienne et s'empare de sa lèvre inférieure avec sensualité en y glissant sa langue. Il l'embrasse avec plus d'avidité encore, passe les mains autour de son bassin et la ramène contre lui. Un désir puissant l'inonde et l'accable. Elle goûte sa peau, ce mélange de salé et de sucré, et lorsqu'il faufile sa main sous sa robe, elle crie. Il baisse sa braguette et elle enroule les jambes autour de sa taille pour le guider en elle. Elle lui mordille la clavicule tandis qu'il lui enserre les cuisses. Et l'attire contre lui. Il n'y a plus rien qui compte si ce n'est le sentir en elle ici et maintenant. Il la pénètre sans détacher son regard du sien, et le pouvoir de son regard, le noir liquide de ses yeux, lui arrache un cri d'impuissance. Lentement, puis de plus en plus vite, il imprime un mouvement de reins en la maintenant fermement sur la table. L'étreinte est brutale et électrisante. « Jouis pour moi », siffle-t-il, et elle le fait, et ça n'a jamais été aussi bon.

Et puis, c'est terminé. En moins d'une seconde, l'euphorie s'évapore ; Sadie retombe brutalement dans la triste réalité de la pièce, le corps engourdi et douloureux, et rien ne peut lui faire oublier ce qu'elle a fait.

— Attends dix minutes avant de partir, dit-il en s'écartant d'elle pour remonter sa braguette.

Il reboucle sa ceinture et elle observe ses bras musclés tandis qu'il se rhabille. Il lui décoche un regard avant de sortir. Pas un regard aimant ; un regard froid et calculateur, un avertissement.

Elle reste assise là, dans la pièce vide, les cuisses et les épaules parcourues par l'air glacé. Dix minutes, ce n'est pas long, mais assez pour qu'elle se rende compte d'une chose qu'elle aurait dû comprendre des semaines plus tôt. Ce qui intéresse Kas chez elle, ce n'est pas sa force, son indépendance ou son esprit de rébellion. C'est sa faiblesse. Il a su voir en elle une faille que peu de gens repèrent. Une malléabilité, un désir de plaire à tout prix. Maintenant, ça lui saute aux yeux. Mais c'est trop tard.

Le jour suivant, son message la réveille. *Il vaut mieux que tu ne viennes pas pendant quelque temps, bébé. Je te contacterai. X.* Au cours des trois semaines qui suivent, elle le relit encore et encore, surinterprétant chaque mot et y trouvant un sens caché. Il ne lui dit pas simplement de ne pas venir ; il la protège d'un danger. Et il lui promet qu'il reviendra vers elle, que ce qui existe entre eux n'est pas fini. Elle est son bébé.

Durant ce laps de temps, elle repasse en boucle les quelques minutes d'intimité qu'ils ont partagées dans le sous-sol du club, et comme pour le message, elle finit par voir la scène sous un jour nouveau. Peut-être que son dernier regard n'avait pas été froid mais passionné, inspiré par leur étreinte enflammée. Ce passage, au moins, elle n'a pas besoin de le transformer. Elle se souvient de chaque détail : la fusion de leurs deux corps, la vitesse et la brutalité de l'acte, l'alchimie pure et parfaite qu'elle n'avait jamais connue avant. C'est forcément un signe. Elle sait que Kas n'a pas toujours fait de bons choix, mais c'est le monde dans lequel il a grandi. Pour rester au sommet, il est contraint de faire des choses répréhensibles, mais rien ne l'empêche de tout abandonner et de changer.

Et il *changera* quand ils seront ensemble pour de vrai. Elle se berce d'illusions. Et lorsque les visages de George Hart et de Felix Santos se faufilent dans son esprit, elle les chasse immédiatement.

Meurtrier. Parfois, le mot surgit dans ses pensées avec une étonnante clarté. Elle le laisse résonner le temps qu'il faut. Le terme lui est si familier qu'elle n'arrive pas à le relier à la réalité ; puis il finit par s'estomper. Non, Kas n'est pas ce genre de personne. Ce n'est pas ça qui le définit.

Durant les trois semaines suivantes, elle se met en pilotage automatique, ne parle quasiment à personne. À la suite de l'entretien catastrophique à son bureau, Rachel lui a balancé quelques répliques cinglantes. Elle a parlé d'humiliation et du fait que ce n'était plus son problème. Depuis, elle l'évite. Leurs chemins se croisent rarement, et lorsque ça arrive, Rachel fait comme si elle n'était pas là. Lorsque Sadie s'autorise à y penser, ça lui fait un pincement au cœur. Du coup, elle n'y songe pas, et c'est un sujet de plus qu'elle refoule et qui va s'ajouter aux démons qui la hantent. C'est comme s'il n'y avait pas d'issue possible. Autant s'y habituer ; sa vie se résumera dorénavant à cet étrange état de somnambulisme.

Le 12 janvier, un élément inattendu la tire brutalement de son apathie. Le crépuscule tombe, elle se promène dans le quartier de Covent Garden. Elle passe devant les stands du marché lorsque son regard se pose sur un petit calendrier ornemental dans l'un des kiosques. Le genre de calendrier où l'on déplace de petites cases numérotées en bois pour former la bonne date. Et tandis qu'elle observe le numéro 12, un déclic se produit. Elle est réglée comme du papier à musique, or ses menstruations devaient survenir le 6. Elle n'a jamais eu de retard. Pourtant, une semaine après l'échéance attendue, son corps ne semble toujours pas décidé. Elle n'a pas de crampes et sa peau d'ordinaire grasse à l'approche des règles est résolument normale.

Sadie se fige quelques instants, puis elle pivote sur ses talons et revient sur ses pas en courant. Elle rejoint la station de métro et remonte une petite ruelle où se trouve une pharmacie. Elle se dirige directement vers le rayon féminin et saisit le premier test qui lui tombe sous la main, passe à la caisse, et s'en prend à la vendeuse qui met un temps fou à sortir un sachet. Elle finit par quitter le magasin la boîte en main. Elle se précipite vers le pub d'en face, se fraie un chemin parmi les clients attroupés devant. Elle contourne le bar et va s'enfermer dans les toilettes, à bout de souffle. Sa vessie est sur le point d'exploser. D'une main tremblante, elle place le test sous le filet d'urine et le fixe ensuite en comptant les secondes dans sa tête. Apparemment, la plupart des gens préfèrent cacher le bâton jusqu'à l'apparition du résultat, trois minutes plus tard, pour se préparer à la grande révélation. Mais elle n'est pas comme la plupart des gens et elle garde les yeux rivés au test. Aussi, elle voit le changement s'opérer en direct. Les molécules colorées apparaissent et passent du gris au rose pâle en formant une ligne, fine mais sans ambiguïté.

Elle serre le bâtonnet dans ses mains et respire à fond. Elle prend la pilule, mais ce n'est pas un moyen de contraception infaillible. Pourtant, c'est la première fois que ça se produit. Ce n'est pas une coïncidence si c'est arrivé maintenant, avec lui. C'est le destin. Les larmes lui montent aux yeux tandis qu'elle range consciencieusement le test dans son sac à main et sort son portable. Elle ne l'a jamais contacté spontanément avant, mais là c'est différent. *Kas, il faut que je te parle*, écrit-elle. *On peut se voir le plus tôt possible ? S. XX.*

Moins d'une minute plus tard, elle reçoit une réponse. *Je peux être à Camden Market dans une heure. C'est important, n'est-ce pas ? Tu ne me demanderais pas autrement.*

Le message la dérange un peu ; elle y perçoit une menace. Il lui fait comprendre qu'il vaut mieux qu'elle ne lui fasse pas perdre son temps. Quoi qu'il en soit, elle est tout excitée à l'idée de le voir si vite. Elle retouche rapidement son maquillage face à la glace des toilettes, passant une touche de gloss rouge fraise sur ses lèvres pour en accentuer l'ourlet et redessinant un épais trait d'eye-liner sur ses paupières mobiles. Elle a les yeux pétillants, et tandis qu'elle retraverse le pub et regagne la rue, elle a conscience de n'avoir jamais été aussi fraîche. On se retourne sur son passage et on tend le cou pour l'admirer ; un éclat de rire lui échappe. Elle est enfin heureuse !

Le métro avance à une lenteur insupportable. Les arrêts sont fréquents et durent plusieurs minutes. Au début, elle s'en fiche, mais plus elle reste assise là, entourée de passagers irritables qui soupirent et s'agitent, plus son ivresse s'émousse. Un éclat de doute s'instille en elle, tranchant comme une lame. Après tout, Kas n'est pas célibataire. Sa situation est compliquée ; ça ne sera pas facile à résoudre. Elle ravale ses incertitudes et essaie de s'imaginer avec lui à cette même période, l'année prochaine… elle se figure berçant leur bébé, un bébé à la peau hâlée comme la sienne, et au regard luisant. Mais elle a du mal à le visualiser dans ce tableau. Elle repense à la peur qu'il lui avait inspirée quand il était redescendu au sous-sol, juste avant de l'embrasser. Cet homme est-il fait pour être père ? Est-ce vraiment ce qu'elle veut ?

Ces questions s'accumulent dans sa tête tandis qu'elle sort du métro et rejoint l'écluse de Camden. Elle s'arrête à l'entrée du marché et s'appuie contre un stand de jus de fruits. L'odeur acidulée des oranges pressées et celle de la marijuana l'enveloppent. À force de réfléchir, elle finit par se dire que c'est une erreur. Elle a besoin de plus de temps pour y voir clair.

Au moment où elle s'apprête à s'en aller, elle l'aperçoit, adossé à la façade d'en face. La fumée de sa cigarette s'enroule dans les airs. Il porte un T-shirt noir ajusté, une veste noire et un jean qui paraîtrait ordinaire sur n'importe qui d'autre. Elle profite qu'il ne l'ait pas vue pour le contempler encore un peu : ses pommettes aristocratiques, ses lèvres sensuelles… Son ventre se noue et son cœur tambourine contre ses côtes. Le temps qu'il la remarque, elle se dirige déjà vers lui. Son parfum épicé lui chatouille les narines.

— Sadie, dit-il en écrasant sa cigarette par terre.

Il tend la main et lui effleure la joue d'un geste désinvolte. Ses doigts sont froids et elle frissonne.

— Je voulais te contacter avant. Tu sais, c'est uniquement pour ton bien que je t'ai demandé de ne pas venir. Tu le sais, j'espère ? Dans ce genre de situation, il vaut mieux prendre des précautions.

Elle réprime un fou rire, songeant à la seule précaution qu'il a oublié de prendre. Il n'a pas conscience de l'ironie de sa phrase. Elle se mordille la lèvre et voit son regard se poser sur sa bouche. Il sonde ensuite son regard. Une onde de désir la balaie, et elle inspire à fond. Kas affiche un sourire espiègle, la tête inclinée de côté. Il est plus détendu maintenant qu'il voit qu'elle n'est pas fâchée.

— Qu'est-ce qui nous amène là ? J'imagine que tu ne voulais pas seulement me voir pour mes beaux yeux ?

— Non, réplique-t-elle, même s'il se doute qu'elle marcherait sur des tessons de bouteille pour lui. J'ai… j'ai quelque chose à te dire. (Elle hésite un instant, appréhendant sa réaction.) Je suis enceinte.

Sur le trajet, elle a préparé un discours, mais il n'y a pas trente-six manières d'annoncer ça.

— C'est ton enfant. Je n'ai fréquenté personne d'autre depuis un bon moment.

Il se mure dans le silence pendant une dizaine de secondes, autant dire une éternité pour Sadie. Son expression est impénétrable. Il plisse les yeux d'un air songeur. Il la scrute, évalue la situation.

— Eh bien, répond-il enfin. La vie est pleine de surprises.

Il s'exprime d'un ton absolument neutre ; il aurait tout aussi bien pu commenter la météo du jour. Sadie ne dit rien. Il lui adresse alors un sourire crispé.

— Il est naturel que tu aies voulu m'en informer, je suppose. (Elle est momentanément distraite par l'élégance de son phrasé, seul signe que l'anglais n'est pas sa langue maternelle.) Mais je ne vois pas vraiment ce que tu attends de moi.

Elle déglutit avec peine ; un goût âcre de bile s'est niché au creux de sa gorge.

— Je me suis dit que tu voudrais savoir. J'ai cru… (Inutile de tourner autour du pot. Si elle le veut, elle va devoir prendre le taureau par les cornes.) Je veux être avec toi, articule-t-elle à haute et intelligible voix. Je veux qu'on soit ensemble, qu'on ait ce bébé et qu'on forme une famille.

Kas arque les sourcils et décoche un sourire éclatant. Mais il s'aperçoit qu'elle est sérieuse et son sourire se volatilise. Il se frotte le menton.

— Sadie, dit-il à mi-voix, tu sais que c'est impossible. Je suis marié.

Elle remarque alors l'alliance dorée à son annulaire ; une bague épaisse un peu trop large pour son doigt, qui semble facile à enlever et à jeter dans le caniveau.

— Je sais, réplique-t-elle, s'efforçant de rester calme.

Derrière lui, des vêtements bariolés accrochés au plafond d'un stand oscillent doucement au vent. Elle se focalise dessus.

— Mais toi et moi, on a un truc spécial, non ? Il y a quelque chose entre nous qui…

Elle laisse sa phrase en suspens. Elle ne s'est jamais sentie aussi vulnérable. Elle ne sait pas comment exprimer les émotions qui se déchaînent en elle. Elle voudrait qu'il éprouve la même chose qu'elle.

Le visage de Kas se radoucit ; il la prend dans ses bras et lui susurre à l'oreille.

— Il y a un truc, oui. (Il la prend par la taille et elle sent son sexe se durcir contre sa cuisse.) Mais on ne fout pas son mariage en l'air pour ce genre de « truc », Sadie. Il faut que tu comprennes que j'ai ma vie. J'ai des devoirs. (Il semble satisfait du terme qu'il a choisi ; il s'autocongratule d'un hochement de tête.) Je suis navré, dit-il en la lâchant, mais il faut que tu te fasses une raison, conclut-il d'un ton contrit. C'est impossible.

Il fait un pas en arrière, la privant brusquement de la chaleur de son corps.

— Mais Kas, proteste-t-elle d'une voix qui se brise, je ne sais pas quoi faire. Putain ! Je n'ai que dix-neuf ans ! Je ne suis pas prête à avoir un bébé ! Je ne peux pas le faire sans toi…

Il secoue la tête et recule un peu plus. Les paumes en l'air, il capitule.

— Si seulement la situation était différente. Mais ce n'est pas le cas, Sadie, et le meilleur conseil que je puisse te donner, c'est de régler ce problème de manière raisonnable et de mettre tout ça derrière toi. Réfléchis-y et tiens-moi au courant quand ce sera fait.

Sur ces mots, il pivote sur lui-même et s'éloigne d'un pas vif. Les piétons s'écartent sur son passage. Les têtes se retournent sur lui ; on l'admire, on le craint. Et tous ces regards, il les ignore, verrouillé dans son propre champ magnétique, intransigeant, inaccessible.

RACHEL

12 janvier 2000

Avec sa sœur, elle a développé une sorte de sixième sens. Elle sait quand Sadie a des problèmes. Dans ces moments-là, une sensation déplaisante l'envahit et l'agite. Comme aujourd'hui. Elle ignore où est sa sœur ; elle croit l'avoir entendue marmonner qu'elle allait faire les boutiques près du marché de Covent Garden, mais ça fait déjà des heures qu'elle est sortie et elle n'est toujours pas rentrée. En soi, ce n'est pas inquiétant. Sadie a pour habitude de changer de projets sur un caprice sans prendre la peine d'en informer son entourage. Ces derniers temps, toutefois, son attitude – une sorte de résignation et de détachement – l'inquiète. Rachel ne sait pas comment réagir, et depuis l'entretien catastrophique qu'elle avait arrangé pour Sadie au bureau, et qui a donné lieu à plus d'une conversation gênante avec son patron, elle n'a plus envie de faire d'efforts.

Elle se prépare à manger et dîne devant une émission de cuisine. À 22 h 30, elle songe à aller se coucher mais, prise d'un mauvais pressentiment, elle attend encore un peu avant de se déshabiller. Elle se surprend à consulter son téléphone à maintes reprises dans l'espoir qu'il vibre. Et lorsque ça se produit et que le nom de Sadie s'affiche à l'écran, elle retrousse ses manches. Ça ne va pas être simple, elle le sent.

Le message est à peine cohérent. *C'est la merde qu'est-ce que je vais faire bordel. Je suis au Three Crowns t'es où ??* Le nom du pub lui dit quelque chose ; une devanture noire, des fenêtres à croisillons. Elle a dû passer devant en allant au club avec Sadie. Et lorsqu'elle tape l'adresse sur Internet, ses doutes se confirment : c'est un pub dans Camden, non loin de chez Kaspar.

Elle jette un coup d'œil par la fenêtre. Il bruine ; les gouttes crépitent doucement contre la vitre et les branches des arbres bordant la rue oscillent paresseusement au vent. Lorsqu'elle est sortie, un peu plus tôt, il faisait un froid saisissant. Pour rien au monde ou presque, elle ne voudrait ressortir par un temps pareil, prendre le métro, traverser Londres, et tout ça pour ramasser sa sœur ivre morte dans un pub. Et dire qu'à la place elle pourrait se faire couler un bon bain chaud, et s'y prélasser un long moment avant d'aller se mettre au lit avec un bouquin et s'assoupir rapidement pour être en forme le lendemain matin… Elle envisage encore cette possibilité tandis qu'elle enfile ses bottines et attrape son écharpe. Qu'est-ce qui l'empêche de le faire ? Sadie a dix-neuf ans ; elle n'est pas tout à fait adulte encore, mais ce n'est plus une gamine. Si Rachel n'était pas là, elle devrait se débrouiller toute seule. Et plus elle y songe, plus sa colère monte, mais c'est plus fort qu'elle. Son sens du devoir la propulse hors de l'appartement et le long des rues glaciales en direction de la station de métro.

Le trajet n'est pas long mais des retards perturbent la ligne. Lorsqu'elle parvient enfin à Camden, il est 23 heures passées. Elle s'imagine Sadie gisant inanimée dans un caniveau. Mais quand elle entre dans le pub, elle s'aperçoit que ce n'est pas le genre d'établissement à appliquer des horaires stricts en termes de consommation. C'est un taudis rempli de piliers de bar moroses, sirotant leur pinte dans un silence louche. Elle se faufile parmi eux et repère bientôt sa sœur. Elle est assise toute seule au fond du pub, vêtue d'un T-shirt moulant écarlate assorti à son rouge à lèvres ; son mascara s'est étalé au coin de ses yeux. Un jeune homme lui tourne autour en la dévorant du regard, mais Sadie le toise d'un air si méprisant qu'elle le fait fuir.

Rachel croise les bras et s'avance.

— Mauvaise soirée ?

Sadie sursaute et se renfrogne en la voyant.

— Qu'est-ce que tu fous là ?

— Tu m'as demandé de venir. (Ce n'est pas tout à fait vrai en fait, mais c'est tout comme.) Alors me voilà.

Une pause. Sadie s'imprègne de la situation et pique un fou rire incontrôlable. Elle se plie en deux, les larmes aux yeux, le souffle saccadé. Plus Rachel l'observe, plus elle se demande si sa sœur ne serait pas plutôt en train d'exprimer son chagrin.

Elle s'assied et tend la main en travers de la table pour attraper celle de sa sœur. Elles se touchent très rarement, et le contact lui semble étrange. Elles ont toutes deux la peau brûlante.

— Raconte-moi ce qui s'est passé. Et t'as pas intérêt à me mentir.

Sadie s'offense.

— Pourquoi je te mentirais ?

Pas faux. Rachel doit bien admettre que le mensonge ne fait pas partie des défauts de sa sœur, à l'exception des mensonges par omission. Sadie ne s'est jamais cachée pour faire des conneries.

— Vas-y, je t'écoute.

Elle voit bien qu'il ne s'agit pas d'une simple crise de panique provoquée par l'abus d'alcool. Il y a un truc qui cloche et qui ne demande qu'à sortir.

Sadie inspire longuement.

— Je suis enceinte. Et il ne veut pas en entendre parler.

Quoique surprise et déconcertée, Rachel songe qu'il est étonnant que ça ne se soit pas produit avant. C'est le genre de galère qui tombe sur des filles comme Sadie, des filles qui n'en ont rien à fiche de rien et qui font passer leur instinct primaire avant tout. En fait, sa sœur n'est pas stupide. Elle a une vision cynique des hommes ; elle craint de se faire piéger. Rachel prend son courage à deux mains et demande : « Qui ? » – bien qu'elle pense connaître la réponse. Il n'y a qu'un homme pour qui Sadie aurait baissé sa garde.

— Dis-moi que ce n'est pas Kas, ajoute-t-elle d'une voix blanche face au silence de sa sœur.

Sadie fait la moue et baisse la tête.

— Ne t'énerve pas, bredouille-t-elle.

— Ce n'est pas contre toi que je suis en colère, répond Rachel.

C'est vrai. Avec ses yeux bouffis, son air paumé et son visage ravagé par les larmes, Sadie lui inspire surtout de la pitié. Elle pense à Kas. Ce gros malabar qui intimide tout son entourage. Pour rien au monde elle ne laisserait cet homme l'approcher !

— Je ne veux pas que tu lui en veuilles à lui non plus ! s'écrie Sadie. Tu ne comprends pas. Il est coincé. Il est marié à cette connasse de Melanie et il ne peut pas la quitter parce que c'est pas un mec comme ça. C'est pas son genre de… fuir ses responsabilités !

Rachel a l'impression que Sadie a subi un lavage de cerveau et qu'elle lui répète les paroles d'un autre. Elle conserve le silence, pose son visage dans ses mains et se masse les tempes en enfonçant doucement les doigts dans sa peau.

— Non mais, Sadie, tu t'entends ? Tu dis n'importe quoi. C'est ridicule. Tu parles de lui comme d'un homme vertueux avec de grandes valeurs morales, mais ce n'est clairement pas le cas. Autrement, tu ne te retrouverais pas dans cette position aujourd'hui, hein ?

— Tu ne comprends pas, répète Sadie en haussant la voix. (Elle se lève et place la main sur la table pour se stabiliser.) Ce n'est pas lui. C'est elle. Je vais aller lui parler sans attendre. Je vais tout lui dire.

Rachel se dresse d'un bond.

— C'est de la folie ! Qu'est-ce que ça t'apporterait de faire ça ? Il ne va pas te remercier, tu sais. Ça ne changera rien !

— Si ! proteste Sadie. Ça changera tout parce que je vais régler le problème pour lui ! Il ne peut pas le faire lui-même, alors je vais le faire à sa place. Je sais où il habite. Je vais me rendre chez lui sur-le-champ, je vais aller lui parler.

Elle repousse brutalement la table et s'élance hors du pub.

Pendant une fraction de seconde, Rachel envisage de la laisser faire. La lassitude s'empare d'elle et l'enveloppe comme un nuage. Les sautes d'humeur de Sadie sont puissantes, et quand elle est dans cet état-là, on ne peut pas lui faire entendre raison. Mais elle se raisonne bientôt. Sa sœur est ivre et veut s'embrouiller avec une femme dont elle ne sait rien, une femme mariée à un homme potentiellement dangereux. Elle n'a pas le choix. Comme d'habitude, Rachel va faire son possible pour minimiser les dégâts.

— Bordel de merde ! marmonne-t-elle en se précipitant derrière sa sœur à contrecœur.

Sadie marche vite. Rachel la repère à quelques centaines de mètres du bar. Elle s'engage dans une ruelle d'un pas étonnamment déterminé. Rachel presse l'allure pour la rattraper ; parvenue à sa hauteur, elle lui saisit le bras.

— Je t'en prie, Sadie, arrête, l'implore-t-elle, pantelante. C'est une très mauvaise idée. En plus, elle n'est probablement pas chez elle. Elle doit être au club, non ?

Sadie marque un temps d'arrêt – un voile de doute passe sur son visage. Mais elle secoue vigoureusement la tête et reprend sa marche.

— Non, dit-elle avec assurance. Elle n'y va quasiment jamais.

— Je t'en prie. (Les larmes aux yeux et la gorge nouée, Rachel insiste. Elle force sa sœur à se tourner face à elle.) Allez viens, on rentre. Rentre avec moi. Tourne la page, Sadie. On en reparlera à tête reposée demain, et on décidera de la meilleure option pour le bébé. Ce n'est pas forcément la fin du monde. C'est peut-être un mal pour un bien ! Tu vas enfin pouvoir passer à autre chose !

Sadie ne répond pas. Elle observe Rachel d'un air songeur, comme si elle considérait sérieusement ses paroles. Rachel la fixe du regard dans l'espoir que ses mots s'ancrent en elle et qu'elle cède. Peut-être que Sadie a besoin d'un dernier argument choc, qui la dissuade définitivement de commettre cette folie.

— Laisse cette Melanie tranquille. Elle ne sait rien de cette histoire. Ce n'est pas sa faute.

À peine a-t-elle prononcé cette phrase qu'elle la regrette. Ce n'était pas la bonne chose à dire. Si elle s'était tue, tout aurait pu prendre une tournure différente.

SADIE

12 janvier 2000

Elle dévale les rues à toute vitesse. Elle sait où elle va. Kas habite Fraser Street – elle a aperçu son adresse sur des lettres au club, et elle a erré dans le quartier à maintes reprises dans l'espoir de tomber sur lui. Ce n'est plus très loin. Elle n'est pas saoule au point de ne pas gérer la situation. En fait, elle est juste assez pompette pour canaliser toute sa colère et ses certitudes sans inhibition, et remplir sa mission.

Elle pense que Melanie ne sera pas au club ce soir. Cette femme refuse de soutenir Kas. Elle n'est pas celle qu'il lui faut. La preuve : ce n'est pas vers Melanie qu'il s'est tourné quand il a eu besoin d'aide. Ce n'est pas à elle qu'il a confié des affaires de la plus haute importance ! Si seulement elle pouvait expliquer tout ça à Rachel… mais c'est une boîte de Pandore qu'il faut garder fermée. Cet élément ne fait qu'alimenter sa fureur. Il finit de la convaincre. Comment Rachel pourrait-elle comprendre ? Elle ne possède pas une vue d'ensemble ; or on ne juge pas une situation en s'appuyant sur des fragments de vérité.

Sur le trajet, elle se repasse toute l'histoire et s'amuse à tout mélanger et remodeler à sa façon pour assembler les pièces d'une manière qui lui convient. Les caresses de Kas cet après-midi quand il lui a dit bonjour, la façon dont il l'a attirée contre lui et lui a susurré à l'oreille, ses lèvres chaudes sur sa peau. Il a toujours envie d'elle. Et les mots qu'il a employés en parlant de Melanie... *J'ai des devoirs.* Il n'a pas été question d'amour, non. Ce n'est pas de l'amour mais un sens du devoir. Un devoir n'est pas un choix. C'est une responsabilité. Un fardeau. C'est cette définition qui l'arrange le plus, celle qui la soulage un peu et évacue le poison qui lui ronge le cœur. Il porte ce fardeau, et il n'y est pour rien.

Elle tourne à l'angle de la rue et aperçoit la petite plaque qui se profile sur le trottoir : Fraser Street. C'est là. Elle scrute la ruelle sombre flanquée de pavillons alignés les uns à côté des autres comme des dominos. Les rangées de fenêtres noires béantes avec leurs rideaux déchirés, les débris devant les façades... Ces détails l'inquiètent. Ce n'est pas l'appartement penthouse glamour qu'elle s'était imaginé. Maintenant qu'elle y est, elle se voit mal frapper à une de ces portes peu accueillantes. C'est alors qu'elle perçoit des bruits de pas sur le trottoir d'en face. Elle aperçoit une silhouette floue, qui se précise soudain à la lumière d'un lampadaire. De longues jambes dans un collant transparent, des bottines à talons aiguilles noires, un imper vernis couleur framboise.

Par réflexe, elle recule dans l'ombre en entraînant Rachel.

— C'est elle, chuchote-t-elle. Regarde. Elle va quelque part.

— Laisse tomber, murmure Rachel, désemparée.

Sadie secoue la tête et se met à pister Melanie à travers les rues sombres. Et Rachel n'a pas le choix, elle la suit en faisant le moins de bruit possible pour ne pas attirer l'attention sur elles.

Lorsque Melanie s'engage sur Camden Road, Sadie devine qu'elle se dirige vers la station du même nom, sur la ligne Overground. Où Melanie peut-elle se rendre à presque minuit ? Toute seule, qui plus est ? Peut-être qu'elle va rejoindre son amant. Cette idée plaît à Sadie. Ça lui arrange l'esprit d'imaginer que la femme de Kas est une salope infidèle, même si elle se demande pourquoi elle aurait besoin d'aller voir ailleurs. Le trajet de Fraser Street à la gare prend une bonne dizaine de minutes qui passent à la vitesse de l'éclair. Plus rien d'autre n'existe. Sadie se noie dans l'instant, la poursuite l'excite, ainsi que la satisfaction de ne pas être vue. À quelques reprises, Melanie semble sentir quelque chose et tourne la tête avant de reprendre sa marche en ajustant son imper bon marché autour de son buste, sa longue chevelure brune dégringolant en cascade dans son dos. Elle presse un peu le pas en atteignant l'entrée de la station dont elle franchit les barrières comme une ligne d'arrivée.

Sadie s'y engouffre quelques secondes plus tard. Elle jette un coup d'œil par-dessus les portes ; le hall est vide et sombre. Le quai est désert à l'exception de la longue silhouette de Melanie qui va et vient, peu rassurée. Elle consulte son portable avant de le ranger dans sa poche, et Sadie sait que, dans quelques secondes, elle lèvera la tête et regardera dans sa direction. Elle sent la main de Rachel sur son bras qui l'attire doucement en arrière, mais elle la chasse et s'avance sur le quai balayé par un vent glacial. La soirée a pris un tour inattendu et elle n'a aucune idée de ce qu'elle va dire à cette femme.

Melanie ressent sa présence ; elle pivote sur elle-même et se retrouve nez à nez avec Sadie. Elle la dévisage pendant une fraction de seconde avant de la reconnaître. Alors son expression se durcit.

— Qu'est-ce que tu fous là ? aboie-t-elle en s'avançant.

Déstabilisée, Sadie ne répond pas tout de suite. Elle avait pensé que Melanie serait surprise. Elle ne s'attendait pas à ce qu'elle monte au créneau. En outre, sa voix n'est pas comme elle l'avait imaginée ; elle ne possède rien de l'exotisme subtil de Kas. Un accent venu tout droit de East End, sec et tranchant, les consonnes avalées. Sadie se ressaisit, respire à fond. L'air frais lui emplit les poumons.

— Je suis venue te parler de ton mari.

Melanie rejette sa crinière derrière ses épaules et croise les bras sur sa poitrine. Elle affiche un sourire détestable. Sadie a envie de la gifler.

— Je sais déjà tout.

Ses mots sont durs, son expression légère.

Sadie l'observe longuement, et elle se rend compte que cette femme est plus âgée qu'elle ne le pensait. Ses yeux sont bordés de pattes-d'oie et son front marqué de ridules, qui ne feront que s'accentuer avec les années.

— Je ne pense pas que tu saches ce que je suis venue te dire.

Pour une raison qu'elle ignore, les mots restent coincés dans sa gorge. Ils sont trop nombreux, se battent pour prendre le dessus et forment une cacophonie dans sa tête. *Il te trompe. J'ai couché avec lui.*

Je porte son enfant et s'il reste avec toi c'est par devoir, rien de plus. Elle ne sait pas par où commencer. Qu'est-ce qui la blessera le plus ? Et puis, Melanie n'a aucune raison de la croire sur parole.

La femme s'impatiente et vrille son regard au sien.

— Je ne joue pas aux devinettes avec les gamines. Surtout pas les filles dans ton genre. Tu te crois spéciale, mais tu ne l'es pas. Il n'en a rien à foutre de toi. Tu ne crois quand même pas que tu es la première garce avec qui il fait joujou ? (Elles sont très proches à présent, et son haleine de menthe poivrée effleure Sadie.) Il s'est servi de toi, articule-t-elle lentement. Comme de tant d'autres. Puis il en a eu assez de toi et il t'a jetée.

Plus tard, quand elle se repassera la scène, Sadie sera incapable de décomposer les pensées qui l'ont assaillie en entendant ces paroles. Elle ne saura dire pourquoi ces mots l'ont autant blessée. Tout ce qu'elle garde en mémoire, c'est cette rage incontrôlable qui se déchaîne en elle et l'instinct animal qui prend le dessus. Ses doigts deviennent des griffes et elle lui saute au visage. Le talon de Melanie se tord sur le quai, ses jambes fines se froissent comme du papier et Sadie éprouve une joie primaire. Dans les secondes qui suivent, elle se défend autant qu'elle attaque ; elle lève le bras pour parer un coup de sa rivale et la repousse de toutes ses forces. Le bruit des roues qui crissent sur les rails, l'éclat des phares qui surgissent de l'obscurité. Un instant de panique qui se reflète sur le visage de la femme à quelques centimètres du sien. Elle s'est rendu compte qu'elles sont proches du rebord, très proches. Si proches que tout peut arriver.

TROISIÈME PARTIE

ALEX

Septembre 2017

Assis côte à côte sur les rochers, nous restons silencieux pendant un long moment. Je contemple son profil, qui se découpe contre le ciel vespéral, et j'ai l'impression de regarder une inconnue. À mon avis, elle pense à sa sœur, celle de la photo. Sadie. Il y a dans sa tête toute une vie, toute une histoire dont j'ignore tout. Absolument tout.

— Ta sœur et toi, vous n'étiez pas proches ? je demande d'un ton désinvolte pour ne pas la brusquer.

À tout instant, je redoute qu'elle se ferme comme une huître et mette un terme à la discussion.

Elle inspire et expire lentement, portant les yeux au ciel comme si elle cherchait à se remémorer.

— Nous l'étions quand nous étions petites. On passait notre temps à jouer ensemble. Un jour, on a même inscrit nos initiales avec notre sang sur un tronc d'arbre parce qu'on avait lu quelque part que quand on faisait ça, rien ne pouvait plus jamais nous séparer. On s'était percé le doigt à l'aide d'une aiguille, et j'avais pleuré. Pas parce que ça faisait mal. Mais parce que ça lui avait fait mal à elle.

Elle affiche une moue triste ; puis elle chasse le souvenir d'un geste du menton.

— Mais avec le temps, j'ai appris à m'en détacher. Si j'avais pleuré chaque fois qu'elle se faisait du mal, je n'aurais jamais cessé de verser des larmes, vers la fin.

— Qu'est-ce qui a provoqué ce changement ?

Elle me décoche un regard avant de reporter les yeux sur l'étendue de la mer devant nous.

— Disons qu'on s'est éloignées avec le temps. On ne partageait pas les mêmes centres d'intérêt, dit-elle avec une pointe de sarcasme. Quand elle avait dix-neuf ans et moi vingt-deux, on vivait ensemble. Ce n'était pas vraiment de mon fait, mais bon, c'était compliqué. Je pensais que ça allait bien se passer. Mais non, c'était un calvaire. Je ne peux même pas t'expliquer, Alex. (Elle vrille son regard au mien.) J'en suis arrivée au stade où je m'allongeais sur mon lit sans plus pouvoir respirer car je savais qu'elle était dans la pièce d'à côté, et je ne supportais plus sa présence. C'était un vrai poison. Elle pourrissait tout ce qu'elle touchait.

Elle s'interrompt et baisse la tête. Elle ramasse un petit galet et le lance dans la mer. Il fait quelques rebonds sur la surface de l'eau avant de sombrer et de disparaître.

— Et l'homme sur la photo ? Qui est-ce ?

Je sens que tout est relié même si j'ignore encore dans quelle mesure.

Un voile de contrariété lui obscurcit le visage.

— Il gérait une boîte de nuit. Il avait… une histoire avec ma sœur. Je ne sais pas trop de quelle nature. Ce n'était pas très sérieux à mon avis, pour lui en tout cas.

Mais elle, elle était follement éprise de lui. Carrément obsédée. Elle était très jeune, et il était si…

— Beau ? dis-je en examinant la photo. Ne t'en fais pas, je ne vais pas te reprocher de l'avoir remarqué.

— Ce n'est pas le mot que j'allais employer, rétorque sèchement Natalie. Mais il avait un certain magnétisme, je suppose. Une énergie négative. (Elle esquisse un faible sourire qui s'estompe rapidement.) Elle aurait été prête à tout pour être avec lui, je pense. Il pouvait se comporter de la pire des manières, la maltraiter, elle, ou n'importe qui d'autre… Quoi que Kas fasse, Sadie l'acceptait. Mais bien sûr, il était marié, et il se servait de ce prétexte comme d'une excuse pour ne pas s'engager avec elle alors qu'en réalité il ne se serait sans doute jamais mis en couple avec elle, même s'il avait été célibataire.

Elle s'exprime avec ardeur, le visage enflammé par ses souvenirs, et je reste immobile pour ne pas l'interrompre, surtout lorsqu'elle évoque le nom de cet homme. Je ne pense pas qu'elle se soit aperçue qu'il lui a échappé.

— Et ça s'est mal fini ?

Elle baisse la tête.

— Il est quelquefois difficile de dire où se situe la frontière entre l'intention et l'acte. Si les choses se produisent parce qu'on l'a voulu, ou si elles arrivent malgré nous, sans lien avec notre volonté.

J'essaie de déchiffrer ces paroles cryptiques, mais je ne suis pas certain de voir où elle veut en venir. Cette façon mystérieuse de parler, ça ne ressemble pas à la femme que je connais.

Je me rabats sur une question toute simple.

— Pourquoi tu as changé de nom ?

Elle hausse les épaules.

— J'avais besoin de prendre un nouveau départ. Parfois, c'est la meilleure manière de tourner la page.

Elle affiche un air évasif et place la main sur sa bouche comme pour retenir les mots qui risqueraient de franchir la barrière de ses lèvres.

Elle ne me dit pas la vérité, tout du moins pas toute la vérité. C'est la première fois que je regarde ma femme et que je sais avec certitude qu'elle me ment. J'ai l'impression qu'un lien s'est rompu entre nous et ça me donne la nausée. Notre couple se désagrège.

— Tu as sans doute raison, dis-je avec précaution.

Je n'obtiendrai rien de plus de sa part aujourd'hui. Elle ne m'a quasiment rien lâché, mais je sens que c'est déjà beaucoup pour elle. Elle n'a jamais eu l'intention de partager quoi que ce soit avec moi.

Elle se lève soudain, chasse le sable de sa jupe et me tend la main.

— On y va.

Je n'ai quasiment pas fermé l'œil de la nuit, allongé dans la chambre d'hôtel à écouter les vagues qui se brisent sur la jetée. J'ai essayé de me détendre, mais je ne peux m'empêcher de regarder ma femme dormir. Elle est étendue, un bras au-dessus de la tête, complètement immobile à l'exception de ses paupières qui remuent légèrement, agitées par un rêve. J'ai toujours admiré cette part de mystère qu'elle possède ; c'est l'une des premières choses qui m'ont attiré chez elle. Mais depuis ses dernières révélations, ça me paraît tout à coup moins séduisant. J'ai envie de la réveiller en la secouant et de la forcer à me parler. *Dis-moi ce qui se passe dans ta tête, dis-le-moi maintenant !*

Vers 3 heures du matin, elle remue, tourne le visage vers moi et ouvre les yeux. Elle est tout de suite alerte, contrairement à d'habitude où elle met quelques minutes à sortir de son engourdissement.

— Qu'est-ce qui est vrai dans notre histoire ? je demande sans préambule.

Elle cligne lentement des paupières et me caresse l'épaule.

— Tout est vrai, Alex. C'est le passé qui ne l'est pas.

Une fois qu'elle s'est rendormie, ces mots résonnent dans ma tête. Est-ce que tout ça a vraiment de l'importance ? Qui elle était, ce qu'elle a fait, avant de me rencontrer ? Du moment que ça ne remet pas en question ce que nous avons construit ensemble ? Mais les heures s'écoulent et bientôt les rayons mauves de l'aube se faufilent à travers les voilages, et ces mots me paraissent de moins en moins réconfortants. Je suis tombé amoureux d'une personne sans vraiment la connaître, et cette idée ne me plaît pas. Les gens ne sont pas des pages blanches sur lesquelles on peut projeter son amour ; ils sont complexes, ils sont la somme de leurs expériences et de leurs émotions. C'est le passé qui fait de nous ce que nous sommes aujourd'hui.

Je songe à tout ce qu'elle m'a raconté de sa vie, et ça me rend dingue de ne pas savoir dans quelle mesure elle m'a menti. Et d'avoir bu ses paroles comme un imbécile, me targuant intérieurement de l'avoir cernée dès le départ.

Je finis par m'endormir, quoique brièvement, car mon alarme me réveille bientôt en sursaut. Je roule sur le flanc et m'aperçois que Natalie est partie. Sa veste n'est plus sur le dossier du fauteuil. Je me hisse hors du lit et je remarque la petite note qu'elle m'a laissée sur la coiffeuse. Elle est rédigée à l'encre violette, la marque distinctive du stylo qu'elle utilise, une couleur qui me rappelle aujourd'hui encore les balbutiements de notre relation, lorsqu'elle m'écrivait des petits mots qu'elle laissait traîner « juste parce que », des petits mots coquins ou romantiques, selon son humeur. Ce message n'est ni l'un ni l'autre. *Je suis sortie prendre l'air. J'ai besoin d'être un peu seule et je n'ai pas voulu te réveiller. On se verra tout à l'heure, ne t'inquiète pas. Je suis désolée pour tout. Natalie.*

Je le relis plusieurs fois avant de le froisser et de le fourrer avec colère dans la poche de mon manteau. Son « je n'ai pas voulu te réveiller » m'énerve. Ça sonne faux. Comme si je préférais me réveiller seul et m'apercevoir que ma femme s'est carapatée après avoir chamboulé notre vie. Ma fille est toujours à l'hôpital. Natalie choisit mal son moment pour me faire ce coup. Je ne suis pas sûr de pouvoir gérer ce drame en ce moment. Je suis trop vulnérable et je dois me concentrer sur Jade.

J'ai assez de recul pour comprendre que ma colère se nourrit en partie de mon sentiment de culpabilité. J'aime Jade plus que tout au monde, mais je ne l'ai pas toujours fait passer en premier. À la mort de Heather, le chagrin m'a rendu égoïste, d'autant plus que cette tristesse était complexe – un cocktail de regrets et de désespoir, avec une pointe malsaine de soulagement. Quand elle est tombée malade, on ne s'entendait déjà plus depuis longtemps, et on envisageait de divorcer. Je ne saurai jamais dans quelle mesure sa maladie a accentué nos problèmes de couple. Quoi qu'il en soit, j'étais secrètement soulagé de ne jamais avoir à partager ma fille. Ça ne m'a jamais traversé l'esprit que, depuis l'arrivée de Natalie dans notre vie, c'est Jade qui a dû me partager. Aujourd'hui plus que jamais, elle mérite toute mon attention.

Je me douche et m'habille en vitesse, puis j'appelle un taxi. Le temps d'arriver à l'hôpital, les visites du matin auront débuté. Il y a des embouteillages et le véhicule circule à une lenteur inhabituelle. Je regarde par la vitre d'un air absent, observant les passants défiler sur le front de mer, les épaules ployées face au vent.

Lorsque le bâtiment gris se dresse devant nous, je m'empresse de payer le chauffeur et je saute hors du véhicule. Je longe les couloirs blancs et rejoins le service où se trouve ma fille. Jade est à moitié relevée dans son lit, soutenue par des oreillers ; elle regarde un petit écran de télévision. Ouf ! elle semble avoir repris du poil de la bête. Je m'approche d'elle, sors son portable de ma poche et de l'autre main je brandis Sidney, son petit lapin en peluche, tel un illusionniste présentant un de ses tours de passe-passe.

— Bonjour, ma chérie. J'ai récupéré ça hier soir à la maison.

Son regard s'illumine et elle m'arrache l'appareil des mains, compose le code PIN, la tête rivée à l'écran, et attend quelques secondes avec appréhension avant d'afficher un sourire victorieux.

— Il marche toujours ! Merci papa.

— De rien. J'étais sûr que ça te ferait plaisir.

Je tiens toujours le lapin. Elle n'a pas l'air de l'avoir remarqué, captivée par son portable. Je dépose la peluche près d'elle sur le lit. La fourrure bleu-gris est élimée par endroits ; ses yeux en coton sont effilochés. Petite, Jade était incapable de dormir sans son lapin, qu'elle serrait fort contre son buste. À ce souvenir, mon cœur se pince.

— Désolée, s'excuse Jade sans me regarder. Je suis juste… (Elle tapote rapidement sur l'écran tactile, maîtrisant une technique qui m'échappe encore.) Désolée.

Elle pose son téléphone sur l'oreiller.

— Ne t'en fais pas. Je suis soulagé que tu ailles mieux.

Mais mon cœur me pèse tandis que j'observe ma fille, encore une enfant mais plus tout à fait.

Jade noue ses mains devant elle.

— Ça va un peu mieux, oui, mais j'ai tout le temps mal à la tête. Le docteur dit que ça arrive parfois quand on a respiré beaucoup de produits chimiques comme c'est probablement mon cas. Et les brûlures m'inquiètent. Je ne veux pas avoir de cicatrices. Tu crois qu'elles vont rester ?

— Je ne sais pas trop.

D'après le docteur Rai, il est peu probable que ces plaies cicatrisent totalement. Je songe à la balafre rouge vif qui lui barre la tempe et à la frange qu'elle pourra se faire pour la masquer, si elle le désire. Mais, évidemment, elle aura toujours conscience de la présence de cette marque disgracieuse qui la défigure.

Je tâche de trouver les mots justes pour aborder ce sujet sensible, mais je m'aperçois bientôt qu'elle est passée à autre chose. Elle me dévisage longuement, et je comprends ce qu'elle attend de moi. Jade repense à notre dernière conversation et souhaite peut-être qu'on la poursuive.

— Hier, tu as évoqué la présence d'un homme chez nous… le soir de l'incendie. Tu peux m'en dire un peu plus ?

Elle réfléchit.

— Je suis restée debout tard parce que j'avais oublié de faire mes devoirs. J'étais en train de travailler dans ma chambre quand j'ai vu une ombre passer dans le couloir – tu sais ce que ça fait, quand on sent une présence étrangère ? Ma porte était entrouverte, et j'ai jeté un coup d'œil par l'entrebâillement… J'ai cru que c'était Natalie qui venait vérifier que tout allait bien. Mais non. Je ne l'ai vu qu'une seconde parce qu'il est passé très vite, mais c'était un homme.

Les mots ont jailli de sa bouche et elle s'interrompt pour reprendre son souffle.

— Je me suis levée, et je suis allée me cacher dans mon placard. C'était stupide ; j'ai agi instinctivement. Je ne sais pas combien de temps j'y suis restée, mais ça m'a paru long. Puis je me suis aperçue qu'il y avait un problème – il y avait comme des crépitements, et j'ai senti une odeur de fumée. Alors j'ai été encore plus paumée, je ne savais pas ce que je devais faire, s'il valait mieux que je reste planquée ou que je sorte, et puis je ne savais pas où était l'homme et…

Elle marque une nouvelle pause et place les doigts sur ses yeux.

— Tout va bien, dis-je. C'est fini.

Je lui presse le genou d'un geste rassurant.

— Ce n'est pas tout, papa, reprend-elle d'une voix étranglée. L'homme… c'est pas la première fois que je le vois.

— Quoi ?! Comment ça ?

— Je l'ai déjà aperçu, plusieurs fois, murmure-t-elle. Dans la rue. Devant le collège. Jamais très longtemps.

— Tu es sûre que c'est le même homme ?

Jade hoche lentement la tête.

— J'étais pas certaine au début. Quand je l'ai entrevu à la maison, c'était la première fois que je le voyais vraiment de près. Mais plus j'y pense, plus j'en suis sûre. Je ne peux pas t'expliquer comment. Je… (Elle plisse les yeux, s'efforçant de trouver les mots adéquats.) Je le sens, c'est tout.

Sa voix s'éteint avec la phrase. C'est le genre d'affirmation qui n'a pas de poids à mes yeux. J'ai besoin de faits, de preuves. Quand bien même, un frisson désagréable remonte le long de ma nuque et me hérisse les poils.

Je glisse ma main dans ma poche sans vraiment réfléchir à mon geste, et j'en sors la photo qui ne m'a pas quitté. Je la déplie et la tends à Jade, en désignant l'homme.

— C'est lui ?

Elle l'examine à peine quelques secondes avant de secouer la tête.

— Non.

— Tu en es sûre ?

Jade acquiesce avec vigueur.

— Oui. Rien à voir. L'autre type a les cheveux blonds, presque blancs, comme s'il se les colorait. Il est… large. Pas gros, tu sais, mais juste… (Elle écarte les bras pour indiquer une puissante carrure.) Costaud. Il n'est pas très grand. Pas petit, mais moins grand que toi. Et il a… je sais pas… il a un drôle de visage. C'est difficile à décrire… Un peu comme s'il était en pâte à modeler.

— OK, dis-je, tâchant d'enregistrer tous ces détails.

Je fouille dans ma mémoire à la recherche d'un individu pouvant correspondre à cette description, mais ça ne me dit rien. Quoi qu'il en soit, les faits demeurent les mêmes. S'il y avait bien un homme chez nous le soir de l'incendie, il faut le rechercher.

— Il va falloir que tu racontes ça à la police, dis-je.

Jade renverse la tête contre l'oreiller. Cette conversation l'a fatiguée.

— Je n'y avais pas pensé. (Son regard a du mal à se focaliser.) Je dois le faire maintenant ?

— Non, rassure-toi. Mais peut-être dans un jour ou deux, quand tu auras repris des forces.

En réalité, il vaudrait mieux rapporter à la police cet élément d'information le plus tôt possible, surtout depuis que je sais que l'incendie est peut-être d'origine criminelle. Mais je tiens à ménager ma fille. De toute façon, la police prendra son témoignage plus au sérieux quand elle se sera un peu remise. Je sais que la perte de mémoire à court terme et la confusion sont des effets secondaires banals dans le genre de traumatisme que Jade a subi. Et même si je ne doute pas de la véracité de ses paroles, je ne peux m'empêcher d'en envisager l'éventualité.

— Papa. (Elle s'est rallongée sur le flanc et, de la main gauche, elle caresse le petit lapin bleu élimé. Sa voix est en partie étouffée par l'oreiller, son visage légèrement détourné de moi comme si elle était gênée.) Je ne risque plus rien maintenant ?

Je rejoins l'hôtel à pied. Sur le trajet de retour, sa question me taraude. Quand votre enfant vous demande s'il est en sécurité, il n'y a qu'une seule réponse possible, et je la lui ai donnée sans même y réfléchir. C'est ce qu'elle avait besoin d'entendre. Je tâche de me rassurer. C'est vrai. À l'hôpital, sous la surveillance continue des médecins et des infirmières, de jour comme de nuit, je pense qu'elle est en sécurité. Mais après ça ? Quand elle sera de retour à la maison – même si j'ignore encore *où* ce sera –, qu'elle ira à l'école, qu'elle fera son propre chemin dans la vie et qu'il deviendra impossible pour moi de la suivre à toute heure de la journée ? Comment être sûr que ma fille est hors de danger ?

Mon téléphone sonne, m'extirpant de mes ruminations. Je réponds à l'appel sans même consulter l'écran au préalable.

— Allô ?

— Alex ?

C'est James, mon collègue de l'agence. Sa voix me surprend. Sèche et professionnelle, elle me parvient d'un autre monde. Prise de conscience surréaliste : nous sommes lundi matin. C'est à peine si le boulot m'a effleuré l'esprit depuis l'incendie.

— Tu es où, mon vieux ? Je croyais que tu étais de perm au bureau toute la journée ? (Il marque une très brève pause avant de poursuivre.) Écoute, j'ai un petit souci avec la campagne Cooler Cola. Le client est revenu vers nous. Il veut qu'on change la pub à la dernière minute et il a programmé une visioconférence avec nous à 13 h 15 pour en discuter. Je n'ai pas très envie de confier le dossier à Gav et Carly. Je pourrais m'y coller, mais tu es beaucoup plus calé sur le projet que moi. Tu te ramènes ?

Je devrais lui annoncer la nouvelle, tout simplement. James ne jure que par le travail, mais si je lui apprenais que ma maison a pris feu et que ma fille est à l'hosto, il serait bien obligé de m'accorder le répit nécessaire. Pourtant, j'apprécie sa manière de s'adresser à moi… Aucune compassion maladroite, pas de tentative gênée de proposer une solution. C'est exactement ce dont j'ai besoin.

— Oui, dis-je avant de changer d'avis. J'arrive dans une vingtaine de minutes.

Un quart d'heure plus tard, je suis au pied de l'immeuble où se trouve notre agence. Je passe la carte devant le lecteur d'entrée, puis je gravis les deux volées de marches. C'est presque devenu un rituel tant c'est automatique, mais aujourd'hui, cette routine me frappe, comme si je revenais après une absence de plusieurs années, tel un voyageur reprenant possession de ses habitudes perdues et éprouvant une pointe d'émotion inattendue à retrouver une routine autrefois si ordinaire.

— Tiens, Alex, marmonne James quand je pénètre dans les locaux. Tu as fait la bringue hier soir ou quoi ?

Il lève à peine les yeux de son écran.

— C'est une manière de voir les choses, dis-je.

Je m'assieds à mon bureau et me fige net en m'apercevant que je n'ai pas mon ordinateur. Il a dû rester à la maison. Dans quel état est-il ? Je l'ignore. Comment ai-je pu oublier de vérifier ? Il faut dire que les événements des deux derniers jours m'ont fait revoir mes priorités. Certaines choses m'ont échappé, et ce ne sont pas celles auxquelles je me serais attendu. Je fixe du regard le bureau vide devant moi.

— Hello ! s'écrie Gavin d'une voix joviale à travers les locaux. Tu as la tête ailleurs, ce matin, Alex ? Mets-toi au boulot et que ça saute !

Ce genre de blague est monnaie courante dans la plupart des agences de pub ; nous prenons un certain plaisir à renverser les codes de la hiérarchie traditionnelle. Et dans notre domaine, le fait que Gav gagne près de trente mille livres de moins que moi par an n'est pas une raison pour qu'il me traite comme son patron – mais là, ça me semble totalement surfait. Je me force à sourire et je lève les mains en l'air, plaidant coupable.

— J'ai oublié mon ordinateur. Quel crétin !

— Tu es sûr que tu ne l'as pas laissé dans un pub alors que tu étais bourré ? rétorque Gavin.

J'ai perdu mon dernier ordinateur professionnel il y a un an, et depuis, on me rabâche cette histoire sans relâche. On me l'a chipé dans un café en plein jour, je ne l'ai pas oublié dans un bar en pleine nuit. Bref, je n'ai pas la force de chercher la petite bête.

— C'est pas grave, Alex, intervient Carly, qui se précipite jusqu'à mon bureau en brandissant un portable. Tu n'as qu'à utiliser celui-ci.

Elle me décoche un sourire éclatant tout en secouant sa queue-de-cheval blonde. Elle s'est fait teindre les racines en rose durant le week-end. C'est étrange… Elle cherche visiblement mon approbation, mais je me contente de lui prendre l'ordinateur des mains en la remerciant avec un sourire forcé. Elle pivote sur ses talons aiguilles et s'éloigne en se dandinant, les hanches moulées dans sa petite jupe en cuir fauve.

J'allume l'appareil et me connecte au serveur pour télécharger quelques-uns des dossiers de la compagnie Cola. Une marque de soda à la recherche d'une campagne télévisuelle et papier plus audacieuse. Une pub qui fasse oublier aux consommateurs le taux extrêmement élevé de sucre dans les boissons ; une campagne qui appâte les jeunes branchés qui sont leur cible idéale. En général, c'est le genre de projet que j'aime. Je relis la dernière version de la pub, examine les dessins dans leur ensemble. Je ne retiens pas grand-chose. J'ai le cerveau en coton et les pensées qui tombent au compte-gouttes, comme de la mélasse. J'ai tellement d'autres soucis à l'heure actuelle : l'état de notre maison, Natalie et tout ce qu'elle m'a raconté, la photo qui se trouve toujours dans la poche de mon manteau, ma fille sur son lit d'hôpital qui me demande si elle est en sécurité…

Prends une pause, me dis-je, quand il devient évident que je brasse de l'air et piétine sur le dossier. Je me connecte à ma boîte mail. Je déroule la liste de messages non lus – des courriels collectifs provenant des sites auxquels je suis abonné, pour la plupart. Soudain, je me fige net. Un e-mail de SRUK. Objet : *Vous avez un nouveau message*.

Mon premier réflexe est de l'effacer sans le lire. C'est une période de ma vie dont j'ai tourné la page. En même temps, ça m'intrigue : mon compte est inactif depuis un bail et je me demande qui peut bien m'avoir écrit. Lentement, je place le curseur sur le message et l'ouvre. Puis je clique sur le lien. Voilà plus de six mois que je n'ai pas traîné sur ce site, néanmoins mes doigts tapent le mot de passe de manière automatique, comme si ma dernière visite datait d'hier. La page met quelques secondes à charger, et je songe à l'émoi que déclenchait en moi la vision de cet écran noir au centre duquel s'inscrivait en capitales rouges SECRETROOM. L'appétit impatient, l'addiction, l'excitation bon marché. Les lettres apparaissent : un rideau sombre se lève pour les révéler une à une, leur contour flouté, plein de mystère. En haut de l'écran, la boîte de réception m'indique cinq nouveaux messages. Même si ma dernière visite remontait à moins longtemps, ça m'aurait paru surprenant. Sur ce site, ce sont rarement les femmes qui contactent spontanément les hommes. Une sorte de règle tacite veut que les hommes soient les prédateurs ; c'est à nous de faire le premier pas.

Je n'ai jamais trompé Natalie, en tout cas pas physiquement. En amour, j'ai certains principes et je les applique aux femmes que je fréquente autant qu'à moi-même. J'ai toujours pensé que ce serait plus dur de pardonner un baiser échangé sous l'effet de l'alcool à une soirée que quelques mois de conversations sulfureuses sur Internet. Pour moi, ça ne devient réel que quand le contact physique intervient. Et pourtant, dans le fond, je sais que je me suis raconté des histoires à propos de SecretRoom. Ce n'était pas bien, ce que j'ai fait. Autrement, pourquoi aurais-je abandonné mon compte avant de me marier ? Je voulais que mes vœux soient sincères, et pour ça, il fallait que je dise adieu à mes sombres penchants.

Si j'ai eu recours à ce genre de site au départ, c'est parce qu'en conservant cette part secrète je repoussais l'intimité. J'avais déjà été mis à rude épreuve avec Heather. Je craignais de me rapprocher à nouveau d'une femme et, c'était stupide, d'accord, mais ces maigres tentatives de flirt sur Internet me rassuraient. Elles me donnaient l'impression de ne pas être totalement obsédé par Natalie, et de ne pas avoir mis tous mes œufs dans le même panier. Toutefois, j'ai fini par me lasser, et c'est là que j'ai coupé le cordon.

Je clique sur la boîte de réception tout en sachant que c'est une erreur. Aussitôt, je m'aperçois que les cinq messages proviennent de la même personne : Cali. De toutes celles avec qui j'ai bavardé sur Secret-Room, c'est la seule avec qui j'ai établi des échanges réguliers, avant de me déconnecter « pour de bon ». Je ne sais pas pourquoi ça a collé entre nous. Avec la plupart des femmes, c'est l'histoire d'une fois ; une demi-heure de discussion cochonne dictée par l'instinct primaire, une connexion qui s'éteint aussi vite qu'elle s'est allumée. Avec elle, c'était différent. Elle avait un truc qui me poussait à la recontacter. Rien d'émotionnel, rien de si profond. Mais un truc. Une alchimie.

Les messages sont tous brefs et intenses.

Je t'attends.

J'arrête pas de penser à toi... Tu veux que je te supplie ?

J'ai essayé avec plein d'autres mais il n'y en a pas un qui t'arrive à la cheville. Aucun qui me comprenne comme toi. Allez...

Je t'attends toujours...

Puis le dernier, envoyé hier matin, des mois après notre dernier échange. *Est-ce que ça va ?*

Ce message me surprend. Son ton est inhabituel. Peut-être que c'est moi qui le surinterprète car je ne vais pas bien en ce moment, mais il me semble lourd de sens. Cette femme ne s'est jamais préoccupée de savoir comment j'allais ; on ne se connaît même pas. J'ai sondé les recoins les plus sombres de ses désirs, en revanche je n'ai jamais vu son visage. C'est une chimère à mes yeux. J'aurais aussi bien pu converser avec un ordinateur qui m'aurait débité des obscénités programmées.

Je relis l'historique de nos messages. J'avais oublié à quel point nous avions échangé, à quelle vitesse notre retenue était tombée. J'ai parlé à cette inconnue comme à personne d'autre, y compris ma femme. C'est terminé, mais c'est arrivé, et tourner le dos à une chose, ce n'est pas comme l'effacer. Je ne serai jamais en mesure de faire ça. La culpabilité me ronge et j'essaie de m'arranger l'esprit lorsque je m'aperçois que la petite boîte en haut à gauche de la page clignote. *Cali est en ligne*.

Je m'empresse de fermer la fenêtre et de quitter le site. Mon cœur bat à tout rompre, pris de panique cette fois, et je ne peux m'empêcher de penser que ma présence en ligne a dû être indiquée à Cali au même instant, lui annonçant mon retour. Pendant ces quelques brèves secondes, nous étions dans le même espace virtuel, connectés par des liens invisibles chargés d'électricité.

NATALIE

Septembre 2017

Je passe la matinée à réprimer une panique vertigineuse. J'ai la sensation de perdre le contrôle de ma vie, de voir tout s'effondrer autour de moi. Tout va bien, je me répète. Tout va s'arranger. Mais tout tend à me prouver le contraire. L'incendie, l'hospitalisation de Jade, et maintenant ce gouffre qui se creuse entre Alex et moi ; la fraction de seconde fatale où j'ai décidé de laisser ressurgir le passé. À la lumière du jour, je ne suis pas certaine d'avoir fait le bon choix. J'aurais pu raconter un bobard pour expliquer la photo ainsi que les documents. Je rebondis vite en général, je suis capable d'inventer une histoire en deux temps trois mouvements. Peut-être que je n'aurais pas dû céder à la tentation, si puissante et attrayante soit-elle, de le laisser entrer un peu plus dans ma vie. C'est trop tard maintenant, et je dois trouver comment repartir du bon pied.

Pour le moment, je n'ai pas grand-chose à faire pour m'occuper – ma nouvelle carte bancaire ne m'est pas encore parvenue, je n'ai que peu de liquide sur moi, et ce n'est pas le bon jour pour se poser à l'extérieur.

Le ciel d'automne est lumineux, d'un éclat presque agressif. Midi venu, je m'ennuie comme un rat mort et je ne tiens plus en place ; Alex me manque. Je m'appuie contre la grille qui borde la route et je l'appelle. Il décroche quasiment à la première sonnerie, et répond à mi-voix, comme s'il ne voulait pas qu'on l'entende.

— Où es-tu ? je demande sans préambule. Désolée pour ce matin. J'avais besoin d'un peu d'espace.

Ça fait cliché et ce n'est même pas vrai. J'ai cru que j'avais besoin de prendre l'air mais ça m'a surtout troublée davantage.

Un bref silence.

— Je suis au bureau. Je suis venu donner un coup de main pour une campagne.

Sérieusement ? Je réprime une crise de rire. C'est Alex tout craché – sa vie a beau s'écrouler tout autour de lui, il continue à travailler.

— Tu prends une pause déjeuner ? Je ne suis pas très loin. Je peux te rejoindre dans dix minutes.

Il lâche un soupir avant d'accepter. Je sens qu'il est encore blessé par ma disparition soudaine, et ce constat me pousse à presser l'allure, tête baissée, parcourue d'une onde d'inquiétude. La dernière chose au monde que je souhaite, c'est qu'il m'en veuille. Je ne le montrerai jamais, mais la plupart de mes actions et de mes propos s'articulent autour de lui – je m'efforce de le rendre heureux, de faire de sa vie une bulle de perfection. Du coup, lorsque la situation déraille, je prends peur.

Au pied de l'immeuble, je m'apprête à lui passer un nouveau coup de fil mais je le repère en haut de l'escalier. Il dévale les marches dans ma direction. Lorsqu'il pousse la porte, une femme d'âge mûr en profite pour s'engouffrer dans le bâtiment. En nous apercevant Alex et moi, elle s'arrête et se retourne.

— Alex, est-ce que ça va ? J'ai entendu ce qui était arrivé. Je ne pensais pas qu'on te reverrait si vite au bureau.

— Ça va, répond-il sèchement. Merci. Je serai plus ou moins là pendant quelques jours.

La femme demeure plantée là, les sourcils arqués, le visage grave. Elle attend la suite, mais Alex hoche la tête et s'éloigne, plaçant sa main sur mon dos pour m'entraîner avec lui.

— Super, marmonne-t-il dans sa barbe. Maintenant toute l'agence va être au courant. Je peux dire adieu à mon après-midi de boulot. Autant ne pas y retourner.

— Ce n'est pas une priorité de toute façon ? dis-je en trottinant pour maintenir son allure. Ton travail, je veux dire.

Il ralentit un instant et me coule un regard de guingois accompagné d'un soupir.

— Probablement pas. (On marche en silence pendant un moment, chacun perdu dans ses pensées.) Je n'y serais sans doute pas retourné de toute façon, finit-il par admettre. Il faut que j'aille à l'hôpital cet après-midi. Ça m'a quand même permis de faire un break le temps d'une matinée. J'ai eu l'impression de reprendre le cours normal de ma vie.

J'acquiesce, compatissante.

— Je comprends, même si, je te l'avoue, ça m'a étonnée. Tu ne m'avais pas dit que tu avais l'intention d'aller au bureau.

— Ce n'est pas comme si tu m'en avais laissé l'occasion, souligne-t-il. Quand je me suis réveillé, tu n'étais plus là.

— Au moins, je t'ai laissé un mot.

Notre discussion commence à ressembler à une dispute, et je m'empresse de glisser ma main dans la sienne pour calmer le jeu. Il exerce une légère pression des doigts pour me faire comprendre qu'il ne veut pas se fâcher avec moi. C'est un jeu risqué auquel nous jouons ; tous les coups sont permis. Chaque mot, chaque acte est ouvert à interprétation et rien n'est clair, on nage dans l'ambiguïté. Cette pensée me trouble et me laisse pensive tandis qu'on longe le front de mer, et Alex semble satisfait de marcher en silence.

On s'assied face à la mer, sur un banc en fer forgé qui flanque la promenade. Je me tourne face à lui et pose mes mains sur ses genoux.

— Je suis navrée. Je sais que c'était vraiment le pire moment pour en rajouter une couche. Tu dois avoir le sentiment que je t'ai trahi.

— C'est le cas, réplique-t-il d'une voix tranchante.

— Je sais… Tout ce que je peux dire pour ma défense, c'est que pour moi c'est une autre vie. Sincèrement. Si je ne t'ai rien dit avant, c'est en grande partie parce que ça ne me semblait pas approprié. Ça n'a rien à voir avec celle que je suis aujourd'hui. C'est une période de ma vie enterrée depuis longtemps.

C'est la première fois que je pose les choses de cette manière, mais c'est la vérité. Chaque fois que je tente de voyager dans le temps, mes souvenirs ont la qualité d'un rêve.

— Mais est-ce que je peux vraiment te croire ? demande Alex. Écoute, je suis allé voir Jade tôt ce matin. Elle m'a reparlé de l'homme qu'elle a vu dans la maison, et je crois que c'est vraiment arrivé. Apparemment, ce n'est pas la première fois qu'il traîne dans les parages.

— Quoi ? je sursaute. Elle l'a déjà vu ?

— En effet. Plusieurs fois.

Je m'imprègne de ce nouvel élément et inspire à fond. Ça me surprend mais, presque aussitôt, je comprends que c'était inévitable. Bien sûr qu'elle a déjà croisé cet homme. J'ai été naïve de croire le contraire.

— Ce que Jade a dit, c'est du sérieux. Il ne faut pas le prendre avec légèreté, reprend Alex. Ça fait froid dans le dos, je sais, mais il faut que tu acceptes l'idée qu'il y avait sûrement quelqu'un dans la maison ce soir-là. Tu n'avais pas verrouillé la porte arrière, si ?

Je secoue la tête en silence. À vrai dire, je ferme rarement la porte les soirs où Alex sort ; il a pour habitude d'oublier ses clés et notre rue est tranquille.

— Ne sois pas fâché.

— Je ne le suis pas. Mais il faut qu'on considère ce que ça implique.

Mon esprit s'emballe. J'imagine la silhouette d'un homme qui rase furtivement notre façade arrière et qui s'introduit chez nous pendant mon sommeil dans l'idée de mettre le feu à notre maison. Je comprends que cette pensée soit glaçante et qu'elle terrifie mon mari, mais c'est irréel.

Alex m'observe longuement.

— Natalie, je ne pense pas avoir d'ennemis. Je me suis creusé la cervelle, et je n'ai rien trouvé qui puisse justifier un acte d'une telle violence. En revanche, d'après notre conversation d'hier soir, j'ai le sentiment qu'il s'est passé pas mal de choses dans ton passé que j'ignore. Je suis obligé de te demander : y a-t-il qui que ce soit qui pourrait vouloir se venger de toi ?

Un ricanement m'échappe.

— Des tas. Ils étaient du genre vindicatifs, les amis de ma sœur.

— Dans ce cas, mieux vaut que tu le saches. D'après Jade, l'homme en question était petit et trapu, il avait les cheveux d'un blond presque blanc, les épaules larges. Et il avait une sorte de visage malléable – je ne me rappelle plus ses mots exacts, mais c'est ce qui m'a marqué. Est-ce que ça te dit quelque chose ?

Les mots me manquent. C'est la précision du portrait qui me stupéfie. Tous ceux qui connaissent Dominic Westwood feraient immanquablement le rapprochement avec cette description. Son visage m'apparaît très nettement.

— Peut-être… Il y avait ce type, Dominic… ça lui ressemble. La loyauté était sacrée à ses yeux. Et il avait probablement le béguin pour Sadie aussi, ce qui n'a pas aidé.

— Ah bon ?

— Elle avait cet effet sur la plupart des gens, dis-je. Toi aussi, tu n'aurais pas pu résister, ne puis-je m'empêcher d'ajouter.

Alex part d'un rire léger.

— Ne dis pas n'importe quoi. (Je le dévisage longuement et il finit par comprendre que je ne plaisante pas.) Écoute, Natalie, je t'aime. Rien de ce qui s'est passé ces derniers jours ne saurait changer ça. Aucune autre femme ne m'intéresse, quand bien même ce serait la plus belle créature au monde. Même si, évidemment, c'est toi.

Cette dernière remarque totalement mièvre est censée me redonner le sourire, ce qui ne rate pas. Mais son expression se rembrunit bientôt.

— Écoute, on va devoir parler à la police de tout ça. Si tu penses connaître ce type, il faut les en informer.

L'idée d'impliquer la police dans cette histoire me fait grimacer. Mais c'est inutile de lui faire entendre raison. Jamais il ne comprendra mon point de vue sur la question. Pour Alex, la police est fiable et bienveillante, source de soutien en temps de crise, toujours prête à vous aider et à agir dans votre intérêt. Malheureusement, j'ai appris à mes dépens que ce n'était pas toujours le cas.

— Je sais, dis-je. Mais je préférerais attendre encore un peu, histoire de voir si leur enquête fait apparaître de nouveaux éléments. Nous n'avons aucune preuve qu'il soit impliqué. Il vaudrait mieux que la police trouve quelque chose de concret à se mettre sous la dent qui relie Dominic à l'incendie et qui puisse servir de pièce à conviction, autre que nos accusations.

— Quelle différence ça fait ? s'impatiente Alex. Évidemment, ce serait plus facile de l'inculper, mais en quoi ça nous empêche d'en parler dès aujourd'hui à la police ?

— Parce que s'ils vont le trouver et l'interroger sans aucune preuve à l'appui, alors il saura que c'est moi qui les ai mis sur sa piste, je rétorque d'un ton revêche. Écoute, l'essentiel, c'est que nous ne risquions rien pour le moment. Nous sommes à l'hôtel, et Jade est à l'hôpital. Rien ne nous arrivera tant qu'on est entourés. Donne-moi quelques jours, je t'en prie. Le temps que je me prépare psychologiquement, parce que si nous allons effectivement trouver la police, je vais devoir aborder tout un tas de choses que j'ai tues pendant je ne sais combien d'années. Ce n'est pas facile pour moi, Alex.

Quelque chose se brise en moi. Si seulement je pouvais pleurer… néanmoins, mes yeux restent résolument secs.

Alex ressent sans doute ma détresse. Il m'attire contre lui et mon visage se colle contre son torse, qui se soulève au gré de son souffle. Il pousse un long soupir, pesant le pour et le contre, quand soudain la sonnerie perçante de son portable retentit. Il s'écarte de moi pour consulter l'écran ; c'est l'hôpital.

— Oui ? Jade va bien ? (Une pause ; je tâche de sonder son expression.) Bien sûr. J'arrive tout de suite. Oui. Merci.

Il raccroche.

— Il y a un souci ?

Il hoche à moitié la tête.

— Physiquement, elle va bien. Mais le médecin me dit qu'elle est émotionnellement instable. Elle refuse de leur dire ce qui ne va pas. Ce sont peut-être juste les séquelles du traumatisme. Quoi qu'il en soit, il faut que j'y aille.

— Tu veux que je t'accompagne ?

J'aurais mieux fait de me taire.

Embarrassé, il détourne les yeux.

— Tu pourrais, bien entendu. Mais il vaut peut-être mieux que j'y aille seul. Je t'appellerai pour te tenir au courant.

Il me plante un bref baiser sur le front d'un air déjà lointain. C'est comme si cette conversation n'avait jamais eu lieu ; pouf ! jetée aux oubliettes.

Je le regarde s'éloigner, m'efforçant de ne pas le prendre trop personnellement. C'est logique qu'il préfère voir sa fille en tête à tête. C'est son père, après tout. Je songe à leur complicité. Ce cordon invisible qui les relie comme une rivière, cette compréhension presque innée qu'ils ont l'un de l'autre. J'ai l'impression que même s'ils ne parlent pas beaucoup de leurs sentiments, ils sont à l'unisson. Ils semblent toujours anticiper leurs besoins respectifs ; c'est instinctif. De petites choses. Une tasse de thé, un DVD soigneusement sélectionné. Une promenade spontanée sur la plage, une soirée tranquille à la maison. J'ai tenté de prédire ces petits rituels, mais leur survenue est imprévisible et ne suit aucun schéma prédéfini.

Alex marche d'un pas rapide, et bientôt il ne représente plus qu'un point dans mon champ de vision, avant de disparaître complètement. Voilà qui ne fait que confirmer mes doutes. Il ne me fait pas confiance, pas comme il aurait fait confiance à la vraie mère de sa fille. Une vague de tristesse me balaie. Ces derniers jours nous ont mis à rude épreuve ; ils ont mis à nu les fragilités de notre noyau familial. Et plus que jamais, j'ai l'impression que tout ce que nous avons bâti ensemble est ténu et menace dangereusement de s'écrouler.

ALEX

Septembre 2017

Les rideaux bleus sont tirés tout autour de l'espace cubique où se trouve le lit de Jade. À mon approche, les sanglots étouffés de ma fille me parviennent. Elle est étendue sur le flanc, le visage enfoui dans son oreiller, les épaules secouées par ses larmes, s'efforçant de réprimer son chagrin. Je me revois soudain neuf ans plus tôt… face à une gamine de cinq ans qui pleure sa maman. Je ne l'ai pas vue dans cet état depuis le décès de Heather.

Je m'assieds à son chevet et pose la main sur sa nuque, que je caresse tendrement pour la consoler. Elle ne sursaute pas. Elle a conscience de ma présence, mais il lui faut encore une bonne minute avant de relever la tête pour regarder dans ma direction. Ses yeux sont rouges et bouffis de larmes. À son expression, je devine qu'elle oscille entre l'envie de me prendre dans ses bras et celle de me repousser. Une hésitation que j'ai observée chez elle à maintes reprises au cours de cette année, depuis que ses hormones la travaillent. Je déplace ma main jusqu'à son épaule et la serre légèrement pour lui indiquer mon soutien.

— Mon cœur. Qu'est-ce qui ne va pas ?

Elle se mure dans le silence, le visage renfrogné, tâchant de contenir ses larmes.

— C'est à cause du feu ? C'est ce dont on a parlé la dernière fois ? À propos de l'homme ?

Je lui ai fait revivre la scène alors qu'elle n'était pas encore prête. C'est exactement ce que je voulais éviter.

Jade secoue la tête avec un soupir fébrile.

— Tu peux pas comprendre, finit-elle par lâcher. Tu vas dire que je suis bête, alors c'est pas la peine.

— Mais non. (Je me creuse la mémoire. Est-ce que ça m'est déjà arrivé de dédaigner ses émotions ? Je ne pense pas lui avoir un jour dit qu'elle était stupide.) Si c'est important pour toi, alors ça l'est pour moi aussi.

Jade lève les yeux au ciel ; elle cède peu à peu, je le sens.

— C'est ce que tu dis, mais…

Elle s'interrompt et pose les yeux sur son portable, qui vibre sur la table de chevet. Elle tend le bras dans une grimace de douleur, oubliant un instant ses blessures. Le temps qu'elle se ressaisisse et s'empare de son appareil avec plus de précautions, j'ai pu consulter l'écran et lire le début du message. Il vient d'un certain « Jaxon », et le SMS est rédigé dans un langage presque indéchiffrable. *OK BB, Désolé Je C K tu me mentirais pas jai juste eu peur k tu…* La suite ne s'affiche pas, mais ça m'a suffi.

— Jade. Qui t'envoie ce genre de message ?

Elle remue, embarrassée, et puis se renfrogne. Je crains qu'elle ne se rebiffe, mais elle finit par baisser le menton et se frotter les yeux. Elle n'a pas la force de se disputer.

— C'est rien, c'est juste un mec, dit-elle d'un ton faussement détaché. On bavarde depuis quelques semaines en ligne et puis, tu vois, on avait rendez-vous. Mais quand je lui ai parlé de l'incendie et que je lui ai dit que j'étais à l'hôpital, il m'a pas crue – il a pensé que je mentais parce que je ne voulais plus le rencontrer.

Je m'attends à ce qu'il y ait un coup de théâtre, mais apparemment, l'histoire s'arrête là. J'ai du mal à croire que ce genre de futilités puisse la mettre dans un tel état. Elle connaît à peine ce garçon après tout. J'essaie de me mettre à sa place ; un coup de cœur à cet âge-là peut prendre des proportions démesurées. Mais je pensais avoir encore quelques années devant moi avant de devoir aborder le sujet.

— Jade. Tu as quatorze ans. *Quatorze*. Je sais que tu n'es plus un bébé, mais tu es encore beaucoup trop jeune pour parler avec des inconnus sur les réseaux sociaux et accepter de les rencontrer. Tu ne sais rien de ce garçon ! Tu ne sais même pas à quoi il ressemble. (Elle s'apprête à me contredire et je l'en empêche en élevant la voix.) Je sais que tu crois le contraire. Mais en réalité, tu ignores tout de lui. N'importe qui peut s'approprier la photo d'un ado avec une belle gueule sur le Net. Si ça se trouve, c'est un…

J'hésite à aller plus loin dans mes propos. Ça m'a toujours semblé très difficile de trouver le juste milieu entre la méfiance et la paranoïa. Je ne veux pas que ma fille ait peur de son ombre, et je ne veux pas encore lui ôter l'idée que l'on vit dans un monde bienveillant où le mal n'existe pas. Mais la sécurité avant tout. Je me figure un vieux pervers de soixante ans, le regard lubrique vissé à son écran tandis qu'il écrit un message à ma fille, et ça suffit à me décider.

— Il pourrait s'agir de n'importe qui !

— Tu ne comprends pas ! répète-t-elle.

Elle entrouvre la bouche pour ajouter quelque chose, mais elle se ravise.

— Je pense que si, dis-je. Et ça ne me plaît pas. Je ne sais rien de ce garçon. Peut-être que s'il voulait me rencontrer…

— Toi ? s'écrie-t-elle, les yeux ronds comme des soucoupes. Ça… c'est pas… je vais pas inviter un mec à rencontrer mon père pour notre premier rencard !

— Eh bien, dans ce cas, tu ferais mieux d'arrêter de lui écrire. (Je jette un nouveau coup d'œil à son portable, mais elle détourne l'écran de moi d'un geste protecteur.) Non mais sérieusement ?! Jaxon ? C'est le genre de prénom qu'un quadragénaire s'invente pour avoir l'air cool. Ma main à couper que c'est un pseudo !

— Papa ! marmonne Jade en secouant la tête. Personne ne fait ça.

— Malheureusement, tu te trompes.

Durant un bref instant, je suis tenté de dire le fond de ma pensée. Je songe alors à Natalie, recroquevillée sur un rocher face à moi, articulant ce nom qui m'est étranger. Rachel. Un frisson me parcourt la colonne et la réalité m'accable soudain. Franchement, en quoi ma situation est-elle différente de celle de Jade ? Je suis marié à une femme dont j'ignore tout. Notre relation est fondée sur un mensonge…

Évidemment, tout est une question de motif.

— Je suis très sérieux, Jade. C'est dangereux, surtout quand on considère ce que tu m'as confié ce matin.

Je marque une pause et songe à tout ce que ça implique de désagréable. Ma fille m'a raconté qu'un inconnu l'épiait depuis un moment. Maintenant, j'apprends qu'il y a ce « garçon » qui cherche à se rapprocher d'elle en lui écrivant des messages… C'est dans ce genre de monde qu'on vit maintenant ? Un monde où le danger nous cerne comme de la fumée ? À moins que ce ne soit qu'une simple coïncidence ?

Jade vrille son regard au mien et je devine qu'elle a tiré la même conclusion que moi.

— Papa, tu as tort, je te le promets. Et puis, ça n'aurait aucun sens ! Cet homme ne m'a jamais approchée jusqu'à l'autre soir. S'il voulait me parler, qu'est-ce qui l'empêchait de le faire ? Pourquoi aurait-il perdu son temps à essayer d'arranger un rencard avec moi alors qu'il sait déjà qui je suis et où j'habite ?

— Je ne sais pas… Imagine qu'il ait voulu te prendre par surprise… (Je m'interromps. Inutile d'élaborer des scénarios morbides qui ne feront que lui fiche la frousse.) Il faut que tu te montres raisonnable, Jade.

— Je *suis* raisonnable ! proteste-t-elle.

— Prends ton temps alors. Arrête d'écrire à ce garçon pendant quelques jours, et réfléchis-y. OK ? Tu veux bien faire ça pour moi ?

J'inspire à fond, conscient d'avoir appuyé sur le mauvais bouton – celui qui pousse une ado à se rebeller et à faire l'inverse de ce qu'on lui demande, par simple esprit de contradiction. Mais elle se mordille la lèvre inférieure d'un air songeur. Et au bout de quelques secondes, elle hausse les épaules et hoche la tête.

— OK, dit-elle.

Je n'obtiendrai rien de plus pour le moment. Jade se rembrunit et semble vouloir me parler encore. Mais elle se contente à la place de tendre les bras vers moi.

Elle baisse les yeux comme si elle avait honte de me demander du réconfort. Je l'enlace et la serre fort contre moi dans l'espoir que mon câlin lui transmette ce cocktail complexe d'émotions : amour, protection, mise en garde, réprimande, et tout le reste.

Natalie et moi dînons au restaurant de l'hôtel, au rez-de-chaussée, et nous descendons ensuite deux bouteilles de vin au bar à une vitesse inhabituelle. En d'autres circonstances, j'aurais contemplé mon épouse à la lueur flatteuse des chandelles, les ombres dansant poétiquement sur son visage ; et ce spectacle aurait accaparé toutes mes pensées. J'aurais peut-être même glissé la main sur son genou et me serais faufilé sous la soie de sa jupe avant de lui proposer de regagner notre chambre pour y finir la soirée en toute intimité. En fait, c'est elle qui suggère qu'on monte. À ses paupières alourdies, je devine qu'elle a juste envie de se coucher.

Je lui emboîte le pas en silence dans l'escalier, et je m'étends sur le lit en la regardant se déshabiller devant la fenêtre entrouverte. Sa silhouette se détache contre les lumières de la jetée. Le parfum qu'elle porte si souvent me chatouille les narines ; il me rappelle l'herbe coupée et la pluie. Si je fermais les yeux et qu'elle me rejoignait dans le noir, je la reconnaîtrais à cette odeur. Pas le parfum en soi – je l'ai déjà senti dans certaines boutiques –, mais la réaction chimique sur sa peau. C'est ce genre de détail qui vous trompe et vous donne l'impression de connaître une personne. Mais ce n'est pas parce qu'une chose nous est familière qu'on la connaît. On a tendance à confondre les deux.

Une fois qu'elle s'est endormie, j'essaie de l'imiter, mais impossible de me détendre. Étrangement, j'ai besoin d'être seul. Non que je ne veuille pas être près d'elle, pas vraiment. J'aimerais surtout avoir le choix.

C'est pour cette raison, je crois, que l'idée me vient d'aller faire un tour à la maison. Ce n'est pas un lieu très convivial en ce moment même, mais une sorte d'instinct me pousse à retourner *chez moi*. J'aimerais également récupérer mon ordinateur portable. Je vais en avoir besoin pour travailler à distance. Et il pourrait s'avérer utile à d'autres égards. Mes conversations avec Natalie m'ont laissé dans un état de frustration extrême. Elle ne m'a quasiment rien révélé de son passé, et j'ai un très mauvais pressentiment. Si elle continue à me faire des cachotteries, je vais devoir me débrouiller pour en découvrir davantage en ligne. Ce n'est pas simplement de la curiosité : Jade et moi sommes aussi concernés, et ce n'est pas juste de la part de Natalie de nous tenir à distance.

D'expérience, je sais que je pourrais rester des heures étendu là, tiraillé entre la lourdeur de mes membres et le tourbillon de mes pensées. Ça ne mène nulle part. À pied, je peux rejoindre la maison en une demi-heure et être de retour dans moins de deux heures. Une fois ma décision prise, je me lève et m'habille dans l'obscurité. Je glisse une clé de la chambre dans ma poche et me dirige à pas de loup vers la porte dont je tourne la poignée sans un bruit ; la lumière du couloir s'engouffre dans la pièce. Natalie remue un peu et marmonne dans son sommeil. Puis elle redevient immobile. J'en profite pour me faufiler hors de la chambre. J'enfile le couloir et prends l'ascenseur jusqu'au rez-de-chaussée, puis je sors dans la rue.

Lorsque j'envisage la possibilité que Natalie se réveille en mon absence, j'éprouve une pointe de culpabilité. Puis je me rappelle la note froide qu'elle m'a laissée hier ; elle n'avait pas eu autant de scrupules à m'abandonner dans mon sommeil.

Une demi-heure plus tard, je descends la colline et la maison apparaît. Une fois encore, je suis frappé par l'aspect dépouillé de sa façade calcinée, vision cauchemardesque se détachant contre l'éclairage orangé des lampadaires. Je passe sous le cordon qui délimite le périmètre du sinistre, et je note à quel point l'air est frais à l'intérieur, maintenant que les lieux sont désertés. Par réflexe, j'appuie sur l'interrupteur de l'entrée. Quel idiot !

Je sors mon portable de ma poche et active le mode torche avant de progresser vers le salon. Le mince faisceau de lumière rebondit faiblement sur les murs, faisant brièvement apparaître les fissures et les lézardes. Ça me rappelle un téléfilm : la police pénétrant sur la scène d'un crime, explorant et fouillant les lieux pour finalement y découvrir un cadavre atrocement mutilé.

Ressaisis-toi, crétin.

Maintenant que je suis là, le sentiment qui me poussait à revenir me paraît déplacé. Ce n'est plus chez moi – ce n'en est plus qu'une grotesque parodie incapable de m'offrir le réconfort dont j'ai besoin.

Je me rends dans notre chambre pour y récupérer mon ordinateur et le déniche au pied du lit, où je l'avais rangé. Je m'assieds en tailleur et, le souffle suspendu, j'appuie sur le bouton démarrer. Je lâche un soupir de soulagement lorsqu'il s'allume. Notre wi-fi ne fonctionne plus mais lorsque je clique sur les réseaux disponibles, celui du pub du bout de la rue s'affiche.

Il est à portée d'ici, du coup je m'y connecte et j'ouvre le moteur de recherche Internet. Je commence à tâtons, un peu défaitiste. Je tape les noms Rachel et Sadie, auxquels j'ajoute le terme « sœurs », ce qui ne donne rien si ce n'est quelques adresses de sites pornos amateurs. Je précise alors le nom de l'homme qui figure sur la photo de Natalie, en essayant différentes orthographes : Cas, Kaz, Kas. Toujours rien. Je passe en revue les résultats de recherches, et les mots commencent à se brouiller sous mes yeux.

Soudain, un détail me revient. Natalie a évoqué une boîte de nuit. D'après elle, le type de la photo gérait un club de quartier ; le problème, c'est que j'ignore de quel quartier il s'agit, et c'est en partie ça qui freine mes recherches. Quelque chose me triture et je sors la photo de ma poche pour la placer à la lumière de l'écran. Un miroir court le long du mur derrière le comptoir où Kas et Sadie sont assis et j'y vois le reflet d'un logo, peint sur le mur opposé. Les lettres sont floues et à l'envers, mais j'arrive tout de même à les déchiffrer : KASPAR'S.

Électrisé, je poursuis mes recherches. Tout d'abord, je ne trouve rien, mais tandis que défilent les pages de résultats interminables, je relève un lien YouTube. La vidéo s'intitule « Promo – Club Blackout (ancien Kaspar's) ».

Je clique sur le lien et lance la vidéo. Plutôt ordinaire, elle fait la promotion d'un bar. Des photos d'une piste de danse éclairée par des spots sur fond de musique électro, des clients très légèrement vêtus, des rangées de bouteilles derrière un comptoir et des slogans lumineux qui clignotent – TA PROCHAINE GROSSE SOIRÉE, LA DESTINATION NUMÉRO UN DE CAMDEN.

Sous la vidéo, le descriptif m'apprend que c'est ouvert sept jours par semaine – soirées R&B, House, underground trance – sur les lieux du célèbre club des années 1990 Kaspar's. Je relis ces informations à plusieurs reprises, tâchant d'en tirer quelque chose, mais même si je sens que je chauffe, ça ne m'apprend rien de très concret.

Je fais défiler la page et je découvre que la vidéo a suscité quatre-vingt-dix-huit commentaires. La plupart sont des verdicts stupides sur le club : *De la balle* ; *J'ai passé une nuit de ouf là-bas vendredi* ; *C'est de la merde, n'y allez pas*. Mais vers le bas de la page s'affiche un commentaire rédigé environ dix-huit mois plus tôt par un utilisateur du nom de LeonR : *Quelqu'un sait ce que KK est devenu ??*

Un petit message en dessous m'apprend qu'il y a cinq réponses à cette question. Je m'empresse de cliquer dessus pour les faire apparaître.

Jaz : *Toujours en taule mec*
LeonR : *Où ça ?*
Jaz : *Belmarsh je crois*
DJW : *Il va pas sortir de sitôt mec lol. Le club était pépite à cette époque en tout cas*
LeonR : *Merci*

Une fois encore, ça ne prouve rien. Natalie ne m'a pas renseigné sur le nom de famille de Kas. Pourtant, une boule à la gorge et une bouffée de sueur froide m'indiquent que je suis sur la bonne piste. Je retourne sur la page d'accueil du moteur de recherche et je tape « Kaspar Camden ». Étonnamment, peu de résultats apparaissent – un site Web inactif qui indique simplement que le nom de domaine est désormais disponible, quelques commentaires désuets sur un forum… Toutefois, je déniche un article succinct et cryptique où on annonce, au nom du propriétaire du club, Kaspar Kashani, la fermeture de la boîte de nuit en 2000.

KK. Il n'y a pas de photo mais tout colle. Si ce que j'ai lu sur YouTube est vrai, alors Kas est en prison, et depuis un sacré bout de temps. J'ignore si Natalie est au courant de cette information, ni même si ça a un lien quelconque avec son propre passé. Je pourrais lui poser la question, mais mon petit doigt me dit qu'elle risquerait de se refermer comme une huître, et je ne suis pas sûr de vouloir la pousser dans ses retranchements.

Ma rêverie s'interrompt brutalement ; mon attention passe de l'écran à l'obscurité de la chambre. Je suis sur le qui-vive. Dans une vieille maison, il y a toujours des bruits : les tuyaux qui sifflent, le plancher qui travaille. La maison qui se parle à elle-même, comme on disait quand j'étais petit. Mais accroupi dans le noir au beau milieu de ces murs à moitié en ruine, ça me semble moins charmant.

Je tends l'oreille, à l'affût du moindre bruit. Je perçois effectivement des craquements, mais ils n'ont rien à voir avec les réajustements internes des fondations. Le son est plus lent, plus délibéré. Comme des bruits de pas sur le parquet du rez-de-chaussée. Quelqu'un qui se déplacerait discrètement.

Je rabats lentement l'écran de l'ordinateur, le cale sous mon bras et me lève. Je m'approche du seuil de la chambre, tâchant toujours de déterminer l'origine des sons. Un bourdonnement résonne dans mes oreilles, le début d'une montée de panique, ce qui m'empêche de distinguer le reste. Pendant dix bonnes secondes, j'ai l'impression que les craquements ont cessé. Je commence à me détendre tout en me maudissant d'être si parano, quand soudain ça reprend : des légers cognements sur le plancher suivis d'un grattement lent, à croire qu'on traîne une table ou une étagère sur le parquet. Quelques secondes plus tard, un cliquetis étouffé, comme si un objet était tombé par terre.

Je prends une inspiration lente et saccadé, conscient de ma stupidité : venir dans une maison sinistrée à la nuit tombée, un endroit qui a déjà été l'objet d'une menace. Je ne suis qu'un putain d'imbécile. Et si je meurs ici cette nuit, c'est la dernière pensée cohérente qui me sera venue. Je sonde l'obscurité du couloir, tâchant de rassembler mes esprits. Si je reste planqué là, l'individu qui rôde en bas risque de finir par monter. Alors, je serai coincé. Au mieux, il s'agit d'un cambrioleur ordinaire, voire d'un squatteur à la recherche d'un abri pour la nuit. Dans ce cas, ce sera facile de le faire fuir ; en outre, j'ai l'avantage de la surprise.

Avant de changer d'avis, je m'élance vers la cage d'escalier.

— Dégagez de chez moi ! je hurle.

La maison est silencieuse. Aucune réaction. L'écho de ma voix résonne à travers les murs, et je me sens totalement ridicule. J'ai vu un nombre incalculable de reconstitutions d'agressions et d'effractions à la télé, et je me suis toujours demandé pourquoi les victimes ne criaient pas. Quand on est en danger, on réagit, non ? On fait en sorte d'attirer l'attention du voisinage, de faire savoir qu'on a besoin d'aide. Mais maintenant, je comprends mieux. On nous conditionne à dédramatiser. En ce moment même, je n'arrive pas à me convaincre que je suis dans une situation de danger imminent et à l'instant où ces mots jaillissent de mes lèvres, j'ai presque honte.

Je dévale les escaliers et j'emprunte le couloir qui mène à la cuisine sans penser à allumer la lampe de mon téléphone. Ici, la lumière des lampadaires de la rue ne passe pas, et l'obscurité est encore plus dense qu'à l'étage. Mes yeux mettent quelques secondes à accommoder avant que les contours de la pièce ne prennent une forme familière. Durant ce bref laps de temps, je ne suis plus sûr de ce que je vois – l'ombre que je sens se déplacer dans l'obscurité est-elle bien réelle ? À moins que ce ne soient mes nerfs qui me jouent des tours… Le temps que ma vision s'adapte, l'ombre a disparu. Le trou béant laissé par la porte arrière est vide. Je sors. L'air frais me pique la peau. Personne alentour. Mais une drôle de sensation m'habite. Une sorte de tension ; comme si l'air retenait son souffle.

De retour à l'hôtel, je parviens à dormir quelques heures par intermittence, me forçant à ne penser à rien. Chaque fois que je me réveille, je tourne la tête vers Natalie pour la contempler, mais elle demeure résolument inerte, les yeux fermés, les paupières immobiles, sereine dans son sommeil. Comme un môme, je me surprends à l'enlacer par la taille pour me blottir contre elle et sentir le rythme régulier de son souffle.

Il est presque 8 heures du matin lorsque je tends un bras vers la table de chevet pour saisir mon portable. Il est en mode silencieux et je constate que j'ai reçu un appel en absence. L'écran affiche un nouveau message vocal. C'est James. *J'ai appris la nouvelle. Aucun problème si tu as besoin de quelques jours pour gérer la situation après l'incendie, Alex. Tiens-nous au courant.* J'hésite, puis je lui envoie un e-mail laconique dans lequel je lui dis que j'apprécie son soutien et que je serai bientôt de retour.

Déchargé de ce fardeau, je repense à ce que j'ai découvert hier soir. Une fois encore, j'envisage d'interroger Natalie sur Kas et sa peine de prison, mais je ne suis pas certain de moi, en grande partie parce que je redoute qu'elle me cache la vérité. Il y a quelques jours encore, je ne l'aurais jamais crue capable de me mentir, mais les choses ont changé. Dans le fond, j'ai l'intime conviction que si je veux en apprendre davantage sur Kas et son rapport à ma femme, je vais devoir me débrouiller tout seul, quitte à galérer. Mais plus j'y pense, plus je me dis que ce n'est peut-être pas si compliqué que ça. Si les commentaires que j'ai lus sous la vidéo YouTube sont corrects, je sais précisément où cet homme se trouve. Je n'ai jamais rendu visite à personne en prison, mais il doit bien y avoir une procédure.

— Alex ?

Je sursaute. La voix de Natalie est très proche de mon oreille. Je tourne la tête. Elle est étendue derrière moi, appuyée sur un coude, parfaitement réveillée.

— Bonjour, dis-je. Qu'est-ce qu'il y a ?

Elle hausse les épaules et roule sur le dos en passant les mains dans sa longue chevelure brune.

— Je ne sais pas. J'ai dû rêver. J'ai cru que tu me parlais.

Ses doigts glissent dans ses cheveux en les peignant de la racine jusqu'aux pointes.

— Tu te teins les cheveux ?

Elle se fige en plein geste, un léger sourire aux lèvres.

— Oui. Comme beaucoup de femmes.

— Je sais.

Malgré tout, je suis bêtement offusqué. J'ai toujours aimé la chevelure de Natalie, son châtain tirant sur le brun, le dégradé parfait de couleurs. Trop parfait, peut-être.

— Ça t'ennuie ? demande-t-elle.

Le drap glisse de son épaule, révélant les courbes de ses seins, la pointe érigée de ses tétons.

— Non…

— Tout le reste est naturel, me rassure-t-elle à mi-voix. Au cas où tu te poserais la question.

Une seconde plus tard, je la serre dans mes bras et ses cuisses s'écartent pour s'enrouler autour de mon bassin. Sa bouche chaude se colle sur mon cou et elle me mordille la peau.

— Je sais que rien ne va en ce moment, dit-elle, mais j'en ai vraiment envie. Pas toi ?

Je lâche un grognement affirmatif, mais tandis que je l'embrasse et fais courir mes mains sur son dos, savourant le contact soyeux de sa peau contre la mienne, je sens que quelque chose ne va pas. Peut-être que je culpabilise à cause des pensées que je viens de nourrir, du plan que j'échafaude à son insu. Je suis excité, mais mon corps ne reçoit pas le message. C'est une sensation étrange : j'ai dans mes bras cette magnifique créature que j'ai désirée un nombre incalculable de fois, et il ne se passe rien. Elle faufile sa main entre mes jambes et, l'espace d'un instant, je songe même à invoquer un de mes fantasmes pour relancer la machine, mais ça n'est pas juste. Ni pour elle ni pour moi.

Ses mains s'attardent sur moi pendant quelques instants encore. Ses caresses sont douces et audacieuses ; puis, dans un soupir, elle roule sur le côté.

— Tu n'es pas d'humeur.

Elle s'exprime d'un ton léger, toutefois elle détourne le visage de moi, ses épaules se crispent et sa respiration s'entrecoupe.

— Merde, ne pleure pas !

Je me penche vers elle et l'effleure. Ça ne ressemble pas à Natalie. Elle a toujours été très pragmatique en matière de sexe, recourant à l'humour quand les choses vont de travers afin de dissiper le malaise. Elle ne se prend pas la tête et elle aime ça ; c'est un trait de caractère qui m'a toujours séduit chez elle.

— Ça ne veut rien dire, dis-je. Je suis juste stressé, tu comprends ? J'ai plein de problèmes à gérer en ce moment.

Elle renifle et passe la main sur son visage.

— Je sais. Mais quand même, c'est… pas anodin. C'est comme si tu n'avais plus envie de moi. C'est à cause de ce que je t'ai confié. À cause de celle que j'étais avant.

— Je ne…

Je m'interromps. *Je ne sais pas qui tu étais.* Elle s'est si peu livrée à moi.

Mon silence semble augmenter son désespoir. Elle presse les poings contre ses yeux et éclate en sanglots.

— Elle recommence, articule-t-elle. Elle gâche tout sans même être là.

— Qui ça ? je demande, perplexe.

Elle secoue vigoureusement la tête comme pour chasser de son esprit des pensées désagréables.

— Sadie. Ça ne lui a pas suffi de me bousiller la vie une première fois.

Démuni, je lui caresse l'épaule.

— Qu'est-ce qui te fait dire ça ?

Natalie sèche ses larmes et me regarde droit dans les yeux.

— Parce que sa propre vie a toujours été un désastre. Elle va vouloir me gâcher la mienne. Quoi qu'elle soit devenue, je peux te garantir qu'elle s'est arrangée pour tout foutre en l'air. C'est tout ce qu'elle sait faire. Et elle va vouloir m'entraîner avec elle dans sa chute. Tout ça, c'est lié à elle. Je le sais.

— Je vois, dis-je lentement, même si c'est faux.

J'étais parti du principe qu'à ses yeux les menaces dont nous étions victimes provenaient de Kas ou d'un de ses acolytes. Mais apparemment pas.

— Pourquoi ? je demande.

Un voile passe dans son regard.

— Parce qu'elle est jalouse. (Elle redresse le buste et ramène ses genoux contre sa poitrine.) Bon, je ne te demande pas de comprendre, et il est probable que je me trompe de toute façon. Je vais prendre une douche. Ensuite, j'irai peut-être à la banque pour voir s'ils ont reçu ma carte et si je peux retirer un peu de liquide. Tu as besoin de quelque chose tant que j'y suis ?

— Non, ça va, merci.

Je l'observe tandis qu'elle se prépare. Même si j'ai honte de l'admettre, je suis impatient qu'elle s'en aille. J'ai besoin d'être seul pour pouvoir passer un coup de fil à la prison.

À peine est-elle sortie que je me lève et cherche le numéro réservé aux visiteurs du centre de détention de Belmarsh. Une musique d'attente joue en boucle à mon oreille jusqu'à ce qu'une femme manifestement blasée prenne mon appel en me demandant, sans autre préambule, le nom du détenu à qui je souhaite rendre visite.

— Kaspar Kashani.

— Numéro de détention ?

J'hésite.

— Je l'ignore.

— Vous avez un PV ? s'enquiert ensuite la femme. (Comme je ne réponds pas, elle précise.) Un permis de visite.

— Non, dis-je. (Je sens qu'elle est sur le point d'interrompre l'appel.) Écoutez, ça peut sembler inhabituel, je sais, mais est-ce qu'il y a un moyen de lui faire savoir que je cherche à le voir ?

Je l'entends presque hausser les épaules.

— On peut lui transmettre un message, oui. Mais ça dépend de lui. S'il veut bien vous envoyer un permis de visite, on vous recontactera pour convenir d'une date. Laissez-moi vos coordonnées.

Je lui donne mon nom, mon numéro, et mon adresse électronique.

— S'il vous plaît, vous pouvez lui dire qu'il connaissait ma femme, et que j'aimerais lui parler d'elle ? Mon épouse… euh… elle s'appelle Rachel Castelle.

— OK. (Un griffonnement m'indique que la femme consigne ces détails par écrit, du moins je l'espère.) C'est noté. Mais ne comptez pas trop dessus. Je pense que s'il avait voulu vous voir, ce serait déjà fait.

— Non, il n'aurait pas pu parce qu'il n'avait pas mes coordonnées et…

Je parle dans le vide. La femme a raccroché.

Un long soupir m'échappe et je m'efforce de rassembler mes pensées. C'est alors que je remarque l'icône qui est apparue sur l'écran de mon téléphone, m'indiquant la réception d'un nouveau courriel. Surpris, je constate qu'il s'agit d'un message de SRUK. J'ai toujours apprécié la touche de discrétion de SecretRoom, mais aujourd'hui, ça me met mal à l'aise. Je m'en passerais volontiers.

Cali vous a envoyé un nouveau message. Pour le lire, cliquez sur le lien ci-dessous. Comme je l'avais craint, elle a vu que j'étais en ligne hier.

J'ouvre le message. *Tiens. Tu es de retour ?*

C'est tout ce qui est écrit. Rien qu'un petit mot d'une femme avec laquelle j'ai passé des mois à explorer les recoins de mes fantasmes il y a un bail, dans l'espoir sans doute de relancer la machine. Je ne sais même pas pourquoi j'ai pris la peine d'ouvrir ce message. Je suis sur le point de fermer la fenêtre lorsque la petite icône verte se met à clignoter en bas de l'écran.

Cali est en ligne. C'est trop rapide pour être une simple coïncidence. J'ignore s'il existe une fonction qui permette de créer une alerte lorsqu'un des membres est actif, mais c'est la deuxième fois que ça se produit. Réflexion faite, ça s'est toujours passé comme ça. Chaque fois que je voulais lui parler, elle était là. À l'époque, et j'ai honte de l'admettre, ça me semblait totalement normal. La boîte de dialogue s'affiche ; son message est bref et aguicheur. *Tu viens jouer ?*

J'hésite avant de répondre : *Non. Je faisais juste un petit tour.*

Tu me cherchais ?

Peut-être..., je tape. Je suis en panne d'inspiration. Je ne sais pas trop ce que je suis en train de faire.

Tu as disparu pendant un bout de temps. Une pause durant laquelle ni elle ni moi n'écrivons. Puis un simple point d'interrogation : *?*

J'élabore rapidement une réponse : *Je suis marié. Tu le savais ?*

Trois points de suspension apparaissent au bas de l'écran, m'indiquant qu'elle rédige un message qui met du temps à s'afficher. Comme si elle écrivait un mot plus long que d'ordinaire. Ils se figent un instant et disparaissent et je reçois finalement un simple : *Non.*

Je poursuis sur ma lancée : *J'aime ma femme. J'ai décidé que je ne voulais plus lui faire ça.*

Dans le silence qui suit, j'essaie de me mettre à sa place et de songer à la réponse la plus sensée. Je me serais sans doute déconnecté, tout simplement ; je me serais dit que ça ne valait pas la peine de se prendre la tête, qu'il y avait visiblement des complications d'ordre émotionnel et qu'en fin de compte notre histoire n'était basée que sur le sexe et qu'il était donc inutile de chercher les problèmes. Au pire, si j'étais excité et que je me fichais de son ressenti, j'aurais écrit un truc salace sans me soucier de sa situation, un truc pour la chauffer. Les deux scénarios sont plausibles.

Mais Cali n'adopte ni l'un ni l'autre. Au bout d'un moment, un autre message s'affiche : *Parle-moi d'elle.*

Je fixe cette phrase. Sa franchise, sa simplicité. Je ne pense pas qu'elle cherche des détails sexuels. Ce n'est pas comme si elle avait écrit : *Décris-moi ce que tu lui fais, raconte-moi ce que vous faites au lit.* Ça me semble un peu bizarre.

Elle attend ma réponse ; et face à mon silence, son intérêt ne s'amenuise pas, elle ne lâche pas l'affaire. Les points de suspension s'affichent encore, puis un nouveau message apparaît à l'écran : *Je veux tout savoir.*

D'instinct, je ferme la fenêtre de dialogue et me déconnecte du site. Je ne sais pas pourquoi, mais ces quatre mots me dérangent.

Je jette mon téléphone sur le lit et m'approche de la fenêtre pour prendre l'air. La brise marine me fouette le visage lorsque j'ouvre le carreau, et j'inspire à fond ; le sel se pose sur mes lèvres. Accoudé au rebord, je contemple la jetée déserte et compte les rambardes noires qui la flanquent, mon regard passant de l'une à l'autre. C'est une vieille méthode, une manière de me calmer en me focalisant sur une chose simple et futile. Sauf que, cette fois, ça ne marche pas vraiment.

Quelques minutes à peine semblent s'écouler. Mais lorsque mon téléphone se met à sonner, je m'aperçois que ça fait près d'une heure que je suis planté là, à scruter le vide. Je m'en veux soudain ; ce n'est pas en perdant mon temps sur ce genre de site que je vais résoudre quoi que ce soit.

— Allô ?

— Alex Carmichael ? répond une femme. Je vous appelle de la prison de Belmarsh. On s'est parlé tout à l'heure. On dirait que c'est votre jour de chance, dit-elle d'un ton teinté de sarcasme. On a transmis votre message à M. Kashani et il est partant pour que vous veniez lui rendre visite. En l'occurrence, il n'a pas beaucoup de visiteurs et il n'a pas encore utilisé un seul de ses créneaux. Vous voulez caler un horaire ?

— Bon sang. Oui, d'accord.

Je tâche de me concentrer, vaguement conscient d'une sensation de vertige écœurante un peu semblable à celle qu'on éprouve une fois parvenu au sommet d'une montagne russe, quand on sait que le plongeon n'est plus très loin.

— Oui, oui. J'aimerais bien. Le plus tôt sera le mieux, j'imagine.

— C'est possible pour vous cet après-midi ? À 17 heures ?

Malgré ce que je viens de dire, j'éprouve une envie pathétique de fuir la situation. Mais le moment est mal choisi pour me montrer puéril.

— Ça me va.

— Vous pouvez consulter les consignes sur notre site Internet, si vous le souhaitez, réplique la femme. Amusez-vous bien.

Je raccroche et m'étends sur le lit en me frottant le visage. Je ne m'attendais pas à une réponse si rapide, mais le timing fonctionne. Je peux me rendre à l'hôpital pendant les heures de visite et les passer en compagnie de Jade avant de monter à Londres. Un léger mal de crâne prend racine au creux de mes tempes. J'ai le sentiment de m'aventurer sur un terrain qui m'échappe, cependant un vieil adage me vient à l'esprit : soyez proche de vos amis et plus encore de vos ennemis. C'est exactement ce que je fais là – je me rapproche et tâche de me mettre en travers de quiconque tente de détruire ce qui me reste. Je m'en persuade, m'efforçant d'ignorer une autre expression étrangement pertinente ; à savoir que, à force de jouer avec le feu, on finit par se brûler.

Cet après-midi-là, je prends le train en direction de Woolwich, puis je hèle un taxi pour qu'il me dépose devant Belmarsh. La prison s'étend sur plusieurs kilomètres, immense monolithe sombre. Une rangée de petites fenêtres court le long de la façade ; les carreaux sont noirs et vides, empêchant le spectateur extérieur d'imaginer ce qui se trouve à l'intérieur. Je m'attarde quelques instants devant l'entrée. Si seulement je fumais encore, j'aurais un prétexte pour repousser le moment. Une pensée me frappe et je sors mon portefeuille de ma poche – j'en extirpe la photo de Natalie que je conserve toujours sur moi. Elle regarde droit vers l'objectif en riant, devant la mer, en bikini, le visage illuminé par le soleil. J'ai consulté les consignes de visite en ligne et je sais qu'il me sera interdit d'emporter quoi que ce soit dans l'enceinte du centre de détention. Mais je tiens à montrer cette photo à Kas pour jauger sa réaction, qui sera plus éloquente que n'importe quel discours. Ça m'aidera à comprendre le genre de sentiments qu'il nourrit à son égard. Et puis, il y a peut-être une autre raison ; peut-être que je veux me rendre compte à quel point elle a changé.

Je pèse mes options avant de fourrer la photo à plat dans la ceinture de mon pantalon. Je vérifie mon portable et constate qu'il est presque 17 heures. Je range mon portefeuille dans mon manteau et m'avance vers l'entrée.

À peine ai-je franchi les portes blindées qu'un gardien impassible demande à voir ma carte d'identité, me prend en photo et entre les empreintes de mon index dans le système.

— Première fois ? demande-t-il. Laissez vos effets personnels dans un casier. Prenez votre permis de visite avec vous et un peu de monnaie pour le distributeur de boissons, si vous le désirez. C'est tout.

J'acquiesce en vidant mes poches. Le portefeuille bourré de cartes de crédit, une pile de cartes de visite, une paire de boutons de manchettes en or. Je m'attarde sur ces objets comme pour montrer au gardien que je suis un professionnel, mais il m'ignore complètement et je me sens stupide.

— Une livre pour le casier, marmonne-t-il lorsque j'ai terminé.

Et j'échange mes effets contre une petite clé argentée que je glisse dans ma poche.

— Merci, dis-je.

Mon palais est sec et collant.

— Pas de souci.

Le fonctionnaire se gratte le sourcil ; il paraît très jeune, pas plus de vingt-deux ans. Pendant une fraction de seconde, je me demande si c'est un détenu en détention provisoire ou effectuant une peine de réinsertion. Comme s'il avait lu dans mes pensées, il lève brutalement la tête et bombe le torse.

— Marchez jusqu'à l'entrée principale et présentez votre permis de visite. On vous fouillera de nouveau et on vous escortera jusqu'à la salle d'attente.

Il ferme les yeux et me congédie du même coup.

Je sors du centre d'accueil des visiteurs et me dirige vers le grand portail en bois, où je remets mon document et consens à la fouille corporelle. La mécanique implacable du lieu me gagne peu à peu. La porte se referme lourdement derrière moi et je me retrouve dans l'enceinte du centre de détention. L'endroit est étrangement désert et silencieux et mes pas résonnent sur le béton tandis que je m'avance vers la salle d'attente. Deux gardiens en uniforme sont postés à l'entrée, le regard rivé droit devant eux.

— Nous devons vous fouiller, monsieur, me lance l'un d'eux à mon approche. Je vais vous demander de rester droit et d'écarter les bras.

Je me tiens immobile et essaie de penser à autre chose pendant que leurs mains me palpent de haut en bas, insistantes et brutales. Pourvu qu'ils ne trouvent pas la photo que j'ai glissée sous ma ceinture. Heureusement, ils ne s'attardent pas sur cette région de mon corps, limitant leurs recherches aux zones habituelles. Au-delà de l'entrée, j'aperçois une poignée de visiteurs qui patientent dans le couloir sur des chaises en plastique rouge. Parmi eux, une femme avec un enfant en bas âge qui s'agite et gigote sans relâche tout en jouant avec un camion de pompiers qu'il fait courir le long du bras de sa mère. Elle le serre fort pour le canaliser, le regard vrillé à la porte du fond, impatiente. Quelques chaises plus loin, un homme, la vingtaine, assis penché en avant, les mains jointes, les pieds qui tapotent le sol.

— C'est tout droit, m'informent les gardiens en indiquant le couloir. Asseyez-vous et attendez qu'on vous appelle.

Lentement, je m'exécute. Le gamin hurle en me pointant du doigt, ses grands yeux noirs écarquillés. En revanche, les autres visiteurs ne m'accordent même pas un regard.

Je reste assis, immobile, tâchant de réguler mon souffle. L'adrénaline se diffuse dans mes veines. Une odeur de détergent à la menthe verte flotte dans le couloir. Je suis pris d'une légère nausée. Je repère un distributeur non loin de moi ; je me lève et m'en approche en fouillant dans ma poche. Je m'achète une canette de Coca que je vide d'un trait, mais elle ne passe pas bien. Je ne tiens pas en place. Mon cœur bat à l'unisson des coups de pied répétés du jeune homme, chaque battement se répercutant à travers mon corps. Je crispe les poings, essaie de me détendre. Une horloge ronde épurée est accrochée au mur d'en face. Sur une petite table d'angle sont empilés des magazines et des livres de coloriage avec des crayons de couleur. Dans un autre coin, une grande plante verte qui se dresse vers le plafond. J'observe ces objets un à un pour me calmer.

— Alex Carmichael ?

Je sursaute et me dresse d'un bond. Un grand molosse en uniforme m'attend, un sourire crispé aux lèvres.

— Je vais vous accompagner dans une salle privée. Je patienterai devant la porte à l'extérieur pour garder un œil.

Son expression est neutre – impossible de savoir s'il cherche à me mettre en garde ou à me rassurer.

Nous longeons un couloir vert pomme qui me donne le tournis tant la couleur est vive. Nous parvenons à une porte métallique percée d'une fenêtre grillagée. Le gardien s'arrête et me décoche un regard.

— Il est à l'intérieur. Vous avez une heure maximum.

J'ai l'impression de déceler une sorte de sympathie et de perplexité sur son visage, comme s'il se demandait ce que je fichais là à rendre visite à cet homme. La porte s'ouvre et, au centre de la pièce vide, une table en métal apparaît flanquée de part et d'autre de deux chaises. Sur l'une d'elles, Kaspar est assis.

À mon entrée, il lève le regard, l'expression intéressée. Je passe aussitôt son apparence au crible : son visage anguleux aux traits raffinés, sa peau basanée lisse, ses étranges yeux sombres où brille une lueur argentée qui me scrutent. Il porte un débardeur blanc qui met en valeur ses bras musclés. Impossible de ne pas être happé par son curieux magnétisme – il me hérisse les poils du dos.

Je m'assieds en face de lui.

— Merci d'avoir accepté de me voir.

Kaspar hausse nonchalamment les épaules.

— Disons que ma curiosité a été piquée, répond-il d'une voix rauque teintée d'un accent exotique.

L'anglais n'est pas sa langue maternelle et sa manière de s'exprimer est élégante, quoique très légèrement maladroite.

— Je vais aller droit au but, dis-je, refusant de me laisser intimider par cet homme, même si c'est tentant. Le gardien a dû vous dire que je suis marié à une personne que vous connaissiez.

Kaspar incline imperceptiblement la tête.

— Rachel, réplique-t-il d'un ton impénétrable.

— C'est exact. Je ne sais pas à quel point vous étiez proches, ni de quelle nature étaient vos rapports.

Je fais attention à ne pas formuler mes propos sous forme de question pour ne pas le braquer. Je ne voudrais pas qu'il ait l'impression de subir un interrogatoire. D'après mon expérience, les gens ne supportent pas les silences prolongés. Du coup, j'attends dans l'espoir qu'il élabore.

Le silence ne semble pourtant pas déranger Kaspar. Il m'observe sans ciller, les yeux un peu plissés, un sourire narquois aux lèvres. Ses poings sont posés sur la table. C'est comme s'il voulait me faire comprendre à quel point ce serait facile pour lui de me mettre K-O mais qu'il préfère me laisser parler.

— Vous vous demandez probablement ce qui m'amène, finis-je par dire. (Kaspar ne bronche pas. Il n'acquiesce pas plus qu'il ne nie, sans cesser de me dévisager tout du long.) Écoutez, à vrai dire, je ne sais pas tout du passé de ma femme. Mais j'ai comme l'impression que c'était tendu entre vous.

Je brode un peu, mais vu la manière dont Natalie parle de cet homme, je ne peux qu'imaginer le pire.

Kaspar bascule légèrement la tête en arrière sans décrocher son regard de moi, comme s'il tournait les mots dans sa tête.

— Il est peu probable qu'il ait pu en être autrement, commente-t-il. Étant donné les circonstances. Mais toutes ses actions étaient prévisibles. Je n'en attendais pas moins venant d'une femme comme elle.

— C'est-à-dire ? je réplique un peu sèchement.

Il affiche une grimace de mépris.

— Ce n'était pas une personne qui comprenait la vraie nature des choses. Elle avait peu d'imagination. Elle était très différente de sa sœur.

— Sadie, dis-je pour lui prouver que je suis un peu au courant de la situation.

Je suis tenté de protester, de prendre la défense de ma femme, mais je me retiens.

Kaspar hoche la tête.

— En dépit de tous ses défauts, dit-il en marquant une brève pause comme s'il les passait en revue dans sa tête, elle est loyale.

Je note l'emploi du présent, me demandant si c'est significatif. À en croire la manière dont il s'exprime, ils sont toujours en contact et liés d'une manière ou d'une autre. Mais d'un autre côté, dans ce genre d'endroit, le temps s'arrête. Kaspar a sans doute perdu la notion des années depuis le début de sa peine.

— Ma femme est loyale envers ceux qui le méritent.

Kaspar se redresse sur sa chaise, l'air un peu incrédule. Pour la première fois, je le vois m'examiner avec un certain intérêt.

— Pardonnez-moi, mais je ne suis pas certain que vous m'ayez vraiment expliqué la raison de votre venue.

Il s'exprime toujours d'un ton léger, mais je décèle une sorte de menace voilée. Mon sang s'échauffe.

— Je suis ici car j'aimerais comprendre ce qui s'est passé à l'époque, réponds-je en tâchant de ne pas m'emporter, conscient du garde qui patiente derrière la porte.

Kaspar fronce les sourcils ; il incline la tête de côté et se frotte la mâchoire.

— Je ne vois pas en quoi ça peut encore avoir de l'importance aujourd'hui, rétorque-t-il.

— C'est justement ce que j'aimerais découvrir, dis-je, de plus en plus frustré par cette conversation qui, j'en ai conscience, ne se déroule pas sur un pied d'égalité.

En l'absence de preuves l'impliquant dans l'incendie, je préfère n'évoquer ni le feu ni l'homme présent ce soir-là chez nous ; mieux vaut jouer au naïf, partir du principe qu'il n'a aucune dent contre moi.

— Écoutez, on ne se connaît pas, vous et moi. Il n'y a aucune animosité entre nous. (Je m'interromps brièvement pour lui laisser l'occasion de me contredire, mais il se tait.) Je ne demande rien de plus que quelques renseignements sur le passé ; ça ne vous coûte rien. Et tout ce que vous pourrez m'apprendre sera précieux.

Kaspar acquiesce lentement, les yeux vrillés aux miens. Il reprend la parole d'une voix calme, presque apaisante.

— Mon ami, fait-il avec une pointe d'ironie, tout ce que je peux vous dire, c'est que je purge deux peines d'emprisonnement à perpétuité pour meurtre. Je resterai ici jusqu'à ma mort. Tout le monde n'est pas dans une position semblable à la mienne ; cependant tout le monde doit purger sa peine. Même votre épouse.

Mon cœur bat à tout rompre. Le col de ma chemise est trempé. Cette nonchalance avec laquelle il s'exprime me donne des frissons et me laisse entrevoir ce dont il est capable.

— Qu'est-ce que ma femme vient faire dans cette histoire ?

Il hausse les épaules.

— Rien. Tout. Elle n'est pas exempte de conséquences.

Désemparé, je me rends compte qu'il joue avec moi.

— Elle a une nouvelle vie à présent, dis-je, tâchant de nous ramener vers du concret. Elle veut simplement vivre tranquille avec ma fille et moi.

Un long silence s'ensuit avant qu'il ne réponde.

— Je ne saurais imaginer ce qui vous laisse croire que je désire le contraire, réplique-t-il d'un ton songeur. (Il se penche en avant et plonge dans le mien son étrange regard gris argent. Sa chaleur me frôle, son parfum épicé me parvient aux narines.) Ces choses sont tellement insignifiantes à mes yeux maintenant, ajoute-t-il calmement. Ce qui est fait est fait. Votre épouse ne représente plus rien pour moi. Ma vie se résume à cela. (D'un geste, il indique les quatre murs qui l'entourent.) Vous seriez surpris de constater à quelle vitesse tout le reste s'évanouit.

Malgré son expression détachée, le ton trahit une malice indescriptible, ainsi que la proximité qu'il maintient entre nous. Je m'efforce de rester immobile pour ne pas être celui qui s'écarte en premier. Il est d'un calme glaçant. J'avais imaginé un voyou grossier et verbeux, et non pas cet étranger séduisant qui me fait comprendre que chacune de ses paroles est un don qu'il pourrait reprendre à sa guise.

— Dans ce cas, je suis navré de vous avoir fait perdre votre temps, dis-je d'un ton que je voulais sarcastique, sans succès.

Kaspar me dévisage longuement.

— Le temps est une chose dont je ne manque pas, finit-il par dire.

Je m'apprête à me lever mais, à cet instant, je prends conscience de la photo qui s'imprime dans la peau de mon ventre. Je veux qu'il la voie. Il y a une maigre chance que la vue de ma femme provoque chez lui un déclic, qu'elle le pousse à trahir une émotion jusque-là contenue. Je la sors de sa cachette et la tends vers lui.

— J'ai cette photo de Rachel. (Ce nom me paraît étranger.) Voilà à quoi elle ressemble aujourd'hui.

Une étincelle d'intérêt s'allume dans les yeux de Kaspar – pas grand-chose, une brève connexion tandis qu'il s'empare du cliché. Il l'examine avec ardeur pendant une dizaine de secondes – un long instant dans cette pièce et ce silence. Je l'observe, tâchant de lire son expression, qui demeure résolument impénétrable.

Il jette la photo sur la table.

— Il ne me reste plus qu'à vous souhaiter bonne chance, mon ami.

Je récupère le portrait d'un geste brutal. De toute évidence, la conversation est terminée. Il bascule en arrière contre le dossier de sa chaise, et son T-shirt se tend sur les muscles saillants de son ventre. Il fait signe au gardien posté derrière la petite fenêtre. Je crois voir un léger sourire danser sur ses lèvres à cet instant, mais lorsqu'il reporte les yeux sur moi, il s'est volatilisé.

Je me lève.

— Adieu, dis-je en me dirigeant vers la porte.

Le bruit de mes pas résonne à mes oreilles sur le sol lustré. Je réprime l'envie de jeter un dernier regard par-dessus mon épaule.

NATALIE

Septembre 2017

Assise face à Jade, je m'efforce de mettre de côté tout ce que je déteste dans cet endroit : l'odeur d'antiseptique, l'éclairage cru, l'atmosphère de léthargie et de déclin. On regarde le petit écran de télé fixé au-dessus de son lit tout en grignotant le raisin que j'ai apporté. Ça fait près de dix minutes qu'on n'a pas échangé un seul mot. Je croyais qu'Alex allait me rejoindre ici, mais le bus est resté coincé dans les bouchons, et le temps que j'arrive à l'hôpital, il m'a envoyé un message pour me dire qu'il devait partir. Encore le boulot, j'imagine. Du coup, on se retrouve toutes les deux en tête à tête.

Jade est captivée par la télé, et j'en profite pour l'observer. Elle a meilleure mine, je trouve. Le rose lui revient peu à peu aux joues et, dans l'ensemble, son attitude me paraît un peu moins apathique. En fait, si nous étions ailleurs que dans cet hôpital, le seul signe qui m'alerterait que quelque chose ne va pas chez Jade, c'est cette balafre rouge vif qui lui barre la tempe, à la naissance des cheveux. Je suis stupéfiée par la vitesse à laquelle elle récupère. Par cette jeunesse indestructible.

Je m'éclaircis la voix avec hésitation, mais ses yeux restent rivés à l'écran. J'ignore si elle est attentive à ce qu'elle regarde, ou si ce silence la met mal à l'aise. C'est mon cas. *Dis quelque chose*, je songe. N'importe quoi, même si c'est sans intérêt. Pourvu que ça brise la glace.

— J'ai déjà vu ce film, fais-je remarquer. Elle meurt à la fin.

Jade me décoche un regard, mi-amusée, mi-outrée.

— Sérieux ?

— Non. (Je souris, ravie d'avoir attiré son attention.) Je plaisante. Je ne l'ai jamais vu.

Jade pousse un soupir, puis elle attrape la télécommande posée près de sa main et elle éteint la télé.

— Moi si. (Elle roule sur le flanc et s'appuie sur son coude.) Et en effet, elle meurt bien à la fin.

— Sérieux ? (Je l'imite, croyant qu'elle fait à son tour une blague, mais elle hoche la tête, le visage grave.) Oh… Eh bien…

Je me creuse la cervelle à la recherche d'un nouveau sujet de conversation. Discuter avec Jade, c'est imprévisible. Parfois c'est facile et naturel, parfois c'est un calvaire. Si j'en ai toujours eu conscience, ça me frappe aujourd'hui plus que jamais. Il n'y a aucun élément de distraction. Les projecteurs sont braqués sur nous et nous éclairent à fond.

— Tes amis sont venus te rendre visite ? dis-je en indiquant d'un geste la rangée de cartes de vœux près du lit.

Jade hoche la tête.

— Oui. Hier soir. Ils en ont tous bavé avec le contrôle d'histoire hier. Au moins, j'ai pas eu à le faire.

— C'est déjà ça, j'acquiesce.

Je n'arrive pas à savoir si elle est ironique. Apparemment, je n'ai pas la fibre maternelle ; décrypter les humeurs d'une ado, ce n'est pas mon fort. Je ne me rappelle pas vraiment comment j'étais à cette époque. Ce que je ressentais, ce qui me passait par la tête. C'était une autre vie.

— Tu es retournée à la maison ? demande-t-elle, le regard curieux.

— Non... Ton père, oui, mais moi je ne... je n'en vois pas l'intérêt. Pas tant qu'on ne connaît pas précisément l'ampleur des dégâts, les travaux potentiels à prévoir et le temps qu'ils prendront. En attendant, c'est comme si on se retrouvait face à un champ de ruines. (Je marque une pause pour lui permettre d'intervenir, mais elle se tait.) Et puis, je pense que je n'en ai pas très envie. Il y a quelque temps, j'ai lu un article sur une femme qui retourne tous les week-ends à l'endroit où ses parents se sont fait abattre sous ses yeux pour y déposer une gerbe de fleurs, ou bien simplement pour revivre la scène. À l'époque, je me suis demandé à quoi ça servait de faire ça... Et aujourd'hui, ça me semble encore plus dérisoire. Aucune personne sensée ne chercherait à revivre un traumatisme, je me trompe ? Je sais que ce n'est pas comparable à ce qui nous est arrivé. Mais... (Jade m'observe d'un air perplexe ; elle pense sans doute que je délire.) Bref...

— Je pense que tu as raison. Moi non plus je n'ai pas envie d'y retourner. Je ne veux même plus y habiter, même si on la reconstruit. C'est tout... je sais pas. (Elle agite la tête sur son oreiller.) Je trouve pas le mot.

Souillé, je songe sans oser l'exprimer à voix haute.

Elle vrille son regard au mien.

— Papa t'a dit ? Il t'a dit que j'avais déjà vu cet homme, celui qui était dans la maison avant le feu ?

— Oui, il m'en a parlé.

En formulant une question, elle a introduit subrepticement la présence de l'homme sur les lieux. De sorte que quelle que soit ma réponse, je suis obligée de reconnaître ce fait. Je ne sais pas si c'est calculé de sa part, ou si elle est naturellement douée pour ce genre d'embuscade, quoi qu'il en soit, je respecte. En outre, elle a raison. Même si j'ai eu des réticences lorsqu'elle a évoqué la présence d'un intrus la première fois, je sais qu'elle ne s'est pas trompée. En fait, j'en sais plus qu'elle – je sais précisément à quel type d'individu nous avons affaire. Le genre d'homme capable du pire ou presque. L'espèce la plus dangereuse, dans un sens ; ces gens-là ont quelque chose à prouver, comme s'il fallait toujours qu'ils compensent leurs moments de faiblesse. Oui, Dominic Westwood pourrait mettre le feu à une maison. Faire craquer une allumette et s'en aller, tant qu'il n'a pas à en affronter les conséquences.

J'ai la bouche sèche. Jade attend la suite, mais les mots franchissent mes lèvres avec difficulté.

— Tu crois qu'il t'a suivie ?

— Je ne le *crois* pas, s'impatiente-t-elle, extrêmement contrariée qu'on ne la prenne pas au sérieux. Ce n'est pas le genre de truc qu'on invente ! On peut avoir l'impression une ou deux fois de voir quelqu'un et de penser qu'il nous suit alors que c'est rien qu'une coïncidence. Mais pas à ce point. Je l'ai vu, genre, neuf ou dix fois !

— Autant que ça ? Quand ? Qu'est-ce qu'il faisait ?

Jade se gratte la joue, tête baissée. Les larmes lui montent aux yeux.

— Pas grand-chose, dit-elle en prenant sur elle. Parfois, il errait près de la grille de l'école. Il regardait son portable ou un truc dans le genre. Une ou deux fois, je l'ai aperçu dans mon bus. Pareil dans les boutiques où je traîne avec Katie et Sophie. Il ne m'a jamais adressé la parole. Il se contentait de… m'observer. Pas comme un pervers, tu sais. Juste comme ça. Rien de plus. Je sais, ça a l'air stupide.

— Pas du tout.

La colère enfle en moi et, apparemment, elle se reflète sur mon visage. Jade paraît étonnée. Elle tire nerveusement sur son drap.

— Désolée, dis-je. Ce n'est pas juste, hein ? Ce n'est pas normal.

— Pas juste ? répète Jade.

— Pas normal.

J'ignore ce qu'Alex lui a confié, à supposer qu'il lui ait confié quoi que ce soit. Elle ne sait sans doute pas que l'homme dont elle parle est peut-être relié à mon propre passé. En fait, plus j'y réfléchis, et plus je pense qu'il ne lui a rien dit. Autrement, elle se dirait elle aussi que ce n'est pas juste. Elle se poserait la question qui, j'en suis sûre, tourne en boucle dans la tête d'Alex : pourquoi elle ? Si cet homme m'en veut personnellement, pourquoi est-ce qu'il s'en prend à Jade ? J'ai une théorie, évidemment. C'est parce qu'elle est une cible facile. Une jeune fille naïve qui pourrait devenir l'arme idéale, dans certaines circonstances. C'est une discussion que je pourrais avoir avec Alex, mais pas avec elle. Je ne veux pas la terroriser et la rendre parano.

— Bref, reprend Jade d'une voix maintenant détachée. (Je sens qu'elle regrette de m'avoir laissée entrevoir sa vulnérabilité. Ça ne s'inscrit pas dans notre schéma relationnel. On s'entend bien, mais elle me tient à distance.) La police va s'en occuper, non ? S'il y a effectivement un type chelou qui cherche à foutre le feu à ma maison et à me tuer, il va y avoir une enquête.

Maintenant que le drame des derniers jours s'est tassé, Jade ne peut imaginer un monde dans lequel la justice ne l'emporterait pas. Elle se figure la police comme un ange vengeur prêt à bondir pour prendre sa défense au moindre danger. Elle ne se rend pas compte de la réalité.

Par réflexe, je me penche vers le lit et lui prends la main. Elle se crispe un instant, mais elle ne se dérobe pas.

— Je comprends ce que tu ressens. J'ai été plus chanceuse que toi, mais j'étais présente au moment de l'incendie. On a traversé cette épreuve ensemble, et on est les deux seules à savoir ce que ça fait. C'était horrible, mais dans un sens, ça nous a rapprochées, non ? Tu ne penses pas ?

Je lui serre la main, un peu trop fort peut-être. Le souffle suspendu, j'attends qu'elle me réponde. Et j'ai vraiment envie qu'elle aille dans mon sens.

— Oui oui, dit-elle, le regard inexpressif.

Ce soir-là, Alex et moi optons pour le service de chambre à l'hôtel. Les plateaux arrivent couverts d'une cloche en argent, flanqués de serviettes pliées de manière très élaborée, quoique les plats qu'ils dissimulent soient rudimentaires. L'employé dépose les plateaux sur la petite table avec cérémonie avant de se retirer sans un mot. Je tire une chaise et m'assieds. Puis j'adresse un petit sourire timide à Alex en soulevant les couvercles dans un grand geste théâtral.

— Et ce soir, dis-je en français avec un accent anglais très prononcé, au menu nous avons du filet de carrelet avec des pommes frites. Vous allez vous régaler, monsieur…

Alex lâche un petit rire sans chaleur. Il s'installe face à moi et entame son assiette. Il enfourne les bouchées les unes après les autres à un rythme soutenu, savourant à peine la nourriture. Au bout de quelques minutes, il s'aperçoit que je l'observe et hausse les épaules.

— Désolé. J'ai très faim. Je n'ai pas vraiment déjeuné.

J'acquiesce vaguement, mais une bouffée d'angoisse m'envahit. Ce n'est pas la soirée que j'avais imaginée. J'espérais qu'on pourrait chasser toutes nos contrariétés pendant une heure ou deux, et nous retrouver vraiment, lui et moi, comme avant. Malheureusement, dans la configuration actuelle, tout joue contre moi. Je balaie la pièce du regard. Les murs blancs stériles, les meubles sans âme. Dormir à l'hôtel, ça va quand on sait qu'on peut retourner chez soi à un moment donné.

— Tu es allé à l'agence cet après-midi ? Ça s'est bien passé ?

Alex a fini de saccager son poisson et ses frites ; il observe son assiette d'un air mécontent.

Il hoche lentement la tête.

— Très bien. Gav voulait me consulter sur une campagne qu'il doit bientôt présenter et…

Il laisse sa phrase en suspens. Un silence s'installe entre nous et il inspire bruyamment, glisse sa main dans ses cheveux et se gratte le cou.

— Non, avoue-t-il. Je ne suis pas allé à l'agence.

Un jet de bile me remonte dans la gorge.

— Comment ça ? Tu étais où alors ?

En temps normal, j'aurais posé cette question en prenant soin d'adopter un ton léger et non menaçant. Mais là, c'est le cadet de mes soucis. Une pensée me traverse. Je redoute un instant qu'il ne m'avoue avoir été avec une autre femme. Mais il s'agit d'Alex. Jamais il ne me ferait ça. Alors pourquoi mentir ?

Il me regarde droit dans les yeux, l'air quelque peu contrit. Pourtant, lorsqu'il reprend la parole, il s'exprime d'une voix pleine de défi.

— Tu ne voulais pas me parler. Tu me balances tout ça en pleine tronche, le fait que tu as changé d'identité et recommencé ta vie à zéro, que tu as une sœur dont j'ignorais jusqu'à l'existence, et tu tournes autour du pot, évoquant un truc qui se serait passé il y a des années, mais tu n'as rien voulu me confier de concret. Qu'est-ce que tu crois que ça me fait ? Ma fille est à l'hôpital, ma maison n'est plus qu'un tas de cendres, et si je comprends bien, ce serait à cause de toi ?

Un petit cri m'échappe. C'est la première fois que je ressens autant de haine dans son discours.

— Je suis désolée… J'allais te parler… Je te dirai tout. Mais ce n'est pas facile, après toutes ces années…

— Je sais, m'interrompt-il d'une voix radoucie. (La colère s'est volatilisée de son regard.) Écoute, j'essaie de t'expliquer ce qui m'a poussé à faire ce que j'ai fait aujourd'hui. J'ai cru devoir prendre le taureau par les cornes. J'ai effectué quelques recherches sur Internet, et j'ai trouvé des renseignements sur l'homme dont tu m'as parlé – ce Kaspar. J'ai découvert où il se trouvait, et je lui ai rendu visite.

Il m'apprend ça avec une telle simplicité que je mets quelques instants à prendre conscience de ce que ça implique. Mon corps réagit plus vite que mon esprit. Les battements de mon cœur se précipitent, mes poings se crispent.

— Tu lui as rendu visite… ?

La réalité me rattrape. Je fixe Alex – mon époux – et c'est comme si cet autre visage s'imprimait un instant sur le sien. Mon mari s'est trouvé dans la même pièce que Kas, aujourd'hui. Je suis prise de nausée.

— Qu'est-ce qui t'est passé par la tête ?!

C'est à mon tour d'être en colère. Je ne sais pas exactement pourquoi. Mais une vague de rage m'inonde. Je suis incrédule.

— Comment tu as pu faire une chose pareille ? Comment tu as pu être aussi con ?!

Alex repousse sa chaise et me foudroie du regard.

— Je cherche à protéger ma famille, Natalie. Jade et toi. Comment est-ce que je peux le faire si je n'ai pas la moindre foutue idée de ce qui se passe ? J'avais besoin de réponses et tu ne voulais pas m'en donner !

— Alors, tu les as obtenues tes putain de réponses ? je rétorque. Qu'est-ce qu'il t'a dit ?

Rien que d'imaginer leur conversation, mon cerveau menace d'imploser. Je ne veux rien savoir. Je refuse que mon mari approche Kas. D'un autre côté, j'aimerais entendre tout ce qu'ils se sont dit dans les moindres détails.

— Tu les as eues, tes réponses ?

Penaud, il baisse la tête.

— Pas vraiment.

— Quelle putain de surprise !

Je me lève d'un bond et me dirige vers la fenêtre. Je crève soudain de chaud et j'ai l'impression d'étouffer. J'ouvre le carreau et inspire l'air extérieur à fond dans l'espoir que la brise marine m'éclaircisse les idées.

— Kas n'est pas le genre de mec que tu… vas voir comme ça, sur un coup de tête. Tu risques de nous avoir mis encore plus dans le pétrin. C'est un fou… Un meurtrier.

— Maintenant, je le sais. Mais je n'en aurais jamais rien su si j'étais resté les bras croisés !

Je lui réponds par un silence, les yeux vrillés à l'obscurité de la mer. Je devine le reflet d'Alex dans mon dos, sa silhouette qui se tient juste derrière moi, si proche que son parfum me titille.

— Je comprends ton point de vue, mais je pense que tu as commis une grave erreur.

J'ai une énorme boule dans la gorge et je suis à deux doigts de fondre en larmes.

— Tu savais qu'il était en prison, n'est-ce pas ?

Je songe un instant à le nier, mais je me ravise. Tout ça n'a plus d'importance.

— Bien sûr que oui.

Je pivote face à lui et bascule la tête contre le mur. Les souvenirs m'assaillent. Le bois lustré du tribunal, l'éclairage étrangement orangé. Le visage des jurés, neutre et inexpressif, presque comme s'ils s'ennuyaient. Et Kas, à la barre des témoins, irradiant la colère, détachant chacun de ses mots avec une haine contenue.

— J'ai aidé la police à le condamner.

QUATRIÈME PARTIE

RACHEL

Janvier 2000

Elle se tient à quelques mètres à peine, à l'entrée du quai, mais elle a l'impression d'observer la scène à distance, derrière une vitre ou un écran. Comme si elle n'avait rien à voir avec tout ça. Elle est présente au moment fatidique, voilà tout. Elle voit Sadie s'élancer vers la femme à l'imper framboise. Des bribes de discussion lui parviennent. Elle écoute, elle regarde, elle assiste à la dispute tout en restant étrangement détachée de tout. L'air frais traverse ses collants trop fins, et c'est la seule chose dont elle est consciente à cet instant précis. Le froid. Si seulement elle était ailleurs…

Et puis, l'impensable se produit. Et leur vie à toutes bascule de manière irréversible.

Sa sœur se jette sur Melanie toutes griffes dehors. Celle-ci ne se laisse pas faire et tire Sadie par les cheveux. En déséquilibre sur ses talons aiguilles, elle se rapproche dangereusement de la voie. Tout se passe si vite que Rachel reste paralysée. La situation a dégénéré d'un seul coup. Son attention se détourne alors, attirée par une lumière qui surgit du tunnel ; elle cligne des yeux pour en déterminer la source. Un train approche à grande vitesse.

C'est un moment décisif. L'instant ou jamais pour elle d'intervenir et de les avertir. Elle sait que ça suffirait. Ça suffirait à capter l'attention des deux femmes, qui se retourneraient vers elle. Ça suffirait à les faire s'éloigner de la voie. C'est évident.

Mais ces quelques secondes lui laissent aussi le temps de prendre conscience d'une chose : ce qui risque de se produire aurait le pouvoir de tout changer. C'est son plus grand souhait, non ? Qu'un puissant heurt stoppe sa sœur sur sa lancée et mette un terme à la course folle qu'elle poursuit depuis des années, peu importe l'impact ? Des flash-backs des dernières années défilent dans sa tête – la vie en dents de scie que mène Sadie et sur laquelle elle entraîne Rachel malgré elle. Et un désir accablant la submerge : celui de mettre fin à tout ça.

Du coup, elle ne fait rien. Rien du tout. Elle se contente d'observer.

Rétrospectivement, elle reconstituera la scène à laquelle elle a assisté et elle sera en mesure de dire… si sa sœur a brandi la main pour se défendre ou attaquer, si le coup qu'elle assène est calculé ou si c'est un simple réflexe. Mais pour l'instant, elle n'a pas assez de recul pour juger. Elle voit le geste et son résultat ; elle voit la femme trébucher, tomber à genoux, basculer en avant et, comme au ralenti, chuter sur la voie, pile à l'instant où les phares jaillissent du tunnel – une lumière d'une violence aveuglante. Puis l'impact, les crissements du freinage survenu trop tard, et le cri. Elle ne sait pas trop qui a hurlé, n'en sera jamais certaine. Un cri perçant quasi animal qui la ramène violemment à la réalité – comme si on la tirait par les cheveux pour la sortir de force de son lit alors qu'elle dormait à poings fermés.

Il est presque minuit mais la rame est à moitié remplie et les passagers s'agglutinent aux portières, le visage inquiet ; ils appuient avec insistance sur le bouton d'ouverture, sans succès, s'interrogeant les uns les autres pour tâcher de comprendre ce qui se passe. Le conducteur s'élance dans leur direction le long du quai. Il n'est qu'à quelques voitures d'elles, et Rachel prend conscience qu'il a dû rouler sur la femme au moment de freiner, qu'un corps ne peut pas stopper à lui seul un train sur sa lancée. Il ne met sans doute pas plus de dix secondes à les rejoindre, mais elle a l'impression qu'une éternité s'écoule, et durant ce laps de temps, elle porte les yeux sur sa sœur pour la première fois. Sadie a le visage livide. Ses yeux sont écarquillés et clignent de manière saccadée. Le choc rend son expression indéchiffrable. Elle implore Rachel du regard.

Le conducteur surgit devant elles. Un petit homme bedonnant, les cheveux gris, la cinquantaine, vêtu d'un uniforme bleu marine. Malgré le froid, il transpire à grosses gouttes. Son front ruisselle de sueur et son col s'en imprègne.

— Mon Dieu ! s'écrie-t-il d'une voix éraillée.

Sadie pivote sur elle-même et le dévisage ; à présent, elle pleure, elle peine à respirer.

— C'est un accident ! hurle-t-elle. C'est un accident !

Elle croise ses bras frêles autour de son buste comme pour empêcher son corps de s'affaisser. Elle s'approche de Rachel et se blottit contre elle ; et Rachel se retrouve à l'enlacer comme pour la réconforter. Oui peut-être pour la réconforter. Elle a du mal à le dire.

— J'appelle la police, dit le conducteur.

Les mains tremblantes, il sort son téléphone de sa poche et compose le numéro d'urgence en s'éloignant du quai. Il s'exprime alors à mi-voix, visiblement bouleversé.

Sadie s'écarte, les doigts imprimés dans le bras de Rachel, qu'elle refuse de lâcher.

— On ferait mieux de s'en aller.

Rachel n'en revient pas.

— On ne peut pas faire ça. Il faut qu'on reste. On va devoir parler à la police, faire une déposition. On ne peut pas s'en aller comme ça !

— Mais c'était un accident ! gémit Sadie. Je ne l'ai pas fait exprès… Je ne… (Elle s'avachit brutalement et balaie les lieux du regard.) Il faut que je m'asseye.

C'est déjà mieux que de s'enfuir, songe Rachel. Elle s'assied à côté de sa sœur sur le quai et passe un bras timide autour de ses épaules. Le béton est lisse et froid, couvert d'une fine pellicule de glace. En s'asseyant, elle remarque le sang. Les éclaboussures sur le côté de la voie, la mare sur le quai à un mètre d'elle. Elle n'est pas sûre que Sadie l'ait vu, et elle se penche en avant pour lui bloquer la vue et la ménager. Elle se surprend elle-même par son sang-froid et sa capacité à gérer la situation.

Sa sœur marmonne, le visage enfoui dans les genoux, les épaules tremblantes. Rachel la secoue doucement pour ramener son attention à l'instant présent, et Sadie lève la tête et répète d'une voix plus distincte :

— Il va me tuer.

Un silence étrange se fait. Rachel se répète mentalement la phrase.

— Comment ça ?

— Kas, précise Sadie. Tu ne peux pas comprendre. Tu ne le connais pas. Il va me tuer.

Elle a séché ses larmes et son intonation a changé. Elle est terrorisée.

— Mais c'était un accident. C'est toi-même qui l'as dit.

— Peu importe, rétorque Sadie. Tu ne le connais pas. Tu ne sais pas ce qu'il a fait. (Les mots jaillissent à présent de sa bouche comme si on avait levé un barrage.) Il a déjà tué deux personnes – à ma connaissance –, deux hommes, George et Felix, des gens qui avaient travaillé avec lui ou pour lui, je ne sais pas, je ne connais même pas ses raisons, je crois que c'était simplement pour qu'ils servent d'exemple, pour montrer qu'on ne se paie pas sa tête et qu'il n'a peur de personne. Je l'ai vu, je l'ai vu de mes yeux !

— Tu l'as vu, répète Rachel.

Ce déferlement d'informations la chamboule. La tête lui tourne un peu. Elle s'est toujours doutée que sa sœur lui faisait des cachotteries, mais pas à ce point. Elle peine à s'imprégner des aveux de Sadie. Les images qui lui viennent sont burlesques, presque comiques : Kas braquant un revolver, un rictus de gangster aux lèvres, sa sœur épiant la scène tapissée dans un coin, morte de trouille, ou l'observant avec froideur et approbation. Ça n'a aucun sens.

Sadie chasse vainement les larmes de son visage. Ses joues sont maculées de mascara.

— Je l'aime vraiment, mais c'est un… (Elle marque une pause comme si elle prononçait d'abord le mot dans sa tête pour le tester.) C'est un *meurtrier*.

Puis Sadie se retranche dans le silence et son souffle se calme. Rachel ne sait pas quoi répondre. En périphérie de son champ de vision, un mouvement détourne son attention. Deux policiers en uniforme s'avancent à grands pas vers le conducteur de la rame, qui s'est assis à l'extrémité du quai, le dos voûté, la tête entre les genoux. Elle se demande s'il a été malade. L'un des deux agents s'accroupit à sa hauteur et s'adresse à lui en plaçant une main sur son épaule. Quant à l'autre policier, il se dirige vers elles ; un homme grand à peine plus âgé qu'elles, les cheveux blond vénitien et le teint pâle, des sourcils quasi invisibles. Son expression affiche un mélange de méfiance et de compassion.

— Bonsoir, mesdames. Il faut que nous parlions de ce qui vient de se passer.

Sadie lui décoche un regard terrifié et hostile à travers ses mèches emmêlées. On dirait un animal sauvage. Mais Rachel hoche la tête et se lève, lâchant sa sœur.

La salle est un petit rectangle vert avec une porte où est encastrée une petite fenêtre. Dans l'air flotte une odeur indéfinissable, une sorte de désinfectant ou de javel peut-être. À l'extérieur, des bruits de pas et des voix qui s'élèvent par moments et résonnent dans le couloir désert. L'inspectrice qui s'est sèchement présentée à elle sous le nom de Karen tire un rideau sur le carreau de la porte et allume une lampe dans un angle de la pièce.

— Si vous êtes prête, mademoiselle Castelle, nous allons commencer, annonce-t-elle en revenant s'asseoir face à elle, de l'autre côté du bureau.

C'est une femme d'âge mûr. Cheveux bouclés qui encadrent un visage rond. Petites lunettes à monture noire. Regard neutre. Près d'elle, le jeune homme blond vénitien. Il fait encore plus jeune que sur le quai, à peine sorti de l'adolescence – sur sa joue gauche, il a des cicatrices d'acné. Il lui jette un coup d'œil et enclenche le magnétophone. Une petite diode rouge se met à clignoter ; elle la fixe un peu trop longtemps, de sorte que lorsqu'elle détourne les yeux, la lumière s'est imprimée sur sa rétine, un minuscule point rouge suspendu dans les airs.

La femme débite le laïus que Rachel a entendu à la télé et qu'elle oublie instantanément.

— Alors, poursuit-elle, vous pouvez nous raconter, avec vos propres mots, ce qui s'est passé à la gare de Camden Road ce soir ?

Durant les quelques minutes où on l'a laissée seule, Rachel a envisagé de se murer dans le silence. C'est peut-être l'approche la plus sage, mais elle n'est pas capable de s'y tenir. La scène épouvantable à laquelle elle a assisté tourne en boucle dans sa tête et les mots se bousculent déjà dans sa gorge, prêts à jaillir. Elle a également songé à mentir, à soutenir que sa sœur et elle attendaient sur le quai près de la femme en imper framboise, voire à inventer qu'elles l'ont vue sauter. Mais elle prend vite conscience que ce serait stupide. D'une part, elle ignore si la station est équipée d'un système de vidéosurveillance. D'autre part, elle n'a aucune idée de ce que Sadie est en train de raconter dans sa propre salle d'interrogatoire, de l'autre côté du couloir. Il est évident que la seule option envisageable est de dire la vérité, autant que faire se peut.

— J'étais avec ma sœur, Sadie. Elle voulait parler à la femme qui… (Comment dire ? « La femme qui est morte » ? Ça lui semble bizarre, voire présomptueux de la qualifier ainsi même si sa mort ne laisse pas de place au doute à l'heure qu'il est.) La femme sur le quai. Je n'ai pas pris part à la conversation, en revanche j'ai assisté à leur dispute.

— Une dispute à quel sujet ? intervient Karen.

— Je suppose que c'était à propos de son mari, répond prudemment Rachel. Le mari de la femme, pas celui de ma sœur. Sadie… fréquente cet homme. Elle voulait parler à son épouse pour la mettre en courant de sa liaison avec son mari.

— Vous connaissiez la femme en question ? s'enquiert Karen. Vous pouvez me donner son nom ?

Rachel secoue la tête.

— Elle s'appelle Melanie, mais je ne lui ai jamais parlé. Je la connais par l'intermédiaire de son mari, Kaspar Kashani.

Les deux agents échangent un bref regard victorieux.

— Revenons-en à ce que vous avez vu, poursuit calmement l'inspectrice. Elles se disputaient, avez-vous dit, et ensuite…

— C'est devenu… physique. Elles se sont jetées l'une sur l'autre. C'était violent. Mais elles n'ont pas vu le train approcher. Ni l'une ni l'autre. Pas avant qu'il ne soit trop tard. Elles ne se sont pas non plus rendu compte qu'elles étaient si proches de la voie. Tout est arrivé si vite. Elles se battaient, et en un éclair, Melanie est tombée sur les rails.

Karen se penche en avant, les yeux plissés, le regard dur.

— Tombée, répète-t-elle. Elle est tombée ? Elle a perdu l'équilibre ? Ou bien on l'a poussée ?

La question sans détour la surprend. Elle ne s'y attendait pas. Elle fait appel à sa mémoire, tâche de se repasser la scène. Elle revoit les deux silhouettes à quelques mètres d'elle ; voit le bras de sa sœur qui s'élève dans les airs. Elle n'est pas sûre, pas sûre du tout. L'inspectrice l'observe avec attention et son expression change presque imperceptiblement, trahissant un certain cynisme. La policière se doute qu'elle va défendre sa sœur. C'est naturel. Les liens du sang sont indestructibles. Qui ne ferait pas ça à sa place ?

Rachel hausse le menton et fait ce qu'on attend d'elle.

— Elle est tombée.

L'inspectrice attarde son regard sur elle.

— OK.

Un silence épais s'installe. Le policier blond vénitien penche la tête sur un calepin où il consigne tout avec zèle. À l'extérieur, le bruit d'une légère altercation retentit ; un cri qui s'élève et retombe. Elle s'aperçoit qu'elle a les mains crispées sur ses genoux – ses ongles s'enfoncent douloureusement dans sa peau.

Une bouffée de colère la saisit. Elle est furieuse contre Sadie. C'est à cause d'elle qu'elle se retrouve assise dans cette pièce. Elle lui en veut de l'avoir contrainte à filer la femme de Kas, elle lui en veut de lui avoir fait vivre, ces dernières années, un enfer – le manque de respect et les responsabilités qu'elle la force à assumer au quotidien.

Le ras-le-bol l'accable d'un seul coup. À vingt-deux ans, elle a l'impression de porter le fardeau d'une mère. La mère d'une ado impulsive qui n'écoute rien, qui ne se soucie que de sa petite personne, et pour qui l'amour est à sens unique. Elle aime Sadie, mais son affection ne lui apporte ni réconfort ni gratification ; cet amour la rend malheureuse. Et plus elle reste confinée dans cette salle aseptisée, plus elle comprend que ça ne change pas grand-chose qu'elle soit ici ou dehors. Même si elle sort, elle sera toujours en prison. À la merci de Sadie.

— Y a-t-il autre chose dont vous aimeriez nous faire part ? demande Karen.

Elle scrute Rachel d'un air inquisiteur, à croire qu'elle lit dans ses pensées et qu'elle n'aime pas trop ce qu'elle y trouve.

Rachel se mord l'intérieur de la joue jusqu'au sang.

— Non.

Les rapports qu'elle entretient avec sa sœur ne regardent pas cette femme. Une idée l'effleure pourtant. Il suffirait qu'elle modifie son histoire un chouïa pour que sa vie change. *Elle l'a poussée ! Je l'ai vue, elle l'a fait exprès !* Mais ce n'est qu'un fantasme passager. Elle ne mentira pas, pas plus qu'elle n'accusera sa sœur à tort. Elle en est aussi incapable que d'imaginer sa vie débarrassée de ce boulet qu'elle traîne sans relâche.

— Reprenons depuis le début, réplique alors Karen.

Et elles recommencent. Encore et encore, les mêmes questions, la scène disséquée de bout en bout dans les moindres détails jusqu'à ce que Rachel n'en puisse plus et soit sur le point de fondre en sanglots. Elle a l'impression qu'on lui a fait un trou dans la tête.

Le jeune blondinet est avachi sur sa chaise ; il a l'air exténué lui aussi. Elle se demande s'il fait ça tous les jours, et s'il est devenu insensible aux drames quotidiens. En revanche, Karen n'a pas l'air fatiguée le moins du monde. Bien au contraire, la discussion semble l'avoir revigorée. Son ouïe s'est affinée, et son attention est focalisée à cent pour cent sur Rachel.

Elle finit par poser une question différente des précédentes. Rachel est prise de court.

— Dites-moi ce que vous savez de Kaspar Kashani, lance-t-elle d'un ton désinvolte, quoique pas tout à fait.

Déstabilisée, Rachel écarquille les yeux.

— Je ne le connais pas très bien. Enfin, je me suis retrouvée en sa présence à plusieurs reprises. Dans sa boîte de nuit.

— Mais vous dites que votre sœur l'a fréquenté, insiste Karen. Vous avez forcément passé du temps ensemble.

Rachel laisse échapper un ricanement amer.

— Ce n'était pas ce genre de relation. Et puis… (Elle hésite, craignant de se mettre dans le pétrin. En même temps, si Kas est déjà connu de leurs services, c'est forcément pour des raisons négatives.) Je ne l'aime pas, lâche-t-elle à brûle-pourpoint. Il ne m'inspire rien de bon. C'est un homme désagréable et intimidant.

Karen l'observe d'un air pensif.

— Qu'est-ce qui vous pousse à penser ça ?

Et en y réfléchissant, Rachel s'aperçoit qu'elle n'a pas d'argument solide pour étayer ses paroles. Tout du moins, elle n'en avait pas jusqu'à son bref échange avec Sadie sur le quai de la station. Son aversion pour

Kas est instinctive. Sauf que, depuis quelques heures, sa méfiance est justifiée.

Karen se penche en avant pour créer une sorte d'intimité forcée et elle reprend la parole. Cette fois-ci, elle semble vraiment avoir deviné ses pensées.

— Vous êtes au courant que M. Kashani est actuellement en liberté provisoire ? Qu'on l'a interrogé en rapport avec un meurtre dont il sera très probablement inculpé ?

Rachel ne répond pas tout de suite. Durant le bref silence qui s'installe, elle se rend compte que l'atmosphère de la pièce a changé. Le jeune homme est en alerte ; il s'est redressé sur son siège. Quant à l'inspectrice, elle la dévisage comme un collectionneur examinerait un spécimen rare qu'il ne veut pas laisser s'échapper.

— Je l'ignorais.

Elle revoit sa sœur, son visage tourmenté, elle entend de nouveau sa voix brisée.

— Je vais être franche avec vous, Rachel, reprend la policière, qui s'adresse maintenant à elle sur le ton de la camaraderie. Ça fait un moment qu'on cherche à coffrer Kashani. Divers chefs d'inculpation qui n'ont rien donné, vous voyez ce que je veux dire ? Il est entouré de tout un tas de gens qui nous rendent la tâche difficile. Mais cette fois, c'est différent. Comme je vous l'ai dit, nous sommes à deux doigts de l'inculper. Nous possédons des preuves irrécusables, assez incriminantes pour qu'un professionnel le condamne. (Elle marque un temps de pause pour permettre à ses paroles de faire leur effet, puis lorsqu'elle reprend, elle plonge son regard dans celui de Rachel.) Le problème, c'est que le jury n'est pas constitué de professionnels.

Ce ne sont que des personnes ordinaires qui ont tendance à suivre leur instinct et ce que leur dicte leur cœur. Vous comprenez ?

Perplexe, Rachel fronce les sourcils. Elle s'efforce de mettre bout à bout les éléments fournis par son interlocutrice.

— Les jurés pourraient se tromper ? hésite-t-elle.

La policière affiche un sourire sans chaleur.

— En effet. Et alors, on serait de retour à la case départ. Il faudra de nouveau attendre qu'il commette une bourde, et pendant ce temps-là, on gaspillera nos ressources et notre énergie à chercher à le coincer. Ce que j'essaie de vous expliquer, Rachel, c'est que beaucoup de gens ne se soucient pas vraiment des *preuves*. Ils se préoccupent des personnes. Ils regarderont Kashani, qui sera tout beau dans son costume trois-pièces, et ils écouteront tous ses petits copains vanter les mérites de ce mec super. Les jurés tomberont dans le panneau, il y a fort à parier. Aussi, quelqu'un comme vous… (Elle marque une nouvelle pause, et Rachel voit où elle veut en venir.) Quelqu'un comme vous… qui saurait quelque chose et qui serait prête à témoigner contre lui, nous serait d'une aide précieuse.

L'inspectrice se tait. Les sourcils levés, elle la dévisage d'un air encourageant dans l'attente d'une réponse.

Rachel réfléchit ; elle essaie de saisir ce qu'impliquerait son témoignage. Tout se déroule trop vite, et elle se sent soudain très fatiguée. Il est plus de 3 heures du matin et son corps est perclus de courbatures, sa tête en proie à une migraine de tous les diables. Elle n'a pas vraiment les idées claires. Elle n'arrive pas à savoir si ces gens sont de son côté ou non.

Karen reprend la parole d'une voix radoucie. Rachel se rend compte qu'elle a mal interprété son silence.

— Je comprends que vous ayez peur d'aborder ce sujet. (Et pour la première fois depuis le début de l'interrogatoire, Rachel perçoit une flamme d'humanité voire de chaleur chez son interlocutrice.) Vous l'avez dit vous-même, M. Kashani est un homme intimidant. Toutefois, il existe des mesures restrictives. Des mesures de protection policière. Dans des circonstances extrêmes, si l'on considère que votre vie est menacée, on pourrait même vous faire bénéficier du programme de protection des témoins. Vous savez ce que ça veut dire ?

Rachel demeure silencieuse. Cette fois, c'est la surprise qui l'empêche de répondre. Elle a l'impression qu'on s'est introduit dans sa tête pour s'emparer de son cerveau et le transformer – une rotation décisive de cent quatre-vingts degrés qui lui fait considérer la situation sous un jour éclatant. Depuis des années, elle prie en secret pour que sa sœur disparaisse de sa vie. Si bien qu'elle n'avait jamais songé qu'elle, Rachel, puisse disparaître de la sienne.

Elle songe à sa vie et aux éléments qui la constituent : un travail décent mais peu inspirant ; une famille qui vit loin et qu'elle ne voit quasiment jamais ; des amis qui ne la connaissent pas si bien que ça ; un appartement qu'elle squatte et qui appartient à une autre. Elle a beau s'être répété un nombre incalculable de fois, assise pelotonnée face à la télé, que sa vie serait convenable sans la présence corrosive de Sadie, c'est faux. En réalité, elle n'a pas grand-chose à quoi se raccrocher. Elle a entendu parler du programme de protection des témoins. Elle a lu des entretiens anonymes de femmes qui se disent traumatisées par l'épreuve et qui regrettent la vie qu'elles ont laissée derrière elles. Elle se demande si elle serait elle aussi nostalgique.

Elle hoche la tête avec hésitation.

— Je crois. J'aimerais en savoir plus.

— Eh bien, on peut arranger ça. (Karen se redresse, sentant une ouverture.) Alors, est-ce qu'il y a quelque chose que vous aimeriez nous dire ?

Lentement, Rachel acquiesce. Elle a la tête engourdie par la fatigue, mais ses veines sont parcourues d'un courant électrique. Même si elle sait qu'elle n'a pas correctement pesé le pour et le contre, les tenants et les aboutissants, c'est la bonne décision, elle le sent. C'est son destin.

Il est quasiment 4 h 30 du matin quand elle regagne enfin son appartement. Elle est tellement crevée qu'elle n'a pas l'énergie de penser à ce qui s'est passé. Elle se laisse tomber sur son lit, puis sombre aussitôt dans le sommeil et tout le reste se volatilise.

Deux heures plus tard, elle rouvre les yeux. Elle est entièrement habillée et son mal de crâne résonne encore dans ses tempes. Elle est toujours aussi fatiguée, mais son esprit carbure, lui rejouant les événements de la nuit passée en version Technicolor. Elle se traîne jusqu'à la cuisine, remplit la bouilloire comme une automate, et attend que l'eau bouille. À l'extérieur, l'aurore se faufile à travers les nuages sombres, baignant la pièce d'une lumière grise. Ses mains sont pâles, d'une couleur presque fantomatique. Elles se saisissent d'un mug et farfouillent dans le placard à la recherche d'un sachet de thé comme si elles étaient des entités séparées. Lorsque son infusion est enfin prête, elle traverse la pièce et se campe devant la fenêtre pour regarder la rue. Elle se rend compte qu'elle tremble.

Des images la hantent sans relâche. Celles d'un talon aiguille qui se tord sur le quai et d'un corps qui tombe comme une pierre, le tout suivi d'une nanoseconde d'horreur, de sang, de carnage. Elle a beau ressasser la scène, elle a du mal à l'analyser. Dans un sens, même si ça paraît morbide, elle voudrait la passer au ralenti pour mieux la comprendre. Elle ne connaissait pas cette femme. Ce serait hypocrite de sa part d'éprouver du chagrin ; ce serait trop facile de ressentir de la compassion. Du coup, elle ne sait pas ce qu'elle est censée éprouver.

Elle reste là un long moment. Les rais de soleil augmentent entre les nuages et les lampadaires finissent par s'éteindre. Puis un mouvement attire son attention au bout de la rue. Une jeune femme se rapproche de l'immeuble. Elle ne distingue pas encore son visage, mais à sa démarche insolente, elle la reconnaît. Sadie est de retour à la maison.

SADIE

Janvier 2000

Elle n'a plus un sou sur elle et sa carte a encore été refusée, du coup elle rentre du poste de police à pied, ce qui lui prend des heures ; elle marche dans la nuit, le lever du soleil et à travers la matinée la plus froide qu'elle ait connue. Le sol est couvert d'une fine pellicule de gel qui glisse sournoisement sous ses pas.

Elle a l'habitude qu'on la regarde. Dès l'âge de quatre ou cinq ans, elle a eu le sentiment de se retrouver sous le feu des projecteurs, de sortir du lot. Les femmes la contemplaient dans la rue avec admiration. Quelle jolie petite fille ! À cette époque, elle avait déjà conscience d'avoir reçu un don. Elle se savait exceptionnelle, d'une certaine façon. Puis à l'âge de douze ou treize ans, elle s'est transformée du jour au lendemain quasiment ; ses pommettes se sont dessinées, son corps a adopté des courbes provocantes, et on l'observait toujours, mais d'un œil différent. Dans la rue, les femmes lui décochaient un bref regard avant de détourner la tête pour arranger leur propre coiffure ou leurs vêtements. Ce sont leurs maris qui la lorgnaient à présent, d'un air qui n'avait rien de doux ni de gentil. Elle comprit qu'ils désiraient d'elle une chose qu'elle n'avait pas le droit de leur donner. Et quelques années plus tard, elle s'est mise à leur donner ce qu'ils voulaient.

On la regarde toujours tandis qu'elle marche dans les rues de Londres, mais elle ne sait plus vraiment pourquoi. Ce n'est plus son apparence qui attire l'œil. Ce n'est plus du désir qu'elle lit dans les yeux des passants qui défilent dans son champ de vision comme des fourmis pressées. C'est autre chose – un sentiment qui s'apparente à la crainte. Ceux qui croisent son chemin l'évitent au dernier moment. On s'écarte brutalement et l'on détourne le regard. C'est comme si on savait ce qu'elle a fait.

Un pied devant l'autre, des kilomètres durant. Et à chacun de ses pas, elle se repasse mentalement la scène du quai. Elle se revoit frapper Melanie – le coup décisif, un geste presque incontrôlable de sa part. Presque, mais pas totalement. Elle l'a poussée. Elle l'a poussée sur la voie. Elle l'a poussée sur la voie et elle est tombée. Elle l'a poussée sur la voie et elle est tombée et Melanie est morte. Chaque pensée la rapproche davantage de l'implacable vérité. Pourtant, ça lui semble de moins en moins réel. Ça devient théorique, conceptuel. Comme si elle n'avait rien fait du tout.

Elle songe aussi aux policiers, à l'interrogatoire qu'ils lui ont fait subir. Au brusque changement dans leur attitude qu'elle ne saurait expliquer – et qu'elle pourrait peut-être comprendre si elle était un peu moins saoule et un peu plus reposée. Ils ont commencé par se montrer attentionnés et doux. *Ça a dû être une épreuve terrifiante pour vous.* Mouchoirs en papier, une tasse de thé chaude. Des acquiescements de tête graves lorsqu'elle leur a dit qu'il s'agissait d'un accident, rien qu'une petite dispute de rien du tout qui avait dégénéré – maintenant encore, elle arrive presque à s'en convaincre. Et puis, à un moment donné, le ton a changé. *Parlez-nous de la relation que vous entretenez avec le mari de cette femme.* Des yeux inquisiteurs rivés à son visage. *Que savez-vous des activités qu'il mène en dehors de son travail ?* Le sergent de police qui se penche en avant vers elle, se plaçant devant la lampe et poussant le magnéto un chouïa vers elle. Et alors, la dernière chose au monde qu'elle voulait entendre. *Est-ce que les noms George Hart et Felix Santos vous sont familiers ?*

Elle n'avait pas bronché ; elle avait gardé un visage impassible et nié en bloc. C'est ce que Kas attend d'elle, et elle est décidée à lui obéir au doigt et à l'œil. Elle regrette les trucs stupides qu'elle a confiés à Rachel sous le coup du stress. Bien sûr que non, il ne va pas la tuer ! Il saura que ce qui est arrivé à Melanie était un accident. Et même s'il en doute, il n'est pas comme les autres. Il respecte les gens qui savent ce qu'ils veulent et font tout pour l'obtenir. Il aime les gens qui n'ont pas de limites. Comme elle. Ces pensées envahissent son esprit et même si elle a vaguement conscience de dérailler, elle ne peut plus s'arrêter. Elle n'arrive plus à réfléchir normalement, et elle se répète ces choses en boucle tandis qu'elle marche, la main posée sur son ventre où pousse très lentement son bébé.

Le temps qu'elle rejoigne Covent Garden et l'immeuble où elle habite avec Rachel, elle s'est raconté un scénario auquel elle croit dur comme fer. D'une manière ou d'une autre, tout va s'arranger. Elle trouvera une solution – il y en a toujours une. Elle glisse la clé dans la serrure et franchit le seuil en titubant ; elle aperçoit son reflet dans le miroir de l'entrée. Sa chevelure indisciplinée encadre son visage de manière très sexy, son T-shirt rouge moulant épouse ses courbes. Elle se contemple, un léger sourire aux lèvres.

— Je suis rentrée ! fredonne-t-elle dans les escaliers en élevant la voix.

Pas de réponse. Elle gravit les marches quatre à quatre et elle trouve sa sœur dans sa chambre, assise sur le lit, les genoux ramenés contre sa poitrine.

Sa sœur a l'air décalquée. La lumière qui filtre par la fenêtre souligne la pâleur cireuse de sa peau. Elle prend un mug de thé placé près d'elle et en aspire une lente gorgée.

— Tu es restée longtemps. Qu'est-ce qu'ils t'ont demandé ?

— Qu'est-ce qu'ils ne m'ont pas demandé ?! rétorque Sadie en se jetant sur le lit et en croisant les mains derrière sa tête. Putain ! C'était à mourir d'ennui. J'ai dû répéter les choses encore et encore

Elle n'avait pas prévu de la jouer de cette manière. Cette sorte de légèreté va sans doute agacer Rachel, mais elle ne trouve rien de mieux à faire.

Rachel la contemple en plissant les yeux.

— Qu'est-ce que tu leur as dit ?

Sadie pousse un soupir.

— La vérité. Je pense que ça va aller. Bon, ils vont devoir approfondir un peu leur enquête, c'est évident, mais je suis quasi sûre qu'ils m'ont crue. Je leur ai dit que c'était moi qui avais commencé à embrouiller Melanie, mais que c'était une bagarre, rien de plus. Si ça s'était produit en pleine rue à la place, on n'en aurait même pas parlé. Mais elle a glissé et elle est tombée. *Boum !* (Elle s'interrompt un instant et fronce les sourcils ; une pensée désagréable lui est venue.) C'est ce que tu leur as dit aussi, j'espère ?

Elle redresse le buste et foudroie sa sœur du regard. C'est à la fois une question et une mise à l'épreuve.

Rachel hoche lentement la tête.

— À peu près. C'est ce que j'ai vu. Ce que j'ai cru voir.

La phrase reste en suspens dans les airs pendant quelques secondes. Sadie se demande si cette remarque est aussi franche qu'elle le laisse entendre. Si elle est censée l'interpréter, lire entre les lignes, ou bien passer à autre chose. Elle finit par hausser les épaules.

— C'est vraiment pas de bol ce qui s'est passé, reprend Sadie. Bon, ça va te paraître mal, mais réflexion faite, ce n'est peut-être pas une si mauvaise chose. Il ne l'aimait pas, tu sais. Il m'aime moi. Et quand ça se sera calmé, il se rendra compte qu'avec le bébé et tout…

Sadie ne peut s'empêcher de partager ses pensées, néanmoins elle s'aperçoit vite que c'est inutile. Rachel affiche une grimace d'horreur et secoue la tête.

— Je ne crois pas que ça risque d'arriver, rétorque-t-elle de but en blanc. Et même si c'était le cas, tu serais folle de retomber dans ses bras ! Après ce que tu m'as confié ?

Sadie s'assied complètement.

— Comment ça ?

— Ne fais pas l'innocente. Ce que tu m'as confié sur le quai de la station.

Un nuage de panique l'enveloppe puis se dissipe. Ce n'étaient que des paroles en l'air, rien de plus. On ne peut l'obliger à s'y tenir.

— Je ne m'en souviens pas. Ça ne voulait sûrement rien dire.

Rachel est sur le point d'insister, mais elle se ravise et prend un air songeur.

— La police t'a posé des questions ? À propos de Kas ?

Sadie ne répond pas tout de suite, pesant ses mots. L'excitation qu'elle ressentait en entrant dans la chambre s'est volatilisée ; tout lui semble ralenti, voire figé. Quand elle reprend enfin la parole, elle ne reconnaît pas sa voix, teintée d'une lassitude nouvelle.

— Un homme tel que Kas est toujours soupçonné de quelque chose. Personne ne comprend les gens comme lui. Il a du succès dans les affaires, il est différent. C'est normal qu'on cherche à le faire tomber.

— Donc tu ne leur as rien dit, réplique Rachel.

Sadie se met debout et serre ses bras contre elle. Elle lève légèrement le menton, et elle entrevoit de nouveau son reflet dans un miroir, accroché près de la coiffeuse de Rachel. La douce lumière qui filtre par les rideaux entrouverts se pose délicatement sur les traits charmants de son visage. On dirait une vedette de cinéma. Et elle voit Rachel qui l'observe ; même après tout ce qui s'est passé, le regard de sa sœur est un mélange d'amour et d'émerveillement.

— Il n'y a rien à dire, répond-elle sèchement. Il n'y aura jamais rien à dire.

Sur ces mots, Sadie quitte la chambre en refermant la porte sans un bruit derrière elle. La serrure cliquette doucement. Elle gagne sa propre chambre, tire une couverture à elle et serre un coussin contre sa poitrine, l'oreille tendue. À l'exception des voitures qui passent de temps à autre sous sa fenêtre, pas un seul bruit. Elle craint de ne pas réussir à fermer l'œil, mais son corps prend le dessus. Lorsqu'elle rouvre les yeux, la lumière éclatante du soleil d'hiver l'éblouit ; elle consulte alors son réveil et s'aperçoit que six heures se sont écoulées.

Elle se lève avec mille précautions et longe lentement le couloir jusqu'à la chambre de Rachel. Elle pousse la porte et jette un coup d'œil à l'intérieur. Rachel est endormie, étendue, immobile, le visage enfoui dans son oreiller. Elle retourne dans sa chambre sur la pointe des pieds et tire une grande valise de dessous son lit. Elle y jette ses effets personnels pêle-mêle. Vêtements, bijoux, flacons de vernis à ongles, piles de papiers administratifs qu'elle n'a pas touchés depuis qu'elle a déménagé de chez ses parents, quelques livres à moitié lus. Elle ne sait pas vraiment ce qui la pousse à agir ainsi. Mais après la conversation de la nuit passée, elle sait qu'elle ne peut plus rester là. Elles ont chacune choisi leur camp. Quoi qu'elle en dise, sa sœur n'est pas de son côté. Et maintenant qu'elle est sobre, et qu'elle a l'esprit clair, elle commence à se poser des questions. Elle se demande ce que Rachel a pu dire exactement dans la salle d'interrogatoire. Elle songe de nouveau au brusque changement d'attitude du sergent à son égard. Elle n'est pas encore en mesure d'établir un lien entre les deux, mais elle a un mauvais pressentiment…

Comme elle ramasse un tas d'affaires dans le placard, elle remarque un dossier de photographies dans le fond. Elle les avait fait imprimer quelques mois plus tôt, après l'une des premières soirées passées au club de Kas avec Rachel. Elle avait prétexté vouloir des clichés de toutes les deux, mais bien sûr, ce qu'elle désirait réellement, c'était une photo de Kas. Elle les passe lentement en revue, examinant le visage de celui-ci. Il traite l'objectif de la même manière qu'il traite la plupart des gens, le regard froid, direct, impénétrable. Comme toujours, il ne laisse rien entrevoir.

Elle réunit les photos et les fourre dans sa valise avant d'en retirer quelques-unes. Elle va les laisser devant la porte de Rachel. Elle ne sait pas trop pourquoi, mais ses intentions ne sont pas tout à fait bonnes. En définitive, c'est pour rappeler à sa sœur qu'elle se trouvait là elle aussi. Rachel aimerait peut-être se convaincre qu'elle est irréprochable pour se donner bonne conscience, mais elle a participé à tout ça, d'une certaine manière.

Sadie s'écarte et balaie une dernière fois du regard la pièce à moitié vide. Puis elle s'approche de la table, arrache une feuille d'un carnet et rédige une note. *Mieux vaut que je m'éloigne un peu pendant un temps. Je n'ai pas voulu te réveiller pour te dire au revoir.* Elle marque une pause, stylo en main. Y a-t-il autre chose à ajouter ? Elle réfléchit longuement mais rien ne lui vient ; elle finit par signer son mot au bas de la page en gros caractères noirs. Elle sort dans le couloir en traînant la valise derrière elle. Elle songe à poser le papier contre la porte de Rachel, mais il lui paraît plus approprié de le jeter par terre avec les photos ; puis elle quitte l'appartement sans même se retourner.

Elle ne sait pas trop où aller pour commencer, mais elle monte dans un train en direction du nord. Durant le trajet, elle sort son téléphone et passe ses contacts en revue. Il y en a quelques-uns qu'elle pourrait cibler, qui accepteraient de l'héberger sur leur canapé une nuit ou deux si elle se présentait sur le pas de leur porte et les mettait au pied du mur. À moins qu'elle n'appelle un des hommes qu'elle a fréquentés, même si elle a l'impression que ça fait un bail qu'elle n'a pas couchaillé. Il y a tout un tas de mecs à sa connaissance qui la logeraient pendant un temps en échange d'une partie de jambes en l'air ou d'une vidéo coquine. Mais cette perspective lui semble sordide et triste, et puis elle n'a envie de coucher avec personne. Ce serait comme trahir Kas.

C'est cette dernière pensée qui finit de la convaincre. Elle va se rendre chez lui. Elle va le prévenir que la police est sur son dos. À l'heure qu'il est, on a dû le contacter au sujet de Melanie. On lui a sûrement dit qu'elle était impliquée dans l'histoire. Quoi qu'il en soit, il tiendra quand même à savoir ce qui s'est dit sur son compte – au sujet de George et Felix. C'est plus important que tout le reste, forcément. Et lorsqu'il comprendra qu'elle est de son côté, il la prendra sous son aile.

Elle descend à Camden et rejoint Fraser Street d'un pas lourd, tirant la lourde valise dans son sillage. Heureusement qu'elle a pris son gros manteau d'hiver car l'air est encore plus glacial que la veille et son souffle forme de la condensation autour de son visage. Elle a hâte d'être au chaud, à l'intérieur. Mais quand elle parvient à la rue en question, elle est surprise par l'aspect qu'elle présente en plein jour. La moitié des maisons sont délabrées, les fenêtres cassées, la façade couverte de tags. Quant à celles qui sont apparemment habitées, elles sont aussi décrépites et inhospitalières. Le numéro 17, l'adresse à laquelle réside Kas, ne fait pas exception. Un tas de débris et de déchets est empilé contre le mur avant de la bâtisse, et la porte est fissurée et recouverte d'une couche de peinture écaillée, à croire qu'on l'a enfoncée puis réparée à la va-vite. Ce n'est pas le genre d'endroit où elle l'imaginait vivre. Elle songe à son apparence impeccable et élégante et au soin avec lequel il a sculpté son corps. Évidemment, c'est tout ce qui compte pour lui : sa personne. Il se fiche du matériel ; c'est accessoire, insignifiant.

Elle frappe à la porte, trois coups secs. Elle appuie sur la sonnette également, même si elle n'a pas l'air en état de marche. Silence… Pas un bruit. Le calme total. Elle lève les yeux et examine les fenêtres sombres. Pas la moindre trace de vie derrière ces carreaux. La maison a l'air abandonnée. Morte.

Peut-être qu'il est simplement allé faire un tour. Parti rendre visite à de la famille, ou bien à Dominic, ou à un autre de ses associés. Mais son petit doigt lui dit que non. La police est déjà venue le cueillir. On l'a arrêté et il ne reviendra pas.

Elle sort son téléphone et commence à composer un message. *Kas. Je sais ce qui s'est passé. Je…* Elle hésite. Je suis de tout cœur avec toi ? Je te soutiens ?

Non, trop collégienne, trop mélodramatique pour lui. *Je t'aime*, finit-elle par écrire. Elle ne lui a jamais avoué sa flamme, mais elle en crève d'envie depuis un bail. Ça la soulage même si elle se doute qu'il ne répondra jamais. S'il a déjà été embarqué, il ne recevra probablement pas ce message. Cette déclaration lui procure quand même un certain réconfort. Quand on aime une personne, on lui est loyal. On lui donne tout.

Elle frappe une dernière fois à la porte, puis elle tourne les talons et s'en va, sa valise raclant les pavés irréguliers dans son sillage. Elle envisage de disparaître. De sauter dans un train et se réfugier au milieu de nulle part ; grâce à son esprit et son charme, elle pourrait s'en sortir… Mais ça demanderait beaucoup d'efforts et, au final, elle n'est pas certaine d'avoir l'énergie nécessaire. On finirait par la retrouver, et à quoi bon fuir tout en sachant qu'on ne sera jamais tranquille ?

Le vent se lève ; il transporte une fine bruine qui se dépose sur ses cheveux et sur sa nuque. Elle frissonne. Au loin, les nuages gris s'accumulent. Les voitures défilent sur la rue principale, les klaxons retentissent, et un morceau de reggae jaillit par la porte d'une boutique. Sur le seuil est assis un vieux Jamaïcain qui fume un joint ; il le lui tend, prêt à le partager avec elle. L'odeur lui pique la gorge. Cette étrange matinée, semblable à un rêve lucide, restera gravée à jamais dans sa mémoire.

Elle se dirige vers le poste de police. Un sentiment de fatalité la saisit à la perspective de se livrer à des gens qui ont le pouvoir de transformer sa vie pour le meilleur ou pour le pire. Elle en a marre d'être aux commandes. Elle veut passer les rênes et fermer les yeux et ne plus jamais se réveiller. Une douleur sourde s'épanouit dans son ventre et se diffuse vers ses membres inférieurs. Elle l'ignore et continue de marcher.

RACHEL

Février 2000

Lorsqu'elle repense aux dernières semaines, Rachel a du mal à remettre de l'ordre dans ses souvenirs. Les heures passées au poste de police à répondre aux questions sans fin sur Kas, ses fréquentations, ses schémas comportementaux, à décrire ses impressions sur le personnage, ses sentiments à son égard. On la traite avec bienveillance, on lui propose des boissons et des encas, on lui demande comment elle se sent.

Elle sait qu'on a inculpé Kas et Sadie et qu'ils resteront en détention provisoire jusqu'au procès. Il lui a fallu du temps pour prendre la pleine mesure de ce qu'elle a fait : en répétant ce que Sadie lui a confié, elle a exposé le rôle joué par sa sœur dans une histoire dont elle ne sait que très peu. *Je l'ai vu, je l'ai vu de mes propres yeux*, avait murmuré Sadie. Et sur le moment, Rachel n'était pas allée jusqu'au bout du raisonnement. Elle ne s'était pas rendu compte que cet élément rendait sa sœur complice par assistance d'un meurtre, voire davantage. En outre, elle ne pouvait pas savoir que la police avait déjà Sadie à l'œil et que sa sœur faisait partie du dossier monté par les autorités contre Kas.

Parfois, elle culpabilise à tel point qu'elle peine à respirer. Néanmoins, lorsqu'elle songe à la réalité de ces accusations, elle est obligée d'admettre que sa sœur a un problème. Qu'elle est dangereuse, même. Elle allait forcément se planter à un moment donné. C'était écrit. Elle se demande ce que Sadie devient. Si elle la déteste. Si elle est au courant de ce que Rachel a dit. Et elle redoute que sa sœur lui en veuille de l'avoir trahie, mais elle s'efforce de chasser cette pensée.

Au poste de police, on lui demande à plusieurs reprises si elle envisage de témoigner contre sa sœur comme contre Kas, mais chaque fois, elle se tait et esquive la question. À ses yeux, le procès est un concept flou, à peine réel. Dans l'obscurité hostile de son appartement, séparée du monde extérieur, elle a vaguement conscience de ne rien gérer de ce qui se passe autour d'elle, de ce qui lui arrive à elle. Il est trop tard. La machine est en branle et elle est trop insignifiante pour l'arrêter.

Elle se renferme sur elle-même. Elle rentre de plus en plus tôt à l'appart en empruntant le trajet le plus court. Elle voit de moins en moins de monde. Elle passe une grande partie de son temps recroquevillée face à la télé à contempler un écran vide. Dans un sens, elle se détache. Juste au cas où. Elle n'a pas oublié l'histoire du programme de protection des témoins. Mais à mesure que les semaines s'écoulent, sa vie poursuit son cours, comme toujours. Et maintenant que Sadie n'en fait plus partie, son existence est d'une platitude sidérante.

Puis, un dimanche après-midi, deux semaines après les faits, elle se rend à l'épicerie du coin de la rue sous une pluie battante et sans parapluie, les cheveux plaqués contre son crâne, la nuque ruisselante. Elle n'avait pas prévu de sortir, mais elle a faim et elle n'a plus grand-chose dans son frigo. Elle patiente devant le passage clouté, attendant que le feu passe au vert, lorsqu'elle aperçoit l'homme. Il se tient sur le trottoir d'en face, dans sa diagonale. Adossé à une façade, les bras croisés, il la dévisage.

Elle ne le reconnaît pas tout de suite, hors contexte ; la manière dont il la regarde déclenche cependant un léger malaise en elle. Et lorsqu'elle distingue sa coupe en brosse et sa tignasse blonde presque blanche, puis ses épaules carrées, un pincement familier la transperce. Quelques instants plus tard, elle comprend qu'il s'agit de Dominic Westwood.

Le feu passe au vert, mais ses jambes flageolent et elle a toutes les peines du monde à traverser la rue et à poursuivre sa route. Dans l'épicerie, elle cherche maladroitement un paquet de biscuits et une brique de jus d'orange, tête baissée, se susurrant des paroles rassurantes pour se calmer. Dans la boutique, l'air est chaud et confiné, comme dans une crèche. Après avoir payé, elle s'apprête à ressortir et jette un coup d'œil dans la rue.

Il est toujours là. Quoiqu'elle le remarque immédiatement du coin de l'œil, elle regarde droit devant elle et presse le pas dans la direction opposée. Derrière elle, il crie son nom. Elle se met à courir, le cœur battant, pour ne s'arrêter qu'une fois devant chez elle. Elle glisse la clé dans la serrure et tourne la tête. La rue est déserte. Il ne l'a pas suivie, ce qui est loin d'être rassurant. Au contraire, elle se sent encore plus en danger.

Par la suite, les apparitions se font de plus en plus régulières et subtiles. Elle aperçoit Dominic à plusieurs reprises, toujours au loin. Mais il n'est pas le seul. Le réseau est bien plus étendu qu'elle ne l'aurait imaginé. Dans la rue, elle repère encore et encore les mêmes visages, ceux d'inconnus. Des personnages qui l'épient derrière leurs lunettes de soleil. Au début, elle se croit parano ; elle pense avoir des visions, voir des ressemblances là où il n'y en a pas. Mais dans le fond, elle sait que ce n'est pas le fruit de son imagination.

Un jour, elle décide de fixer à son tour l'un de ces hommes et de soutenir son regard, même si ça lui soulève le cœur. Pas question qu'elle baisse les yeux en premier. Mais elle ne s'y tient pas. Ils ne jouent pas à armes égales et c'est ça qui l'effraie : à en juger par la manière dont il l'observe, cet homme sait tout d'elle alors qu'elle ignore tout de lui. Elle détourne la tête comme par désintérêt, mais elle sait qu'il n'est pas dupe. Lorsqu'elle reporte à nouveau les yeux vers lui, il a disparu.

Des mots étranges apparaissent sur son paillasson le matin – des avertissements cryptiques ainsi que des symboles mal dessinés qu'elle ne comprend pas. On lui envoie des messages qu'elle ne sait interpréter. La première fois, elle déchire le papier en une centaine de morceaux, agenouillée sur le pas de sa porte. Elle croit qu'elle se sentira mieux après, toutefois ce petit acte de rébellion de rien du tout ne lui procure aucun apaisement. Au contraire, elle se met à paniquer. Elle craint qu'ils ne sachent d'une manière ou d'une autre. Et ce même jour, elle fouille dans la poubelle de la cuisine pour dissimuler les morceaux de papier sous les autres déchets. Elle sort les mains de là et les contemple ; elles sont couvertes de saletés, de nourriture moisie. L'espace d'un instant, elle a l'impression de sortir de son corps, de s'observer de l'extérieur et de se trouver face à quelqu'un qui perd la tête.

Et puis surviennent les appels. Son téléphone sonne régulièrement en pleine nuit, et quand elle décroche, le silence lui répond. Toujours le silence. À une exception près : la voix d'un homme, grave et menaçante. « Si tu l'ouvres, t'es morte. » Le temps qu'elle trouve le courage de répondre, l'homme a raccroché.

Elle consigne méticuleusement chaque incident, qu'elle rapporte ensuite à la police sans savoir si on prend cela au sérieux. Ces hommes ne l'ont jamais touchée, pas plus qu'ils ne l'ont approchée. C'est à peine s'ils lui ont parlé, si on tient compte des étranges remarques qui lui sont marmonnées à distance quand l'un d'entre eux passe non loin d'elle. Ils lui font seulement savoir qu'ils sont là.

Elle croit qu'avec le temps ça va aller mieux, qu'elle va s'habituer au sentiment d'être constamment épiée, au malaise qu'elle ressent et qui la pousse à se retourner au moindre bruit inhabituel. Cependant, elle s'aperçoit peu à peu qu'elle s'est trompée.

Trois semaines après les faits. Comme toujours, Rachel s'enferme à double tour dans l'appart et pousse une chaise contre la porte. Elle est saisie d'un pressentiment confus. Elle débranche sa ligne fixe et met son portable en mode vibreur. Elle se couche et se love dans sa couette en se focalisant sur sa respiration. Les chiffres défilent sur l'horloge digitale posée sur sa table de chevet jusqu'à ce que sa vision se brouille et qu'elle sombre dans le sommeil.

À son réveil, l'horloge indique 8 h 44, et pourtant, la pièce est encore plongée dans le noir, comme dans un cercueil. Elle reste étendue une bonne dizaine de minutes dans l'attente que le jour apparaisse, prise d'une étrange sensation d'irréel. L'appartement est silencieux.

Elle se lève lentement et se dirige vers le palier en tâtant les murs pour se repérer. Il fait nuit noire dans toutes les pièces. Elle sort son portable de la poche de sa robe de chambre et consulte à nouveau l'heure. Les chiffres lumineux verts apparaissent à l'écran. Une bouffée de confusion monte en elle, mais quelque chose la retient d'allumer la lumière.

Elle se rend à l'aveugle jusqu'à la porte d'entrée, palpe la poignée, trouve la clé dans la serrure et la tourne. La porte s'ouvre et le pâle soleil hivernal jaillit dans l'appartement, l'éblouissant par sa brutalité. Elle sort sur le trottoir. Elle prend peu à peu conscience que quelque chose cloche, mais ce n'est qu'après s'être éloignée de quelques pas dans la rue qu'elle comprend. Elle se retourne face à son bâtiment et elle voit. Un violent frisson lui parcourt la peau et la pénètre jusqu'aux os.

Quelqu'un s'est introduit dans son appartement durant la nuit, tandis qu'elle dormait. On a barbouillé toutes ses fenêtres de peinture noire.

L'agent chargée du programme, une dénommée Deborah, l'attend dans la petite pièce. Karen, également présente, la salue d'un geste du menton. Au fil des semaines, des liens se sont tissés entre Rachel et ce sergent aux boucles grisonnantes et aux yeux perçants. On n'appellerait pas ça de l'amitié ; ce ne serait pas approprié. Mais une certaine complicité est née entre elles.

— Voyons voir où nous en sommes, dit Deborah comme si elle allait lui annoncer une mort imminente. Nous avons rempli l'évaluation de danger, et votre dossier a été catégorisé comme un niveau 1. Autrement dit, nous estimons que la menace qui plane sur vous est grave et imminente. Le chef adjoint de la police a approuvé votre demande d'adhésion au programme de protection. En d'autres termes, nous allons prendre les mesures nécessaires à votre réassignation d'adresse temporaire pour commencer, puis permanente. Mais avant de procéder à cela, il faut que vous signiez le mémorandum d'entente. (Elle pousse les papiers vers Rachel et les déploie sur le bureau.) Il est important que vous compreniez ce que ça signifie.

Son monologue parvient à Rachel comme à travers de la ouate. Sa voix résonne comme dans un long tunnel. Elle pose les yeux sur les papiers, les pages d'un blanc éclatant où ressortent des caractères à l'encre noire. Les mots se brouillent et se dispersent, ce qui en rend la lecture difficile. Des bribes de phrases se détachent de l'ensemble : *… accepte de ne révéler aucune information pouvant mener à la découverte de votre adresse à quiconque, y compris amis proches et membres de la famille… interdit de pénétrer dans le périmètre du Grand Londres.* Tout ça n'a aucun sens.

Deborah parle encore ; son discours est débité à haute et intelligible voix.

— Si vous signez maintenant, nous pouvons lancer tout de suite la procédure de changement d'adresse et la création de votre nouvelle identité. Si vous ne souhaitez pas signer, votre protection demeurera sous la responsabilité de l'équipe qui mène l'enquête. Je ne saurais trop vous conseiller de…

La voix s'estompe à nouveau. Rachel examine ses mains, blanches et inertes, ses ongles peints en rose pâle. Le vernis s'écaille, révélant par endroits la surface translucide en dessous. Elle ne se rappelle pas la dernière fois qu'elle s'est fait une manucure. Lentement, sa main gauche se saisit du stylo. Un bourdonnement résonne dans sa tête, une pression qui augmente de seconde en seconde. Elle songe à Sadie, à toutes ces années d'effort et de stress qui ont atteint leur acmé la nuit où Melanie est morte. Si elle devait revenir en arrière, à cette funeste soirée, elle ne changerait rien. Dans la salle d'interrogatoire, elle prendrait la même décision.

Elle pose la pointe du stylo sur le papier et signe de son nom. Son écriture lui paraît irrégulière, celle d'une folle ou d'une femme âgée. Elle lâche le stylo et repousse les papiers.

Le lendemain matin, on vient la chercher à l'aube pour l'emmener dans un lieu sûr. Dans une voiture bleu foncé aux vitres teintées. Quand elle ouvre la porte, un molosse se tient sur son perron, et malgré son uniforme, elle fouille son expression pour déterminer s'il est son ennemi ou son allié. Son cœur s'emballe et elle s'apprête à lui refermer la porte au nez, mais au même instant, elle aperçoit Deborah sur la banquette arrière de la voiture bleue aux vitres teintées garée devant le bâtiment. À cette vue, son corps se détend.

Elle quitte l'appartement sans se retourner. La nuit précédente, elle a erré de pièce en pièce en se demandant si certaines choses allaient lui manquer, mais de toute façon, elle n'a jamais été vraiment chez elle. Les fenêtres sont encore barbouillées d'une épaisse couche de noir, laissant filtrer quelques rais de lumière là où elle a gratté la peinture. Et comme la voiture tourne à l'angle de la rue, Rachel cherche un mot qui puisse décrire ce que ce départ lui inspire comme sentiment. Mais rien ne vient. Simplement l'impression d'une chose qui se brise, d'un lien qui se coupe en elle, la libérant d'un poids accablant.

7 mars. Elle se réveille de bonne heure, s'habille et attend que le taxi vienne la chercher en s'efforçant de ne penser à rien. Par la fenêtre, Londres s'étend au loin ; elle fixe la ville sans la voir. Ce n'est que lorsque le chauffeur se gare dans la cour, à l'arrière du tribunal, qu'elle s'autorise à penser. Le bâtiment est un bloc austère en brique pâle et en métal poli ; on dirait un parking industriel. Des petits arbres sont plantés le long des murs. Elle ne s'était certainement pas attendue à ce monstre moderne. Lentement, elle descend du taxi et lisse sa jupe.

Prise d'un léger tournis, elle cligne des yeux et lève la tête. De longues fenêtres rectangulaires flanquées de pierre blanche ; des armoiries sculptées dans la brique au-dessus. C'est à peine si elle a le temps de relever ces détails avant de se retrouver à l'intérieur.

Un homme vient à sa rencontre, main tendue.

— Mark Devlin. Je suis le représentant du CPS[1]. Nous allons vous faire passer la sécurité et enregistrer

1. « Crown Prosecution Service » : Service des poursuites judiciaires de la Couronne. *(N.d.T.)*

votre présence. Ensuite, je vous escorterai jusqu'à la salle d'attente privée.

On le lui a assuré un nombre incalculable de fois : « Vous n'aurez pas à le croiser, Rachel. Vous pourrez attendre tranquillement dans une salle à part avant le procès. La première fois que vous le reverrez, ce sera au tribunal. » Comme si c'était un réconfort. Elle tend sa lettre à la réceptionniste, qui la passe rapidement en revue.

— Nom du principal accusé, je vous prie.

— Kaspar Kashani, répond-elle automatiquement sans penser à lui.

La femme hoche la tête et jette un coup d'œil à Mark, qui se tient derrière elle.

— Salle d'audience numéro 5.

Deborah patiente dans la petite pièce privée ; elle porte un costume bleu marine et s'est attaché les cheveux, ce qui fait ressortir les rides au niveau de ses tempes. Elle lui adresse un sourire soulagé.

— Vous avez fait bon voyage ? demande-t-elle en invitant Rachel à s'asseoir.

Sur la table face à elle, une pile de magazines. Des couvertures tape-à-l'œil, des photos de stars au naturel. Deborah suit son regard et affiche un nouveau sourire.

— Normalement on ne devrait pas attendre trop longtemps, dit-elle. Mais ça peut prendre une heure ou deux. Vous avez de la chance, le CPS vous offre cette lecture haut de gamme en guise de divertissement. Hein, Mark ?

Il acquiesce avec humour.

Rachel examine les magazines. Le stress commence à monter. Les tremblements la gagnent peu à peu, au plus profond d'elle-même. Elle a le tournis.

— Merci, réplique-t-elle de manière robotique.

Les unes criardes se mélangent dans son esprit. Elle porte le regard sur le mur dépouillé face à elle. Jaune pâle comme un bouton-d'or desséché.

— Essayez de ne pas trop vous en faire, lui conseille Deborah. Vous êtes toujours d'accord pour offrir un témoignage public ? Gardez seulement en tête que…

Elle se lance dans son baratin habituel, un discours auquel Rachel a déjà eu droit plusieurs fois. On lui a tout d'abord proposé de témoigner derrière un écran ou par vidéo, mais il est vite devenu évident que ce n'était pas l'approche désirée.

— Gardez à l'esprit qu'ils savent déjà qui vous êtes, Rachel. Ces mesures sont souvent employées pour des témoins qui se sont présentés à la police dans le plus strict secret, ou qui ne souhaitent pas affronter directement l'accusé. Mais Kashani sait très bien que vous allez témoigner contre lui ; donc ça n'a que peu d'intérêt pour vous de ne pas apparaître à la barre des témoins. (Puis l'élément décisif, récité sur un ton monocorde mais intense.) Vous avez plus de chances de convaincre le jury en livrant votre témoignage en personne. Ils seront plus enclins à vous croire, car il est plus dur de mentir face à face.

— Oui, se force-t-elle à articuler, la bouche sèche. (Elle s'empare du broc d'eau et se verse un verre qu'elle vide en trois gorgées.) Ça va aller.

Lorsqu'elle est appelée, l'horloge lui apprend qu'une heure et demie s'est écoulée. Pourtant, c'est comme si le temps s'était comprimé en quelques minutes de crainte et d'appréhension. Elle se lève. La porte s'ouvre à la volée devant elle, et elle sort dans le couloir gris et austère où résonne le bruit sec de ses talons. Elle s'avance lentement vers la salle d'audience, comptant chacun de ses pas. Ça lui rappelle les longs corridors d'un terminal d'aéroport – même vide aseptisé. Elle entre dans la peau d'une autre ; une personne plus forte et plus calme, un rôle qui lui permettra de traverser cette épreuve. Dans la salle, on prononce son nom. Elle pose sa paume sur la porte et la pousse.

La salle est étonnamment petite. Elle s'était imaginé un décor majestueux digne d'une série policière américaine, hauts plafonds, longues rangées de bancs et colonnes en marbre. Toutefois, cette salle est compacte et l'atmosphère étouffante, équipée de tout un tas d'accessoires audio et vidéo ; elle a l'impression de pénétrer sur un plateau de tournage. Elle rejoint la barre des témoins – un box cubique en bois muni d'une chaise sur laquelle elle ne s'assiéra qu'en dernier recours. À sa droite, elle voit le juge, coiffé d'une perruque et vêtu d'une robe, le visage dur et grave. Un septuagénaire aux sourcils blancs et broussailleux, aux joues marbrées de rides. Elle réprime une crise de fou rire. Elle porte le regard droit devant elle, sous la lumière éclatante des spots, debout face au jury constitué d'hommes et de femmes, certains de son âge, vêtus de costumes, les mains croisées, dans l'attente. Au-dessus, l'espace dédié au public, de multiples visages qui se fondent en une seule masse confuse dans sa vision.

On lui demande de prêter serment, et lentement, comme dans un rêve, elle pose le regard sur la carte imprimée. Elle lit les mots à voix haute, et sa voix résonne à travers la salle : « La vérité. Toute la vérité. Rien que la vérité. »

Elle relève la tête et visse son regard droit devant. Elle sait où Kas se trouve. Assis sur sa gauche, juste derrière l'accusation et la défense. Elle ne tourne pas encore les yeux dans cette direction. Elle sent sa présence ; un frisson lui parcourt la peau comme une décharge électrique létale.

Elle préfère se focaliser sur l'avocat de l'accusation qui se lève et s'approche d'elle. Leo Fenton, petit et sans prétention, un nez pointu et des mains délicates ; il ajuste son col blanc tout en s'avançant. Elle est partie du principe qu'il allait la ménager. Après tout, ils sont dans le même camp. Cependant, son regard perçant et son air pincé lui rappellent que, d'une certaine manière, c'est elle aussi que l'on juge aujourd'hui. On attend d'elle certaines choses et elle doit se montrer à la hauteur.

— Mademoiselle Castelle, entame-t-il. J'aimerais que vous me racontiez votre rencontre avec Kaspar Kashani.

On l'a prévenue qu'il aborderait le sujet sous cet angle. Histoire de replacer l'histoire dans le contexte, et de la mettre à l'aise. Elle s'éclaircit la voix et prend la parole. Elle décrit la scène de la rue, alors qu'elle se promenait avec Sadie. L'invitation, et leur première visite au club, peu après.

— Après ça, elle s'y est rendue quasiment tous les week-ends, conclut-elle. Il m'arrivait de l'accompagner. Mais la plupart du temps, je passais juste la récupérer.

— Vous aimiez vous rendre dans cette boîte de nuit ? s'enquiert Leo Fenton.

— Non, ça ne me plaisait pas, répond Rachel. Si j'y allais, c'est simplement parce que Sadie me le demandait.

L'avocat hoche la tête.

— Pouvez-vous expliquer pourquoi vous n'aimiez pas vous rendre dans cette boîte de nuit ?

Elle marque une longue pause pour y réfléchir. En vérité, les raisons sont nombreuses ; elle n'a jamais vraiment aimé sortir en boîte et, ces dernières années, elle n'était pas très emballée à l'idée de passer du temps en compagnie de Sadie. Toutefois, elle sait qu'il attend d'elle une raison bien précise, et après tout, ce n'est pas un mensonge.

— Parce que je n'aime pas Kaspar Kashani. Je l'ai trouvé désagréable et intimidant, et ça ne me plaisait pas que ma sœur s'intéresse à lui. Je n'ai pas vraiment compris pourquoi.

À cet instant, elle coule un bref regard à Kas, incapable de s'en empêcher. Il la dévisage droit dans les yeux, avec son port de tête aristocratique et son aspect exotique, dans son costume sombre. Imperturbable, il arbore un mépris suprême, à croire qu'il y met toute son énergie.

— J'aimerais comprendre ce que vous avez observé lors de vos visites au club, poursuit Leo Fenton. L'impression que vous ont faite Kaspar Kashani et son… commerce, ajoute-t-il avec un dégoût feint.

Elle s'est posé la question un nombre incalculable de fois, et elle ne sait toujours pas dans quelle mesure elle se base sur des souvenirs réels ; ou si c'est son imagination qui a pris le dessus. Lorsqu'elle y repense, elle croit se rappeler certains détails : des trocs furtifs dans des recoins sombres, des conversations louches entre Kas et d'autres. Une chose dont elle est sûre, c'est que les gens ont peur de lui. C'est donc sur cela qu'elle se concentre, décrivant le changement sur les visages et dans l'atmosphère chaque fois qu'il faisait son apparition.

L'avocat l'encourage d'un hochement de tête. Et à peine a-t-elle achevé sa phrase qu'il reprend la parole.

— Je crois comprendre. Dans un sens, vous avez toujours senti que cet homme était capable des pires méfaits ? Peut-être même de meurtre ?

— Objection, intervient l'avocat de la défense en se dressant d'un bond. L'accusation influence le témoin, Votre Honneur.

Le juge leur décoche un regard avant d'acquiescer.

— Je vous prie de vous en tenir aux faits, maître Fenton, dit-il mollement.

Leo Fenton déploie ses mains avec élégance en guise d'acceptation, néanmoins il marque une courte pause durant laquelle il se tourne face au jury, sourcils levés, comme pour leur demander de considérer ce que Rachel aurait pu répondre à la question.

— Très bien. Parlons des événements du 12 janvier de cette année. Vous étiez avec votre sœur Sadie, il me semble, lorsque l'épouse de Kaspar Kashani a trouvé la mort à la gare de Camden Road, en chutant sur la voie ?

Rachel déglutit péniblement.

— Oui.

Cette nuit-là lui paraît si loin, et ça fait tellement longtemps qu'elle s'interdit d'y penser, excepté dans ses rêves.

— J'aimerais que vous me disiez ce qui s'est passé juste après l'événement.

Sa voix s'est durcie ; Fenton lui signale qu'il s'agit du moment décisif. Elle a les cartes en main et c'est maintenant qu'elle doit tout donner.

Elle garde la tête haute et s'exprime d'un ton calme.

— Ma sœur était totalement désemparée, et elle m'a confié des choses au sujet de Kaspar Kashani. Elle m'a appris qu'il avait tué deux personnes, à sa connaissance. Elle l'a traité de meurtrier.

Les mots résonnent avec brutalité dans la salle et elle voit l'effet qu'ils ont sur les jurés, leur puissance. Les membres du jury s'agitent sur leur siège et s'adressent des regards entre eux.

— Vous l'avez crue ? demande l'avocat.

Rachel acquiesce.

— J'étais absolument certaine qu'elle disait la vérité.

— Et pourquoi cela ? insiste-t-il.

Elle hésite, s'assure de bien formuler la phrase dans sa tête avant de la prononcer.

— Il n'y avait rien de calculé dans sa manière de s'exprimer. Je pense qu'elle s'est seulement confiée à moi parce qu'elle était bouleversée par ce qui venait d'arriver. Elle était terrorisée, je le voyais bien. Elle était terrifiée à l'idée que Kaspar la tienne pour responsable, et elle savait de quoi il était capable.

— Donc vous êtes sûre que votre sœur *croyait* ce qu'elle disait, clarifie Fenton. Mais êtes-vous sûre qu'elle avait raison ? Et si oui, pourquoi ?

— J'en suis sûre, répond lentement Rachel, car elle m'a avoué qu'elle en avait été témoin. Il n'y avait pas l'air d'y avoir de doute possible.

Un frisson d'angoisse la balaie. Elle a le sentiment que la discussion prend une autre direction.

Fenton se tait un instant ; il se frotte la lèvre d'un doigt songeur.

— Votre sœur vous a-t-elle expliqué la nature du rôle qu'elle a joué dans ces crimes ? Vous a-t-elle dit pourquoi elle était présente, ou ce qu'elle a fait ?

— Non, rétorque Rachel. Elle ne m'a rien dit.

Un nouveau silence, lourd cette fois.

— Vous croyez vraiment que Mme Kashani est tombée accidentellement cette nuit-là ?

L'avocat de la défense se dresse comme un ressort.

— Votre Honneur ! C'est hors sujet. Ma cliente n'a pas été inculpée en rapport avec la mort de Mme Kashani, et ça n'a rien à voir avec le procès qui se déroule.

Il jette un coup d'œil sur sa gauche, Rachel suit instinctivement le mouvement de ses yeux et elle la voit. Assise à l'arrière du box de la défense, vêtue d'une veste ajustée noire, les cheveux ramenés en arrière, le visage dégagé, les lèvres peintes en rose foncé. Elle craignait tellement de regarder en direction de Kaspar, elle ressentait tant sa présence que ça ne lui avait pas effleuré l'esprit qu'il puisse ne pas être seul. Mais évidemment, il n'est pas le seul à être jugé.

Lorsqu'elle croise son regard, elle a l'impression que Sadie se détend un peu, comme si elle avait attendu cet instant avec appréhension. C'est la première fois qu'elle voit sa sœur depuis près de deux mois. Étrange, à peine a-t-elle posé les yeux sur elle que c'était comme si elle n'était jamais partie. Rachel avait craint un esclandre. Mais Sadie ne semble pas prête à bondir de son siège pour lui cracher des obscénités au visage. Elle observe Rachel, les sourcils froncés, comme un scientifique examinant un curieux spécimen.

Rachel se force à reporter son attention sur les avocats. Elle a les paumes moites de sueur.

— Au contraire, je suis d'avis que ces questions sont tout à fait à propos, Votre Honneur, proteste Fenton. Dans la mesure où nous cherchons à comprendre la nature des rapports entre les prévenus, sans oublier leur personnalité.

Le juge attend, un sourire amusé aux lèvres. Et Rachel songe que, pour eux, tout ça n'est qu'un jeu. Ce n'est pas leur vie qui pèse dans la balance.

— Faites attention à la manière dont vous formulez vos questions, maître Fenton.

— Bien entendu, acquiesce ce dernier avec le geste élaboré qui convient. Permettez-moi d'aborder ce sujet sous un autre angle, reprend Fenton. Comment qualifieriez-vous les sentiments de votre sœur pour M. Kashani ? Était-ce selon vous un béguin, une toquade ? Ou quelque chose de plus profond ?

Rachel ne répond pas immédiatement. Elle pose à nouveau les yeux sur Sadie, qui se tient maintenant droite comme un I, le regard inquiet, les lèvres entrouvertes. Elle tente de lui faire passer un message, que Rachel ne saisit pas. Quelle réponse Sadie souhaiterait-elle qu'elle donne ? Elle l'ignore, et une onde de panique l'envahit. Une boule se forme soudain dans sa gorge et son cœur s'emballe. Elle se croit un instant sur le point de s'évanouir.

Puis un déclic se produit en elle et chasse ses craintes. Elle inspire à fond et prend conscience d'une chose. Peu importe ce que Sadie désire qu'elle réponde. Sa sœur n'a plus d'emprise sur elle et n'en aura jamais plus. Ce qui compte ici, c'est la vérité.

— Elle était complètement obsédée par lui. Je ne sais pas si j'appellerais ça de l'amour, mais elle s'était totalement entichée. Elle aurait fait n'importe quoi pour lui.

Leo laisse ces paroles imprégner les jurés avant de s'approcher de Rachel et de sélectionner le mot qui l'a fait tiquer.

— N'importe quoi ? répète-t-il.

Elle se rend compte de ce que ça implique, elle sait qu'il n'est pas seulement question de Melanie. Les fantômes des deux hommes assassinés planent au-dessus d'eux, des hommes dont elle ne sait rien, à qui elle ne doit rien.

Elle reporte encore les yeux vers le box des accusés. Kaspar s'est tourné sur son siège et semble foudroyer Sadie du regard, pour lui faire passer un message. Sadie crispe les poings et secoue la tête.

— Oui, répond Rachel.

Fenton acquiesce en silence et rassemble ses papiers d'un geste sec.

— Ce sera tout.

— Merci, répond le juge. Maître Nelson, avez-vous des questions pour le témoin ?

Pour la première fois depuis son entrée, Rachel examine l'avocat de la défense. Il est plus grand et plus costaud que Fenton ; son visage rubicond brille sous les lampes de la salle d'audience. Il l'observe fixement et elle soutient son regard, s'efforçant de garder son sang-froid.

Le silence s'étire pendant une éternité avant qu'il ne détourne enfin la tête avec dédain. Il hausse les épaules d'un geste théâtral.

— Non. Aucune question, Votre Honneur.

Elle lâche un soupir perplexe. Nelson farfouille dans ses papiers d'un air concentré. Elle jette un coup d'œil vers les jurés dont certains paraissent aussi étonnés qu'elle. C'est forcément une tactique psychologique, songe-t-elle. Il veut insinuer que son témoignage est insignifiant, voire méprisable. Il pourrait sans doute l'attaquer avec toute la sauvagerie d'un loup dépeçant sa proie, mais il préfère s'économiser pour plus tard, lorsque ça en vaudra vraiment la peine. En tout cas, c'est ce qu'il veut faire croire au jury ; elle en est certaine. Et elle sent la colère monter en elle. Elle aimerait pouvoir se défendre.

Le juge lui adresse un regard plat.

— Merci. Mademoiselle Castelle, vous pouvez vous retirer.

Rachel envisage de protester, toutefois une vague de lassitude l'inonde. Il faut qu'elle sorte de cet endroit. Le dos raide, elle se tourne et quitte la barre des témoins pour se diriger vers la sortie. Ce n'est qu'en marchant qu'elle prend conscience de son état. Elle est à deux doigts de s'évanouir. L'adrénaline lui tourne la tête.

Juste avant de pousser la porte, elle jette un coup d'œil derrière elle et croise le regard de Sadie pour la dernière fois. Les masques sont tombés ; Sadie la fixe avec haine, mâchoires crispées, visage enragé. En la voyant, Rachel est rongée par une culpabilité et une tristesse si grandes qu'elle manque de craquer. Elle voudrait s'élancer vers sa sœur, la prendre dans ses bras, enfouir son visage dans sa crinière blonde et lui dire qu'elle est désolée. Mais c'est impossible. Et elle ne devrait pas éprouver ça.

Elle se retourne, pousse la porte et quitte la salle. Derrière elle, le silence est total. Ça lui rappelle la fin d'une pièce de théâtre dans une salle comble. Ce moment de tension où on ignore si le public va siffler les comédiens ou bien fondre en applaudissements.

Le lendemain matin aux aurores, on vient frapper à sa porte et la voiture l'emporte à travers le centre de Londres au milieu des rugissements de moteurs. Les immeubles familiers se dressent et disparaissent au fil du trajet. Une phrase du mémorandum flotte dans son esprit. D'après les termes exposés, elle n'aura plus jamais le droit de remettre les pieds à Londres si elle tient à rester sous la protection de la police. C'est la dernière fois qu'elle voit ces rues. La voiture passe devant Trafalgar Square, et elle contemple la fontaine dont les jets clairs se détachent contre le ciel gris avant de plonger dans le bassin en formant de l'écume. Cette image restera gravée en elle – dans les années à venir, elle ressurgira aux moments les plus étranges sans crier gare.

Le véhicule sort de Londres et s'engage sur l'autoroute, où il accélère pour adopter son rythme de croisière. La vitesse régulière et la monotonie des lignes qui défilent par la vitre la bercent et elle s'assoupit. À son réveil, Deborah se retourne et lui propose une limonade dans une bouteille en plastique. Elle avale la boisson à grandes goulées ; le goût acidulé du citron pétille et colle sur sa langue. Elle porte ensuite le regard par le carreau et regarde les kilomètres passer. Les routes se rétrécissent et la circulation se densifie. Une étrange effervescence la gagne, lui picote la peau, une sensation qui lui rappelle celle éprouvée lorsque, gamine, les vacances venues, elle revoyait la mer pour la première fois.

Deborah prend la parole, les yeux rivés à la route.

— Le planning de la journée est clair dans votre tête, Rachel ? D'abord le coiffeur, ensuite le poste de police. Puis Tom vous accompagnera au magasin d'ameublement pour que vous achetiez ce dont vous avez besoin pour votre nouveau domicile.

La voiture se gare devant un petit immeuble cubique sans particularités. L'inspecteur, Tom, s'exprime pour la première fois.

— Ça n'a l'air de rien, mais vous allez ressortir avec une nouvelle tête.

Il éclate de rire en faisant un créneau. Les freins crissent sur la chaussée. Deborah lui décoche un regard réprobateur.

— Venez, Rachel.

À l'intérieur, le bâtiment est petit et dépourvu de fenêtres, éclairé par la lumière artificielle des néons, l'air brassé par un ventilateur. Dans un sens, ça lui rappelle le décor d'un salon de beauté. La fontaine à eau dans un coin de la pièce, les miroirs alignés à intervalles réguliers sur les murs, la pile de magazines sur une console. À la différence près qu'elle est la seule cliente. Les chaises sont vides, la radio muette.

La femme est rapide et efficace. Rachel se demande si elle fait elle aussi partie de la police, ou s'il s'agit d'une coiffeuse, soumise au secret. Elle s'assied devant la glace la plus proche et contemple son reflet.

— On va d'abord teindre, et ensuite on coupera, annonce la femme en passant les doigts dans la longue chevelure blonde de Rachel. Ensuite, lentilles de couleur et lunettes, c'est ça ?

Elle s'adresse à Deborah.

On la conduit à un lavabo. Elle renverse la tête en arrière et l'eau se met à couler sur son crâne tandis que des mains la malaxent, rincent, nettoient, frottent et démêlent sa chevelure. La coloration est appliquée par étapes, des feuilles d'aluminium lui recouvrent bientôt les longueurs. Elle ne sait pas de quelle couleur il s'agit, elle n'a pas pensé à demander, et maintenant c'est trop tard. On lui propose des magazines, on lui fait la conversation tandis qu'elle patiente, et elle répond de manière automatique, parlant des célébrités. Lorsqu'on la conduit à nouveau devant le miroir, elle détourne le regard. Elle ne veut pas encore voir ; et lorsque ses yeux balaient rapidement la glace au passage et qu'elle semble entrevoir une femme aux longs cheveux noirs, elle s'empresse de regarder ailleurs.

Les ciseaux s'activent tout autour de son visage ; la femme ne perd pas de temps. De longues mèches de cheveux lui tombent sur les bras et les genoux, s'éparpillant comme des plumes. Elle ressent une nouvelle sensation de légèreté sur la nuque où l'air lui caresse la peau.

— Renversez la tête en arrière et essayez de ne pas cligner des yeux.

La femme applique les doigts au coin de ses yeux pour les maintenir ouverts ; c'est étrange mais pas désagréable, une impression de froid humide qui s'évapore quelques secondes plus tard. Puis la douleur de la pince à épiler dont elle se sert pour redessiner ses sourcils.

— Voilà. Regardez-vous.

Rachel se tourne face au miroir et s'observe pendant un instant en silence. Elle contemple le reflet d'une brune avec un carré net au niveau des épaules. Ses yeux sont plus foncés aussi. Elle pose un doigt sur sa joue d'un geste hésitant. Incroyable, le nouveau tracé de ses sourcils a changé la structure tout entière de son visage. Elle prend les lunettes que la femme lui tend et les pose sur son nez, mais sa vision ne se modifie pas. De faux verres, songe-t-elle. Les lunettes lui donnent l'air fine et spirituelle ; elles l'invitent à lever le menton et à redresser les épaules. Elle a l'étrange sentiment que cette femme, c'est à la fois elle et une autre. Alors elle prend conscience que la procédure de transformation va plus loin qu'elle ne l'avait imaginé. Le changement ne touche pas seulement à son apparence physique. Il s'étend sous sa peau pour se mêler à tout ce qu'elle a connu jusque-là. Elle n'est ni Rachel, ni celle dont le reflet la fixe dans la glace. Elle est légère, réduite à l'état de concept. Elle ne sait pas encore qui elle sera.

Cinq jours plus tard, on la conduit à sa nouvelle maison pour la première fois, dans une longue rue droite parsemée d'arbres filiformes en pleine floraison. Ils flanquent des maisons mitoyennes en brique aux fenêtres blanches. Un jeune couple se balade le long du trottoir avec une poussette ; elle perçoit les gazouillements du bébé. La voiture se gare devant le numéro 58, et elle en descend lentement, le regard dirigé vers la maison.

— Bienvenue chez vous, déclare le jeune inspecteur aux joues rondes et au sourire de chérubin.

Il s'appelle Drew, et il sera dorénavant son contact principal. Deborah a disparu de sa vie aussi vite qu'elle y est entrée, sans un mot, sans même un au revoir formel.

À l'intérieur, la salle de séjour contient les meubles qu'elle a elle-même choisis dans le magasin d'ameublement : la grande lampe dans un coin de la pièce, le canapé bordeaux carré. Elle a presque envie de rire. Ça lui rappelle un jeu auquel elle jouait quand elle était gamine avec Sadie. Elles s'amusaient à emporter des objets dans leur petite maison de poupée, faisant mine d'y emménager, puis elles admiraient ensuite le résultat de leur décoration avec fierté. À l'époque, le jeu s'arrêtait là. Elle se rappelle quand elle s'asseyait dans la cabane et qu'elle se sentait perdue. Elle éprouve la même sensation aujourd'hui, le même sentiment d'être arrivée au bout.

— La chambre est en haut de l'escalier, précise Drew. Enfin, en haut de la marche, je devrais plutôt dire.

Elle se rend compte de sa blague ; une seule et grande marche mène en effet à la porte de la chambre. Le lit est dans la corniche, il a été fait. La parure rouge et beige qu'elle a choisie est assortie aux rideaux terracotta, qui ont été posés et encadrent proprement la fenêtre. Drew lui effleure le bras.

— Tout va bien ?

— Oui. Ça va, c'est… super.

Elle ne sait pas trop quoi dire.

— Super, répète Drew. Je vais retourner au poste dans ce cas. Vous savez où se trouve le système d'alerte, et vous avez votre nouveau portable, hein ? N'hésitez pas. Au moindre problème, vous appelez.

(Parvenu à la porte d'entrée, il s'arrête.) Vous allez vous y habituer. Ça prend un peu de temps. (Il affiche un air compatissant.) Mais ça viendra.

Elle acquiesce et lui adresse un signe de la main en refermant doucement la porte derrière lui pour se retrouver seule dans le silence. *Ma nouvelle maison*, songe-t-elle. Ça lui fait tout bizarre. Elle se dirige dans la cuisine d'un pas hésitant, elle remplit la bouilloire, puis elle écoute le sifflement de l'eau qui bout. Elle perçoit bientôt le son d'une guitare qu'on gratte à l'étage.

Elle comprend brutalement. L'irrévocabilité de ce qui s'est passé, la page de sa vie qui s'est tournée à jamais sans aucune possibilité de retour en arrière. Elle observe le joli petit carrelage orange qui encadre le plan de travail de la cuisine et elle est soudain saisie d'une bouffée de panique puérile. Elle inspire lentement ; son souffle est saccadé. La bouilloire s'est arrêtée mais elle ne s'en approche pas. Elle n'arrive pas à s'imaginer boire un thé dans cette maison. Elle a l'impression de se trouver dans la peau d'un cambrioleur entré ici par effraction et qui décide à la place de faire une sieste et de se blottir dans les draps de sa victime.

Brusquement, elle se précipite vers l'entrée, attrape ses clés et claque la porte derrière elle. Elle accélère le pas en direction du centre-ville, se mettant presque à courir, guidée par son instinct. La nuit tombe et les lumières s'allument peu à peu dans les pubs et les bars. Elle en choisit un au hasard et y entre. Les enceintes crachent de la musique et la salle est animée, remplie à moitié d'inconnus qui rient. Elle sonde les visages un à un comme si elle s'attendait à en trouver un familier. Mais il n'y en a aucun.

Lentement, elle s'approche du comptoir et commande une vodka jus de canneberge. Elle la sirote. Elle aperçoit son reflet dans le miroir derrière le bar. Des cheveux bruns, des yeux sombres, une bouche rose pâle. Cette vision est encore une nouveauté pour elle. Elle s'imagine qu'elle est morte, qu'elle est dans l'au-delà et qu'elle est libre de sillonner les rues sans être vue.

Un homme lui frôle l'épaule avec un sourire espiègle.

— Comment tu t'appelles, ma jolie ?

Elle se tourne face à lui et lui renvoie son sourire. Pour la première fois, elle prononce à voix haute le nom qu'on lui a donné. Elle découvre la netteté des syllabes, la cadence rythmée de son identité. Elle s'attend presque à ce que l'homme la contredise et la dénonce, mais évidemment, il se contente de hocher la tête sans faire de remarque. Et aussi simplement que ça, c'est fait. Rachel Castelle cesse d'exister.

CINQUIÈME PARTIE

ALEX

Septembre 2017

Le jour suivant, je me rends au supermarché pour acheter des petits cadeaux pour Jade que je lui apporterai à ma prochaine visite. Elle doit commencer à se sentir comme un lion en cage à l'hôpital. La dernière fois que j'ai parlé au docteur Rai, il m'a dit qu'on devrait la laisser sortir d'ici quelques jours, mais je ne lui ai pas encore annoncé la nouvelle. Dans un sens, je redoute qu'elle n'en soit pas ravie, et même si j'ai du mal à l'admettre, je ne m'en réjouis pas non plus. Elle mérite de revenir dans un lieu sûr, et comment puis-je lui procurer cette sécurité alors que je n'ai même pas de foyer où l'accueillir et qu'une mystérieuse menace pèse sur nous ?

Au moins, Natalie a enfin accepté d'aller s'entretenir avec la police. Nous allons nous rendre au poste demain, une fois que j'aurai averti Jade et que je l'aurai préparée à l'éventualité qu'elle soit questionnée par un inspecteur. Nous leur parlerons de l'intrus le soir de l'incendie et de la possibilité qu'il s'agisse d'un individu qui cherche à nous nuire. Je ne m'attends pas à ce qu'ils fassent des miracles. Depuis que j'ai eu cet échange un peu désagréable avec le policier devant chez moi qui m'a parlé du schéma de propagation des flammes, je n'ai eu aucune nouvelle si ce n'est un bref message me confirmant que l'enquête suit son cours. Il est évident qu'ils ont d'autres priorités que nous. Néanmoins, les nouveaux éléments qu'on va leur apporter devraient piquer leur intérêt – même s'il est frustrant de ne pas pouvoir tout leur dire. Hier soir, j'ai promis à Natalie de ne pas la forcer à entrer dans les détails au sujet de son passé, à moins d'y être contrainte.

De toute évidence, elle se méfie de la police. Ça se comprend ; d'après ce qu'elle m'a raconté, elle a intégré le programme de protection des témoins les yeux fermés, plaçant sa confiance entre les mains d'inconnus. Renoncer à ce genre de pouvoir sur sa propre vie peut être effrayant. Pas autant que de voir sa femme et sa fille prises au piège d'un incendie et hospitalisées, cependant. Pas autant, non.

Je sillonne le rayon confiserie, songeant à Natalie tandis qu'elle s'est confiée à moi. La gravité de son expression, les mouvements mécaniques de ses doigts, son regard imperturbable, l'ovale parfait de son visage et sa moue triste et résignée. Il était si tard quand on a fini de parler que je ne distinguais quasiment plus son visage. Et cette noirceur semblait faire partie de son être dans un sens – une facette à laquelle je n'avais pas prêté attention jusque-là mais qui est bel et bien présente, je le sais maintenant, un fardeau longtemps refoulé. Je lui ai demandé si elle regrettait ce qu'elle avait fait, et elle a pris le temps d'y réfléchir avant de me répondre. « Non. Je le ferais encore s'il le fallait. Il faut faire ce qu'on croit juste. » Je ne m'étais pas attendu à pareille certitude. Sa conviction est telle que je me retrouve à court de mots.

Je passe à la caisse, sors et me perche sur un muret pour prendre en photo les sachets de bonbons acidulés et de marshmallows que j'ai achetés pour faire plaisir à Jade qui a un faible pour le sucré. J'écris : *Livraison imminente !!! La prochaine fois que je viens. X.* Et j'envoie le message avec la photo en pièce jointe. Quelques secondes plus tard, elle me répond avec une photo également. Un selfie d'elle, le pouce levé, les yeux écarquillés dans une grimace de joie. Un sourire m'échappe ; elle est encore très pâle, sa peau est presque translucide, mais je constate qu'elle reprend peu à peu du poil de la bête. En examinant la photo, je remarque de nouvelles fleurs très colorées derrière elle sur la table de chevet. Elle n'a pas évoqué de nouvelles visites, mais peut-être que des camarades de l'école sont passés. Je réponds : *Sympas les fleurs. Qui te les a apportées ?*

Un silence, puis la réponse me parvient. *Ne te mets pas en colère, mais elles viennent de Jaxon... !!! Il les a envoyées ce matin.* Elle a beau savoir que ça va me mettre en rogne, elle ne peut pas s'empêcher de partager son bonheur.

Contrarié, je tape un message à toute vitesse. *Quoi ? Le garçon avec qui tu échangeais des SMS ? Tu m'as dit que tu allais mettre un frein à tout ça.*

J'y peux rien s'il tient à m'envoyer des fleurrrrrs, réplique-t-elle adroitement.

Je sais, mais quand même. Il faut que tu comprennes que ça pourrait être n'importe qui, Jade.

J'ai conscience de l'hypocrisie de ma réaction, et ça me met mal à l'aise. Je ne peux m'empêcher de songer à SecretRoom et à mes échanges avec Cali. Même si cette pensée m'écœure, elle aussi, elle pourrait être n'importe qui : une collégienne précoce, un camionneur obèse de cinquante ans… Évidemment, il y a un monde entre le fantasme et la réalité ; le problème, c'est que pour Jade la relation semble en voie de se concrétiser avec l'envoi de ces fleurs.

Le silence se fait plus long cette fois, puis son message s'affiche à mon écran : *Papa, tu peux pas comprendre. C'est pas un taré qui sévit sur Internet. Je l'ai* RENCONTRÉ. *Je voulais t'en parler hier, mais j'ai eu peur de te mettre encore plus en colère. Mais peut-être pas…*

Décontenancé, j'hésite un instant avant de composer son numéro. Ce n'est pas une conversation qu'on a par messages.

Elle répond d'une voix méfiante.

— Oui ?

— Coucou Jade. Qu'est-ce que c'est que cette histoire ? Tu as rencontré ce garçon ? Comment ? Quand ça ?

Jade soupire dans le micro.

— Tu te souviens quand la machine à laver a cassé, il y a quelques semaines ? Et qu'on a appelé quelqu'un pour la réparer ? Ben, je suis rentrée de l'école et il était encore là. On a, euh, bavardé. Et avant de partir, il m'a demandé mon numéro.

En me creusant la cervelle, je finis par me rappeler. La machine nous a plantés et j'ai demandé à Natalie de contacter un réparateur local.

— Natalie était au courant de cette histoire ?

— Non, avoue Jade à contrecœur. Elle n'était pas dans la cuisine quand il m'a demandé. Il allait quand même pas faire ça devant elle. Imagine que j'aie dit non.

— Quel âge a ce garçon ? Enfin, pour faire ce genre de boulot, il doit avoir au moins…

— Dix-sept ans, m'informe Jade. Il est en contrat d'apprentissage.

Elle a l'air fière. À croire que le fait d'apprendre à réparer les machines endommagées des autres est une sorte de distinction. Toutefois, je ravale mon snobisme social qui n'est pas le sujet ici.

— Trois ans de plus que toi, je souligne. Ça te semble peut-être insignifiant, mais à ton âge ça fait beaucoup… Il voudra sans doute faire des choses que tu, eh bien…

— Papa, m'interrompt Jade, embarrassée. Écoute, il est, euh, respectueux, OK ? Je lui ai dit mon âge et ça ne l'a pas dérangé qu'on s'écrive seulement pour commencer, histoire de faire connaissance avant de se voir en personne. Du coup, c'est ce qu'on a fait. Franchement, c'est pas la fin du monde. Sophie a un petit copain depuis quatre mois. Je t'en ai parlé des tas de fois, et ça n'a pas eu l'air de te poser un problème.

— Ce n'est pas à moi de gérer la vie de Sophie.

Cependant, un détail de son discours m'a interpellé.

— Écoute, je passerai te voir tout à l'heure, je réplique pour gagner du temps. On parlera à ce moment-là.

— OK, répond Jade, docile. Je t'aime.

— Moi aussi, dis-je avant de raccrocher.

Le fait que Jade ait rencontré ce garçon est-il un bon ou un mauvais point ? Je ne sais pas trop. Et a-t-elle raison de me reprocher à demi-mot de trop la couver en raison des circonstances actuelles ? C'est vrai qu'elle m'a pas mal parlé des petits amis de ses copines ces derniers temps, et que je n'en ai pas fait tout un fromage. Je me souviens comment j'étais à quatorze ans – un ado ordinaire avec une grande gueule. J'avais des petites copines avec qui il ne se passait rien de sérieux, même si je me vantais du contraire auprès de mes amis. Jade mûrit, et ça fait partie du jeu.

Plus j'y pense, et plus je me dis que mes facultés de discernement sont chamboulées en ce moment. Pas étonnant que je sois parano ; le problème, c'est de savoir à quel point. Je n'ai aucun moyen de juger le degré de danger qui nous plane dessus. Un sentiment de frustration monte en moi ; ma gorge se noue. C'est insoutenable ; je ne peux pas continuer à avancer dans l'incertitude, à marcher dans le noir en attendant qu'il se produise quelque chose parce que je ne sais quasi rien de ce qui se passe autour de moi. Je repense à la police. Peut-être que leur parler nous aidera, mais j'ai du mal à croire en leurs capacités et en leurs compétences pour nous tirer de cette histoire.

Je n'arrête pas de penser à l'intrus dans notre maison. Je ne connais pas son nom, en revanche j'ai un élément en ma possession : l'adresse de la boîte de nuit. D'après ce que j'ai lu sur Internet, il semblerait que les lieux aient non seulement changé de propriétaire mais aussi d'image depuis cette époque. Néanmoins, il n'est pas impossible que certains voisins se souviennent de Kaspar et de ses associés.

J'entre de nouveau le terme *Blackout* dans le moteur de recherche en ligne et j'apprends qu'il s'agit non seulement d'un club mais aussi d'un bar, et qu'il ouvre à 17 heures. Je pourrais m'y rendre cet après-midi pour y mener mon enquête. Certes, ma visite à Kaspar n'a pas donné grand-chose, mais je pourrais remonter la piste du mystérieux intrus, lui parler d'homme à homme, et le convaincre que Natalie et moi ne cherchons pas les problèmes, qu'on veut juste vivre en paix. Ça pourrait améliorer la situation. Si on en est là aujourd'hui, c'est à cause d'une histoire ancienne. Il s'agit peut-être de vengeance, mais il y a gros à parier que, comme dans la plupart des crimes, l'ennui, la frustration et l'absence de choix ont aussi leur rôle à jouer dans cette affaire. Il y a forcément une solution.

Cet après-midi-là, je fais croire à Natalie que je vais au centre-ville et que j'ai ensuite l'intention de retrouver Gavin, mon collègue de l'agence. Elle ne cherche pas à en savoir plus. Maintenant que nous sommes confinés dans cette petite chambre d'hôtel, nous avons tous deux besoin d'un peu d'espace, chacun de son côté.

— Tu vas rentrer tard ? demande-t-elle au moment où je l'embrasse pour lui dire au revoir.

— C'est possible. Gav a cassé avec sa dernière petite amie en date. Il va sans doute vouloir noyer son chagrin ou échafauder un plan pour la récupérer. Tu vois le genre…

— Conseille-lui d'essayer de se dresser sur ses postérieurs.

Natalie a toujours considéré Gav comme une sorte d'homme de Néandertal. Ce genre de blagues s'est fait rare ces derniers temps, et ça m'a manqué.

À l'approche de Victoria, le train pour Londres reste bloqué sur la voie, je me retrouve donc à contempler par la vitre crasseuse les bâtiments industriels cradingues. Comme je suis déjà à cran, lorsque mon portable vibre dans ma poche, je sursaute. Je sors mon appareil et constate que j'ai reçu un nouveau message de SRUK. Je me rappelle mon dernier échange avec Cali, et son ton étrange – *Je veux tout savoir* –, et je suis tenté d'effacer le message sans même le lire, mais je n'en fais rien.

Désolée pour la dernière fois. Je n'aurais pas dû te questionner sur ta femme.

J'appuie sur répondre, voyant qu'elle est active et donc en ligne à l'instant même. *Ne t'en fais pas pour ça. Pour être franc, en fait je ne comprends pas trop pourquoi tu reprends contact avec moi.*

La réponse est rapide. *J'ai beaucoup pensé à toi, c'est tout. Je me suis demandé ce que tu devenais. Tu n'as pas peur de moi, j'espère, Alex ?*

Je sens immédiatement que quelque chose ne tourne pas rond, même s'il me faut quelques secondes pour mettre le doigt dessus. D'une part, la question est bizarre, mais ce n'est pas tout. Lorsque je prends conscience du problème, mon cœur se précipite d'un coup.

Comment connais-tu mon prénom ?

Je fixe l'écran. SecretRoom est un site anonyme. C'est tout l'intérêt de la chose. Impossible qu'on me relie, moi, au profil que j'ai créé sur ce site très discret. Finalement, les trois points indiquant qu'elle rédige un message s'affichent.

Ça fait un petit moment que je sais qui tu es.

Comment ? Pourquoi ? je réplique. *Qu'est-ce que c'est que ce bordel ?*

Écoute, ne t'inquiète pas. J'étais curieuse, c'est tout. On est presque voisins, tu sais. J'habite à quelques kilomètres seulement de Brighton. J'ai appris ce qui s'était passé. L'incendie. Je me suis fait du souci pour toi.

J'expire, ne sachant par où commencer. J'ai de plus en plus l'impression que cette femme est une espèce de tarée qui, obsédée par moi, a recueilli je ne sais comment des infos à mon sujet. Je m'en passerais volontiers, surtout en ce moment. *Eh bien, sois rassurée. Je suis un grand garçon, je sais me débrouiller tout seul. Désolé, mais je trouve ton message perturbant, et je préfère qu'on cesse de se parler.*

Elle répond du tac au tac. *Il s'est passé autre chose ?*

Je fronce les sourcils et je rédige un message sans même réfléchir à ce que je tape. *Il se passe plein de choses en ce moment.*

Une longue pause s'ensuit cette fois. Je me demande si Cali a saisi le message ou bien si elle pense que tout ça fait partie d'une sorte de jeu de rôle érotique. Agité, je me ronge le pouce, et j'envisage de me déconnecter et de la bloquer pour mettre un terme à la situation. Mais alors, je vois qu'elle est en train de taper un message.

Quand il s'affiche, mon souffle se coupe.

Elle t'a tout dit, hein ?

Je contemple cette phrase pendant quelques secondes. Je tâche de trouver une réponse rapide et appropriée, mais elle ne m'en laisse pas l'occasion. Le petit point vert lumineux indiquant qu'elle était en ligne devient gris. Elle est partie.

— Merde ! dis-je à voix haute en écrivant inutilement dans le vide.

Reviens.

Mais une réponse automatique s'affiche. *Cali recevra votre message à sa prochaine connexion.*

Ces six petits mots ridicules tournent en boucle dans ma tête durant tout le trajet en métro jusqu'à Camden Town. Je ne comprends toujours pas ce qu'elle a voulu dire, mais ça avait l'air important, et ça m'emplit d'un malaise. Je suis tenté de m'attarder encore sur le sujet, mais je me force à le chasser dans un coin de mon esprit. Pour l'heure, j'ai d'autres chats à fouetter.

Je sors du métro et me dirige vers Blackout. Ça fait une dizaine d'années que je n'ai pas mis les pieds dans ce genre d'endroit. Je ne sais même pas si je porte les bons vêtements ; j'ai joué la carte de la sécurité en enfilant un T-shirt gris et un jean noir, mais si ça se trouve, c'est le genre de lieu où on n'est accepté que si on porte un accoutrement fluo grotesque. J'aurais dû consulter le règlement vestimentaire. J'envisage un instant de tourner les talons et de rentrer à Brighton, mais c'est alors que j'aperçois la boîte de nuit.

C'est un grand bâtiment sombre où le mot BLACKOUT clignote vivement sans relâche. Les gens entrent au compte-gouttes ; des étudiants en jean et veste en cuir pour la plupart. La clientèle ne paraît pas particulièrement sélecte et pourtant j'ai déjà l'impression de faire tache. La porte est entrouverte, et tandis que je jette un coup d'œil à l'intérieur par-dessus l'épaule du videur, j'imagine mon épouse dans cet environnement, entre ces quatre murs, il y a bien longtemps… Une jeune femme avec un autre nom et une vie différente. J'ai presque l'impression de l'apercevoir, l'espace d'un instant, même si ce n'est qu'une illusion due aux jeux de lumière. Je la vois qui se trémousse sur la piste, les épaules dénudées et sa longue chevelure dégringolant en cascade dans son dos, insaisissable.

Je m'attarde un instant là. Puis, prenant mon courage à deux mains, je m'approche d'un pas décidé du videur. La quarantaine, trapu, la boule à zéro et les épaules deux fois trop larges pour son gabarit, engoncé dans un costume mal taillé.

— Vas-y, mec, me lance-t-il d'un ton monocorde.

— Je cherche quelqu'un, dis-je. Je ne sais pas s'il est là ou pas.

— Vas-y, répète le videur avec une patience exagérée. Tu verras par toi-même.

Je jette un nouveau coup d'œil par la porte. Je pourrais suivre son conseil, mais maintenant qu'on a entamé la discussion, j'ai envie de pousser ma chance ; cet homme a l'air d'être ici comme un poisson dans l'eau.

— Écoute, tu peux peut-être m'aider. Ça fait longtemps que tu es dans le coin ? Tu connais du monde ? Tu fréquentais cet endroit quand il s'appelait Kaspar's ?

Jusque-là, le videur me considérait d'un œil froid et désintéressé. Mais dès que je prononce le nom de Kaspar, il croise les bras et change de posture, comme s'il me prêtait soudain de l'attention. Je m'aperçois du pouvoir que possède ce nom, même après toutes ces années, et un frisson me parcourt la colonne.

— Qui demande ?

— Je ne veux pas d'histoires, dis-je. Je veux juste protéger ma famille. (L'homme porte une épaisse alliance en or ; j'observe un instant sa bague avant de le regarder droit dans les yeux.) Cet homme que je cherche, il est assez… (Je suis sur le point de dire petit, mais je me ravise.) Il fait à peu près ta taille. Blond. Les cheveux coupés en brosse. Musclé. Il a un visage plutôt inhabituel, un peu comme… en pâte à modeler. Tu piges ? C'était un ami de Kaspar. Tu vois de qui je veux parler ?

Son expression est impénétrable. Il m'observe un long moment et semble prendre une décision.

— Je peux pas t'aider.

C'est sans doute une voie sans issue mais je ne peux m'empêcher d'insister. Mon petit doigt me dit qu'il a reconnu ma description.

— S'il te plaît. Crois-moi, c'est important.

Le portier me regarde d'un air songeur avant de porter son attention sur une poignée de clients, qu'il fait entrer dans l'antre du club. Il adresse un signe de tête à un collègue posté près du vestiaire pour qu'il s'approche.

— Remplace-moi cinq minutes.

Sans vérifier si je le suis, il descend le trottoir à vive allure. Je lui emboîte le pas tout en restant sur mes gardes. J'ignore où il me conduit. À ma grande surprise, il s'arrête devant une épicerie de nuit. Il se plante en plein milieu de l'entrée, les bras croisés, et me regarde d'un air impassible.

— Que…, je bredouille.

Puis mes yeux s'égarent sur sa gauche et se posent sur un distributeur automatique.

— OK, je vois. Combien ?

— Deux cents, réplique-t-il d'un ton provocant comme s'il s'attendait à ce que je négocie.

J'envisage un instant de le faire, mais c'est inutile. Autant lui montrer combien ce renseignement est important à mes yeux.

Sous son regard scrutateur, je dégaine ma carte et je retire la somme. Je serre les billets dans mon poing.

— Alors ?

L'homme tend la main en silence. La tension s'étire entre nous. Mon instinct reprend un instant le dessus. Et si ça tourne mal ? Pourrai-je l'emporter ? Je suis plus grand, mais il est plus costaud, et une lueur terne brille dans ses yeux, qui reflètent une bêtise primaire qui pourrait s'avérer dangereuse. Lentement, mes doigts se décrispent et je lui tends les billets.

— Dominic Westwood, dit-il d'une voix plate. Tu le trouveras dans un pub sur Gordon Street. Qui t'a dit ça ?

Confus, je ne comprends pas tout de suite.

— Quoi ?

— Qui t'a dit ça ? répète-t-il d'un ton cette fois menaçant.

Je finis par saisir.

— Pas toi.

— Bonne réponse, fils à papa.

Et, sans m'accorder un regard, le videur pivote sur lui-même et s'éloigne d'un pas satisfait, les mains dans les poches.

Gordon Street s'avère être une longue rue sinueuse criblée de pubs et de bars, et je me maudis de ne pas avoir demandé plus d'informations en échange de mes billets. Je ne sais même pas à quoi ressemble précisément cet homme. J'ai le sentiment de me lancer dans une quête inutile, mais je tente quand même ma chance. Je mets rapidement en place une tactique : je fouille la salle dans le sens des aiguilles d'une montre à l'affût du moindre individu correspondant vaguement à la description – profil qui s'avère très rare au final – puis je m'approche et patiente le temps que j'entende quelqu'un prononcer son prénom ou bien le temps de m'assurer de plus près qu'il ne ressemble pas vraiment au portrait que j'ai de Dominic Westwood. Alors je passe mon chemin.

J'ai déjà passé en revue six ou sept pubs avant de réfléchir à la situation. J'avais prévu de ne pas y aller par quatre chemins avec ce Dominic, de jouer cartes sur table et d'attendre sa réaction. Mais je commence à avoir des doutes sur la sagesse de ma stratégie ; peut-être qu'il vaudrait mieux engager la conversation avec lui, en apprendre un peu plus à son sujet – son adresse, son boulot actuels – pour ensuite transmettre directement les renseignements à la police et leur demander d'enquêter sur lui. Plus j'y songe, et plus ça me semble raisonnable.

Le huitième pub de la rue se nomme le King and Coaches, un bâtiment miteux à la devanture noire doté d'une pancarte aux caractères dorés à moitié effacés. À l'intérieur, dans la lumière tamisée, plusieurs groupes d'hommes agglutinés sont assis autour d'une pinte ; certains coulent un regard suspicieux vers la porte lorsque je pénètre dans la salle. L'atmosphère est très différente de celle des autres pubs, où j'ai surtout trouvé des noceurs avinés. Mais ici, ce n'est pas le genre de lieu où on vient pour faire la fête. L'air y est renfermé, et les poils se dressent sur mes bras tant je suis mal à l'aise. Je n'ai jamais été enclin aux pressentiments, mais j'en ai immédiatement la certitude. Nous y voilà. Et lorsque j'aperçois cet homme assis seul au bar, dos à moi, le visage reflété dans le miroir accroché au mur d'en face, je ne suis pas étonné.

Il a environ mon âge, la petite quarantaine peut-être, les épaules carrées sous son bombers kaki, le crâne presque rasé, des cheveux presque blancs. Devant lui, sur le comptoir, une pinte qu'il tient mais qu'il ne boit pas, le regard perdu dans le vide. Je comprends maintenant ce que Jade a voulu dire quand elle a tenté de décrire ses traits ; il n'est pas moche, mais son visage paraît grossier, comme inachevé, comme sculpté à la va-vite. Je l'observe en silence pendant quelques instants, réprimant une bouffée de colère. J'inspire à fond et m'efforce d'avancer d'un pas calme. Je vais commander une boisson au comptoir et me placer à côté de lui ; ensuite j'entamerai la conversation – en lui demandant par exemple le résultat du match de foot. À partir de là, j'improviserai.

Mais je n'en ai pas l'occasion. À mon approche, il me jette un coup d'œil distrait et croise mon regard. Son expression change du tout au tout, trahissant surprise et méfiance, et une sorte de crainte. Il écarte brutalement son tabouret du bar, et se précipite vers la sortie tête baissée, abandonnant sa pinte derrière lui.

Tout se passe si vite que je mets quelques secondes à intégrer la scène. Je pivote sur moi-même. Il m'a clairement reconnu, et évidemment, c'est une possibilité que j'aurais dû envisager. Il m'a forcément déjà vu s'il a passé du temps dans mon quartier à épier Jade et Natalie. Mais d'une certaine manière, sa réaction me semble louche ; d'après ce que je sais de lui, c'est un homme impulsif et sans aucun scrupule. Un homme sans foi ni loi. Aussi, je n'arrive pas à interpréter la peur dans son regard, et sa fuite soudaine.

— Dominic ! je hurle en me frayant un chemin dans son sillage.

Il pousse violemment la porte, qui manque ensuite de se rabattre sur mon visage. Je le rattrape dans la rue, mais il a les yeux rivés droit devant, le visage fermé, les mâchoires contractées, faisant mine de ne pas me voir.

— Dominic, je répète.

Cette fois, il esquisse une grimace, laisse entrevoir un instant de panique à l'idée que je connaisse son prénom.

— Fous-moi la paix, marmonne-t-il dans sa barbe.

— Vous savez qui je suis, n'est-ce pas ? Je suis le père de Jade. La fille que vous avez envoyée à l'hôpital.

Il me décoche un regard étonné, feignant l'incrédulité.

— Je n'ai rien fait.

Il dévale la rue, jetant des regards furtifs à droite et à gauche à la recherche d'une issue de secours.

Je saisis la manche de sa veste mais il dégage brutalement ma main et poursuit sur sa lancée.

— Ne faites pas l'innocent. Vous savez qui je suis, et je sais ce que vous faites. Alors vous feriez mieux de surveiller vos arrières.

J'ai vaguement conscience d'avoir dévié de mon scénario initial. Il n'y a rien de subtil dans ma manière de l'aborder, mais la colère a pris le dessus ; elle se déchaîne en moi, ne laissant aucune place pour le reste.

— Je ne veux pas être mêlé à ça, dit-il.

Il allonge sa foulée et je presse le pas pour garder le rythme, le souffle entrecoupé.

— J'ai rien fait, se défend-il. J'ai rien à voir avec ça. Rien à voir, articule-t-il, détachant chaque mot.

— Avec quoi ? Donc vous avouez qu'il y a quelque chose. Qu'est-ce que Kas penserait s'il vous entendait ?

Il plonge brièvement son regard dans le mien et se renfrogne, les joues écarlates. Il secoue la tête en silence, et soudain, il me repousse violemment contre un mur et s'enfuit à toutes jambes. Le coup me sonne pendant quelques secondes, ce qui suffit à lui donner l'avance nécessaire. Le temps que je reprenne mes esprits et m'élance après lui, il a hélé un taxi à l'angle de la rue, s'est jeté à l'intérieur et a claqué la portière avant que le véhicule s'éloigne.

Le trajet en train qui me ramène à Brighton ne calme pas mes nerfs. Je me rejoue en boucle les quelques secondes passées en présence de Dominic. Je m'en veux de ne pas avoir su garder mon sang-froid. La frustration me submerge, comme après mon entrevue avec Kas ; quoi que je fasse, je n'arrive pas à communiquer avec ces gens, pas plus que je ne parviens à comprendre pourquoi ils ont décidé de s'en prendre à ma famille, après toutes ces années. D'après Natalie, ils n'ont pas apprécié son témoignage contre Kas lors du procès. Mais pourquoi avoir patienté si longtemps avant de se venger ? Ont-ils simplement voulu attendre qu'elle soit heureuse avant de frapper ? Je rumine inutilement, et rien n'apaise mes frustrations. J'en ai marre d'être tenu à distance. J'ai besoin de quelqu'un qui soit dans mon camp.

Je songe alors à Cali. Les derniers mots qu'elle m'a écrits avant de disparaître. *Elle t'a tout dit, hein ?* Faisait-elle référence à Natalie ? Connaîtrait-elle le passé de mon épouse ? Il est évident que cette femme n'est pas l'inconnue que je croyais – elle connaît mon prénom, elle est au courant pour l'incendie. Elle m'a demandé à plusieurs reprises si tout allait bien, a dit qu'elle s'inquiétait pour moi. Il faut que je reprenne contact avec elle pour obtenir quelques réponses sans détour.

Parvenu à la gare de Brighton, je me rends dans un pub situé sur la jetée, commande une boisson et m'installe sur une banquette, dans un coin de la salle. Je me connecte à SecretRoom via mon téléphone, mais pour la première fois, Cali n'est pas en ligne. Son absence me paraît lourde de sens, même s'il n'y a pas de raison pour qu'elle reste connectée vingt-quatre heures sur vingt-quatre. Je rafraîchis la page encore et encore, tapotant sur mon écran de manière impulsive, mais son pseudo demeure gris. On dirait que je l'ai fait fuir. Et pourtant, j'en ai dit si peu… si peu que ça ne fait que conforter l'idée qu'elle en sait beaucoup plus sur moi et ma famille qu'elle ne l'avait laissé croire.

Près d'une heure et demie s'écoule avant que l'icône ne s'anime, passant au vert. Elle est là. Je tape aussitôt un message. *Ne t'en va pas.*

Une pause, puis elle répond. *Je viens à peine d'arriver.*

J'avais l'intention de lui demander ce qu'elle voulait insinuer la dernière fois avant de se déconnecter. Mais alors je prends conscience d'une chose : ce n'est pas parce que je veux qu'elle soit dans mon camp qu'elle l'est forcément. J'ignore ses motivations. Je décide donc d'adopter une autre stratégie d'approche.

J'ai parlé à quelqu'un récemment. Quelqu'un que tu connais peut-être, ou que tu as connu à une certaine époque.

La réponse est immédiate. *Qui ?*

Je ne veux pas être trop explicite. Après réflexion, je tape : *KK*.

Elle ne répond pas. Je m'attends plus ou moins à ce qu'elle quitte la conversation sur-le-champ, mais elle ne s'en va pas. Elle demeure silencieuse. Je me figure cette femme face à son écran. Je tâche d'imaginer son expression.

Je fais une nouvelle tentative pour la sortir de son mutisme. *Tu vois de qui je veux parler ?*

Cette fois-ci, la pause est de courte durée. *Oui.*

Écoute, je n'arrive à rien avec ces gens. Apparemment, tu sais des choses sur moi et sur ma famille. J'aimerais juste comprendre ce qui se passe. Je ne cherche pas les problèmes.

Oui, réplique-t-elle. *J'imagine. Mais il arrive parfois que les problèmes te trouvent.*

Il faut que je les protège. Ma fille, et ma femme. Tu comprends ?

Ta femme n'a pas besoin qu'on la protège, rétorque-t-elle du tac au tac. Une rapidité qui exprime de la malveillance. Je fronce les sourcils, perplexe. Les points de suspension s'affichent en mouvement au bas de l'écran pendant une trentaine de secondes avant de se figer, comme si elle se relisait. Quelques instants plus tard, le message apparaît.

Je dois te parler. J'ignore ce que tu sais exactement, ou ce qu'elle t'a dit. Ce n'est peut-être pas exact. Je sais que ça peut te paraître étrange, mais il est important que tu entendes ce que j'ai à dire. Dis-moi où tu es et je te retrouve au plus vite.

Qui es-tu ? Furieux, je vide mon verre d'un trait et mes yeux me piquent. Cette femme va et vient dans ma vie depuis plus d'un an.

Dis-moi simplement où tu es, répond-elle.

J'envisage de protester, mais je risque de la faire fuir. De toute façon, c'est la seule piste qu'il me reste. *Je suis au Golden Bell. Sur Leonard Street, au bout de la jetée. Tu connais ?*

Je te trouverai, réplique-t-elle promptement.

Le temps passe et, bien que je scrute chaque personne qui pénètre dans le bar, personne ne m'accorde ne serait-ce qu'un coup d'œil. Je m'approche du comptoir et demande un grand verre d'eau que je vide d'une traite une fois de retour à ma table. Pour cette rencontre, je tiens à garder la tête claire. Je m'aperçois que je n'ai rien mangé de la journée. Je songe à commander à manger, mais au moment où je m'apprête à saisir la carte, je lève les yeux et je la vois.

Debout sur le seuil, elle fouille du regard le côté opposé du bar. Quelques secondes s'écoulent avant qu'elle ne se tourne dans ma direction, mais chacune d'entre elles s'étire et se liquéfie, me plongeant dans un étrange état d'attente prolongée. Je la reconnais sur-le-champ grâce à la photo qui est encore dans la poche de ma veste.

Ses pommettes sont plus douces que celles de Natalie, ses yeux légèrement plus en amande. Elle arbore un gloss rose pâle, et ses cheveux sont noués en un chignon haut. Pas le même style que Natalie. Mais il y a quelque chose dans l'ourlet de ses lèvres et l'arête de son nez, quelque chose dans la manière dont elle porte la main à son visage pour en chasser une mèche et la caler derrière son oreille. Elles sont faites dans le même moule, pas de doute.

Elle tourne la tête et croise mon regard. Elle cligne des paupières face à la surprise que trahit mon expression. Puis elle se ressaisit et s'approche lentement de ma table et s'assied sur le siège en face du mien.

— Bonjour, dit-elle.

Sa voix est plus douce que je ne l'imaginais, un peu plus raffinée aussi.

— Bonjour.

J'ai envie d'éclater de rire. Je repense à nos premiers échanges où elle m'a avoué que l'un de ses fantasmes était qu'un inconnu la prenne par la main dans la rue, l'entraîne dans une impasse et la baise contre un mur, en plaquant sa paume sur sa bouche et sans un mot. Pendant quelques minutes, je m'étais visualisé dans la peau de cet homme. *Je n'ai jamais raconté ça à personne*, avait-elle écrit ensuite. Et moi je l'avais crue.

— Tu es sa sœur, dis-je car j'ai besoin que ce soit dit à voix haute.

Elle acquiesce.

— Oui. (On se dévisage longuement.) Je lui ressemble ? finit-elle par demander. Ça fait tellement longtemps que je ne l'ai pas vue.

— D'une certaine manière, réponds-je avec franchise. Pas totalement. Mais il y a quelque chose.

Elle hoche la tête, l'expression neutre. Je ne sais pas ce qu'elle désirait entendre. Elle détourne le regard un instant avant de le reporter sur moi. Ses yeux ardents frangés de longs cils noirs me troublent.

— Je devrais m'excuser, reprend-elle. C'est mal ce que je t'ai fait.

— Tu veux dire…

Il existe un large éventail de choses auxquelles elle pourrait faire référence. Je préfère ne pas trop m'avancer.

— T'avoir abordé sur Internet. Ça n'était pas correct de ma part.

— Je ne comprends pas. Comment est-ce que tu savais que je fréquentais ce site ? Comment est-ce que tu connaissais mon pseudo ?

Avec une pointe d'embarras, je songe à mon profil sur SecretRoom ; à l'arrogance du nom que je me suis choisi : Alpha 1. C'est le genre de truc que recherchent les nanas sur ce type de site.

— Je connaissais l'adresse de ton travail, dit-elle. De ton domicile. Ces choses sont faciles à dénicher. Plusieurs fois j'ai fait en sorte de me retrouver au même endroit que toi au même moment, sachant que tu y serais probablement. Ce n'était pas de l'espionnage. C'était de la curiosité, rien de plus. Et un jour – il y a très longtemps – tu étais dans un café et tu es allé aux toilettes, et tu as laissé…

— … mon ordinateur portable sur la table, j'achève d'un ton incrédule.

J'avais imaginé que c'était un ado qui m'avait piqué mon laptop.

— Oui, avoue-t-elle, les yeux baissés. Désolée. Les codes de sécurité sont faciles à contourner quand on s'y connaît, ou quand on connaît quelqu'un qui s'y connaît. Et le site est apparu dans ton historique de navigation. Tu étais encore connecté à ta boîte électronique, du coup j'ai cherché le nom du site et je suis tombée sur ton pseudo. C'était la meilleure façon d'entrer en contact avec toi, de manière anonyme.

Elle m'adresse un bref regard avant de détourner la tête. Son intonation trahit une maladresse extrême. La femme avec qui j'ai échangé sur SecretRoom est éhontée, audacieuse même. Rien à voir avec la personne que j'ai en face de moi. En fait, ça ne correspond pas non plus au portrait que Natalie m'a brossé de Sadie. Cela dit, elles ne se sont pas vues depuis près de deux décennies. Ce portrait n'est plus d'actualité. Quelque chose l'a transformée, radicalement. Tout comme ma femme, elle est devenue quelqu'un d'autre.

— Pourquoi tu as fait ça ? Pourquoi tu as « pris contact » avec moi ?

Elle inspire à fond et se renverse dans son siège. La bougie qui se consume dans le petit verre posé sur la table entre nous vacille et projette des ombres sur sa figure, et je constate de nouvelles similitudes entre ce visage et celui de ma femme.

— Il fallait que je sache si tu étais heureux avec elle, répond-elle. C'est la seule manière que j'ai trouvée de m'y prendre. Et une fois qu'on a commencé… Eh bien, je n'avais pas l'impression que tu l'étais. Autrement, tu n'aurais pas continué à échanger avec moi.

— J'ai cessé, dis-je, gêné. À la fin. Ça ne voulait rien dire.

Ce ne sont pas des mots qu'on adresse cash à une femme, sans explication ni excuses ; cependant, je vois bien que ça ne la dérange pas. En l'observant, j'éprouve un soulagement coupable. Cette femme est extrêmement séduisante. Lorsque je repense aux choses qu'on s'est dites et que je les associe à ce visage et ce corps, une pointe de désir me transperce. En revanche, je la trouve moins fascinante que Natalie la première fois que j'ai posé les yeux sur elle. Si je les rencontrais toutes les deux en même temps, c'est à mon épouse que je voudrais parler ; c'est Natalie que je voudrais ramener chez moi.

— Oui, acquiesce-t-elle. Et je m'y suis résignée. Je me suis même dit que je m'étais trompée, et que peut-être vous étiez heureux tous les deux. J'ai pris mes distances. Mais ensuite, j'ai appris pour l'incendie. Je t'ai alors recontacté parce que… ça m'inquiétait.

Son choix de mots est étrange. Elle minimise la situation, pourtant je ne comprends pas au juste ce qui a pu l'inquiéter.

— Tu connais le responsable ? je demande prudemment.

Un peu tard, je me rends compte à qui je m'adresse : pas seulement la sœur de Natalie mais une femme qui frayait avec un homme dangereux, qui était impliquée dans un meurtre.

— J'ai ma petite idée, dit-elle. Mais je ne suis pas sûre de savoir pourquoi.

On pourrait continuer à tourner autour du pot toute la nuit en se jaugeant l'un l'autre. Mais il faut que j'aille droit au but.

— Écoute. Je n'aurais jamais accepté de te rencontrer en temps normal, mais la situation est en train de dégénérer. Si tu cherches à saccager notre vie, j'ai besoin de le savoir et de comprendre pourquoi.

— Saccager, répète-t-elle. Ce n'est pas le terme que j'emploierais. (Elle a presque l'air offensée.) Comme je te l'ai déjà dit, j'avais juste besoin d'être sûre que tu étais heureux. Si j'en avais été convaincue, je t'aurais laissé tranquille. Je t'ai d'ailleurs fichu la paix quand tu as arrêté de m'écrire.

— Nous sommes heureux, réponds-je avec fermeté.

Prononcer cette phrase à voix haute me donne le vertige. J'ai l'impression de me tenir au bord d'une falaise sans savoir si je vais tomber dans le vide.

— Je le crois maintenant. Si elle t'a raconté son passé et que tu veux encore être avec elle, c'est que tu l'aimes vraiment.

— Elle n'y est pour rien, dis-je sèchement. Elle s'est retrouvée au pied du mur ; ce n'était pas sa faute. (Elle ouvre la bouche pour me contredire, mais je ne lui en donne pas l'occasion.) Et puis, je ne vois pas en quoi notre relation te concerne.

Elle hausse tristement les épaules.

— En rien, évidemment. Mais j'avais besoin de m'en assurer. Je me serais sentie mal autrement.

Une bouffée d'impatience m'envahit ; je ne comprends pas cette conversation. Je saisis mon verre mais il est vide.

— Bordel de merde ! Qu'est-ce que ça veut dire ? Pourquoi est-ce qu'on aurait besoin qu'on veille sur nous ?

— C'est l'habitude, j'imagine, rétorque-t-elle. Et d'après ce que tu m'as dit plus tôt, tu as conscience qu'il y a quelque chose qui cloche. Autrement, pourquoi tu serais allé rendre visite à Kas ?

Sa voix se brise et elle parcourt furtivement la salle des yeux, comme pour s'assurer que personne ne l'a entendue.

— Parce que cette situation est carrément flippante, dis-je. Parce que quelqu'un a foutu le feu à notre maison. Et si ce que ma femme m'a raconté est vrai, tu sais déjà tout ça, tu es impliquée dans tout ce bordel.

Elle m'observe longuement, les lèvres légèrement entrouvertes, le front plissé. Soit elle joue très bien la comédie, soit elle est sincèrement perplexe.

— J'ignore de quoi tu parles. Pourquoi serais-je impliquée ?

— Tu mens ! (À cet instant, je me mets à en douter. Son regard est tellement franc que j'en ai la chair de poule.) Je ne suis pas là pour jouer. J'aime Natalie et veux la protéger. C'est tout.

Un silence s'ensuit, et un sourire triste flotte au coin de ses lèvres.

— C'est étrange de t'entendre l'appeler comme ça.

— Je n'arrive pas à l'appeler autrement. (Depuis qu'elle m'a avoué son vrai nom, sur les rochers face à la mer, ça me turlupine.) Rachel, ça ne lui va pas.

Tout d'abord, je n'ai pas conscience de la portée de mes mots ni de la réaction qu'ils provoquent. Elle prend une brusque inspiration. Son regard s'agite, comme si elle mettait bout à bout les pièces d'un puzzle.

— Je vois, dit-elle finalement.

— Quoi ?!

Son ton, sa pâleur soudaine et la gravité de son expression ne me disent rien qui vaillent.

Elle se penche en avant, s'empare de ma main à travers la table et la serre dans sa paume froide. Je tressaille.

— Tu ne comprends pas, dit-elle. Elle te ment. Elle n'est pas celle que tu crois. La personne dont tu parles, c'est moi. *Je suis Rachel.*

SIXIÈME PARTIE

SADIE

Septembre 2017

Pendant qu'Alex rejoint Gavin, je ne tiens pas en place. J'arpente la minuscule chambre d'hôtel de long en large comme un lion en cage. Je vais dans la salle de bains et me contemple dans le petit miroir au-dessus du lavabo. C'est une habitude que j'ai conservée. J'aime encore me perdre dans les profondeurs de mes propres yeux ; ça m'apaise toujours autant. Sauf que cette fois, ça ne fonctionne pas. J'essaie pendant quelques instants encore avant de jeter l'éponge. J'enfile alors mon manteau et je traverse le vestibule de l'hôtel, animée d'une énergie indomptable. J'aperçois un taxi dans la rue et je le hèle. L'heure est venue.

Je n'arrête pas de penser au moment que nous avons partagé Jade et moi, un peu plus tôt, à l'hôpital, lorsque j'ai abordé le sujet de l'incendie. Ça aurait dû nous rapprocher. Je ne sais même pas pourquoi c'est sorti, en revanche je voulais vraiment qu'elle soit de mon avis, qu'elle me prenne la main peut-être, ou qu'elle se jette à mon cou en me disant qu'elle me comprenait et que les choses allaient dorénavant être différentes entre nous. Qu'on allait créer des liens. Qu'elle m'estime, qu'elle m'aime, qu'elle ne veut plus jamais me lâcher. C'est stupide. Après tout, ce n'est pas comme si je ressentais pour elle ces choses-là. Mais si elle avait dit ça, et si je l'avais crue, ça aurait vraiment facilité les choses. Je ne serais pas contrainte de faire ce que je m'apprête à faire maintenant. Je pourrais me détendre un peu et profiter de la vie. J'ai mis des années à obtenir ce que j'ai aujourd'hui : cette liberté, cette stabilité et cette sécurité que je partage avec un homme qui m'aime et qui ne me quittera jamais. J'y suis presque, mais pas tout à fait encore. La frustration est palpable ; elle me parcourt la peau comme un courant électrique.

Ces derniers jours, je n'ai pas vraiment été moi-même – qui que soit cette personne. L'incendie m'a un peu engourdi les sens. C'était plus simple de ne pas réfléchir trop à l'avenir, ou au passé ; d'exister, tout simplement. Ce n'est pas supportable, toutefois. Et maintenant que je suis dans le taxi, j'inhale l'air frais qui s'infiltre par la vitre et s'engouffre dans mes cheveux, j'ai l'impression de redevenir peu à peu maîtresse de mon corps. Mes pensées sont plus nettes, plus précises. Je ne peux pas empêcher les souvenirs de ressurgir, relancés par ce qu'Alex m'a dit. Je n'arrive toujours pas à les imaginer dans la même pièce, Kas et lui, bavardant, se regardant dans les yeux. C'est comme si je tombais nez à nez avec quelqu'un que je n'ai jamais vu qu'en rêve. Une vision un peu cauchemardesque ; le fantasme empiétant sur la réalité, le passé sur le présent.

Kas apparaît parfois dans ma tête, et je n'ai pas vraiment essayé de me défaire de lui, parce que c'est là qu'il vit désormais. Dans mon esprit. Et il ne s'en ira pas. Il y a des moments où, aujourd'hui encore, lorsque je suis à moitié endormie, habitée par mon rêve et brûlante de désir, je revis notre rencontre. La première fois que je l'ai vu, dans la rue, à la sortie de sa boîte de nuit. Je n'avais jamais été amoureuse avant, et ça m'est tombé dessus d'un coup. C'est à peine si je pouvais respirer. Et en craquant pour lui, je suis entrée dans son monde. Je n'ai jamais oublié cette sensation. Le moindre de ses regards, le moindre de ses effleurements me galvanisaient ; nos brefs contacts me faisaient planer davantage que n'importe quelle drogue. Et j'en ai pourtant essayé pas mal ! C'était une véritable obsession, une addiction. Rien d'autre ne comptait. J'ai su d'emblée qu'il m'entraînerait vers le fond, et je n'avais qu'une envie : l'y suivre.

Je n'ai jamais oublié la crainte qui accompagnait ce désir. Oui, j'étais paumée et parfois submergée. D'accord, il lui arrivait de me terroriser et me fourrer dans des situations terrifiantes. Mais, de manière inexplicable, ça n'a pas suffi à me faire fuir. Je me suis longtemps demandé s'il y avait un truc qui ne tournait pas rond chez moi. Ce n'est pas normal de rester insensible face à la mort. La vie est précieuse, et tout le monde a le droit d'exister. Je comprends le concept, mais je n'arrive pas à le *ressentir*. George Hart, Felix Santos. Ils ne représentaient rien pour moi ; ils ne faisaient pas partie de ma vie. Ce n'était pas le cas pour tout le monde, évidemment. Je me rappelle la femme de Felix au tribunal, son visage livide et hâve, ses yeux semblables à deux trous béants. Cette vision avait déclenché un truc en moi : un début de remords, une culpabilité insondable, d'une profondeur vertigineuse. J'ai refusé d'y sombrer de peur de m'y noyer. Il a fallu que je me blinde pour survivre. Et une fois qu'on réussit à faire ça, on ne peut plus faire machine arrière.

C'était plus facile avec Melanie. L'adrénaline et l'alcool et la certitude qu'elle n'était pas faite pour Kas et qu'elle était le seul obstacle qui se dressait en travers de notre chemin. La filature, le quai, l'altercation, son front plissé tandis qu'elle me jaugeait, les pattes-d'oie au coin de ses yeux… je me rappelle que son rouge à lèvres s'était un peu étalé au coin de sa bouche. J'avais dix-neuf ans et je me sentais invincible, et puis c'est arrivé comme ça. Ça n'a pris qu'une seconde de la pousser. Tout le monde a fait un jour dans sa vie une chose dont il n'est pas très fier. On agit par impulsion, sans réfléchir, et puis soudain, on a tué quelqu'un. En un éclair, on est devenu un meurtrier. Juste après, j'étais terrifiée, au point de perdre le contrôle. J'ai eu l'impression de me retrouver coincée dans un long tunnel noir où j'étouffais. Quand on se sent comme ça, on fait et on dit des choses qu'on regrette ensuite, et c'est là que j'ai commis une grosse erreur. J'ai ouvert la bouche et les mots ont jailli malgré moi, et ma sœur les a recueillis et déposés aux pieds de la police comme s'il s'agissait des médailles dorées qu'elle remportait au collège. C'est difficile à imaginer, mais j'ai l'impression de ne l'avoir jamais comprise. Pendant des années, elle s'est fait passer pour celle qui se sacrifie pour les autres – pour moi en particulier. Mais en définitive, elle avait d'autres priorités. Comme cette notion abstraite de « justice », qui s'applique plus aux principes qu'aux personnes. Pour moi, ça n'a aucun sens. Quand on aime quelqu'un, on est prêt à tout pour lui. Mentir pour lui, tuer pour lui, trahir ses convictions pour lui. C'est comme ça que je fonctionne, depuis toujours.

Et c'est ce que j'ai appliqué avec Kas. Je lui ai prouvé ma loyauté. J'ai campé sur mes positions et j'ai menti pour lui durant l'intégralité du procès, même si j'ai vite su que ça ne marcherait pas et qu'on n'allait pas s'en tirer. *Surtout* à ce moment-là – je n'avais plus rien à perdre et tout à prouver. En fin de compte, j'ai dépensé tellement d'énergie pour lui – à le désirer, à me languir de sa présence, à me convaincre qu'un jour on serait réunis – qu'il ne m'est plus rien resté. Je me suis retrouvée vide et creuse. Lorsque je me suis réveillée, pliée de douleur et que j'ai su que j'avais perdu le bébé, moins d'une semaine avant le début du procès, je n'ai rien ressenti. Quand je suis entrée dans la salle d'audience et que j'ai vu Rachel à la barre des témoins, sa chevelure blonde nouée en une queue-de-cheval propre, et que j'ai entendu sortir de sa jolie petite bouche ce discours de traîtresse, je n'ai rien ressenti. Quand le juge a enfin lu le verdict du jury, et que j'ai entendu que j'écopais de quinze ans de prison et que j'allais passer ma vingtaine entre quatre murs, je n'ai rien ressenti. Rien. Rien du tout.

Je ne repense pas trop à ces années-là. J'ai cru que j'allais être entourée de psychopathes et que j'allais devoir me tenir en permanence sur le qui-vive, mais en réalité, on m'a plutôt fichu la paix. Quand on a tué quelqu'un ou qu'on a été condamné pour complicité de meurtre, comme moi, on inspire un certain respect dans le milieu carcéral. C'est un cliché, mais le pire, c'était l'ennui, les jours sans fin à rester assise dans ma cellule à me tourner les pouces ou à m'efforcer de faire la conversation avec des tarées durant les activités communes. Je pensais tout le temps à Kas. Surtout à nos quelques minutes de passion dans la cave. Dans un sens, j'étais contente qu'on n'ait couché ensemble que cette fois-là. C'était d'autant plus spécial. Unique. D'un autre côté, c'est comme si j'avais erré en vain dans le désert pendant des jours, qu'on m'offrait soudain une bouteille d'eau glacée, et qu'on la retirait après la première gorgée.

Je savais qu'il ne sortirait probablement jamais. Deux peines de prison à perpétuité. Et j'avais entendu dire qu'il causait fréquemment des problèmes, amenuisant ses chances d'obtenir un jour la liberté conditionnelle. Il y avait cette codétenue dont le mari avait un frère à Belmarsh auquel il rendait visite. À partir du moment où je l'ai su, je lui demandais régulièrement de s'enquérir au sujet de Kas. Je me raccrochais à ces petites bribes d'infos avec avidité. On me racontait qu'il avait provoqué une bagarre à la cantine et qu'on l'avait mis à l'isolement pendant des jours pour le punir. Qu'il avait passé l'heure de sport tout seul dans un coin à soulever des haltères et à se défouler sur le sac de boxe sans piper mot, concentré à fond. Le genre de comportement qui lui avait vite valu une sale réputation. Ce n'était pas vraiment le type de détails qu'une femme avait envie d'entendre sur son amant, mais ça me faisait du bien. C'était la preuve qu'il était en vie.

Puis, peu à peu, les nouvelles se sont faites plus rares, et au fil des ans je me suis sentie évoluer. Je ne l'avais pas oublié, néanmoins plus ma date de libération approchait, plus je songeais à repartir de zéro. Je me suis concentrée sur mon objectif, reconstruire ma vie, chassant tout le reste de mon esprit. Et comme je l'ai déjà dit, je savais que lui et moi, nous ne serions jamais réunis. Du coup, je l'ai rangé dans un coin de ma tête. Là où il ne m'empêcherait pas d'avancer.

On parle sans cesse de changement, à croire que c'est une chose facile. Changer d'avis, changer d'image, changer d'idée. N'importe qui est capable de faire de petits ajustements ici et là, mais peu de gens auraient le cran de faire ce que j'ai fait, moi. Le vrai changement est une transformation. Une réinvention. J'ai dû changer de peau, muer comme un serpent. Et c'était exaltant, ces premiers mois dans le monde extérieur. Je me suis teint les cheveux, ai changé de style et de nom. Le prénom Natalie m'est venu comme ça, sans raison particulière. Je trouvais que ça sonnait gai et positif, le prénom d'une femme dont la vie est un long fleuve tranquille. J'ai commencé à travailler dans un magasin de vêtements, percevant un salaire suffisant pour me louer une chambre au sud de Londres.

Peu à peu, j'ai reconstruit ma vie. J'avais un domicile, un boulot à mi-temps, et quelques amis. Mais je ne laissais personne pénétrer mon intimité. Je me suis inventé un passé. Dès qu'on me posait des questions trop personnelles, je dressais un mur. Certaines de mes collègues m'ont surnommée la Reine des Glaces ; c'était affectueux, mais comme pour la plupart des blagues, il y avait un fond de vérité. De temps à autre, j'évoquais un homme que j'avais rencontré pendant le week-end et que j'avais ramené chez moi avant de le mettre à la porte. C'était le seul domaine de ma vie où je n'avais pas besoin de mentir. C'était resté un jeu d'enfant pour moi de trouver un homme avec qui passer du bon temps pendant quelques heures. J'insistais toujours pour qu'on éteigne les lumières car ce n'était que dans le noir total que je m'autorisais à redevenir celle d'avant. Ils étaient toujours étonnés que je les jette ensuite à la rue. Après, ils me bombardaient de messages et d'appels, parfois même ils m'envoyaient des fleurs, mais je ne répondais jamais.

Mes amies adoraient ces anecdotes. Elles buvaient mes paroles, les yeux écarquillés, émerveillées par mon indifférence. Elles ne pouvaient pas se mettre à ma place, ces femmes dont l'instinct était, dès lors qu'elles tombaient sur un homme décent qui n'avait pas l'air d'un psychopathe, de lui mettre le grappin dessus et de ne plus le laisser s'échapper. « Si seulement j'étais comme toi, Natalie, soupiraient-elles. J'aimerais bien ne pas me sentir dépendante d'un homme. » Chaque fois, j'arborais un sourire énigmatique et lâchais une remarque désinvolte. Ce qu'elles ignoraient, c'est que j'avais déjà épuisé tout mon quota de dépendance à l'âge de dix-neuf ans. J'avais tout misé sur Kas, et il ne m'en restait plus une goutte. Tout du moins, c'est ce que j'avais cru. Jusqu'à ce que je rencontre Alex.

J'étais partie à Brighton pour le week-end sur un coup de tête. J'attendais la boisson que j'avais commandée au comptoir, et il est apparu devant moi, comme surgi d'un rêve. Il a intercepté la main du serveur, lui a pris le verre et me l'a tendu. « Je vous offre le prochain. Comment vous appelez-vous ? » J'ai failli répondre « Sadie », ce qui était bizarre car ça faisait un bout de temps que j'avais refoulé cette partie de mon identité. Après coup, j'ai compris pourquoi. Quand je l'ai vu, j'ai ressenti à nouveau ce désir animal que je n'avais pas éprouvé depuis Kas.

Il m'a tout de suite plu. Non seulement parce qu'il était beau, ce bel et sombre inconnu au corps d'athlète. Mais c'était surtout son allure, sa confiance en lui. Contrairement à tant d'autres, il ne perdait pas contenance devant moi. Il ne se mettait ni à bégayer ni à rougir. Ce fut un vrai coup de foudre. Et quelques secondes plus tard, j'ai remarqué son alliance. J'avais retenu la leçon. Une épouse est un obstacle que je refusais de braver. S'il était heureux avec elle, il ne serait jamais vraiment à moi. Et s'il ne l'était pas, il se sentirait quand même lié à elle, comme Kas à Melanie. Dans un sens comme dans l'autre, le prétexte d'une épouse permettait à l'homme de ne jamais s'engager. Plus jamais ça. Je lui ai dit que ça ne m'intéressait pas. C'est alors qu'il m'a attrapée par le bras et forcée à le regarder. « C'est un malentendu… ma femme est décédée depuis des années. »

Un sourire m'a échappé. C'était le destin qui nous avait réunis. C'était parfait. Je nageais en plein conte de fées. Nous allions vivre ce que j'aurais dû vivre avec Kas si on ne nous avait pas mis tous ces bâtons dans les roues. Une femme morte ne représentait pas une menace. Il faudrait juste accepter qu'il cède à la nostalgie de temps à autre et pleure la mémoire de feu son épouse. Tant que ça lui faisait plaisir. Elle n'était plus là, et jamais elle ne me le prendrait. C'était le bon. Je l'ai su dès le premier instant. Et puis, je le fascinais tellement qu'il ne risquait pas d'aller voir ailleurs. Personne n'allait prendre ma place. Et je me suis abandonnée à lui avec une dévotion dont je ne me croyais plus capable. Il arrive que la foudre frappe deux fois au même endroit.

Tout était parfait, à l'exception d'un détail. L'enfant.

Au départ, ça pouvait aller. J'ai deviné tout de suite le rôle qu'Alex voulait que j'assume : un peu de soutien par-ci, un peu d'aide scolaire par-là, et puis un brin de complicité. En regardant un film ensemble le week-end par exemple, histoire de tisser des liens en s'empiffrant de chips devant la télé. Je n'ai pas eu besoin de faire la police ; c'est lui qui s'en chargeait. Je ne me voyais pas dans le rôle de mère – j'avais écarté cette idée pour toujours des années plus tôt, après avoir perdu le bébé ; et j'avais effectué ma traversée du désert au moment où j'étais le plus fertile. Mais on s'entendait bien, Jade et moi. Il m'arrivait d'éprouver des élans d'affection pour elle. Lorsqu'elle m'offrait une carte d'anniversaire qu'elle avait faite ou quand on passait l'après-midi sur la jetée à jouer aux jeux vidéo, par exemple. Elle éveillait alors en moi des émotions nouvelles et captivantes. Mais c'était toujours éphémère. Le sentiment se dissipait rapidement et j'avais du mal à m'y raccrocher.

Ça s'est compliqué à partir de nos fiançailles, quand Jade a entamé l'adolescence. Elle avait douze, presque treize ans, et ses hormones la travaillaient. Des colères de sale môme pour un oui ou pour un non, beaucoup de portes claquées et d'accusations mêlées de larmes. Ça rongeait Alex. Même quand elle dormait, il continuait à parler d'elle, ressassant les mêmes problèmes, encore et encore. Est-ce qu'il fallait qu'il aille parler à sa prof ? Devrait-il s'y prendre autrement ? Était-ce juste une phase ou un mal plus ancré, une réaction à retardement causée par la mort de sa mère peut-être ? Ces hypothèses incessantes sur le bien-être mental de Jade n'en finissaient plus ; on ne parlait plus que de ça, ça monopolisait nos soirées. Le canapé sur lequel on faisait l'amour avant s'était transformé en divan de psychanalyste, et autant dire que c'était beaucoup moins drôle.

Quand il se mettait à douter de lui, j'avais envie de lui rétorquer que ce n'était pas sa faute mais celle de Jade. Il n'aurait pas apprécié ma remarque, mais Jade était un fardeau pour lui. Quand ce mot m'est venu à l'esprit, il m'a fait tiquer. Et je me suis rappelé que c'est exactement ce que j'avais pensé de Melanie, lorsque Kas m'avait dit qu'il était de son devoir de rester auprès d'elle. La comparaison m'avait marquée quelques instants, puis je l'avais rangée dans un coin de ma tête.

On s'est mariés et, pour sa défense, Jade s'est avérée un ange ce jour-là, tout sourire dans sa robe en dentelle verte, à nous jeter des confettis à la sortie de la mairie. Cette bulle rose de bonheur a duré un moment. Mais si on parle de lune de miel, c'est pour une raison bien précise ; cette phase achevée, tout est devenu morne et gris. Pas entre Alex et moi – il m'obsédait toujours autant, sa présence m'était indispensable et c'était réciproque, je le sais. Mais la routine qu'on avait adoptée, centrée autour de Jade et de ses états d'âme… était répétitive et lassante. Quelques mois après notre union, j'ai eu une brillante idée. Il fallait qu'on déménage, qu'on aille s'installer à Londres pour recommencer de zéro. Je pourrais reprendre le boulot, troquer mon poste de vendeuse contre celui de *personal shopper*. Ce job m'irait comme un gant, je le savais. Aider les gens à changer de look, leur permettre de devenir quelqu'un d'autre… C'était mon domaine d'expertise.

En prison, j'ai réalisé que j'avais un talent de caméléon. J'avais un don. Celui de tout reconstruire à partir de rien. Si vous me rencontriez aujourd'hui, vous verriez une femme au foyer, la trentaine, bien sage, résidant dans une petite ville de bord de mer branchée, avec un compte en banque convenable. Rien d'extravagant, juste ce qu'il faut pour rentrer dans le moule. Vous verriez une belle brune avec une coiffure à la mode et une silhouette à la fois svelte et voluptueuse aux bons endroits, vêtue de manière (discrète, style éditrice de mode plutôt que top model glamour) à ne pas attiser la jalousie de ses congénères. Je ne suis pas là pour vous voler votre homme. Mon accent n'a rien de particulier, il n'est ni snob ni ordinaire, juste entre les deux. J'ai toujours été bonne imitatrice. Je m'adapte à mon entourage quel qu'il soit, et les gens aiment ça, même s'ils s'en rendent compte. Ça les met sur un piédestal. Je suis absolument irréprochable.

J'ai fait des pieds et des mains pour convaincre Alex que le déménagement était la meilleure solution : petit dîner maison, nouvel ensemble de lingerie, la totale. Au départ, il était à fond. Mais le lendemain, c'était une autre histoire. Il en avait touché un mot à Jade et il avait pris conscience que ce ne serait pas juste pour elle. Il ne voulait pas la perturber et l'éloigner de ses amis, l'obliger à tout recommencer dans un lieu inconnu, pas à un âge si vulnérable. Comme si elle allait encore être en contact avec ses soi-disant « amis » dans dix ans… et comme si elle allait un jour cesser de jouer la carte de la vulnérabilité auprès de son père… Elle n'a pas abordé le sujet avec moi, mais ce soir-là, après qu'Alex m'eut annoncé qu'il fallait faire une croix sur ce projet de déménagement, j'ai vu la gamine me glisser un regard sournois pendant que nous dînions à table. Un regard qui en disait long. « Si tu penses que tu peux me détrôner, tu te fourres le doigt dans l'œil », me disait son expression. « Je passe en premier. »

Et c'était le cas. Ça l'est toujours. Alex ne cherche même pas à s'en cacher. « Il faut que je pense avant tout au bien-être de Jade. » Combien de fois ai-je entendu cette ritournelle ? Il doit croire que ça me plaît. Peut-être que certaines femmes trouvent ça attendrissant. Chaque fois qu'il le dit, j'acquiesce et je colle un sourire sur mes lèvres (je tapoterais presque la tête de la petite si elle était dans les parages) alors qu'en mon for intérieur, je songe : *C'était dans le contrat ? Bordel de merde ! C'était dans le contrat ?*

J'ai mis un certain temps à comprendre l'ampleur du problème, et lorsque j'en ai pris conscience, mon monde a été chamboulé. Ça me hantait. Je m'étais tant congratulée de ne pas être tombée amoureuse d'un homme marié que j'avais omis le pire : un homme avec un enfant. L'horreur absolue. Au moins, contre une autre femme, j'aurais ma chance ; je pourrais user de toutes mes ruses pour le convaincre que je suis l'élue de son cœur. Mais contre Jade, c'était peine perdue. Si je mettais Alex au pied du mur et lui demandais de choisir entre sa fille et moi, c'est elle qu'il choisirait. Sans l'ombre d'un doute. Ça lui briserait peut-être le cœur, mais c'est elle qu'il choisirait à tous les coups. Je pouvais décider de ne jamais le confronter à ce dilemme, mais je n'étais pas sûre qu'elle en ferait autant. Elle me tolérait, elle allait peut-être jusqu'à m'apprécier, mais c'était une adolescente : capricieuse, impulsive, potentiellement vindicative. Je ne pouvais pas prendre le risque. Je sais que la plupart des gens auraient ployé l'échine, accepté de passer toujours en second. Mais je ne suis pas comme les autres. Rien ne m'effraie ou presque, et je sais que quand on veut vraiment une chose, il faut faire en sorte qu'elle arrive.

ALEX

Septembre 2017

Au début, je refuse de la croire. Je l'écoute et l'observe – ses longs doigts fins enroulés autour des manches de son pull-over rose pâle qui triturent la laine, sa manière répétée d'incliner la tête de côté dans une sorte de tic nerveux. Elle est persuasive, mais je suis quand même largement convaincu qu'elle est folle à lier. Je hoche la tête pour l'encourager à se livrer, mais en réalité je me demande comment m'en débarrasser et m'éclipser avant que la situation ne devienne encore plus embarrassante.

Je ne doute pas de son lien de parenté avec Natalie. En plus de leur ressemblance physique, elle en sait beaucoup trop à son sujet – des détails qu'un observateur extérieur n'aurait pas pu remarquer. Elle connaît cette manie qu'elle a de fixer son regard dans un miroir pour se perdre dans son reflet. Elle est au courant de ses sautes d'humeur, sa tendance à passer de l'euphorie à la torpeur en l'espace de quelques heures. Elle connaît les chansons qu'elle fredonne sous la douche. Je suis certain que cette femme est la sœur de ma femme, mais ce qu'elle affirme n'a aucun sens.

— C'est tiré par les cheveux, je sais, mais je n'ai aucune raison de te mentir. Écoute. J'ai apporté quelque chose qui pourrait t'aider à y voir clair.

Elle fouille dans sa poche et sort un vieux morceau de papier froissé qu'elle déplie et étale sur la table entre nous. C'est un mot succinct écrit à la main. Mes yeux se posent directement sur la signature : Sadie. C'est l'écriture de Natalie, j'en suis quasiment sûr. Mais c'est surtout le contenu qui attire mon attention. *N'ai pas voulu te réveiller pour te dire au revoir.* La formulation m'est familière. Je fais soudain le rapprochement.

Je plonge lentement la main dans ma propre poche et en extrais la note que Natalie m'a laissée l'autre matin dans la chambre d'hôtel. *Je n'ai pas voulu te réveiller*... ce mot m'avait blessé. J'avais trouvé qu'il sonnait faux. Je le dépose près du papier que cette femme vient de me tendre et je lâche un petit rire désincarné. Les deux mots sont presque identiques. Ça suffit à inverser la vapeur. Soudain, je la crois.

Cali – *Rachel* (cette fois, le nom s'associe naturellement à son visage) – sonde mon expression.

— C'est la seule chose que j'ai gardée d'elle, et c'est involontaire de ma part. Je l'ai retrouvé au fond de mon sac après mon déménagement. On vous déconseille de conserver des choses de votre ancienne vie. Et de toute façon, je n'en avais pas envie.

Son expression est sincère, et je sens au fond de moi que je peux lui faire confiance.

— Je ne comprends pas, dis-je posément. Pourquoi ne m'a-t-elle pas dit la vérité ?

Rachel hausse les épaules ; un voile de dédain passe sur son visage.

— Ce n'est pas une chose qui lui vient spontanément. Enfin, à l'époque, ça n'était pas le cas. À mon avis, elle ne voulait pas passer pour la méchante. Elle est très différente de celle que tu crois connaître, Alex. J'ai toujours essayé de la voir comme un électron libre, une anticonformiste. Une jeune femme un peu farouche et facile à détourner du droit chemin, mais une bonne personne dans le fond, tu vois ? Or ce n'est pas le cas. Elle ne fonctionne pas comme tout le monde. Ce qui fait d'elle une personne à part, et… dangereuse.

— Les gens changent.

C'est la seule réponse qui me vient.

Elle hoche la tête, les sourcils légèrement froncés.

— Bien sûr, et je suis d'accord avec toi. Quand j'ai appris qu'on l'avait relâchée, j'ai tâché de me convaincre qu'elle serait différente. Sans vraiment y croire. Passer toutes ces années en prison n'attendrit personne, n'est-ce pas ? Au contraire, ça rend plus hargneux. Je ne pouvais pas entrer en contact avec elle, ça va de soi. De toute façon, je n'en avais pas envie. Alors j'ai engagé un détective privé pour la surveiller juste après sa libération, quand elle s'est installée à Londres… Je sais, s'interrompt-elle, ça te semble insensé, mais j'avais besoin de savoir ce qu'elle devenait. Je suppose que malgré tout ce qui s'est passé, je n'arrivais pas encore à tourner la page.

— Et ?

— Et rien, rien d'intéressant du moins. Elle travaillait, avait des amis, des petits copains, rien de sérieux. J'ai appris qu'elle se faisait désormais appeler Natalie Stephens. Au bout d'un moment, elle a officiellement adopté cette nouvelle identité. Ensuite, elle t'a rencontré, a déménagé à Brighton et j'ai cru qu'elle avait fini par se poser. J'ai cessé de la surveiller pendant quelque temps, ce qui ne m'a pas empêchée de me faire du souci. Davantage même. (Elle lève les yeux et surprend mon air interrogateur.) Je ne l'imaginais pas dans une relation saine. Ça ne collait pas avec son personnage. J'étais inquiète, surtout pour toi.

En temps normal, j'aurais rétorqué : *Je n'ai pas besoin de ta compassion, merci beaucoup*. Mais elle s'exprime avec un tel naturel et une telle sincérité. Je sais en outre qu'elle n'a pas dit ça par pitié. Elle cherche juste à me faire savoir qu'elle est de mon côté.

— Mon inquiétude s'est accrue quand j'ai appris que tu avais une fille. Sadie n'a pas du tout la fibre maternelle, et je ne l'imagine vraiment pas dans le rôle de belle-mère.

Je suis sur le point de protester. C'est un sujet que je maîtrise mieux qu'elle ; tout n'a pas été rose, d'accord, mais Natalie s'en tire bien avec Jade, elle a instinctivement trouvé le juste milieu entre l'amitié et l'autorité. Cependant, Rachel poursuit.

— Elle a perdu un bébé à l'âge de dix-neuf ans quand elle fréquentait Kas. Sa fausse couche s'est produite au moment du procès. Je ne pense pas qu'elle s'en soit facilement remise.

Elle se tait mais ma gorge s'est nouée. Je songe à Kaspar et prends finalement conscience que c'est ma propre femme qui l'a fréquenté, qui a couché avec lui, et je comprends soudain le petit sourire en coin qu'il m'a décoché en prison au moment de mon départ, comme si la vie pouvait encore le surprendre. Et maintenant, j'apprends qu'il aurait pu y avoir un enfant, et que ce bébé poussait dans le ventre de la femme qui m'a assuré dès le départ ne jamais vouloir être mère. « Tu dois être soulagé, Alex ? Ça t'aurait gonflé de tout recommencer, les couches, les nuits blanches… ? »

— Elle m'a pourtant assuré qu'elle ne voulait pas d'enfants.

Rachel n'a pas l'air surprise.

— C'est étrange de choisir un compagnon qui en a déjà un dans ce cas. Elle aurait pu trouver un homme avec un peu moins de casseroles, non ? Sans vouloir t'offenser.

— Elle est tombée amoureuse de moi, je rétorque.

— Je n'en doute pas.

Un silence gênant s'installe. Rachel contemple ses mains d'un air tourmenté, comme si elle cherchait à assembler les différentes pièces du puzzle que nous avons réunies à nous deux. Un sentiment désagréable me gagne peu à peu. J'éprouve le besoin pressant de rejoindre ma fille. C'est probablement parce que Rachel a fait allusion à elle dans la conversation. Ma fille n'a rien à voir dans cette histoire. Je vais devoir avoir une discussion à cœur ouvert avec Natalie à propos de tout ça, et je refuse que Jade s'y retrouve mêlée. C'est mon rôle de la protéger. Et pour le moment, elle est trop loin et je ne suis pas là pour veiller sur elle.

Cette pensée en amène une autre.

— Tu as fait suivre Jade ? dis-je d'un ton accusateur. (Je me radoucis aussitôt pour ne pas la froisser.) Je suis sûr que tu avais de bonnes raisons de le faire, mais il faut que je sache.

Elle secoue la tête et m'interroge du regard.

— Non, jamais. Tu es la seule personne avec qui je suis entrée en contact de près ou de loin. (Elle aspire ses joues, un peu gênée, se remémorant sans doute nos conversations nocturnes sulfureuses.) Et si j'ai fait ça, c'est uniquement pour m'assurer que vous étiez heureux. Du moins, au début.

Elle hésite à en dire plus, se ravise, bascule contre son dossier et ramène ses cheveux derrière ses oreilles d'un geste nerveux.

— Pourquoi tu me poses cette question ?

— Il y a un homme qui rôde autour de ma fille. Je crois qu'il s'appelle Dominic Westwood.

Rachel se rembrunit.

— Je ne suis pas au courant. En revanche, je connaissais Dominic. Il était proche de Kas. Sadie le considérait comme son ami. De ça, je suis certaine.

Le malaise grandit dans ma poitrine. J'essaie de garder mon sang-froid, me remémorant les moments de complicité et de tendresse que j'ai partagés avec Natalie. Mais ça ne me rassure pas. Ma seule certitude, c'est que ma femme est une grande actrice. Non seulement elle a réussi à me dissimuler tout un pan de sa vie, mais elle est parvenue à me mentir à nouveau en m'apprenant la vérité. J'ignore s'il y a une seule once de vérité dans ce qu'on a vécu elle et moi. J'ignore même si elle m'a vraiment aimé.

Je me dresse comme un ressort.

— Il faut que je passe un coup de fil. Donne-moi une minute.

— Bien sûr.

Rachel semble vouloir me demander plus de précisions, mais elle baisse la tête et respire à fond pour réfréner sa curiosité. Comme je traverse le bar, je jette un coup d'œil par-dessus mon épaule. De dos, on dirait Natalie. Les mêmes omoplates délicates, le même cou de cygne.

Dehors, la nuit commence à tomber ; le soleil rougeoyant s'abîme derrière la silhouette des bâtiments. Je compose le numéro de Jade ; la sonnerie retentit et je tombe sur sa messagerie vocale. Pas étonnant. Les coups de fil sont vus d'un mauvais œil dans le service de soins intensifs. Par conséquent, son portable est la plupart du temps en mode silencieux. Toutefois, mes mains tremblent tandis que j'appelle le standard de l'hôpital. On met un certain temps à décrocher. Pendant ce temps, je contemple le soleil couchant et lorsque je détourne le regard, un petit point rouge s'est imprimé sur ma rétine.

On finit par prendre mon appel et je suis mis en relation avec l'unité des grands brûlés. Je demande à la réceptionniste de me passer Jade. Elle me dit de patienter avant de me mettre en attente en enclenchant une musique qui m'écorche les tympans.

La musique cesse subitement et on me reprend. Des bruits de fond, des martèlements de pas, des conversations étouffées.

Mon cœur se précipite. Je m'impatiente.

— Allô ? Jade est avec vous ?

— Désolée, reprend la standardiste d'une voix claire. Je demandais à l'une des infirmières si elle sait où se trouve Jade. Mais elle vient à peine de prendre son service.

— Comment ça, où se trouve Jade ?! je répète sèchement. Elle doit être dans son lit normalement, non ? Ou aux toilettes, ou dans la salle commune. Il y a plein d'endroits possibles.

— Son lit a été réattribué à un autre patient, réplique la réceptionniste, répétant l'information qu'on vient de lui transmettre.

Elle est polie mais un peu agacée. Elle doit sûrement gérer ce genre de problèmes des centaines de fois par jour. L'hôpital est une vaste structure où règnent les malentendus et les problèmes de communication. Pourtant, une bouffée de panique m'envahit.

— On a dû la changer de chambre, dis-je d'une voix étrangement calme. Vous pouvez vous renseigner ? Ou bien me passer un médecin ?

— Je vais voir ce que je peux faire.

La musique d'attente s'enclenche à nouveau, en rythme avec les battements de mon cœur. Et mon cœur bat très vite, comme si j'avais couru.

SADIE

Septembre 2017

Le taxi reste coincé dans les bouchons pendant un moment et j'en profite pour rappeler Dominic pour la cinquième fois sans succès. Il ne décroche toujours pas. Je décide de lui envoyer un message laconique pour l'informer de l'endroit où je serai et à quelle heure m'y retrouver. Quoi qu'il pense de mon plan, je sais qu'il ne préviendra pas la police : non seulement il s'en méfie comme de la peste, mais il est déjà très mal vu des services ; il ne leur manquerait pas grand-chose pour le coffrer.

J'attendais mieux de lui, vu tous ses beaux discours sur la loyauté et étant donné ce qu'il me doit. À l'époque du procès, Kas et moi nous sommes serré les coudes. Nous n'avons pas mêlé son nom à l'affaire, et Rachel n'a jamais su qu'il était impliqué. Du coup, son petit numéro de balance n'a pas eu de conséquences graves pour Dominic. À mon avis, la police le soupçonnait ; il fut questionné à plus d'une reprise, mais on n'a jamais trouvé assez de preuves contre lui pour l'inculper. Ça n'aurait servi à rien qu'on le fasse couler avec nous – ça n'aurait rien changé à notre peine.

Ainsi, lorsque j'ai retrouvé sa trace et ai repris contact avec lui, j'étais en droit de lui demander une faveur et il le savait. On s'est retrouvés dans un bar miteux juste en dehors de Brighton et je lui ai parlé de Jade. Je lui ai présenté les faits, et il m'a dit qu'il comprenait. Comme ça, je n'avais plus à m'en soucier. Je ne voulais pas me retrouver impliquée de trop près dans sa… disparition. C'était trop risqué, et puis, quand j'y pensais, une certaine réticence me gagnait. Ce n'était pas comme avec Melanie. Cette fois, c'était prémédité, et ce détail me dérangeait, même si j'ignore pourquoi. Une forme de compassion, j'imagine. Ou de la sensiblerie, je ne sais pas.

Malheureusement, je ne m'étais pas rendu compte à quel point Dominic avait changé. C'était devenu une sorte de chiffe molle. Les années avaient tempéré son caractère, et pendant que Kas et moi nous endurcissions en prison, il avait traîné avec une bande qui avait perdu son aura et sa hargne en l'absence de son leader. Quand je lui ai demandé comment il avait occupé son temps, il a haussé les épaules en marmonnant. En lisant entre les lignes, j'ai compris qu'il était tombé dans le trafic de drogue de bas étage. Il a même évoqué le fait qu'il travaillait dans une épicerie. J'ai haussé un sourcil et il s'est défendu, prétextant que c'était une couverture pour détourner les soupçons, mais je n'en étais pas convaincue. Il avait pris du poids aussi ; ses doigts étaient maintenant boudinés, rien à voir avec ceux qui m'avaient agrippée la nuit du meurtre, dans la cave, pour m'empêcher de m'enfuir.

C'était toujours mieux que rien. Nous avons décidé que Dominic espionnerait Jade, histoire de tâter le terrain. C'est ce qu'il a fait, sauf que ça a duré plus longtemps que prévu. Il rôdait dans les parages (sans grande subtilité puisque Jade l'a apparemment repéré). Il se postait sur le trottoir d'en face et l'observait d'un air intimidant, sans plus. Il craignait de l'approcher, redoutant de se faire remarquer. Un homme de son âge bavardant avec une gamine de quatorze ans, ça ne passe pas inaperçu ; et puis, il doutait qu'elle soit séduite par lui. Nous étions au moins d'accord sur ce dernier point. Sans compter que Jade ne sortait jamais seule la nuit. Du coup, c'était compliqué.

C'est là que l'idée m'est venue. J'ignorais quel était son type de garçon, en revanche, je savais qu'elle passait beaucoup de temps sur les réseaux et j'ai créé quelques faux profils et lui ai écrit en la complimentant sur sa beauté, pour l'appâter. J'ai créé un profil féminin également, juste au cas où, mais elle l'a bloqué sur-le-champ, donc j'ai eu ma réponse. Il y a un profil en particulier qu'elle semblait apprécier. J'avais piqué une photo sur Internet, celle d'un bel adolescent hâlé – dans le style de Kas au même âge, j'imagine. Elle répondait à ses messages avec d'étranges émoticônes, un visage qui rougit ou un petit cœur. J'ai cru tout d'abord que ça suffirait à l'embobiner… qu'on chatterait pendant quelques semaines et que j'arrangerais ensuite une rencontre. Mais elle était plus futée que ça. Dès que j'ai suggéré l'idée, elle s'est rétractée. Néanmoins, je connaissais désormais son type de garçon, et je savais que Dominic trouverait la personne idéale pour remplir ce rôle.

Ça n'a pas loupé. Quand je lui en ai parlé, il m'a envoyé la photo du fils d'un de ses amis, un dénommé Jaxon : un beau brun aux yeux noirs avec une barbe naissante et un petit air goguenard. Je l'ai contacté et lui ai demandé si ça l'intéressait de se faire un peu d'argent de poche. Une mission ponctuelle qui ne requérait pas de grandes aptitudes de sa part. Tout ce qu'il avait à faire, c'était se pointer chez nous déguisé en plombier, bavarder avec Jade et lui filer son numéro. Sauf que, évidemment, ce n'était pas son numéro mais celui d'un portable prépayé que j'avais acheté dans une boutique lambda. Je dois dire qu'il a joué son rôle à la perfection. J'étais présente au moment où Jade est rentrée de l'école et j'ai assisté à la scène de drague où Jaxon a joué le joli cœur. J'ai quitté la cuisine à point nommé et j'ai attendu que la magie opère. Et après son départ, j'ai vu que Jade était excitée comme une puce, même si elle tâchait de le cacher, et qu'elle se raccrochait à son téléphone comme à une bouée de survie.

Ensuite, j'ai échangé des messages avec elle pendant quelques semaines. J'ai fait mine d'apprendre à la connaître pour ne pas l'effrayer et la convaincre finalement de me rencontrer. Le plan consistait à programmer un rendez-vous dans un coin reculé, pas trop loin du centre-ville pour qu'elle puisse s'y rendre facilement après les cours. « Jaxon » serait un peu en retard, lui enverrait quelques messages pour la faire patienter jusqu'à la tombée de la nuit. Et puis ce serait Dominic qui se pointerait à sa place. L'historique des messages sur son téléphone laisserait une trace de la triste histoire et j'aurais confié le téléphone de Jaxon à Dominic pour qu'il s'en débarrasse sur-le-champ. J'avais tout prévu.

J'avais donné rendez-vous à Dominic la veille au soir pour arranger les derniers détails. Nous devions nous retrouver dans un bar, mais Alex m'a rappelé à la dernière minute qu'il sortait avec des clients et que je devrais rester à la maison avec Jade. J'ai prévenu Dominic, qui a suggéré qu'on reporte notre entrevue, et qu'on repousse le projet d'une semaine ou deux. Mais nous étions déjà lancés et il ne fallait pas qu'on perde notre élan. Je voulais en finir une bonne fois pour toutes. Du coup, je lui ai dit de passer à la maison dans la soirée, lorsque Jade serait couchée. Il est arrivé aux alentours de 22 heures et, dans mon esprit, la gamine était dans sa chambre, lumière éteinte.

— Je ne sais plus trop, m'a-t-il lâché de but en blanc en s'avachissant dans le canapé, évitant mon regard. Ce n'est qu'une môme, Sadie.

Il n'a jamais réussi à m'appeler Natalie.

J'ai su que c'était cuit. Comme je l'ai déjà dit, il s'était calmé au fil des ans, et il était devenu trop tendre. Mais je refusais que tous mes efforts soient réduits à néant. Alors, j'ai tenté de le faire changer d'avis. J'ai argumenté qu'une vie était une vie, quelle qu'elle soit, et que ça n'avait aucun sens d'avoir des scrupules pour une personne plutôt que pour une autre. À moins qu'il s'agisse de proches ou d'êtres chers, évidemment, mais il ne connaissait pas Jade ! Elle n'était rien pour lui. J'ai soutenu que ce serait fait en un tournemain et qu'il ne s'en rendrait même pas compte, qu'il avait déjà commis des actes bien plus répréhensibles. Et lorsque j'ai constaté qu'aucun de mes arguments ne marchait, je lui ai rappelé ce que j'avais fait pour lui. Ce qu'il me devait.

Il a écouté, puis il est monté aux toilettes à l'étage pendant quelques minutes avant de redescendre. À son retour, il avait pris sa décision. Son visage était celui d'un lâche.

— Je ne peux pas. Désolé, a-t-il dit en écartant ses mains battoirs.

Sa réponse s'est résumée à ça.

Je l'ai rattrapé devant la porte, l'ai saisi par la manche de son manteau.

— Tu n'es qu'une putain de mauviette, ai-je sifflé d'une voix vénéneuse. Je n'oublierai pas, et Kas non plus. Attends qu'il soit au courant.

Mes menaces étaient creuses. Je n'avais jamais rendu visite à Kas et je n'en avais pas l'intention d'ailleurs. Je ne pouvais pas prendre le risque de foutre en l'air mon nouvel équilibre. Mais ça, il l'ignorait.

Il a chassé ma main de son bras et m'a foudroyée du regard. Je me suis alors rendu compte qu'il était toujours beaucoup plus fort que moi et que s'il le voulait, il pourrait me mettre K-O en un éclair. Mais il s'est contenté de secouer la tête et il est sorti par la porte arrière. Je suis restée plantée là à écouter ses pas s'éloigner dans la cour. Et le silence est retombé.

À cet instant, une rage folle s'est emparée de moi. Mon plan me filait entre les doigts sans que je puisse rien y faire. Ma vision s'est brouillée et, aveuglée par une colère noire, j'ai éprouvé le besoin irrépressible d'agir. Il fallait que je fasse quelque chose, n'importe quoi. Mes mains tremblaient. J'ai allumé une cigarette et j'ai soudain songé combien ce serait facile de la laisser tomber sur le tapis et d'y mettre le feu. Combien ce serait facile de faire la même chose dans la pièce d'à côté, et ainsi de suite, pendant que Jade dormait à poings fermés à l'étage, et d'attendre ensuite assez longtemps avant d'appeler les pompiers. Ce n'était pas un plan très élaboré. Mais il m'est venu avec une telle clarté que ça m'a paru être la seule et unique solution. Donc je l'ai fait. Et c'était bel et bien réel, la chaleur, la vivacité des flammes, et la terreur. Je n'ai pas eu besoin de les feindre.

Quand Alex a débarqué, j'avais réussi à m'extirper de la maison ; ma poitrine me brûlait, mon cœur battait à tout rompre, et les larmes me sont montées aux yeux de manière très naturelle. Il s'est décomposé sous mes yeux, atterré, perdu, démuni, et je l'ai regardé et j'ai pensé, oui, je t'aime, je t'aime et tout ça en vaut la peine. Je ne suis pas bête. Je savais que ce serait dur pour lui de la perdre, mais je serais là pour lui et jamais je ne le quitterais, et jamais plus il ne pourrait se passer de moi.

Évidemment, ça ne s'est pas du tout passé comme prévu. Les pompiers l'ont sortie à temps des flammes, comme un chat à neuf vies. Et je suis restée assise à l'hôpital avec mon sourire sur mesure et je l'ai dorlotée, et j'ai fait le vide dans mon esprit, car je savais que si je ne le faisais pas, je perdrais totalement la tête.

Le taxi tourne à l'angle et s'engage sur la rue principale. On est presque arrivés. Je respire à fond pour calmer mes nerfs. Si seulement je pouvais parler à Alex. J'aimerais tout lui confier et lui faire part de la panique et de la contrariété qui m'animent depuis quelques jours. Bien entendu, c'est impossible, étant donné le sujet dont il est question, mais c'est ça l'amour. Désirer partager tous ses secrets, même les plus sombres, avec une personne.

Ça fait longtemps que j'ai envie de lui parler de mon passé. J'ai beau m'être réinventée, ça ne veut pas dire que j'ai oublié. Quand quelque chose fait partie de vous, du sang qui coule dans vos veines, ne pas le partager avec la personne que vous aimez plus que tout est douloureux. Par moments, ça me rendait dingue d'être étendue à côté de lui et de songer qu'il savait si peu de choses de moi – pire encore, il ne connaissait que les mensonges que je lui avais servis. Après l'incendie, ce sentiment s'est accru. Peut-être que c'était parce que j'avais frôlé la mort. J'étais restée un peu trop longtemps à l'intérieur au milieu des flammes. Je n'avais pas réalisé à quel point mes réflexes seraient ralentis par la fumée et la chaleur. Le voile avait été arraché et ça m'avait rendue vulnérable.

Il n'y avait qu'un problème. Disons que je suis consciente que, d'un point de vue extérieur, « Sadie » peut passer pour un personnage plutôt odieux. Je n'attendais pas d'Alex qu'il comprenne. Enfin, je me méfiais surtout de sa réaction. Je n'aurai jamais assez confiance en quiconque. Et puis, si je lui racontais les détails de mon passé, j'allais devoir lui avouer mon obsession pour un autre homme… Pas le genre de chose qu'un mari est ravi d'entendre. Mais si je voulais vraiment qu'il comprenne, je ne pouvais pas minimiser l'importance de Kas.

Je n'avais pas encore résolu ce dilemme, et puis tout s'est dégradé d'un coup. Alex m'a prise totalement au dépourvu en sortant la photo de Kas et Rachel. J'ai été stupide de la conserver. C'était un arrêt sur image. Je l'avais prise au tout début, avant que les choses se gâtent, quand je commençais à croire que Kas et moi avions un avenir possible, et que Rachel et moi pourrions peut-être un jour nous rapprocher. J'aimais bien la regarder de temps à autre, quand j'étais seule. Juste pour me rappeler comment c'était.

Bref, je me suis retrouvée au pied du mur. Alex attendait une explication, toutefois je ne pouvais pas lui dire la vérité. Heureusement, j'ai le chic pour trouver des solutions miracles en un rien de temps. Comme toutes mes meilleures idées, celle-ci m'est venue dans un moment de génie. Je *pouvais* lui raconter toute l'histoire ; il me suffisait juste de la narrer d'un point de vue différent. J'allais devoir me réinventer encore. Et Rachel était parfaite pour ce nouveau rôle.

Je n'avais pas trop pensé à elle au cours des dernières années. Peut-être que c'était trop douloureux. Après tout, c'était ma sœur, et j'aurai toujours du mal à encaisser le fait qu'elle m'a trahie. J'avais conservé quelques objets lui ayant appartenu, par sentimentalisme, je suppose, mais je n'ai jamais cherché à la retrouver. Ça n'aurait rien donné de toute façon. Et puis, je m'étais imaginé la scène, et je m'étais aperçue que si nous devions un jour nous retrouver face à face, je n'aurais rien à lui dire. Ou trop, peut-être. Dans un sens comme dans l'autre, ça n'allait pas.

Étonnamment, je suis entrée dans la peau de son personnage avec une grande facilité. C'était comme si je l'avais eue dans la peau tout du long et que je n'avais eu qu'à gratter la surface pour qu'elle surgisse. Ce fut facile de voir la situation de son point de vue, jouer la carte du désespoir, de la crainte et de l'amertume envers Sadie. Après tout, elle m'avait bien fait sentir tout ça à l'époque. D'une certaine manière, c'était grisant de me glisser dans la peau de Rachel. Alex s'est pris d'affection pour elle ; il m'a immédiatement classée dans la catégorie victime.

Entre-temps, j'ai continué à envoyer des messages à Jade en me faisant passer pour Jaxon. J'ai feint une querelle d'ados – il se méfiait, croyait que Jade faisait semblant d'être hospitalisée pour ne pas le rencontrer. On s'est rabibochés, mais à présent, je vais devoir passer à l'étape supérieure. Tandis que le taxi se range sur le bas-côté, je sors le téléphone prépayé de mon sac et j'envoie un autre message. Puis je veille à mettre l'appareil en mode silencieux. Voilà ! C'est à moi de jouer. Je descends du véhicule et me dirige vers l'hôpital, plus déterminée que jamais.

Elle est assise sur son lit d'hôpital, les yeux rivés à son portable. Elle paraît très fragile ; sa peau est quasiment translucide, son visage sans maquillage est d'une pâleur surprenante, serti de deux grands yeux bleus d'une clarté lumineuse.

Je patiente quelques secondes sur le seuil avant d'entrer.

— Re-bonjour toi.

Elle lève la tête dans un sursaut sans lâcher son téléphone. Elle tâche de faire comme si de rien n'était, de se concentrer sur autre chose que le message qu'elle vient de recevoir ; en fait, ses yeux sont brillants de larmes.

— Qu'est-ce qui ne va pas ?

— Rien, réplique-t-elle d'une voix étranglée.

Elle baisse la tête.

Je vais m'asseoir à côté d'elle.

— C'est à cause de ce garçon ? Ce Jaxon ?

Elle m'interroge du regard.

— Je ne savais pas que tu étais au courant.

— Ton père m'en a parlé.

Je ne veux pas en dire trop. Je ne sais pas à quel point Alex est dans la confidence ; il a seulement évoqué l'histoire hier sans s'étaler. Je me contente donc de sourire avec empathie en lui caressant la main.

— Il s'est passé un truc ?

Jade inspire à fond. Elle se demande visiblement si je suis assez digne de confiance pour qu'elle se livre à moi. En temps normal, la réponse serait non. Mais elle est bouleversée, et je suis la seule personne présente à son chevet, et elle se dit peut-être que je serai moins rigide à ce sujet que son père. Parce que je ne suis pas sa mère. Dans le fond, elle sent que je m'en fiche un peu.

— Il vient de m'écrire. Il dit qu'il me croit pas totalement quand je lui dis que je suis à l'hosto, et il pense que je le mène en bateau. C'est tellement… tellement frustrant. Je ne veux pas qu'il vienne ici et qu'il me voie dans cet état. Mais il va finir par se lasser et je ne veux pas…

Elle s'interrompt et se frotte les yeux avec colère.

— Je comprends, dis-je, catégorique.

— Ah bon ?

Elle me décoche un regard méfiant et sèche ses larmes.

— Bien sûr. (Je me demande si je dois poursuivre. Elle a l'air mûre à point.) Écoute, si je suis venue, c'est parce que la dernière fois que nous t'avons rendu visite avec ton père, les médecins nous ont annoncé que tu étais presque en état de quitter l'hôpital. Il est de sortie ce soir, et j'allais te proposer de rentrer avec moi à l'hôtel. Comme ça, nous pourrions lui faire la surprise. Mais peut-être que… (Je marque volontairement une pause pour faire mine de peser le pour et le contre.) Tu te sens mieux ?

— Oui, répond-elle prudemment.

— Eh bien, dis-je avec une réticence calculée, peut-être que… tu pourrais proposer à ce garçon de le voir ce soir. Nous pourrions aller le retrouver avant de rentrer à l'hôtel. Je pourrais t'y emmener et attendre dans les environs pour m'assurer que tu es entre de bonnes mains.

Jade cligne des yeux, les lèvres entrouvertes. Je me maudis intérieurement ; je m'y suis prise un peu vite, je ne lui ai pas laissé le temps de mordre à l'hameçon. Lorsqu'elle s'imprègne de ma proposition, une étincelle illumine son regard. Toutefois, elle semble surtout soucieuse.

— Je ne sais pas.

J'incline la tête de côté.

— J'ai mal compris ? Enfin, si tu n'en as pas envie, ce n'est pas grave, mais…

— Non, c'est pas ça, rétorque-t-elle. C'est juste que… (Ses joues rosissent et elle détourne les yeux, gênée.) Je suis *horrible*, marmonne-t-elle. Je n'ai rien à me mettre sur le dos de convenable, je n'ai ni rouge à lèvres ni blush… je ne veux pas qu'il pense que je n'ai pas pris la peine de faire le moindre effort.

Une vague de soulagement me balaie.

— C'est ça qui te turlupine ? (Je songe à me lancer dans un discours sur l'amour et la beauté intérieure, mais je me ravise. À qui je vais faire croire ça ?) Ça peut s'arranger. On repassera par l'hôtel et je te maquillerai.

— Pour de vrai ? s'enthousiasme Jade. Dans ce cas… (Un sourire lui échappe.) Je vais lui écrire tout de suite. Ah ! Je n'y crois pas ! Tu penses que ça va bien se passer ?

— Je n'en doute pas un seul instant, dis-je en me levant. Donne-moi quelques minutes. Je vais aller trouver le médecin pour lui faire signer une feuille de sortie.

Il me faut plus de temps que prévu pour trouver la bonne personne qui accepte de me remettre le papier. D'autant plus que le médecin n'est pas emballé par mon idée. Il me fait remarquer que Jade devrait encore rester quelques jours en observation afin qu'ils soient sûrs qu'elle est prête à sortir. Mais je campe sur mes positions, prétextant que nous avons prévu une surprise pour l'anniversaire de son père et qu'elle ne peut pas rater ça. Nous la ramènerons pour un examen dans le courant de la semaine – ils pourront même la réhospitaliser si besoin est – et tout ira bien.

— Où est-ce que je signe ? dis-je d'une voix guillerette.

Et, bien qu'il n'ait pas l'air convaincu, il sait qu'il n'a pas le pouvoir de m'en empêcher.

En remontant le couloir en direction de la chambre de Jade, je vérifie mon portable prépayé, et je constate qu'elle a envoyé un message à Jaxon. *Coucou bébé, je te jure que j'ai envie de te voir. On peut même faire ça ce soir, si ça te dit ?!! Je sors de l'hosto.*

Je m'arrête un instant pour lui répondre de manière encourageante. *Sérieuuuux ?? Carrément, bébé. Je peux pas tout de suite mais un peu plus tard rdv à portslade ?* J'imagine que Jade ne fera pas trop la fine bouche pour son premier rencard, et j'ai ma petite idée quant au point de rencontre. Toujours s'en tenir à ce qu'on connaît déjà.

À mon retour dans la chambre, elle a quitté son lit sans se faire prier, et elle est déjà en train d'enfiler ses bottines. Elle est visiblement ravie et piaffe d'impatience.

— Tu es prête ? dis-je, une étrange boule dans la gorge.

Elle acquiesce et se met debout face à moi ; ce faisant, elle chancelle légèrement, les jambes encore faibles. Je lui tends le bras pour qu'elle s'appuie sur moi. Le silence règne dans la pièce ; un rayon de soleil de fin de journée filtre par la fenêtre et lui éclaire le visage. On dirait presque un ange.

— Merci Natalie, dit-elle à mi-voix. J'apprécie vraiment ce que tu fais pour moi. Toi au moins tu sais ce que ça fait… ce que ça fait d'être amoureuse.

Et elle a raison. Je le sais.

ALEX

Septembre 2017

La musique d'attente dure une éternité. Je ne tiens plus en place et suis à deux doigts de raccrocher et rappeler lorsqu'on me reprend en ligne.

— Allô ? (Je reconnais l'accent du docteur Rai.) Monsieur Carmichael ? J'ai cru comprendre que vous appeliez au sujet de votre fille ?

— Oui. J'aimerais lui parler, s'il vous plaît.

Le médecin toussote et reprend d'une voix gênée.

— Jade n'est plus à l'hôpital. Elle est partie dans la soirée avec sa mère. C'était contraire à l'avis médical, mais sa maman a beaucoup insisté. Je suppose qu'il y a eu un souci de communication et qu'elle n'a pas réussi à vous en informer ?

Je demeure silencieux quelques instants. La gorge soudain sèche, je me force à poursuivre :

— Sa belle-mère.

— Je vous demande pardon ? répond le médecin.

Mais sa voix s'estompe déjà tandis que j'écarte le portable de mon oreille, fixe bêtement l'écran et interromps l'appel.

Lorsque je me retourne, je m'aperçois que Rachel m'a suivi à l'extérieur. Je ne sais pas depuis combien de temps elle se tient là, mais elle n'a qu'à observer mon expression pour comprendre qu'il se passe un truc grave. Elle m'interroge du regard, l'air inquiet. Elle tend la main et m'effleure le bras pour me questionner en silence.

— Ils ne savent pas où elle est. L'hôpital. Ma fille n'y est plus. Elle est partie avec ma femme.

Ce n'est qu'en prononçant ça à voix haute que je prends conscience de la réalité. Une bouffée de panique m'envahit car je m'aperçois que ces mots sont moins innocents qu'il n'y paraît.

— Viens.

Je m'élance le long de la promenade, Rachel dans mon sillage, et j'en profite pour appeler Natalie. Son portable sonne, mais je tombe sur sa messagerie guillerette : *Coucou, c'est Natalie. Je ne suis pas là pour le moment, mais je vous rappellerai.* Le son de sa voix me rassure brièvement par sa normalité. C'est mon épouse, je me répète. Je me monte la tête pour rien. Quoi que Natalie soit en train de faire, elle a ses raisons. Tout va bien se passer.

— Salut ma chérie, dis-je d'une voix faussement calme. Je viens de m'entretenir avec l'hôpital et on m'a appris que tu avais ramené Jade à l'hôtel. Un peu surprenant – tu peux me rappeler pour me tenir au courant ? À tout à l'heure.

Je raccroche et poursuis sur ma lancée, m'engageant dans la rue qui mène à l'hôtel.

— Elles doivent être de retour à l'hôtel, dis-je à Rachel. Je vais y aller directement.

— D'accord.

Son visage est toujours aussi livide et ses mains sont crispées. Son chignon se défait au fil de ses pas et les mèches dégringolent autour de son visage. Elle ressemble davantage encore à Natalie.

— Je t'accompagne et j'attendrai dehors. Si elles sont là, ne redescends pas. Je vais patienter un moment et ensuite je m'en irai.

— Tu ne veux pas la voir ? Tu es sûre ?

Elle répond par un silence et secoue la tête sans s'arrêter. Un voile de chagrin passe sur son visage.

On marche vite et on ne met pas longtemps à rejoindre l'hôtel. Parvenu devant, je marque une pause pour reprendre mon souffle.

— OK. Je vais aller les retrouver. Je suis sûr qu'elles sont là. Donc si je ne reviens pas…

Un adieu me semble soudain et prématuré, mais je ne sais pas comment prendre congé d'elle autrement. Et après quelques instants d'hésitation, je lui fais signe de la main pour lui dire au revoir en évitant son regard. Elle acquiesce et s'adosse au muret en détournant la tête.

Je traverse le vestibule et saute dans l'ascenseur en fouillant dans ma poche pour y trouver la clé de notre chambre. Tandis que l'ascenseur gravit les étages, je tâche de réguler les battements de mon cœur en prenant de profondes inspirations. Je m'efforce de me rassurer en songeant que dans quelques minutes ce sera fini. Je pourrai prendre ma fille dans mes bras et je plongerai mon regard dans celui de mon épouse pour lui faire comprendre que je sais tout et que je suis prêt à passer outre à ses actions passées au nom de notre amour. Je veux qu'on s'allonge tous les trois sur le lit et qu'on regarde une bonne vieille comédie à la télé avant de commander le service de chambre. Peut-être même que nous irons faire une petite balade avant de nous coucher. Ces images pleines d'espoir défilent dans ma tête au moment où je tourne la clé dans la serrure et ouvre la porte.

Je vois d'emblée que la pièce est vide, mais je refuse d'y croire ; je pénètre à l'intérieur et j'en fais bêtement le tour. Je jette un coup d'œil dans la salle de bains, j'appelle Jade. Le dessus-de-lit est froissé comme si on s'était récemment assis dessus, et une vague de chaleur humide émane de la cabine de douche où des gouttelettes d'eau adhèrent encore à la paroi en verre. Quelqu'un était là il y a très peu de temps. Je retourne dans la chambre et je remarque alors par terre au pied du lit le portable de Jade avec sa coque rose distinctive. Je me penche pour le ramasser, mais bien entendu il est verrouillé par un code PIN dont je n'arrive pas à me souvenir. J'ai la tête qui tourne et les pensées qui se bousculent, chaotiques.

Je reste immobile, le portable en main, pendant une minute, puis je me précipite vers la fenêtre pour aller jeter un coup d'œil dans la rue. Rachel est toujours là, appuyée contre un mur. Elle a allumé une cigarette et elle tire dessus d'un geste nerveux, tendant de temps à autre le cou en direction de l'entrée de l'hôtel. Je m'aperçois qu'elle n'a pas l'intention de s'en aller. Elle sait que sa sœur n'est pas là. Elle la connaît mieux que moi.

Un horrible pressentiment monte en moi et menace de m'engloutir. Je le réprime. Il faut que je reste concentré. Je vais rappeler Natalie. Je ne crois pas en Dieu, mais je ferme les yeux et prie de toutes mes forces tandis que la sonnerie retentit dans l'appareil, mais aucune entité supérieure ne répond à ma prière et je tombe à nouveau sur le répondeur. Cette fois, je ne laisse pas de message.

Lorsque je regagne la rue, je n'ai pas besoin de dire quoi que ce soit. Rachel pivote vers moi en écrasant son mégot par terre.

— Dans quel autre endroit a-t-elle pu aller ? demande-t-elle calmement pour ne pas m'effrayer. Il y a un endroit qu'elle affectionne, un lieu où elle se rend souvent ?

— Natalie, tu veux dire ? (Je réfléchis.) Elle se promène souvent au bord de la mer.

Je fouille en vain le front de mer depuis notre point de vue en hauteur sur la colline. J'examine les rochers où nous avons parlé l'autre soir, mais je n'y vois qu'une poignée d'enfants qui jouent à la balle dans la lumière déclinante de cette fin de journée.

Rachel secoue la tête.

— Non, c'est trop à découvert.

Trop à découvert pour quoi ? ai-je envie de répliquer. Mais je préfère ne pas connaître la réponse. J'essaie de me remémorer les habitudes et routines de ma femme.

— Putain ! J'en sais rien ! je m'énerve. Je ne sais pas du tout où elle a pu aller. Qu'est-ce que je vais faire, bordel ?!

Le portable de Jade se met alors à vibrer dans ma poche. Je m'en empare et consulte l'écran. Je ne peux toujours pas le débloquer, en revanche je vois une notification de message s'afficher. Katie : *Désolée on passait à table. Ahh c'est trop génial !! Tu me*… Le reste du texte est coupé, mais ça suffit à m'apprendre que Jade a été en contact avec son amie très récemment.

Rachel regarde par-dessus mon épaule.

— Tu as son numéro ?

— Non. Mais je sais où elle habite.

J'ai déposé Jade chez Katie il y a quelques mois pour une soirée pyjama. Elmstead Road. Je ne me rappelle pas le numéro, cependant j'ai un vague souvenir de la maison. Une façade chaulée, une porte jaune pâle facilement repérable.

— On devrait y aller, fait remarquer Rachel.

— Il faut qu'on trouve un taxi. Autrement ça prendra trop de temps.

Je maudis la prétendue prise de conscience qui m'a poussé à revendre ma voiture il y a quelques années de ça, pour le bien de l'environnement. En vérité, ça n'avait pas grand-chose à voir avec la planète ; c'est surtout que ça représentait des frais dont je pouvais me passer à cette époque-là. Et maintenant que j'aurais besoin d'un moyen de locomotion, c'est trop tard.

Je dévale la rue en direction de l'axe principal et je cherche un taxi du regard. J'en aperçois un quelques minutes plus tard qui apparaît au tournant d'un virage, son globe lumineux luisant dans le crépuscule. Il met une éternité à approcher. Tout ce qui m'importe pour l'heure, c'est que Jade soit en sécurité. Je la veux près de moi, ici et maintenant.

Je saute dans le taxi et demande au chauffeur de nous emmener à Elmstead Road. Je précise qu'il se peut qu'il ait ensuite à nous déposer ailleurs. Le conducteur ronchonne un peu pour commencer ; je glisse la main dans ma poche et brandis une liasse de billets que j'agite devant le rétroviseur central. Il hausse les épaules, s'éloigne du bord de la chaussée et s'engage sur la route côtière.

Le trajet ne prend pas plus d'une dizaine de minutes. Assis côte à côte sur la banquette arrière, Rachel et moi sommes silencieux. À quelques reprises, elle me jette un regard. Et elle tend la main pour effleurer la mienne. J'ai conscience de l'intimité du geste et de son caractère étrange. J'ai l'impression d'avoir déserté mon corps et d'observer la scène d'en haut d'un air totalement détaché.

— Ça va aller, me rassure-t-elle.

Je hoche la tête et tourne les yeux vers la vitre, où défilent les jardins éclairés par les lampadaires dans la nuit tombante.

À peine le taxi s'est-il arrêté que je saute de la voiture et me précipite en courant vers la maison que j'ai déjà eu le temps de repérer. Je sonne à la porte avec insistance. Par la fenêtre en verre dépoli de la porte d'entrée, je vois qu'il y a du mouvement à l'intérieur, et la mère de Katie ouvre brusquement la porte, s'apprêtant à pousser une gueulante. Mais, surprise de me voir, elle ferme brutalement la bouche et affiche un sourire hésitant.

— Oh ! Bonsoir. Euh, Alex, il me semble ?

Je n'ai pas le temps d'échanger des courtoisies.

— Katie est là ?

— Euh… oui, dit-elle en jetant un coup d'œil derrière elle. Elle vient de finir ses devoirs et s'apprête à aller se coucher. Il y a un problème ?

— Il faut que je lui parle de Jade.

Je cherche une explication qui passe mieux mais je ne trouve pas mes mots. Un sentiment d'urgence monte en moi, une bouffée de panique qui enfle dans ma poitrine et qui étouffe tout le reste.

— Nous sommes navrés de vous déranger, intervient Rachel, mais c'est important, j'en ai peur. Nous devons parler avec Katie de messages que Jade a pu lui envoyer ce soir, explique-t-elle d'un ton calme.

La mère de Katie a l'air plus à l'aise avec elle qu'avec moi. Du coup, je ne fais rien ; je me contente de hocher la tête et d'attendre.

— OK, réplique la femme avec une pointe d'hésitation. Katie ! hurle-t-elle en se tournant vers l'escalier. Tu peux descendre ? Il y a quelqu'un qui voudrait te voir.

Quelques instants plus tard, Katie apparaît en haut des marches. Une grande brune aux cheveux bouclés et aux longs cils noirs, vêtue d'une jupe courte. On dirait déjà une femme et pourtant elle a le même âge que Jade. Non seulement ces filles grandissent à une vitesse folle, mais elles croient tout maîtriser. Si elles savaient à quel point elles se trompent… Mon cœur se serre à cette pensée et, malgré la boule qui me noue la gorge, je prends la parole.

— Katie, je suis désolé de te déranger. Tu n'as rien fait de mal, mais il faut vraiment que je sache si Jade t'a dit où elle serait ce soir.

— Ah… (Katie prend un air coupable. Elle décoche un coup d'œil à sa mère.) J'sais pas.

— Je ne pense pas que ce soit vrai, dis-je en faisant mon possible pour conserver mon sang-froid. Écoute, Jade devrait être encore à l'hôpital. Je suis très inquiet pour elle, et j'ai des raisons de croire qu'il lui est arrivé quelque chose. Si tu crains de lui causer des ennuis, rassure-toi ce n'est pas le cas. La punir, c'est le cadet de mes soucis. Je tiens juste à m'assurer qu'elle va bien.

Katie descend lentement les marches, croise les bras et rejette ses boucles en arrière. Je sens qu'elle hésite encore, mais d'une certaine manière elle savoure également le fait d'être la seule à détenir l'information que je recherche.

— Bah… Y a ce mec, Jaxon ? (Je hoche la tête pour l'encourager à poursuivre.) Bah, elle m'a dit qu'elle allait le retrouver ce soir. Genre un rencard.

— Un rencard, je répète bêtement.

J'interroge Rachel du regard, mais elle semble aussi perplexe que moi. Je ne vois pas le rapport avec Natalie.

— L'hôpital m'a appris qu'elle était rentrée à la maison avec… avec ma femme.

Du coin de l'œil, je vois la mère de Katie qui jette un regard confus à Rachel, révisant ses suppositions.

Katie acquiesce.

— Oui, c'est ce qu'elle a dit. Elle a dit que Natalie allait l'emmener sur le lieu du rencard. J'ai trouvé ça plutôt cool de sa part. Genre, c'est pas ma mère qui ferait ça.

Elle décoche à cette dernière un regard plutôt haineux. Elle ne comprend pas ce qu'est l'amour et ce qu'il engendre – un instinct protecteur.

Après avoir réglé ses comptes avec sa mère, Katie se tourne vers moi et affiche un sourire.

— Bon, tout va bien alors. Parce que Natalie est avec elle.

Rachel se rend compte que je suis au bord des larmes et intervient.

— Merci, dit-elle à Katie avec un grand sourire. Ça nous aide beaucoup. Mais est-ce qu'il serait possible de voir les messages qu'elle t'a envoyés ce soir ? Au cas où…

— Je ne pense pas, bredouille Katie.

Sa mère l'interrompt.

— Donne ton téléphone, Katie.

Je pose les yeux sur elle et, à en juger par la gravité de son expression, je sens qu'elle n'est pas dupe. Elle se doute qu'il y a un gros problème.

Katie pousse un soupir et glisse la main dans sa poche.

— C'est un peu gênant, vous savez, marmonne-t-elle. Quand j'écris des messages à mes copines, j'imagine pas que leur père va les lire.

Je me suis un peu ressaisi et je tends la main.

— Désolé. Je vais me contenter de regarder ce que vous vous êtes envoyé ce soir. Promis.

Elle me le confie à contrecœur et je passe en revue l'ensemble de la conversation avant de l'examiner plus en détail pour ne rien omettre d'important.

J : *Devine quoi ?!!*

K : *Quoi ?*

J : *Je sors de l'hosto et Natalie m'accompagne retrouver Jaxon !!!*

K : *Quoi ?! tu veux dire là maintenant ?*

J : *Ouais, putain, chui stressée, et si je lui plais plus ?*

K : *Dis pas n'importe quoi, chouchou, il va te kiiiiiffer ! Vous vous retrouvez où ?*

J : *Je sais pas trop encore. Il a dit portslade*

K : *Portslade ??!! ça craint un max :-o*

J : *Ouais je sais :-/ mais c'est peut-être mieux que ce qu'on pense. Ou alors il connaît un endroit romantique... oooohhh*

K : *Désolée on passait à table. Ahh c'est trop génial !! Tu me diras comment ça s'est passé*

Le dernier message de Jade a été envoyé il y a quarante minutes, environ vingt minutes avant qu'on rejoigne l'hôtel. Je doute qu'elle ait fait exprès de laisser son portable dans la chambre. Et ça veut dire que je n'ai aucun moyen de la contacter. Il va falloir que je me rende moi-même à Portslade et que je sillonne les rues. J'envisage d'appeler la police. Cependant, Jade n'a disparu que depuis deux heures et je n'ai aucun renseignement concret à leur fournir. Ça risquerait de me ralentir, or je veux faire mon possible pour la retrouver.

— Merci Katie, dis-je en lui rendant son téléphone. Si jamais elle te contacte, tu veux bien m'en informer sur-le-champ ?

Je lui dicte mon numéro et elle l'entre dans son répertoire téléphonique avant de nous observer Rachel et moi d'un air éberlué, comme si elle cherchait à comprendre. Je marmonne un au revoir et des remerciements avant de pivoter sur mes talons pour rejoindre le taxi.

— Portslade, dis-je au chauffeur. Dans le centre.

La voiture démarre et on file à travers les rues de Brighton, dépassant Hove Park en direction de Portslade. Ce n'est pas très loin de chez nous, pourtant je n'y ai pas mis les pieds depuis des années. Des maisons blanches dans le style Tudor, des arbres taillés en boule : un petit quartier tranquille où il ne se passe pas grand-chose. Il fait quasiment nuit noire à présent et, tandis que nous sommes bloqués dans les bouchons, je me surprends à observer les fenêtres éclairées des habitations sur la longue rue qui mène à l'axe principal. Sur le trottoir d'en face, un homme tire un rideau tout en s'adressant à un enfant collé à ses basques. Un peu plus loin, une femme porte des plats qu'elle dépose sur la table dans un geste théâtral. Des gens ordinaires dans des maisons ordinaires. Ce soir plus que jamais, je les envie. Si seulement c'était un jour banal…

Le taxi se gare de nouveau dans un crissement de pneus.

— Ça vous va ici, mon vieux ? Vous allez encore avoir besoin de moi ? Parce que j'ai un client qui m'attend à Hove.

— Je ne sais pas. (Je n'ai pas le temps de me préoccuper de l'emploi du temps du chauffeur.) Peu importe. Allez-y.

Portslade est une petite bourgade. On peut s'y déplacer à pied. Et puis, de cette manière, on va pouvoir sillonner les rues à notre guise.

Une fois que le véhicule s'est éloigné, je me tourne vers Rachel.

— Je ne sais pas par où commencer.

J'espère naïvement qu'elle saura me dire où peut être Natalie. Je fouille du regard la rue sinueuse où on se trouve. Elle est déserte et faiblement éclairée.

— Putain ! Ce trou est complètement vide !

Rachel pose la main sur mon bras pour me calmer.

— On va aller se renseigner dans les bars, etc. Il ne faut pas baisser les bras si vite.

C'est une idée sensée. En bas de la rue, j'aperçois la pancarte d'un pub arborant l'image d'un chevalier à cheval. Je m'y dirige à grands pas, entre en trombe et remarque aussitôt le nombre limité de clients. Des vieillards pour la plupart ; ils sirotent leur pinte, tête baissée, perdus dans leurs pensées.

J'en approche un au hasard.

— Excusez-moi, vous avez vu une jeune fille ? Environ quatorze ans, blonde, peut-être avec une femme qui pourrait être sa mère ? Ou avec un adolescent ?

Ma description est trop vague. L'homme ne prend même pas la peine de me répondre. Il me dévisage d'un œil méfiant et secoue la tête en silence avant de se remettre à ruminer dans son verre.

J'interroge chacun des clients à tour de rôle, et j'obtiens systématiquement la même réaction. Rachel finit par me tirer doucement par la manche.

— Viens, Alex. On va chercher ailleurs.

On passe les vingt minutes suivantes à questionner tous les commerces et les bars du coin, demandant à tous ceux qui croisent notre chemin s'ils n'ont pas aperçu Jade. Au bout d'un moment, je songe à montrer une photo d'elle sur mon téléphone, et cette idée me donne un regain d'énergie et d'espoir ; malheureusement, ça ne change pas grand-chose. Personne ne l'a vue. Nous avons parcouru en vain des kilomètres, il me semble, et peu importe l'étendue que l'on couvre, on ne se rapproche pas plus de notre but.

Je finis par m'écrouler à genoux en pleine rue sans me soucier de l'opinion de ceux qui me regardent.

— On ne va pas la trouver, dis-je, pris d'un haut-le-cœur.

C'est sans espoir, je le sais, mais je compose de nouveau le numéro de Natalie. Cette fois-ci, l'appel tombe directement sur la messagerie.

Rachel s'assied par terre à côté de moi, le front plissé par la réflexion.

— Attends. Tu n'as pas de voiture, n'est-ce pas ? Et Sadie – Natalie – n'aurait pas pris un taxi en compagnie de Jade. Elle préférera éviter qu'on la voie avec ta fille. Elles ont dû venir par le train ! Nous devrions aller faire un tour à la gare. Si ça se trouve, l'endroit est placé sous vidéosurveillance. À moins qu'un gardien de nuit ne les ait aperçues. Nous allons forcément tomber sur quelqu'un qui pourra nous renseigner !

Sa certitude suffit à me galvaniser et je me relève tant bien que mal. Son raisonnement est logique. Il faut aller à la gare.

J'entre l'adresse dans mon téléphone et me mets en route. Le trajet n'est pas long : cinq minutes à pied. Mes pas retentissent sur le trottoir ; leur cadence se répercute dans mon corps, le bruit de mon souffle résonne à mes tympans. Les silhouettes des maisons qui flanquent la rue se brouillent, mais je m'oblige à continuer et me mets bientôt à courir, Rachel dans mon sillage. Droit devant, j'aperçois bientôt le long bâtiment blanc qui abrite la gare et, alors qu'on y parvient, je ralentis pour reprendre mon souffle. Mais à cet instant, un bruit me fige net. Non, ce n'est pas ça, je dois me tromper. Je me tourne vers Rachel, qui me fixe d'un regard terrifié, les lèvres entrouvertes. Sans un mot, on se précipite dans la gare.

SADIE

Septembre 2017

Dans le train, je choisis la voiture la plus vide et me glisse près de la vitre, invitant Jade à s'installer sur le siège d'en face. C'est un trajet de dix minutes tout au plus, cependant le train avance à deux à l'heure, et on finit par rester coincées entre deux gares pendant une durée ridiculement longue. Le conducteur nous annonce d'une voix lasse que le train est actuellement arrêté en pleine voie.

Jade ne dit rien ; en revanche, elle ne tient pas en place. J'essaie de me mettre à sa place et de me rappeler ce que ça fait d'avoir hâte de retrouver un garçon, de sentir cette adrénaline se distiller dans tout son corps et de n'avoir que cette idée en tête au point d'oublier tout le reste. En vieillissant, on perd cette ardeur. Mais je me souviens de ce que j'éprouvais avec Kas, lorsque je me rendais à son club, et je m'y revois de nouveau, tandis que j'observe mon reflet dans la vitre, et qu'à l'extérieur le ciel s'assombrit avec la nuit. J'imagine le regard qu'il me décochera en m'apercevant et je sens l'odeur de son parfum. D'ordinaire, quand ce genre de flash-back m'assaille, je l'extirpe de mon esprit. Je refuse d'être faible. Mais ce soir, je m'abandonne à mes souvenirs, et ils me ramènent là-bas. C'est agréable. C'est presque comme s'il était là, juste derrière moi, et qu'il m'observait.

Jade tripote son miroir de poche ; elle examine sa bouche, fait la moue pour s'assurer que son rouge est bien appliqué. C'est l'un des miens, une teinte rouge cramoisi, une couleur qu'elle n'a jamais portée avant ce soir. Ça ne lui va pas vraiment – elle est trop pâle. Mais c'est étonnant à quel point ça attire le regard sur les lèvres. C'est un message tacite : celle qui le porte veut que vous regardiez sa bouche. Elle s'examine, la bouche en cœur, puis elle approche le dos de sa main de son visage et y dépose un baiser pour estomper le maquillage, laissant une empreinte parfaite de ses lèvres sur sa peau.

Elle s'aperçoit que je l'observe.

— Je suis bien ?

C'est le genre de question dont j'ai horreur. Si tu n'en es pas sûre, alors pourquoi tu demandes ? Je me compose tout de même un sourire.

— À tomber.

Elle sourit d'une oreille à l'autre, posant les yeux sur la petite robe bleu nuit que je lui ai prêtée. Elle est un peu trop grande pour elle mais elle met quand même en valeur sa silhouette.

— Désolée si j'ai été une peste avec toi par moments, Natalie. Je le pense.

Ses excuses me surprennent.

— Mais non.

— Si, j'ai été horrible, insiste-t-elle. Ça n'a pas été facile pour moi de voir papa avec une autre femme.

J'ai eu besoin d'un temps d'adaptation. Avant toi, c'était nous deux contre le reste du monde pendant longtemps.

— Je sais bien.

Je n'ai pas du tout envie d'avoir cette conversation. Elle me met mal à l'aise, me donne chaud. Ça la rend trop humaine, trop vulnérable. Et puis, je me fiche de ses excuses. De toute façon, les adolescentes sont versatiles et capricieuses et je suis quasiment certaine que demain elle ne s'en souviendrait même pas.

Le train s'est enfin remis en marche. Je jette un coup d'œil par la vitre et constate que nous atteignons Hove. Encore un arrêt et nous serons arrivées. Je change de sujet, orientant la discussion dans un sens qui, je le sais, lui plaira.

— Tu as hâte de voir Jaxon ? Ça fait un bout de temps que vous parlez, non ?

— Quelques semaines, répond-elle avec un grand sourire.

Elle affiche un regard espiègle, comme si ces conversations étaient un secret entre ce garçon et elle. Peut-être se rappelle-t-elle l'échange que nous avons eu il y a deux semaines, lorsque « Jaxon » a commencé à se montrer un peu fougueux et qu'elle lui a dit d'arrêter. *Tu m'excites.* Il n'en a pas fallu beaucoup. Si elle avait vraiment rencard avec Jaxon ce soir, je parie qu'il obtiendrait d'elle plus qu'un simple baiser sur la joue. Dans le fond, je ne pense pas que Jade soit si différente de moi. Évidemment, ça fait d'elle une menace d'autant plus grande.

— Eh bien, je suis sûre qu'il sera super content de te voir lui aussi.

— Pourvu que oui !

Prise d'un doute, elle entortille une mèche de cheveux autour de son index fraîchement verni. C'est elle qui s'est fait les ongles dans la chambre d'hôtel. Ses mains tremblaient un peu et elle a bâclé le travail. Le vernis a bavé sur les côtés. Dans un sens, c'est mignon.

— Ça va peut-être pas coller entre nous, mais j'espère tellement que si ! Ce serait vraiment génial d'avoir un petit copain. Un mec qui me fasse passer en priorité, tu vois ce que je veux dire ?

— Tu en as déjà un, je souligne. (Elle m'interroge du regard et je précise.) Ton père.

Elle a l'air à la fois surprise et amusée.

— Ouais, peut-être, rétorque-t-elle avec dédain. Mais, franchement, c'est pas la même chose, hein.

Je me mure dans le silence et détourne mon attention sur le paysage où défilent les bâtiments. Je n'en ai jamais douté, mais ça me fait du bien de l'entendre le dire de manière si insolente. « Franchement, c'est pas la même chose, hein. » Voilà ce qu'Alex récolte pour avoir sacrifié quatorze ans de sa vie ! Quoi qu'il fasse, ce ne sera jamais assez bien pour elle. Il ne sera jamais sa priorité, alors qu'il est la mienne, à moi.

— Voilà. On y est, dis-je quelques minutes plus tard.

Nous ne sommes que cinq ou six à descendre du train à Portslade. Comme prévu, le quai est désert en quelques secondes. Nous sommes à l'opposé de la passerelle, à l'abri des caméras. Le vent se lève et un sachet en plastique bleu passe à nos pieds, traîné par le courant d'air. Je sursaute. Je suis à cran. Je m'adosse au mur et croise les bras en examinant le quai d'en face. Personne.

— Merde. (Jade farfouille dans son sac, prise de panique.) Je trouve pas mon téléphone.

Je fais mine de m'inquiéter.

— Tu en es sûre ? Tu as bien regardé ? Il a pu se glisser sous la doublure ?

Elle retourne son sac dans tous les sens.

— Non… Putain… j'ai dû l'oublier à l'hôtel. Je ne comprends pas. J'étais certaine de l'avoir mis dans mon sac.

— C'est embêtant.

Je me félicite d'avoir pensé au portable. Je l'ai ôté de son sac pendant qu'elle était aux toilettes, je l'ai fourré dans ma poche et me suis tournée pour le jeter dans la chambre au moment où on est sorties. Je ne suis pas stupide. Alex saura que Jade a quitté l'hôpital avec moi. Pour que mon plan fonctionne, je vais devoir lui faire croire que Jade a fait le mur en mon absence – que je l'ai ramenée à l'hôtel pour lui faire la surprise et que je suis sortie quelques minutes pour aller chercher de quoi grignoter. J'ignore quel genre d'applications ou de logiciels elle a installé sur son téléphone ; je ne peux pas prendre le risque qu'on puisse la pister grâce à un GPS, un programme auquel Alex pourrait avoir accès.

Jade jette son sac par terre ; elle est sur le point de fondre en larmes.

— Et s'il essaie de me contacter ? S'il est en retard ou qu'il décide de me retrouver ailleurs à la dernière minute ?

— Du calme, dis-je en lui caressant l'épaule. Il t'a donné rendez-vous ici, à la gare, non ? Alors on va attendre ici. Il va bientôt arriver, j'en suis sûre. Il est… (Je jette un coup d'œil à ma montre.) Il est presque 21 heures.

Ça m'a pris plus de temps que prévu de quitter la chambre d'hôtel, de marcher jusqu'à la gare… et puis il y a eu le retard sur la ligne. Mais ça va peut-être tourner à mon avantage ; plus l'heure tourne, plus cet endroit se vide.

Jade se radoucit.

— Oui, tu as sans doute raison. OK.

Elle inspire à fond, se pose près de moi et croise les bras, imitant inconsciemment ma posture.

Je sais parfaitement réguler mes expressions faciales. Si on me prenait en photo maintenant, j'aurais l'air sereine, voire imperturbable. Comme si je me promenais tranquillement par une soirée ordinaire. Mais à l'intérieur, mon esprit bouillonne. Je me demande comment et quand je vais devoir passer à l'action. Le problème avec la préméditation, c'est qu'on a trop de temps. Trop de temps pour penser à un plan et le retoucher encore et encore jusqu'à le rendre trop compliqué. Ce devrait être un jeu d'enfant pour moi. Mais pour une raison que j'ignore, ça n'est pas le cas.

Je m'écarte lentement du mur et m'approche des rails. Je jette un coup d'œil au tableau d'affichage des trains. J'ai environ deux minutes avant que le prochain n'entre en gare. Je me tiens au bord de la voie, près de la ligne jaune, et je fais mine d'observer le quai d'en face.

— Viens voir, dis-je.

Elle s'exécute aussitôt, comme un bon petit soldat, et suit mon regard pour tâcher de voir ce qui a attiré mon attention.

— Qu'est-ce qu'il y a ?

— J'ai cru voir un homme. Un garçon. (Je plisse les yeux dans la pénombre comme si je tentais de distinguer le couloir qui mène à la sortie de la gare.) J'ai dû me tromper.

Elle se tient juste à côté de moi et je sens le parfum de son shampoing au citron vert. Elle s'est lavé les cheveux à l'hôtel, juste avant qu'on sorte. L'odeur est forte et acidulée, étrange dans l'air de la nuit. Lorsque je me tourne vers elle pour lui faire face, elle est si proche que je la vois presque floue. Avec ses grands yeux bleus et ses lèvres rouges, on dirait l'image de l'innocence. Je prends une grande inspiration. L'air frais pénètre mes poumons et me requinque. Je me sens plus forte. Alors que j'ouvre la bouche pour parler, je me rends compte que mon mensonge a pris corps. Il y a bel et bien un homme sur le quai d'en face. Il se dirige vers la passerelle qui relie les deux voies d'un pas vif et gravit les marches. La lampe qui éclaire le quai est située à l'autre extrémité de la gare. Il fait si sombre que je ne distingue pas son visage, mais il vient dans notre direction. Je respire à nouveau pour calmer mes nerfs. Je vais attendre le passage du train suivant. Il ne va pas rester sur le quai. Tout va bien. Le bruit de ses pas résonne lentement dans les escaliers. Il redescend de la passerelle, de notre côté. Je tourne la tête vers les marches et j'aperçois Dominic.

Mon visage se fend en un sourire. Une vague de soulagement m'inonde comme une bouffée d'oxygène. Il a changé d'avis. Je ne vais pas avoir à me salir les mains, pas cette fois.

Il n'est plus qu'à cinq mètres de moi et je croise son regard, vide et résolu. Deux billes de marbre au milieu du visage. Au même instant, Jade se retourne elle aussi. Elle se cramponne à mon bras en murmurant d'une voix stressée :

— C'est qui ce type ?

— Tout va bien, dis-je.

Elle l'examine de plus près et elle le reconnaît. Son corps se raidit d'un coup et elle tire sur ma manche d'une main tremblante.

— C'est lui, siffle-t-elle. C'est l'homme que j'ai vu. Celui qui était chez nous ! s'écrie-t-elle, soudain hystérique. (Elle essaie de m'entraîner avec elle.) Je t'en prie, Natalie. Allons-nous-en.

— Non, dis-je.

Dominic marche vers nous, lentement mais sûrement, les mâchoires crispées. Il a les yeux rivés droit devant lui, évitant notre regard.

J'observe Jade. Les larmes ruissellent sur son visage, son mascara coule et dévale ses joues.

— J'ai peur, murmure-t-elle. Je t'en prie, allons-nous-en.

Je la tiens fermement tandis que Dominic se rapproche. Puis il s'arrête. Il glisse la main sous son manteau. Le pistolet est petit, argenté. On dirait un jouet.

Il brandit l'arme et vise. Un sentiment bizarre me saisit. J'ai l'impression qu'il y a un problème, mais j'ignore lequel. La scène se déroule au ralenti. Le décor s'estompe, et je me sens soudain légère comme l'air. Et ce qu'il y a de plus étrange, c'est que je ne sens rien du tout. Rien qu'une immense sensation de paix qui s'étire à l'infini.

ALEX

Septembre 2017

C'est la première fois de ma vie que j'entends un coup de feu, mais c'est un bruit très caractéristique. Il me faut quelques secondes pour parcourir la distance qui sépare l'entrée de la gare du quai ; et durant ce bref laps de temps, ce bruit résonne dans ma tête et se répercute en moi encore et encore comme les répliques d'un tremblement de terre.

Le quai est désert et plongé dans un noir quasi total, que rompt la présence d'une seule lumière à l'autre extrémité. J'aperçois cependant un mouvement dans la pénombre tout au bout, une silhouette d'homme peut-être qui disparaît rapidement dans la nuit. Et un cri me parvient, une voix que je reconnaîtrais entre mille.

— Jade !

Je m'élance vers l'escalier qui mène à la passerelle et monte les marches quatre à quatre, traverse le passage qui enjambe la voie et redescends de l'autre côté. Je suis à peine parvenu en bas qu'elle se jette dans mes bras et m'enlace de toutes ses forces. C'est elle. L'odeur familière de ses cheveux et de sa peau, son corps mince et élancé. Je répète son nom, mais ma voix se noie dans mes larmes et mes sanglots de soulagement.

Nous nous écroulons à genoux et restons tapis là, au pied des marches, ses bras serrés autour de mon cou. Elle tremble de tous ses membres, encore sous le choc. Je m'écarte légèrement et l'examine de la tête aux pieds pour m'assurer qu'elle n'a rien. Elle a l'air indemne à l'exception des brûlures qui lui barrent les bras et la tempe. La seule différence notable est sa tenue. Elle porte une petite robe moulante que je vois pour la première fois, ses joues sont noires du mascara qui a dégouliné de ses yeux et ses lèvres sont peintes en rouge vif.

— Jade, que s'est-il passé ? je murmure.

Elle secoue la tête et me fixe d'un air terrifié. Son regard affiche une curieuse expression, semblable peut-être à de la compassion. Elle essaie de parler, mais ses mots peinent à sortir, perdus dans ses sanglots saccadés. Elle ferme les paupières et s'efforce de se calmer.

— L'homme… le blond, l'homme dans la maison. Il était là.

Je me dresse d'un bond et inspecte le quai de long en large même si je sais qu'il a décampé. Je m'accroupis à nouveau et prends la main de ma fille dans la mienne.

— Qu'est-ce qu'il a fait ? je demande, saisi d'un mauvais pressentiment. Qu'est-ce qu'il t'a fait ?

Elle agite encore la tête, et les larmes ruissellent sur son visage ; elle appuie ses poings contre ses yeux. Ses avant-bras dénudés sont parcourus d'un frisson, sa tête est baissée.

— Je suis désolée… Je suis vraiment désolée.

— Quoi ? j'insiste en écartant doucement les mains de son visage pour fouiller dans son regard tourmenté. Tu n'as rien à te reprocher, Jade. Qu'est-ce que tu veux dire ?

Elle prend une profonde inspiration et je m'aperçois qu'elle est terrifiée. Elle ne veut pas me parler, et juste avant qu'elle ne s'exprime enfin, j'ai le vague sentiment d'avoir deviné.

— C'est Natalie, chuchote-t-elle avant de s'étrangler et de plaquer son poing contre sa bouche.

— Je sais, dis-je calmement.

— L'homme… il avait un revolver. Il lui a tiré dessus, papa, et ensuite il est parti. Je crois qu'elle… je crois qu'elle…

Elle tourne la tête et porte le regard derrière nous sur le quai plongé dans l'obscurité.

Je me lève et m'avance dans cette direction en brandissant mon téléphone pour éclairer mes pas. Et je le distingue. Un corps avachi contre le mur du fond, totalement inerte, et une tache sombre qui s'épanouit par terre tout autour. Et en me rapprochant, l'odeur du sang m'assaille ; je le sens dans ma bouche, âcre et acide.

Ma tête se met à tourner et une force mystérieuse m'attire vers la dépouille. Je ne veux pas voir, mais c'est plus fort que moi. Mon regard photographie ces images que je ne pourrai jamais oublier – ce visage magnifique que j'ai contemplé des milliers de fois, ce sourire énigmatique qui me ravissait, détruits, ravagés, éclatés ; sa veste blanche imbibée de sang, tant de sang… je n'arrive pas à croire qu'il provienne d'un seul corps. Ses yeux sont grands ouverts. Ils sont inexpressifs, pourtant j'ai l'étrange sensation qu'elle me regarde.

Rachel ne m'a pas suivi. Je me retourne et l'aperçois qui se tient immobile sur le quai d'en face, les yeux rivés dans ma direction. Le lampadaire qui la surplombe l'éclaire faiblement ; la lumière forme une sorte de halo autour de sa tête. Elle affiche un air grave. Je plonge mon regard dans le sien. Les bras serrés autour de son torse, elle se met à marcher vers la passerelle pour nous rejoindre. Et il n'y a rien que je puisse dire pour rendre ce moment moins difficile, alors je regagne le bas de l'escalier et je prends ma fille dans mes bras. J'enfouis mon visage dans sa chevelure froide et parfumée et la serre fort contre moi jusqu'à ce qu'elle cesse enfin de trembler.

ÉPILOGUE

ALEX

Décembre 2018

Assis à la table de la cuisine, je découpe le papier d'alu. Je fais exactement comme Jade m'a montré : je plie le papier en losanges, puis je plante la pointe des ciseaux au centre et trace avec les lames un schéma compliqué qui, lorsque je déplierai le papier, devrait former un flocon de neige. Ensuite, je m'occuperai des guirlandes lumineuses, que j'installerai tout autour des fenêtres. Et puis, j'apporterai la touche finale au sapin et je rédigerai les cartes de vœux. J'ai posé mon après-midi à l'agence pour faire tout ça dans les règles de l'art. Je sais que je suis un peu psychorigide, mais je tiens à ce que ce Noël soit parfait.

Quoi qu'il en soit, ça sera différent du dernier, où nous étions tous les deux sous le choc et tenions à peine debout, tâchant de comprendre des choses qui nous échappaient encore. J'avais essayé d'improviser une sorte de repas de dernière minute, mais c'était futile et nous avions fini par passer la journée devant la télé à regarder des personnages de sitcom se lancer des insultes à la figure autour de la dinde et des papillotes surprise. Et même ça, j'arrivais à l'envier. C'était sans doute préférable au vide qui nous entourait nous.

On avait pris notre mal en patience et on avait enduré l'épouvantable semaine des fêtes de fin d'année, de Noël au Nouvel An, et lorsque les cloches avaient retenti, j'avais regardé par la fenêtre et observé l'allée couverte de neige fondue et j'avais craint que ce ne soit pas de très bon augure.

Peu à peu, toutefois, nous nous sommes mis à trier les décombres pour récupérer ce qui pouvait encore être sauvé. Pour Jade, ça a commencé avec les séances de psychothérapie ; de longues heures passées à tâcher de démêler la toile complexe du traumatisme, du chagrin et de la culpabilité. La violence avec laquelle ces émotions ont jailli m'a surpris ; les torrents de larmes, les hurlements en pleine nuit, la résurgence de vieilles blessures enfouies, remontant au décès de Heather. Mais je voyais ma fille reprendre goût à la vie. Au fil des mois, elle s'est remise à apprécier de petites choses, et elle a progressivement pu évoquer le passé sans que ce soit douloureux, en tout cas moins douloureux. Je me suis raccroché à ces progrès, si infimes soient-ils, et par moments, j'ai presque l'impression qu'elle va mieux. Qu'elle a guéri.

Bien sûr, ce n'est pas aussi simple que ça. Certaines nuits, il lui arrive encore de se réveiller en nage ; elle m'appelle alors à l'aide et se cramponne à moi. Il y a aussi des moments où elle se mure dans le silence, le visage fermé, perdue dans ses pensées. Elle n'avait que cinq ans lorsque Heather est morte, et elle se souvient à peine d'elle. Mais perdre deux mères, c'est une tragédie, une douleur unique. Dans un sens, c'est un peu la même chose pour moi, mais pas totalement non plus. La vie est d'une ironie cruelle : perdre une épouse, c'est pas de chance. En perdre deux à la suite, ça peut passer pour de la négligence. *J'ai été marié deux fois. J'ai eu deux femmes.* Ces mots ne font que souligner le caractère éphémère de telles relations. Ils sous-entendent l'abandon, le divorce ; ils ne possèdent pas cette résonance irrévocable. *J'ai eu une mère. J'en ai eu deux.*

Consulter un psy ne m'a pas beaucoup aidé. Il y a encore trop de faits que j'ignore et que je ne saurai jamais à moins de retrouver Dominic. Jusque-là, la police a fait chou blanc, et plus le temps passe, plus je sens que ce n'est plus sur la liste de leurs priorités. Je suis retourné plusieurs fois à Camden pour explorer les rues dans l'espoir de l'y apercevoir, mais c'est comme s'il s'était volatilisé dans les airs.

J'ai essayé de décortiquer les faits, me concentrer sur les éléments que je possède, mais ceux-ci me ramènent toujours à la même conclusion : la possibilité que ce soit ma femme qui ait mis le feu à notre maison et qu'elle ait voulu faire du mal à Jade. Et je n'arrive pas à comprendre pourquoi. Des heures passées à tâcher de trouver un sens à un acte qui me semble à la fois absurde et impardonnable. Il m'arrive parfois d'éprouver envers elle une rage sans nom, au point de souhaiter qu'elle ressuscite pour pouvoir enrouler mes mains autour de son petit cou et serrer de toutes mes forces pour la renvoyer dans sa tombe. La frontière est fine entre l'amour et la haine. J'ai appris à ne pas questionner mes sentiments et à me laisser aller d'un extrême à l'autre, au fil de mes humeurs. Ces jours-ci, j'essaie de ne pas m'abandonner trop souvent à ce genre de rumination. Le plus dur pour moi, c'est d'assister impuissant au chagrin de ma fille, qui pleure une femme qui ne mérite pas ses larmes. Elle pense qu'elle est morte en voulant la protéger… Impossible de bouleverser encore une fois son faible équilibre retrouvé en lui apprenant la vérité. Et parfois, les mots sont sur le bout de ma langue, et je brûle de détruire cette image de martyre qu'elle lui a attribuée.

Je ne peux pas en parler avec Jade, en revanche je me confie à Rachel. Caitlin, pour tous ceux qui la connaissent aujourd'hui. C'est d'ailleurs en sélectionnant certaines lettres de son prénom actuel qu'elle a trouvé son pseudo en ligne, Cali. J'ai trouvé ça plutôt amusant. Créer du mensonge à partir du mensonge. Étrangement, j'ai du mal à la percevoir autrement que comme Rachel, et c'est ainsi que je l'appelle en privé ; il n'y a qu'avec moi qu'elle l'emploie. Je crois que ça lui fait plaisir, que ça lui rappelle celle qu'elle fut, celle qu'elle est peut-être encore.

On s'est beaucoup vus ces quinze derniers mois, elle et moi. Au début, c'était une sorte de nécessité. Nous avons tout de suite accroché et sommes devenus proches presque immédiatement. Le genre d'intimité qui transcende les conventions. On parlait pendant des heures de Natalie – Sadie –, tâchant de donner un sens à notre peine. Elle m'a raconté le passé avec autant de précision que possible, dans la mesure de ce qu'elle voulait bien me révéler, j'imagine. De temps en temps, même maintenant, je lui en demande trop, et elle n'hésite pas à me remettre à ma place. « Je ne pense pas que ça te fasse du bien, Alex. » C'est curieux, mais je me fie à son jugement plus qu'à aucun autre jusqu'à maintenant.

Au fil du temps, notre deuil avançant, nous sommes devenus plus prudents. Notre proximité n'était pas ordinaire. Je l'ai présentée à Jade, lui ai expliqué en douceur qu'elle était la sœur de Natalie avec qui elle avait depuis longtemps perdu contact. Ma fille s'est aussitôt attachée à Rachel, ce qui, dans un sens, m'a inquiété. J'ai eu l'impression de lui présenter une nouvelle compagne alors que ce n'était pas le cas. Je ne pense pas être prêt à fréquenter de nouveau une femme, et je ne sais toujours pas si ce sera un jour le cas. Lorsque je broie du noir, je songe que l'amour apporte plus de problèmes qu'il ne procure de plaisir. Mais il arrive parfois que ce soient les problèmes qui me trouvent, comme Rachel me l'a un jour dit.

Je déplie les flocons et les chutes de papier d'aluminium s'éparpillent sur la table dans une pluie argentée. Je vais les fixer aux carreaux avec de la pâte collante, les ordonne en rangées nettes. Puis je démêle les guirlandes lumineuses et les installe autour des fenêtres, concentré sur ma tâche. Lorsque je recule pour contempler mon œuvre, le résultat me plaît. La pièce est joliment décorée : cosy, accueillante, festive. C'est exactement l'effet que je recherchais. Le déménagement nous a fait le plus grand bien. C'était inconcevable pour nous de rester au même endroit après tout ce qui s'était passé.

Ça ne veut pas dire que je ne songe pas à mon épouse. Je pense tout le temps à elle. Je me demande qui elle était vraiment… Mais Jade et moi, nous sommes tous les deux maintenant. Nous avons survécu et nous sommes libres. Parfois, cette liberté est grisante – un horizon infini de possibilités. À d'autres moments, c'est terrifiant – une chute libre dans le vide sans jamais savoir quand nous allons toucher le fond. Mais dans tous les cas, nous sommes tous les deux contre le monde entier.

Je consulte l'horloge. Jade va bientôt rentrer de l'école. Mon regard se pose alors sur la lettre que j'ai reçue ce matin, et que je n'ai pas encore rangée. Je rejoins rapidement la table et la déplie pour en lire de nouveau le contenu. Deux phrases rédigées en caractères d'imprimerie noirs sur la page blanche :

Je lui ai sauvé la vie.
Une faveur en mérite une autre en retour, non ?

Ce ne sont probablement que des enfants qui s'amusent. Une farce stupide d'adolescents prépubères.

Je m'approche à nouveau de la fenêtre pour ajuster les guirlandes et j'aperçois Jade qui remonte la rue, la tête baissée sous la fine bruine. Elle a l'air contente quoique songeuse, perdue dans ses pensées. Je l'observe un instant puis j'appuie sur le bouton. La fenêtre s'illumine, et cette lumière soudaine attire son attention. Elle lève la tête et me voit, et elle esquisse un sourire. Je froisse la lettre dans ma paume et la glisse dans ma poche avant de lui sourire à mon tour.

Remerciements

La Seconde Épouse est un roman qui m'a d'emblée tenu à cœur, mais qui m'a donné du fil à retordre. Caroline Wood, mon agent chez Felicity Bryan, m'a soutenue de bout en bout, me rappelant sans cesse mon objectif tout en me faisant sentir qu'elle croyait en moi. Merci d'avoir supporté mes hésitations.

Frankie Gray, mon éditrice chez Transworld, m'a aussi été d'une aide précieuse durant tout le processus d'écriture. J'imagine que pousser un auteur à se surpasser n'est sans doute pas la partie la plus agréable du travail ; au bout de quelques relectures, j'étais persuadée que le livre était « achevé » et que je ne pourrais pas l'améliorer davantage. Lorsqu'elle m'a suggéré une révision de la structure d'ensemble, ça m'a un peu découragée, je l'avoue (et mise sur la défensive aussi), mais le fait de retravailler le texte m'a vraiment ouvert les yeux. Non seulement j'ai accouché d'un meilleur roman, mais j'ai pris conscience que les auteurs ne sont pas toujours les meilleurs juges quant à leur œuvre. Heureusement, Frankie est une éditrice pourvue d'une excellente intuition !

Comme toujours, merci au reste de l'équipe de Transworld, à Pam et Jeramie aux États-Unis, et à tous les marchés étrangers qui se sont emballés pour *La Seconde Épouse* – je suis ravie que mon livre devienne accessible aux lecteurs du monde entier.

J'ai écrit ce roman dans une sorte de période de creux, ce qui ne veut pas dire que je n'ai reçu aucune aide de ma famille et de mes amis. Certains écrivains travaillent mieux sous le coup des émotions, mais pour ma part, j'ai besoin de calme et de lucidité pour avancer. Merci à tous ceux qui m'ont permis de parvenir à cet état au cours des dernières années – vous vous reconnaîtrez.

Cet ouvrage a été composé et mis en pages
par ÉTIANNE COMPOSITION
à Montrouge.

Imprimé en France par

MAURY IMPRIMEUR
à Malesherbes (Loiret)
en mars 2021

POCKET - 92 avenue de France, 75013 PARIS

N° d'impression : 252825
S28683/01